Donna Freitas • Die neun Leben der Rose Napolitano

Ihr persönliches, unverkäufliches Leseexemplar

Ein digitales Leseexemplar können Sie unter
digitale-vorschau@penguinrandomhouse.de bestellen.

gebunden mit Schutzumschlag
ca. 22,00 € [D], ca. 22,70 € [A], ca. 30,90 CHF
ISBN: 978-3-442-75962-0
Erscheinungstermin: 9. Mai 2022

Wir bitten Sie, Rezensionen nicht vor dem
Erscheinungstermin zu veröffentlichen.

Liebe Buchhändlerin, lieber Buchhändler,
wir freuen uns auf Ihre Meinung.*
Unter www.btb-verlag.de/freitas können Sie Ihre Meinung
abgeben und das Buch mit 1–5 Sternen bewerten.

* Ihre Meinung möchten wir eventuell
für Werbezwecke verwenden.

DONNA FREITAS

DIE NEUN LEBEN DER ROSE NAPOLITANO

ROMAN

Aus dem Amerikanischen
von Judith Schwaab

btb

Für meine Mutter, die mir dieses Leben geschenkt hat

2. MÄRZ 2008

ROSE, LEBEN 3

Sie ist schön.

Ich bin überwältigt von ihrer Vollkommenheit. Vom berauschenden Duft ihrer Haut.

»Addie«, seufze ich. »Adelaide«, versuche ich es noch einmal, ein zartes Flüstern in der sterilen Luft. »Adelaide Luz.«

Ich hebe ihren kleinen Kopf an meine Nase und atme ein, lang und gierig, der scharfe Schmerz in meinem Unterleib ist vergessen. Lächelnd bewundere ich den zarten Flaum ihres Haares.

Wie sehr habe ich mich dagegen gewehrt, dieses kleine Wesen in meinen Armen zu halten! Vor der Schwangerschaft und der Geburt habe ich über den Druck geschimpft, endlich ein Kind zu bekommen – Luke gegenüber, Mom, Jill, jedem, der es hören wollte. Sie alle traf meine Wut, auch den Fremden neben mir in der U-Bahn, den nichts ahnenden Mann auf dem Gehweg. Ich war einfach. Unfassbar. Wütend.

Und jetzt?

Schnee klatscht in nassen Klumpen gegen die Fensterscheiben des Krankenhauszimmers, alles um mich herum ist in graues, schummriges Licht getaucht. Ich rutsche ein Stück nach links, suche nach einer besseren Position. Die Temperatur sinkt, und der Schnee wird körnig, kristallin und trocken wie Zucker. Sie schläft.

Sie hat meine Augen.

»Wie konnte ich dich nur nicht haben wollen?«, flüstere ich in ihre winzige, perfekt geformte Ohrmuschel, zart wie Perlmutt. »Wie konnte es ein Leben geben, in dem wir zwei uns nie begegnet wären? Wenn es so ein Leben gibt, dann will ich es nicht leben.«

Ihre Augenlider zucken. Sie sind blass, von Adern durchzogen, fast durchsichtig, Nase und Mund und Stirn zerknautscht.

»Hast du gehört, was ich gesagt habe, süße Maus? Du solltest nur den zweiten Teil hören, den von deiner Mutter, die ein Leben ohne dich nicht leben wollte. Das ist alles, was du wissen musst.«

ERSTER TEIL

ROSE, LEBEN 1

EINS

15. AUGUST 2006

ROSE, LEBEN 1

Luke steht neben meinem Bett. Er kommt nie auf meine Seite des Bettes. In der Hand hat er eine Flasche mit Schwangerschaftsvitaminen. Er hält sie hoch.

Er schüttelt die Flasche, es rappelt.

Ein dumpfes Klappern, weil die Flasche voll ist.

Das ist das Problem.

»Du hast es versprochen«, sagt er, ausdruckslos, langsam.

Oh-oh. Ich bin in Schwierigkeiten.

»Manchmal vergesse ich sie zu nehmen«, gestehe ich.

Er schüttelt die Flasche noch einmal, eine Maraca-Rassel in Moll. »Manchmal?« Das Licht, das durch den Vorhang hereinfällt, liegt wie ein Heiligenschein um Lukes Oberkörper, die Hand mit dem Objekt seines Zorns glüht im Sonnenlicht.

Ich stehe in der Tür zu unserem Schlafzimmer, ziehe auf dem Weg Kleidungsstücke aus den Schubladen und dem Schrank. Banales Zeug. Unterwäsche. Socken. Ein Top, eine Jeans. Wie jeden Morgen. Ich hätte mir die Klamotten über den Arm gelegt und ins Bad getragen, um zu duschen und mich anzuziehen. Stattdessen bleibe ich stehen, verschränke die Arme über der Brust, vor meinem Herz, das gekränkt und wütend ist. »Hast du die Pillen gezählt, Luke?«, fauche ich. Meine Frage knallt wie eine Peitsche durch die warme Augustluft.

»Und wenn schon, Rose? Wer wird es mir verdenken?«

Ich drehe ihm den Rücken zu, ziehe die lange Schublade auf, die Unterwäsche, BHs, Slips und Unterhemden enthält, wühle wütend in meinen Sachen. Ich habe es mir anders überlegt, was ich anziehen will. Langsam gerät alles außer Kontrolle. Mein Herz klopft.

»Du hast es mir versprochen«, sagt Luke.

Ich ziehe den hässlichsten Liebestöter heraus, den ich besitze. Am liebsten würde ich schreien. »Als hätten Versprechen in dieser Ehe irgendeine Bedeutung.«

»Das ist nicht fair.«

»Das ist absolut fair.«

»Rose …«

»Dann habe ich diese Scheißtabletten eben nicht genommen! Ich will kein Baby. Ich habe nie eins gewollt, ich will jetzt keins und werde nie eins wollen, und das hast du gewusst, bevor wir uns verlobt haben! Ich hab's dir tausendmal gesagt. Eine Million Mal habe ich dir das gesagt!«

»Du hast gesagt, du würdest die Vitamine nehmen.«

»Weil ich wollte, dass du aufhörst, mich zu quälen.« Tränen brennen in meinen Augen, obwohl ich innerlich vor Wut koche. »Ich habe es gesagt, damit wir in dieser Wohnung hier ein bisschen Frieden haben.«

»Dann hast du also gelogen.«

Ich drehe mich um. Die Unterwäsche fällt mir aus der Hand, als ich auf die andere Seite des Bettes gehe und mich vor meinem Ehemann aufbaue. »Du hast mir geschworen, du willst kein Baby.«

»Ich hab's mir anders überlegt.«

»Ach so. Klar. Einfach so.« Es ist, als würde ich einen Abhang runterrennen, wir beide, immer schneller, und ich weiß nicht, wie ich den großen Aufprall verhindern kann. »Du hast es dir also überlegt, aber *ich* bin die Lügnerin.«

»Du hast gesagt, du würdest es versuchen.«

»Ich habe gesagt, ich würde die Vitamine nehmen. Mehr nicht.«

»Aber du hast sie nicht genommen.«

»Ein paar schon.«

»Wie viele?«

»Ich weiß nicht. Im Gegensatz zu dir habe ich sie nicht gezählt.«

Luke lässt das Fläschchen sinken, nimmt es in beide Hände, drückt auf den Deckel, dreht, nimmt ihn ab. Er späht hinein. »Diese Flasche ist voll, Rose.« Er schaut wieder zu mir hoch, schüttelt den Kopf, ergießt seinen ganzen Unmut über mich.

Wer ist dieser Mann da, der Mann, den ich liebe, der Mann, den ich geheiratet habe?

Ich erkenne fast keine Ähnlichkeit mehr zwischen diesem Menschen hier und dem Mann, der mich einmal angeschaut hat, als wäre ich die einzige Frau im Universum und bedeutete ihm alles im Leben. Ich liebte es, das für Luke zu sein. Ich liebte es, sein Ein und Alles zu sein. Er ist immer mein Ein und Alles gewesen, dieser Mann mit dem weichen, nachdenklichen Blick, mit dem freundlichsten und offensten Lächeln auf der ganzen Welt, dieser Mann, von dem ich felsenfest überzeugt war, dass ich ihn bis ans Ende meiner Tage lieben würde.

Die Worte *Aber ich liebe dich doch, Luke* flattern wie Motten in meiner Brust, aber sie finden nicht hinaus.

Statt die Bombe zwischen uns zu entschärfen, schlage ich Luke die Flasche mit einer einzigen schnellen Bewegung aus der Hand, lasse meinen Arm wie eine Keule darauf hinabsausen. Die großen, ovalen Pillen fliegen in hohem Bogen durch die Luft, hässliche, quietschgrüne Dragees, die quer über den Holzboden segeln und auf den weißen Bettlaken landen.

Wir erstarren beide.

Lukes Lippen sind leicht geöffnet, die scharfen, glatten Kanten seiner Schneidezähne sichtbar. Sein Blick folgt der Spur der Pillen, als würden diese grünen Dinger über Gelingen oder Scheitern unserer Ehe entscheiden, winzige Bojen, die ich schlucken sollte, um unsere Ehe über Wasser zu halten. Das einzig hörbare Geräusch ist unser Atmen. Luke schaut mich an, seine Augen sind riesig. Er fühlt sich verraten.

Verraten von mir, wie er glaubt, und der Beweis dafür ist diese bescheuerte Pillenflasche.

Warum begreift er nicht, dass *er* derjenige ist, der *mich* verraten hat? Und dass er mir, indem er sich das mit dem Kinderkriegen anders überlegt hat, nur gezeigt hat, dass ich allein für ihn nicht wertvoll genug bin?

Jetzt kommt wieder Leben in Luke. Er geht in die Ecke des Zimmers, wo die Flasche hingerollt ist, bückt sich und hebt sie auf. Er klaubt eine Pille vom Boden, dann noch eine, hält sie kurz zwischen zwei Fingern und lässt eine nach der anderen klappernd in die Flasche fallen.

Ich sehe Luke dabei zu, wie er sich bückt und wieder aufrichtet, bückt und wieder aufrichtet, bis auch das letzte Schwangerschaftsvitamin an seinen angestammten Platz zurückgekehrt ist, selbst diejenigen, die unter dem Bett gelandet sind. Luke muss die Bettdecke anheben, um sie zu sehen, muss sich auf den Boden legen, den Arm ausstrecken.

Als er fertig ist, sieht er mich vorwurfsvoll an. »Warum musste ich ausgerechnet die einzige Frau auf der Welt heiraten, die keine Kinder haben will?«

Ich hole scharf Luft.

Da.

Da ist es. Das, was Luke immer schon gedacht hat. Endlich ist es heraus. Nicht die Tatsache, dass ich kein Baby will – das hat er von Anfang an gewusst. Es ist dieses tiefe Bedauern in seiner

Stimme, bei dem es mir eiskalt über den Rücken läuft, die Art und Weise, wie er mich an den Pranger stellt, als gäbe es so etwas wirklich nur einmal auf der Welt.

Wir starren uns an. Ich warte auf eine Entschuldigung, die jedoch nicht kommt. Mein Herz klopft, mein Verstand rast. Und ich stelle mir die Gegenfrage. Warum kann ich denn nicht eine Frau wie alle anderen sein, die sich ein Kind wünschen? Warum nicht? Warum bin ich so?

Wird das am Ende der Satz sein, der mein ganzes Leben zusammenfasst?

Rose Napolitano: *Niemals Mutter.*

Rose Napolitano: *Sie wollte keine Kinder.*

Luke blickt auf seine Füße hinab. Er hebt den Deckel der Flasche auf, schraubt sie mit einem entschiedenen Klicken zu.

Ich strecke die Hand danach aus – nach ihm.

ZWEI

14. MÄRZ 1998

ROSE, LEBEN 1–9

Ich lasse mich nicht gern fotografieren.

»Könntest du bitte aufhören, die ganze Zeit nach unten zu schauen?«

Ich gehöre zu den Menschen, die die Flucht ergreifen, wenn sie eine Kamera sehen, und sich hinter dem Nächstbesten verstecken. Wenn sich ein Objektiv auf mich richtet, halte ich mir die Hand vors Gesicht. Aus genau diesem Grund sollte ich gar nicht hier sein, um mich in Talar und Doktorhut ablichten zu lassen. Was habe ich mir nur dabei gedacht?

»Äh – Rose?«

Ich höre Schritte. Ein paar marineblaue Sneaker, am Zeh durchgewetzt, mit zerschlissenen Schnürsenkeln, erscheinen vor mir auf dem Boden. Ich hole tief Luft, atme aus, hebe den Blick. Der Fotograf ist noch ein junger Typ, mein Alter, vielleicht ein oder zwei Jahre älter. Er blinzelt, beißt sich auf die Lippen, zieht die Augenbrauen zusammen.

»Tut mir leid«, sage ich und zapple nervös mit meinen Händen herum, balle die Fäuste, löse sie wieder. »Vermutlich bin ich deine schlimmste Kundin.« Ich wende den Blick ab und schaue zur Seite, in den schummrigen Bereich jenseits der gut ausgeleuchteten Porträtfläche, auf der ich sitze; hinter mir hängt ein neutraler grauer Hintergrund. Umzugskartons stapeln sich an der Wand. Eine blaue Jacke liegt auf dem oberen Karton, und ein

Hockeyschläger liegt neben der Fußbodenleiste auf dem Boden. »Das war eine Schnapsidee«, plappere ich weiter. »Ich dachte nur … ich meine, ich wollte … aber dann …«

»Was wolltest du?«, fragt der Fotograf.

Ich gebe ihm keine Antwort, vermutlich, weil ich eigentlich keine Lust habe, diesem Fremden zu verraten, was in mir vorgeht. Außerdem bin ich immer noch damit beschäftigt, mir das Chaos ringsum anzuschauen. Offenbar wohnt der Fotograf auch hier. Er nennt es sein »Studio«, aber für mich sieht es so aus, als wäre es auch seine Behausung. Vielleicht ist er gerade erst eingezogen.

»Du wolltest was?«, drängt er.

Da ist etwas am Klang seiner Stimme – sanft, geduldig –, und auf einmal ist mir zum Weinen zumute. Die ganze Situation ist zum Weinen. »Ich sollte nicht hier sein. Ich bin nicht gut in solchen Sachen.« Jetzt kommen mir wirklich die Tränen. »Das ist so peinlich. Ich lasse mich nicht gern fotografieren. Tut mir leid. Es tut mir wirklich, wirklich leid.« Jetzt weine ich erst recht, obwohl mein feministisches Ich mich dafür schimpft, dass ich mich so viel entschuldige.

Der Fotograf – ich habe vergessen, wie er heißt (Larry? Nein. Lou? Vielleicht) – geht neben meinem Stuhl in die Hocke, sodass wir fast auf Augenhöhe sind. »Mach dir keinen Kopf. Viele Leute hassen es, sich fotografieren zu lassen. Aber weinst du denn wegen dem Bild oder wegen was anderem?«

Ich sehe mir den Typen genauer an, die Art, wie sich sein rechtes Knie durch den Riss in seiner Jeans drückt und wie sein Körper in der Hocke ganz leicht schwankt. Woher weiß er eigentlich, dass ich nicht wegen des Fotos weine? Hat er etwa auch gespürt, dass es wegen meiner Eltern ist, die manchmal ihre Probleme mit den Entscheidungen haben, die ich treffe? Und mit der Frau, zu der ich geworden bin?

Ich verschränke die Arme vor der Brust, drücke sie fest gegen meinen Körper. Dieser blaue Talar mit dem Samtbesatz ist dick und steif. Vermutlich würde er von selbst stehen, wenn ich ihn richtig aufstellen würde. Ich ziehe die bauschige Mütze von meinem Kopf und schüttele meine Haare aus. Wahrscheinlich sind sie vollkommen zerdrückt von dem schweren Ding. Auch die Mütze ist aus Samt, das gleiche Blau wie der Talar. Ich war so aufgeregt, als beides in der Post lag, das Symbol für all die Jahre harter Arbeit, für den Doktortitel, den ich bei der Abschlussfeier im Mai offiziell bekommen werde. Ich habe meinen PhD in Soziologie gemacht und werde mich ab dann nicht mehr Rose Napolitano, sondern Professor Napolitano nennen dürfen.

»Wer ist das da auf dem Foto?«, frage ich den Fotografen, statt auf seine Frage zu antworten. Ich zeige in Richtung Wand.

Direkt über dem Stapel Kartons hängt ein großes, gerahmtes Foto. Im Vergleich zum improvisierten Charakter seiner Umgebung wirkt es fehl am Platz – statisch und offiziell. Ein Mann und eine Frau sitzen nebeneinander auf einer Veranda, beide haben ein aufgeschlagenes Buch vor sich. Ihr Gesichtsausdruck ist so lebendig, wie gebannt, als wäre das, was sie da vor sich haben, das Aufregendste, was sie jemals gelesen haben.

Der Fotograf folgt meinem Blick und lächelt. »Das sind meine Eltern. Das Foto habe ich gemacht, als ich zehn war. In dem Jahr hatte ich zum Geburtstag meine erste richtige Kamera geschenkt bekommen. Ich machte Fotos von allem, was mir unter die Finger kam – Blumen, Grashalme, die Maserung des Holzbodens bei uns im Wohnzimmer. Alles sehr kunstvoll.«

Er wendet sich wieder mir zu, schaut mich an, zuckt mit den Achseln. Rollt mit den Augen, als wundere er sich über sich selbst.

Die Augen sind grün, mit braunen Sprenkeln.

»Von unserem Hund habe ich auch jede Menge tolle Bilder gemacht.«

Ich lache. Etwas von der Anspannung in mir löst sich. »Und … das da?«

»Ach so, ja.« Diesmal wendet er sich nicht dem Foto zu. Sein Blick ruht auf mir. »Also, das Foto. Ich kam gerade nach Hause. Da war so ein Monarchfalter, der über die Wiese flatterte, und ich lief hinter ihm her und versuchte, das perfekte Bild von ihm zu bekommen.« Er hält sich die Augen zu, als wäre es ihm peinlich.

Es überrascht mich selbst, aber ich möchte seine Hände nehmen, sie von seinen Augen wegziehen, möchte seine glatte, olivfarbene Haut berühren. Ich möchte nicht, dass es ihm peinlich ist.

Er lässt die Hände sinken, wackelt wieder ein bisschen. »Ich war ein richtiger kleiner Nerd. Ich hockte da im Gras, war müde und verschwitzt, und auf einmal schaute ich auf und sah meine Eltern auf der Veranda sitzen und lesen. Und ich sah etwas auf ihren Gesichtern – etwas, das ich unbedingt festhalten wollte. Ich blieb stehen, hob die Kamera und machte ein einziges Bild.« Er lächelt.

»Dieses Bild?«

Er steht wieder auf. Er ist so groß. »Ja. Dieses Bild hat mich dazu gebracht, dass ich Fotograf werden wollte. Als ich es sah, wusste ich es einfach. Meine Mutter hat es rahmen lassen, damit ich mich immer daran erinnern kann, wer ich bin und was ich machen will, selbst wenn harte Zeiten kommen. Es ist nicht einfach, so ein Geschäft aufzuziehen.« Er tätschelt voller Zuneigung die Kamera, die neben ihm auf dem Boden liegt, zuckt noch einmal mit den Achseln.

Ich lege den Kopf schief und betrachte ihn. »Danke, dass du mir diese Geschichte erzählt hast.«

Er nickt. »Danke, dass du nach dem Foto gefragt hast.« Er tippt mit dem Fuß. »Und jetzt bist du dran.«

»Was meinst du?«

»Sag mir, was los ist. Ich hab dir eine Geschichte erzählt, jetzt musst du mir auch eine erzählen. Warum du hier bist.«

»Hm.«

»Aha. Hm.«

»Hm. Okay. Dann also …«

Er geht quer durchs Zimmer, nimmt sich einen Stuhl, stellt ihn neben meinen und setzt sich. Er beugt sich vor. »Ich hab jede Menge Zeit. Du bist mein einziger Termin heute.«

Ich hole tief Luft. »Bevor ich loslege, habe ich noch eine Frage.«

»Klar, schieß los.«

Meine Wangen glühen. Ich stehe auf und öffne den Reißverschluss meines Talars, bevor ich mich wieder setze. Ich vergehe vor Hitze unter dem Ding. »Es ist ein bisschen peinlich.«

Er zieht die Augenbrauen hoch.

»Ich habe deinen Namen vergessen, und wenn wir uns schon Schwänke aus unserem Leben erzählen, sollten wir, schätze ich, erst mal wissen, wie wir heißen. Ich weiß, dass es nicht Larry ist. Aber ist es … Lou, vielleicht?«

Er lächelt wieder, nein, er lacht – er hat ein schönes Lachen, ganz leise, aber wohltönend, als hätte er Freude am Lachen. »Nun gut, Rose Napolitano, mein einziger Fototermin von heute, ich stimme dir zu, dass wir uns mit Namen kennen sollten, und da ich deinen schon kenne, solltest du folglich auch erfahren, wie ich heiße.« Er streckt die Hand aus, und ich ergreife sie.

Es geht mir durch und durch.

»Mein Name ist Luke.«

DREI

15. AUGUST 2006

ROSE, LEBEN 1

Meine Hand schwebt in der Luft. Und bleibt dort.

Statt mir die Flasche zu geben, statt meine Hand zu nehmen, stellt Luke die Vitamine aufs Nachttischchen zurück, wo ich sie normalerweise stehen habe, versteckt hinter dem Stapel Romane, den ich neben meinem Kopfkissen aufgebaut habe. Er sagt keinen Ton.

Ich verteidige mich. »Ich habe es versucht, Luke. Wirklich.« Ich lasse den Arm sinken, lasse die Frage meines Mannes unbeantwortet. Am liebsten würde ich sie unter vielen Wörtern begraben, damit man sie nicht mehr sieht. »Aber manchmal habe ich die Pillen nicht gut vertragen, und du weißt, dass ich nicht arbeiten kann, wenn mir übel ist. Ich kann keine Vorträge auf Konferenzen halten oder Recherche-Interviews machen …« Ich warte darauf, dass mein Mann mir beisteht, mir dabei hilft, die gefährliche Situation zu umschiffen, in die uns dieser Streit gebracht hat.

Wir kriegen das schon hin. Ich schaue ihn flehentlich an.

Luke zögert, nur eine Sekunde lang, und ich lege meine ganze Hoffnung in diesen einen Atemzug.

Doch dann werden seine Augen schmal. »Ich will nichts mehr über deine Arbeit hören, Rose. Ich habe es satt, immer nur über deine Arbeit zu hören und dass wir deshalb keine Kinder haben können.«

Da ist es wieder. Es steht klar und deutlich im Raum, das Problem, das wir nicht lösen können.

Mein Impuls, alles in Ordnung zu bringen, löst sich in Luft auf. Ich starre ihn finster an. »Es liegt nicht an meiner Arbeit, dass ich kein Kind haben will, und das weißt du. Ich will kein Kind, weil ich nie eins wollte, und es ist mein gutes Recht, keine Kinder zu wollen! Aber Luke, was ist denn so schlimm daran, dass ich meine Arbeit liebe? Was ist so schlimm daran, dass ich Prioritäten setze? Was ist denn so schlimm an *mir?*«

»Was schlimm an dir ist? Dass du deine Karriere an der Uni mehr liebst, als du jemals ein Kind lieben würdest, wenn wir denn eins hätten! Tatsache ist, dass bei dir das Kind immer an zweiter Stelle stehen würde. Ich weiß nicht, warum ich jemals gedacht habe, dass das anders sein könnte.«

»Ach, als würdest du deinen Job als Fotograf nicht lieben! Bloß dass du so glücklich und besessen von deiner Arbeit sein kannst, wie du willst, weil du ein Mann bist.«

Luke legt den Kopf in die Hände. Seine Ellbogen sind nur scharfe Kanten. »Hör mir mit diesem feministischen Gequatsche auf! Ich kann es nicht mehr hören.«

»Und du hör auf, das Gequatsche deiner Eltern nachzubeten!«

Er lässt die Hände sinken, ballt sie zu Fäusten. »Na klar. Ich habe sowieso keinen Bock mehr, dich ihnen gegenüber in Schutz zu nehmen.«

Ich beiße die Zähne zusammen.

Lukes Eltern wünschten, er hätte jemand anders geheiratet, eine Frau, die die klassische Rolle erfüllt und alles aufgibt, um Mutter zu werden. Eine Frau, die ein Kind über ihre Karriere stellt. Diesen Streit in Bezug auf mich führen Luke und seine Eltern schon eine ganze Weile – was bedeutet, dass auch wir zwei ihn führen.

Letztes Jahr, als ich erfuhr, dass ich eine Festanstellung an der

Uni bekommen würde, rief ich Luke aus meinem Büro an, und er sagte all die richtigen Dinge, nämlich dass wir das feiern würden, mit Drinks und Dinner und allem Pipapo. Doch als ich nach Hause kam, telefonierte Luke gerade mit seinem Vater. Er hatte mich nicht hereinkommen gehört.

»Ja, Dad. Ich weiß, ich weiß«, sagte Luke gerade. »Aber Rose …«

Ich rührte mich nicht vom Fleck, die Haustür war nicht ins Schloss gefallen. Ich hielt sie offen, damit sie kein Geräusch machte und Luke dachte, er sei allein.

»Ja, ich weiß, aber Rose kommt schon noch auf den Trichter. Wenn sie erst mal ein Baby hat, ist alles in Ordnung.«

Es trat eine lange Pause ein.

Meine Brust tat mir weh, mein Brustkorb, mein Herz, alles tat mir weh. Hätte in der Nähe ein Glas gestanden oder ein Teller, irgendetwas Zerbrechliches, ich hätte es genommen und mit voller Wucht auf den Boden geschmissen. Am liebsten hätte ich laut geschrien.

Schließlich sagte Luke: »Ich weiß, du denkst, die Arbeit ist ihr Ein und Alles, aber ich glaube, durch ein Baby wird sich das ändern.« Pause. »Ich weiß, du bist anderer Meinung, aber ich wünschte, du würdest ihr noch mal eine Chance geben.« Pause. »Dad, sie kann es nicht mehr hören.« Wieder eine Pause, dann ein tiefer, frustrierter Seufzer, gefolgt von einem plötzlichen Wutausbruch. »Dad! Hör bitte auf!«

Ein Buch fiel aus meiner vollgestopften Tasche und landete mit einem dumpfen Ton auf dem Boden.

»Rose?«, rief Luke. »Bist du das?«

Ich ließ die Tür hinter mir laut ins Schloss fallen, damit es so aussah, als käme ich gerade erst nach Hause. »Jep, bin jetzt da. Alles bereit für Cocktails?«

»Ich muss jetzt auflegen, Dad«, sagte er. Als ich das Wohnzimmer betrat, hatte Luke aufgelegt, und sein Handy lag auf dem Tisch.

Er musterte mich fragend.

Ich schaute ihn an. Seine Wangen waren gerötet.

»Hi.« Ich versuchte mich an einem glücklichen Lächeln, versuchte, die freudige Erregung in mir wiederaufleben zu lassen, die den ganzen Nachmittag, seit ich die Nachricht erhalten hatte, in mir prickelte wie Champagner. Ich wollte diese Gefühle zurückhaben. Ich fühlte mich hintergangen, und Lukes Gespräch mit seinem Vater hatte mir meinen großen Moment gründlich verdorben.

»Wie viel von dem Gespräch hast du mitangehört?«, fragte Luke.

Ich hörte mit dem falschen Lächeln auf. »Genug. Zu viel.«

»Was glaubst du denn gehört zu haben?«

Ich stellte meine Tasche auf einen Stuhl. »Hör auf, Luke. Ich weiß, worüber ihr beiden gesprochen habt.«

»Sag's mir.«

»Es war eine weitere Version des Gesprächs, das du ständig mit deinen Eltern führst. Nämlich, dass ich, weil ich keine Kinder haben will, ein schlechter Mensch und eine miese Ehefrau bin und es immer sein werde.«

»Das haben wir nicht gesagt.«

»Aha. Außerdem habe ich gehört, dass mein Ehemann sich weigert, seinen Eltern Paroli zu bieten und ihnen zu sagen, sie sollen sich verdammt noch mal aus seiner Ehe raushalten und aufhören, seine Frau schlechtzumachen!«

»Ich habe dich in Schutz genommen.«

»Ja, aber warum musst du das überhaupt? Wieso haben deine Eltern überhaupt ein Mitspracherecht bezüglich unserer Ehe? Das geht die doch einen Scheißdreck an!«

»Ich tue mein Bestes! Du weißt doch, wie stark ihre Gefühle für uns sind, und sie sind meine Eltern, und ich liebe sie!«

»Aha, und du weißt auch, wie stark *meine* Gefühle sind, und ich bin deine Frau, und ich liebe *dich!*« Ich zerrte mir den Schal vom Hals und warf ihn auf den Tisch.

Luke holte tief Luft, atmete aus. »Du weißt, dass ich dich auch liebe.«

Ich kickte mir die Schuhe von den Füßen, und sie fielen mit lautem Klacken auf den Boden. »Außerdem hast du deinen Eltern erzählt, ich hätte meine Meinung bezüglich eines Babys geändert.«

Luke hob den Schal auf und begann ihn zusammenzufalten, drückte mit der Hand das zarte Gewebe. Im vergangenen Jahr hatte er ihn mir geschenkt, und es war mein Lieblingsschal. Jetzt hielt er ihn mir hin. »Ich war gerade dabei, ihnen zu erklären, dass sie sich raushalten sollen«, sagte er leise.

Ich nahm den Schal nicht entgegen. Bewegte mich nicht.

»Rose, bitte«, sagte Luke. »Lass uns das heute Abend nicht diskutieren. Wir sollten deinen großen Erfolg gebührend feiern. Komm, lass uns ausgehen.«

Meine Miene versteinerte, alles an mir verhärtete sich. Meine Muskeln, meine Zellen, meine Gliedmaßen, besonders meine Wangen wurden zu Stein, während ich dastand und meinen Mann mit einem Gefühl anstarrte, das Hass sehr nahekam. Vielleicht war es Hass. Die ersten, hässlichen Samenkörner von Hass. Samenkörner, die wie giftige Ranken wachsen und gedeihen würden, bis wir an ihnen erstickten. »Irgendwie ist mir die Lust am Feiern vergangen, Luke.«

»Ach komm, sei doch nicht so.«

»Was meinst du damit? Dass ich eine schlechte Frau bin? Eine schwierige Frau? Eine *böse* Frau?«

Meine Stimme, mein Ton wurden immer schriller, jetzt kreischte ich. Und ich wollte nichts anderes, als dort stehen und ihn anschreien. Einen endlosen Wutschrei ausstoßen, um es endlich herauszulassen, dieses Gefühl des Eingesperrtseins, das mein ganzes Leben bestimmte. Ich wollte es herauslassen, es austreiben wie einen Teufel, aber ich tat es nicht.

Stattdessen stapfte ich ins Schlafzimmer wie ein zorniges Kind, riss Kleiderschranktüren und Schubladen auf und knallte sie wieder zu, zog meine Arbeitsklamotten aus und Sportsachen an, einschließlich jener dicken, hässlichen Socken, die man statt Hausschuhen trägt.

Herzlichen Glückwunsch, Rose, ätzte ich.

*

»Das ist unmöglich«, sagt Luke jetzt und bricht unser Schweigen. »Du bist unmöglich.«

Ich sehe ihm hinterher, wie er an mir vorbeigeht und das Schlafzimmer verlässt, höre seine Schritte, die das Wohnzimmer durchqueren, nackte Füße, die über den Holzboden tapsen. Ich höre, wie er die Garderobentür in der Diele öffnet. Als er zurückkommt, wird das Geräusch seiner Schritte von Räderrollen begleitet, ein leises, konstantes Rollen. Ein Koffer.

Er geht ein zweites Mal um mich herum, zieht den Koffer hinter sich her, den größten, den wir besitzen, groß genug für eine Leiche, haben wir immer gewitzelt. Vor der Kommode, in der er seine Kleidung aufbewahrt, bleibt er stehen. Alles dort ist fein säuberlich gefaltet, ganz anders als der Inhalt meiner Schubladen, die überquellen vor Pyjamas und zerknüllten BHs, ein Sammelsurium aus Seide und Satin. Er hievt den Koffer aufs Bett, es ertönt das satte Ratschen des Reißverschlusses, gefolgt vom Quietschen der Schublade, und dann beginnt er mit diesen Händen, die ich einmal so geliebt habe, wenn sie mich berührten, überall berührten, auch wenn das schon lange nicht mehr vorgekommen ist, hohe Stapel von Kleidungsstücken herauszunehmen, T-Shirts, Jeans, Boxershorts, und in den offenen Rollkoffer zu legen. Er leert eine zweite Schublade, eine dritte, Socken, noch mehr Boxershorts, dann ist der Schrank mit den Shirts und Sweatshirts dran, bis in dem Koffer kein Platz mehr ist, für kein einziges Kleidungsstück mehr. Luke hat so viel eingepackt, wie er tragen kann.

Wir sehen uns kein einziges Mal an.

Mein Blick wandert zu dem Foto von mir auf Lukes Nachttisch. Ich habe den Kopf in den Nacken gelegt und lache, die Augen halb geschlossen, den Mund weit offen. Schnee glitzert auf meinem dicken grauen Pullover und in meinem dunklen Haar – Luke hat mich gerade mit einem Schneeball getroffen. Das Foto hat er an dem Tag gemacht, an dem wir uns verlobt haben. Es ist sein Lieblingsfoto von mir.

Er fasst es nicht an, schaut es nicht an.

Ich denke an all die anderen Fotos von mir, von uns, die er gemacht hat, wie er es geschafft hat, aus mir, die es hasste, fotografiert zu werden, einen Menschen zu machen, der dazu in der Lage ist, es zu genießen – na ja, zumindest wenn *er* das Foto macht. Ich denke an das allererste Mal zurück, als er mich fotografiert hat, daran, wie ein Fototermin, der eine halbe Stunde dauern sollte, zu einem ganzen Tag wurde, den wir miteinander verbrachten, einem Tag, der dann zu einem ganzen Leben wurde. Meine Wut, mein Zorn schmelzen dahin.

Damals hatte ich meinen Eltern anlässlich meines Uni-Abschlusses ein besonderes Geschenk machen wollen, etwas ganz Konkretes, das sie sich daheim an die Wand hängen konnten, etwas, um ein Gespräch über meinen weiteren Weg an der Uni in Gang zu bringen. Auf Luke als Fotografen war ich gekommen, weil seine Preise akzeptabel waren und sein Studio ganz in der Nähe meiner Wohnung war. Während er mich fotografierte, waren wir ins Gespräch gekommen, und irgendwann überredete er mich dazu, ihm zu erzählen, warum ich während des Termins in Tränen ausgebrochen war.

Und ich hatte es ihm erzählt.

Ich schilderte Luke, wie ich, nachdem ich meine Dissertation verteidigt hatte und binden ließ, auch meinen Eltern eine Kopie gegeben hatte. Wie sie sie anschauten, den Titel auf dem Einband lasen und innehielten. Und wie meine Mutter genau das Richtige sagte: »Mensch, Rose, wir gratulieren dir zu dieser tollen Leistung! Jetzt haben wir eine Frau Doktor in der Familie!« Trotzdem hatte ich unterschwellig gespürt, dass sie sich gar nicht sicher war, was für eine Art Doktor ich eigentlich geworden war. Dass es meinen Eltern Mühe bereitete, zu verstehen, warum ich mir diesen Doktortitel so sehr gewünscht hatte, obwohl es doch auch ein College-Abschluss getan hätte, etwas, das mein Vater, der Zimmermann war, nicht einmal geschafft hatte. Und dass meine Eltern und ich uns zwar nahestünden, dass wir oft miteinander telefonierten und uns auch regelmäßig sahen, wir aber das Thema Graduiertenstudiengang kaum anschnitten. Wann immer ich von einem weiterführenden Studium sprach, insbesondere mit meiner Mutter, hörte sie mir anfangs mit Interesse zu, doch dann schwand ihre Aufmerksamkeit dahin, sie sagte so etwas wie: »Ich verstehe nur die Hälfte von dem, was du sagst, Rose«, und man hörte ihr an, wie peinlich ihr das war. Ich erzählte Luke, wie sehr ich meine Eltern liebte, wie sehr sie meine Gefühle erwiderten und wie sehr ich mir wünschte, ich könnte ihnen das vermitteln, was doch ein so wichtiger Teil von mir geworden war, doch das war mir nie gelungen. Dass ich mir nichts so sehnlichst wünschte, wie die Distanz zwischen uns zu überbrücken, und deshalb sei ich hier in seinem Studio und wolle Fotos von mir machen lassen, als könnte das die Kluft zwischen uns schließen.

»Ich habe eine Idee«, sagte Luke, als ich am Ende meiner Geschichte angelangt war.

Er nahm meinen Talar und hängte ihn in einen Schrank, legte

meinen Doktorhut auf den Stuhl. Und dann sagte er, ich solle mit ihm an die Uni gehen, an der ich promoviert hatte.

»Okay«, sagte ich und dachte: *Warum nicht?*

Es war ein angenehmer Nachmittag, ein bisschen kühl und grau, aber trocken. Luke erzählte mir, ein bewölkter Himmel sei vom Licht her zum Fotografieren besser als Sonnenlicht. Als wir auf dem Campus ankamen, zögerte ich, weil es mir auf einmal seltsam vorkam, ihn herumzuführen.

»Ich will, dass du mir alles zeigst«, versicherte er mir. »Den Vorlesungssaal, deinen Lieblingsplatz in der Bibliothek, deine Lieblingsbank im Innenhof, den Raum, in dem du deine Doktorarbeit verteidigt hast. Ich wünsche mir den großen Rundgang, ich will alles sehen und erfahren, warum Rose es so toll fand, ihren Doktor zu machen.«

Je länger wir auf dem Campus herumschlenderten, und je mehr wir redeten, desto mehr schaffte ich es, zu vergessen, dass Luke Fotos machte. Unsere Fotosession dauerte vier Stunden und wurde zum Abendessen ausgedehnt – ich lud ihn ein. Ich bestand darauf.

Von jenem Tag gibt es Fotos von mir, wie ich den Flur meiner Fakultät entlanggehe, von meinen Augen, die in der Bibliothek auf das Regal mit den Monografien spähen, von mir, mit meiner Doktorarbeit in der Hand in dem Raum, in dem ich sie verteidigte; sie zeigen mich, wie ich in der Soziologieabteilung der Bibliothek nach Büchern suche, mit einigen meiner Lieblingsprofessoren plaudere, und es gibt einen besonders schönen Schnappschuss von mir und meinem Doktorvater. Die Fotos sind ein bisschen albern und ein bisschen lustig, und sie sind ganz und gar ich. Die besten fasste Luke in einem Album zusammen. Der Titel auf dem Einband lautete: *Für meine Eltern, in Liebe, Rose Napolitano, PhD.*

Meine Mutter und mein Vater setzten sich aufs Sofa und nahmen das Buch zwischen sich. Sie fragten mich nach jedem Foto, und ich erklärte es ihnen.

»Das ist mein Lieblingsfoto«, sagte mein Vater und zeigte auf das Bild von mir und meinem Doktorvater. »Vielleicht kann man davon noch einen Abzug machen, und wir hängen es ins Wohnzimmer.«

Ich lud Luke noch ein zweites Mal zum Essen ein, um mich bei ihm dafür zu bedanken, dass er sich solche Mühe gegeben und etwas so Besonderes daraus gemacht hatte, dass er meinen Eltern geholfen hatte, besser zu verstehen, zu was für einem Menschen ihre Tochter geworden war. Als ich ihm erklärte, wie toll meine Eltern das Album gefunden hatten und dass sie mir so viele Fragen zu meinem Studium gestellt hatten wie nie zuvor, nickte Luke.

»Ich war eigentlich nie so ein großer Freund von Porträts«, sagte er. »Ich finde, die besten Fotos sind diejenigen, die dich mitten im Leben zeigen, an Orten, wo du am meisten du selbst bist. Und du bist am meisten du selbst an der Uni, Rose.«

Ich schaute Luke an. Ich liebte ihn schon damals.

*

Luke legt die letzte Jeans auf den Klamottenstapel und zieht den Reißverschluss des Koffers zu.

»Wo gehst du hin?«, stoße ich hervor. Die Worte fühlen sich trocken und staubig an in meiner Kehle. Mein ganzer Körper sackt in sich zusammen, die Schultern, der Hals, gebeugt, niedergedrückt.

Er starrt auf seinen Koffer, auf das marineblaue Vinyl. »Ich kann nicht, Rose. Ich kann einfach nicht.«

»Was kannst du nicht?«

»Ich kann nicht bleiben. In dieser Ehe.«

Ich richte mich auf, in einer einzigen, plötzlichen Bewegung strecken sich meine Knie, meine Schultern, die Wirbel meines Rückgrats richten sich auf, die Ellbogen, die Handgelenke, die Finger straffen sich. »Du verlässt mich wegen dieser Vitamintabletten?«

Er dreht sich zu mir, richtet seinen Blick auf mich, messerscharf. Diesen Blick habe ich im vergangenen Jahr oft an ihm gesehen. Ein selbstgerechter, fast verbissener Blick, voll tragischen Bedauerns darüber, dass er eine Frau geheiratet hat, die sich weigert, ein Kind zu bekommen, koste es, was es wolle.

Und es kostet – ihn. Das begreife ich jetzt.

»Nein. Ich verlasse dich, weil ich ein Kind will und du nicht, und ich weiß nicht, wie ich aus dieser Zwickmühle rauskomme.«

»Wir haben uns doch immer verstanden«, sage ich. Meine Stimme klingt hohl. Besiegt. »Du hast mich immer verstanden.«

Luke schluckt. Gefolgt von einem kaum wahrnehmbaren Kopfschütteln.

Er hebt den Koffer vom Bett, stellt ihn mit einem lauten Knall auf den Boden. Dann packt er den Griff, stellt den Koffer schräg und rollt ihn an mir vorbei und aus dem Schlafzimmer.

Ich folge ihm. Vielleicht schwebe ich auch, ich bin mir nicht sicher, denn es fühlt sich an, als wären mein Körper und mein Gehirn voneinander losgelöst. Aber ich bewege mich, dessen bin ich mir sicher. Ich bewege mich, während Luke sich bewegt, quer durchs Wohnzimmer, an der lang gestreckten Kücheninsel vorbei, die wir uns vor zwei Jahren haben einbauen lassen, weil ich so gerne koche, weil ich mehr Platz brauchte, um zu schnippeln und vorzubereiten.

Dann hat Luke den kleinen Eingangsbereich vor der Wohnungstür erreicht. Er schlüpft in seine Schuhe, greift nach dem Türknauf, dreht ihn, ein lautes, scharfes Knarren.

»Mach's gut, Rose«, sagt er, mit dem Rücken zu mir. Das Hellblau seines langärmeligen Hemdes ist wie das Weiß der Kapitulation, und es signalisiert das Ende. Die Schlacht ist vorüber.

»Wo gehst du hin?«, frage ich ihn noch einmal.

»Ist doch egal«, ist alles, was er sagt.

Dann sehe ich, wie Luke durch die hohe Metalltür unserer Wohnung tritt und sich die Tür hinter ihm schließt. Ich höre, wie sie mit einem leisen Klicken ins Schloss fällt, höre, wie der Fahrstuhl auf unserer Etage hält, wie die Tür aufgleitet, Luke einsteigt, wie der Lift mit einem leisen Surren hinunter in die Lobby fährt, und dann herrscht nur noch Stille, endlose Stille. Keine Schritte mehr, kein Surren mehr, kein Rollen von Kofferrädern über den Holzboden, den Beton im Flur. Das ist das Geräusch des Alleinseins, wenn man von seinem Ehemann verlassen wird und auf sich selbst gestellt ist. Das ist das Geräusch, wenn man keine Mutter ist, wenn man es ablehnt, Mutter zu werden. Das Anti-Geräusch des Lebens, das vor mir liegt. Es wird lange dauern, bis ich mich daran gewöhnt habe.

VIER

22. SEPTEMBER 2004

ROSE, LEBEN 1–9

»Rose, es gibt da etwas, worüber ich mit dir reden muss.«

Das sagt Luke, nachdem er sich ein Stück Tuna Roll in den Mund geschoben hat. Er kaut, nimmt dann ein weiteres Sushi mit den Stäbchen auf. Thunfisch-Maki mag er am liebsten. Spicy und knusprig, nicht knusprig, Inside out, Outside in. Luke bestellt sich immer nur Sushi mit Thunfisch. »Eins Spicy, eins normal, noch eins normal«, sagt er dann zum Kellner. Ich mache mich über seine immer gleiche Wahl lustig, und dann lachen wir. Es ist eine von diesen Marotten, die man irgendwann an einem Menschen lieben lernt, einfach weil man diesen Menschen am allerliebsten auf der Welt hat.

Ich bin so sehr mit meiner eigenen Sushiplatte beschäftigt – jede Menge Lachs, ein bisschen Aal, ein bisschen Yellowtail –, dass mir Lukes ernster Ton zuerst nicht auffällt. »He, kann ich was von deinem Thunfisch abhaben?«, frage ich zerstreut und zeige mit den Stäbchen auf seinen Teller. »Du hast doch an die zwanzig Stück davon.«

Luke schnappt sich ein Spicy-Crunchy-Teil und legt es auf meinen Teller. »Rose, hast du eigentlich gehört, was ich gerade gesagt habe?«

Ich lächele. »Ja, äh …« Ich bin entspannt und genieße das Essen, weil wir heute etwas zu feiern haben. Letzte Woche hat Luke das erste Mal landesweit ein Foto in der Zeitung gehabt.

Seither trudeln immer mehr anspruchsvolle Aufträge ein. »Tut mir leid, was wolltest du sagen?«

»Ich denke in letzter Zeit viel über Kinder nach«, sagt er.

Ich lehne mich ruckartig in meinem Stuhl zurück. »Kinder?« Ich bin erschrocken, als wäre allein die Erwähnung dieser kleinen Wesen gleichbedeutend mit der Sichtung eines Einhorns unter den anderen Gästen. Unglaublich.

Luke legt seine Stäbchen quer über die winzige Schale mit der Sojasauce. »Kannst du dir irgendwie vorstellen, dass du es dir doch noch anders überlegst mit dem Kinderkriegen? Ich meine, dass es für uns im Leben was anderes geben könnte als Arbeit und Freunde? Vielleicht könnten wir ja … äh … noch mal drüber reden, was meinst du?«

Ein ziemlich holpriger Versuch seinerseits, und auffallend wortreich dazu; wenn einer meiner Studenten in einem Seminar einen solchen Vortrag halten würde, müsste ich ihn bitten, das Ganze noch einmal zu überarbeiten.

Am allerschlimmsten ist jedoch, dass ich es hasse, wenn man mir solche Fragen stellt.

Luke weiß, wie sehr ich es hasse.

Wann immer ich jemandem sage, dass ich keine Kinder will, dass Luke und ich nicht vorhaben, welche zu kriegen, schauen mich die Leute auf diese ganz bestimmte Weise an, und dann sagen sie irgendwas Herablassendes nach dem Motto, ich würde meine wahre Bestimmung erst erkennen, wenn ich Mutter geworden bin. Als wären wir Frauen qua Definition Mütter im Standby-Modus. Als erfolgte das Frauwerden zeitgleich mit dem Mutterwerden, eine Art latente genetische Veranlagung, die sich erst zeigt, wenn eine Frau ein bestimmtes Alter erreicht hat. Irgendwann merken Frauen, dass diese Veranlagung die ganze Zeit vorhanden war und sich nur noch nicht gezeigt hat.

Das bringt mich auf die Palme.

Zu Luke sagen die Leute nie so etwas.

Ich ziehe die Augenbrauen hoch. Ich spüre deutlich, wie sich meine Stirn in Falten legt. »Ich soll es mir mit dem Kinderkriegen anders überlegen?« Meine Stimme klingt eine Oktave höher. »Kennen wir uns nicht irgendwoher?« Ich lache. Ein lahmer Witz. Erst jetzt merke ich, wie ernst es Luke ist. »Wieso, hast *du* es dir denn anders überlegt?« Auf einmal schwant mir nichts Gutes.

Er nimmt sich lange Zeit für seine Antwort. So lange, dass mir auf einmal ganz flau im Magen wird, dass ich so hastig meine Stäbchen ablege, dass eins davon vom Tisch rollt und zu Boden fällt. Ich lasse es liegen.

»Na ja, ich habe mir gedacht, dass ich doch ganz gern ein Kind hätte«, sagt Luke.

Mir bleibt der Mund offen stehen, wird trocken. »Ganz *gern?*«

Er zuckt mit den Achseln. »Ich denke einfach, wenn wir älter werden und keine Kinder haben, tut es uns am Ende vielleicht leid.« Das sagt er ganz langsam, betont jede Silbe sorgfältig.

Der Kellner eilt herbei und legt ein frisches Paar Stäbchen auf den Tisch. Auf einmal wird mir ganz heiß. Ich weiß nicht, was ich Luke sagen soll. Genauer gesagt weiß ich es schon, aber wenn ich das laut sage, kriegen wir Krach.

Doch dann sehe ich, wie traurig Luke aussieht, und strecke meine Hand nach ihm aus. »Du weißt doch, was ich darüber denke, Luke. Ich möchte nicht, dass wir heute Abend streiten.« Ich schaue ihm in die Augen. »Ich liebe dich so sehr.«

»Rose.« Luke seufzt so tief, dass ich fast fürchte, er sinkt gleich über dem Tisch zusammen. »Ich will doch auch keinen Streit.«

Was ich wirklich gemeint habe, ist, dass für mich das Thema beendet ist. Aber das hat Luke offenbar ganz anders verstanden.

»Könntest du nicht einfach noch mal drüber nachdenken? Über das Kinderkriegen? Und ob du deine Meinung nicht ändern könntest? Weil damals, als wir uns kennenlernten und ich dir gesagt habe, ich wollte keine Kinder, da war ich wirklich davon überzeugt. Mir ist nie in den Sinn gekommen, dass ich meine Meinung ändern könnte. Aber dann haben Chris und seine Frau ein Kind bekommen«, fährt Luke fort und erklärt, dass es genau diese Wirkung auf ihn gehabt habe, als er erlebte, wie sein bester College-Freund Vater wurde. »Wenn ich dann diese Fotos für meine anderen Freunde mache, die jetzt alle Kinder haben, denke ich, wie es wohl wäre, wenn ich auch mit dir, Rose, ein Kind hätte. Wäre es nicht wundervoll, so ein kleines Wesen in die Welt zu setzen? Glaubst du nicht, dass wir zusammen ein unglaublich tolles Baby haben würden?«

Nein, nein, nein. Weil ich nie ein Kind haben wollte.

»Willst du das denn nicht auch?«

Nein. Auf keinen Fall. Niemals.

Ich bemühe mich so sehr, meinem Mann Gehör zu schenken und die Argumente in Betracht zu ziehen, warum er seine Meinung geändert hat. Und seine Argumente kommen mir durchaus vernünftig vor. Sie *sind* vernünftig. Ich kann verstehen, dass man von einer Sache überzeugt ist, wenn man zwanzig ist, und einem im Lauf der Zeit bewusst wird, dass man etwas ganz anderes denkt und seine Meinung geändert hat.

Natürlich liegt das Problem darin, dass Luke mir deshalb seine Gründe darlegt, damit *ich* meine eigenen Gründe, die dagegensprechen, überdenke. Und dass *ich* diejenige sein muss, die Kinder für ihn bekommt, damit sich für Luke diese neue Hoffnung auf Kinder erfüllen kann.

Ich hätte wissen sollen, dass dieses Gespräch irgendwann kommt. Schon vor heute Abend hat es Anzeichen dafür gegeben. Im Grunde waren sie offensichtlich gewesen. Aber was hatte ich getan? Ich hatte meine Augen vor ihnen verschlossen, genau das. Aber die Wandlung in ihm war auch graduell gewesen. So subtil, dass ich sie einfach nicht wahrhaben wollte. Wenn

Luke das Thema Kinder anschnitt, tat er es indirekt, in Zusammenhängen, die so weit von unserer potenziellen Wirklichkeit entfernt waren, dass ich beschließen konnte, es zu ignorieren – und das hatte ich getan, und zwar schon eine ganze Weile. Aber es verhielt sich so ähnlich wie bei einer Krebspatientin, die meint, wenn sie ihre Krankheit ignoriert, wird sie den Krebs davon abhalten, in ihrem Körper zu streuen und sie umzubringen.

Ich erinnere mich noch, wie Luke und ich damals in Rom Hand in Hand durch Trastevere gingen. Wir waren im Urlaub und hatten den auch dringend nötig. An allen Ecken gab es kleine Restaurants mit Tischen im Freien, an denen Menschen Wein tranken und köstliche Pasta verspeisten. Es war schwülwarm, aber das störte mich nicht. Luke und ich stießen immer mal wieder beim Gehen zusammen, auf die angenehme Art, wie es Paare beim Herumschlendern tun, wenn sie keine Eile haben und einfach den Nachmittag genießen.

Die Wohnung, in der wir abgestiegen waren, war winzig und lag im oberen Stockwerk eines Hauses. Sie bestand praktisch nur aus Terrasse, und wir fanden sie wunderbar. Damals waren wir bereits einige Jahre verheiratet und genossen es sehr, diese Auszeit von der Arbeit zu nehmen und einfach nichts zu tun, außer auf unserer Terrasse mit Büchern und Zeitschriften zu relaxen und den ganzen Nachmittag zu essen und zu trinken, bis wir pappsatt und wie benommen vom Genießen waren. Früher an diesem Tag hatte ich draußen im Schatten gesessen und einen Krimi gelesen, als Luke zu mir herauskam. Aus einem leidenschaftlichen Kuss wurde eine wilde Knutscherei, die dann in ebenso wildem Sex endete. Zuerst hatten wir Angst, jemand würde uns sehen, aber am Ende war es uns einfach egal.

Für mich fühlte es sich so an, als wären wir noch einmal in den Flitterwochen.

»Wir sollten das öfters machen«, sagte ich zu Luke, während

wir durch die römischen Straßen schlenderten. So hatten Luke und ich uns schon lange nicht mehr gefühlt. Gerade dachte ich, dass wir ja aus genau diesem Grund diese Reise gemacht hatten – um wieder ein Paar zu sein, das sich am helllichten Tag liebte, wenn ihm danach war. »Wir sollten das jetzt jeden Nachmittag tun, solange wir hier sind.«

Lukes Augen funkelten. »Die Nachbarn sind aber vielleicht nicht so begeistert.«

»Wir können ja versuchen, diskret zu sein. Wir *waren* doch diskret!«

»Wir müssten noch diskreter sein«, sagte Luke, aber ich sah ihm an, dass er meinen Vorschlag toll fand. *Ziemlich* toll.

Wir schauten uns die Speisekarte an, die vor einer kleinen Trattoria hing, gingen weiter, betrachteten die eines anderen Lokals. Mein Magen knurrte, weil er sich längst nach seinem nachmittäglichen Teller Nudeln sehnte, und meine Kehle lechzte nach einem schönen, kühlen Glas Wein.

Dann: »Schau dir das an«, sagte Luke. Er zeigte auf eine Gruppe kleiner Jungs, alle sieben oder acht Jahre alt, die mitten auf der Straße Fußball spielten. »Bei uns machen die Kids das gar nicht mehr«, sagte er.

»Wahrscheinlich nicht, nein«, erwiderte ich.

Sonst sagte ich nichts.

Luke blieb vor einer Bank stehen. »Magst du dich setzen?«

»Klar«, antwortete ich, obwohl mir der Sinn eigentlich nur nach Essen stand.

Schon als Luke damit angefangen hatte, von den Fußball spielenden Jungs zu reden, war ich nervös geworden. Damals hatten seine Eltern begonnen, uns wegen des Themas Kinderkriegen zu bedrängen – und je mehr er versuchte, sie abzuwimmeln, umso deutlicher wurde ihr Drängen. Eine Weile hatte er sich mir gegenüber darüber beklagt, hatte gesagt, wie nervig er das finde, doch dann hatten seine Berichte über die Gespräche mit seinen Eltern aufgehört. Zuerst hatte ich gedacht, er habe sich ihnen gegenüber klar genug ausgedrückt, und sie hätten endlich aufgegeben und beschlossen, unsere Entscheidung, keine Kinder in die Welt zu setzen, zu respektieren – schließlich hatten sie das von Anfang an gewusst, sogar noch bevor Luke und ich geheiratet hatten.

Was damals allerdings keinem von uns beiden bewusst gewesen war – Lukes Eltern glaubten nicht daran, dass wir meinten, was wir sagten. Sie glaubten, dass wir unsere Meinung irgendwann ändern würden. Ich denke, Nancy, Lukes Mom, ging davon aus, dass ich diejenige sein würde, die als Erste einen Kinderwunsch äußern würde, und bekniete mich entsprechend, als wir sie das nächste Mal besuchten. Doch ich hatte ihr immer wieder klargemacht – und zwar entschieden und deutlich –, dass das Thema nicht zur Debatte stünde. Und als ich nicht zu erweichen war, hatten sie und ihr Mann Joe versucht, stattdessen auf ihren Sohn einzuwirken.

Zunächst war das eine Erleichterung. Mir war es lieber, dass Luke derjenige war, den sie mit ihren Lobeshymnen auf die Freuden der Elternschaft traktierten. Doch nach einer Weile kam die Frage in mir auf, ob ihre Argumente und der Druck, den sie auf ihn ausübten, nicht doch ihre Wirkung auf ihn hatten.

Damals hatte er begonnen, mich auf all die Kinder in unserer Umgebung hinzuweisen, er sprach über ihre Eltern, was sie taten, wie sie miteinander umgingen, er kommentierte das alles und versuchte mich dazu zu bringen, es ebenfalls zu kommentieren. Er versuchte es zum Thema zu machen – wie man Kinder bekam, wie man sie großzog, was es hieß, Eltern zu sein. Ob ich denn dächte, dass sie glücklich über ihre Kinder waren. Darüber, wie sich ihre Kinder verhielten. Ob ich es denn gut fände, wie sie über ihre Kinder redeten, wie sie sie erzogen.

Ich spürte damals, dass Luke versuchte, mich zu ködern, dass er die Angel ausgeworfen und den Haken tief in meinem Körper, meinem Gehirn versenkt hatte, um mich umzustimmen. Und das gefiel mir nicht. Ich mochte es nicht, wie er mich drängte und in einer Sache, die für mich längst ausdiskutiert und erledigt war, zu manipulieren versuchte. Und ich hoffte, wenn ich nur einfach nicht reagierte, würde er irgendwann merken, dass er bei mir auf Granit biss. Ich war entschlossen zu glauben, Luke würde irgendwann aufgeben und die Sache auf sich beruhen lassen.

Dort in Rom saßen wir lange Zeit auf jener Bank, Luke beobachtete die Kinder, die Fußball spielten, während ich den Erwachsenen im Restaurant sehnsüchtig dabei zusah, wie sie ihren Wein tranken, ihre Pasta aßen. Ich versuchte, gegen die Bedrückung, die sich meiner bemächtigte, anzukämpfen, doch genau in diesem Moment lief eine junge Mutter mit einem Baby im Tragegurt vorbei, dann noch eine, die zwei Kinder rechts und links an den Händen hielt. Plötzlich waren überall Mütter und Babys. Ich schloss die Augen.

»Würdest du lieber hier ein Kind großziehen als in den USA?«, fragte mich Luke gerade. »Ich meine theoretisch, wenn wir denn ein Kind hätten.«

Wie jedes Mal, wenn er so etwas tat, hatte das bei mir eine sofortige Wirkung – ich machte komplett dicht, unser erotischer Nachmittag war wie ausgelöscht, und an seine Stelle war das dringende Bedürfnis getreten, mir Luke vom Leib zu halten. Merkte er denn gar nicht, wie mir das zusetzte? Und dass der Grund, warum wir keine Nachmittage mit leidenschaftlichem Sex mehr erlebten, genau der war? Warum merkte er nicht, dass er mich damit einfach nur noch abturnte? Was tat er mir bloß an – was tat er *uns* an?

Ich schüttelte den Kopf, sagte aber nicht, was ich eigentlich dachte. *Nein, denn ich will kein Kind großziehen, weder hier noch dort, das weißt du, weil ich überhaupt kein Kind will, und damit Schluss.*

»Vielleicht wäre es was anderes, wenn wir aus der Stadt rausziehen«, fuhr Luke fort. »Leichter. Ich meine, wenn wir in einer kleineren Stadt lebten, so wie die, in denen wir beide aufgewachsen sind.«

Trotzdem nein. »Hmmm.«

Ich weigerte mich, ihm eine Antwort zu geben. Luke wusste, wie ich zu der Sache stand, ich musste es also nicht zum wiederholten Male sagen. Oder wenigstens dachte ich, dass es nicht nötig war.

Schätze, da irrte ich mich.

*

»Ich bin mir nicht sicher, ob mir das Fotografieren im Leben genug ist«, sagt Luke jetzt. »Weißt du, was ich meine?«

Nach außen hin nicke ich. Innerlich hingegen schüttele ich nur den Kopf, wieder und wieder. *Nein, nein, nein. Ich weiß es nicht.* Und: *Ich dachte,* ich *wäre dir genug, Luke.*

Lukes Gesicht öffnet sich, es leuchtet. Er atmet tief durch. »Ich bin so froh, dass du das verstehst, Rose. Dass du versuchst, offen dafür zu sein.«

Ich reiße die Augen auf. »Na gut. Na gut«, sage ich, wie benommen. »Ich werde darüber nachdenken.« *Nein. Nein. Niemals.*

»Danke«, sagt er und isst sein letztes Stück Thunfisch-Sushi. »Ich *danke dir.*«

Mein eigenes Sushi bleibt unangerührt. Ich nicke wieder, aber kaum merklich. Kurz denke ich, mir wird schlecht.

»Dann meinst du also, du hast gute Chancen, dieses Stipendium zu kriegen?«, fragt er glücklich und wechselt das Thema. »Das ist so toll!«

Ich ringe um Worte. Irgendwann finde ich sie. »Ja. Scheint so. Das wäre super«, sage ich, wie ein Roboter.

Unser Gespräch geht weiter, gestelzt von meiner Seite aus. Luke hat alle Mühe, es in Gang zu halten. Wir bezahlen, gehen nach Hause. Luke blubbert über die Arbeit, über eine Geschäftsreise nach Boston, zu der er am Ende der Woche aufbrechen wird, wie sehr ihm der Thunfisch in diesem Restaurant schmeckt und dass sie dort immer so frischen Fisch haben.

»Rose, ich bin so froh, dass wir darüber gesprochen haben«, sagt er, als wir ins Bett gehen.

Ich schaue ihn an, sehe eine Ecke des Fotos von mir, das er neben sich auf dem Nachttisch stehen hat und das teilweise von seinem Körper verdeckt wird. Er wartet darauf, dass ich etwas sage. Vermutlich, dass ich ihm beipflichte. Wieder bringe ich nur ein leichtes Nicken zustande, bevor ich das Licht ausmache. Meine Augen stehen offen. Ich fühle mich allein, wenn Luke neben mir liegt. Als wäre unsere Zukunft entschieden. Als hätten wir einander bereits enttäuscht. Und als wäre er längst weg.

FÜNF

2. FEBRUAR 2007

ROSE, LEBEN 1

»Professor Napolitano?«

»Ja?« Ich bin beim Wegräumen von Seminararbeiten und Büchern und halte inne, schaue von meinem Pult in unserem Seminarraum auf. Gerade habe ich eine Lehrveranstaltung über feministische Methodik in der Soziologie beendet. Das Seminar wird von zwanzig Studenten besucht, die meisten von ihnen Frauen, eifrige, engagierte, aufrichtige Studentinnen. Manchmal würde ich sie am Ende der Vorlesung am liebsten alle um mich versammeln und ihnen Worte der Ermutigung und Ermunterung zurufen, bevor ich sie in die weitaus weniger aufrichtige Welt außerhalb unseres Seminarraums entlasse.

Eine von ihnen – sie heißt Jordana – steht vor mir und sagt: »Ich habe mich gefragt, was Sie wohl davon halten …«

Ich höre ihre Worte, aber ich höre sie auch wieder nicht, jedenfalls nicht genug, um zu begreifen, was sie sagt. Ich denke über Luke nach, über unsere Ehe, dass er immer noch nicht wieder nach Hause gekommen ist, eine Tatsache, die über mir schwebt wie ein Damoklesschwert, sobald eine Vorlesung zu Ende ist und die Ablenkung durch sie ein Ende findet. Ich denke ständig darüber nach.

Jordana steht mit gerunzelter Stirn vor mir und wartet auf meine Antwort, aber ich habe keine Ahnung, was sie mich eigentlich gefragt hat. Ihr Eulenaugen sind riesig hinter der ebenso großen Brille.

»Frau Professor?«

Ich drehe mich den Fenstern des Seminarraums zu, um mich zu sammeln. Die nackten Äste eines Ahorns, die noch im Herbst leuchtend rot belaubt waren, drücken sich gegen die Scheiben, dahinter graue Regenwolken. Jordanas Vater ist letztes Jahr gestorben. Ich erinnere mich noch gut daran, und dass ich damals hinterher diesen Tod in ihren Augen gesehen habe, wie einen feinen Nadelstich. Trauer, Verlust, Schmerz, all das, was sie durchgemacht hatte.

Ich zwinge mich dazu, sie anzuschauen. Da ist sie, immer noch deutlich sichtbar. Ihre Traurigkeit. Etwas, das dauerhaft geworden ist, auch wenn Jordana mit anderen Dingen – wie unserem Seminar – beschäftigt ist.

Ob man mir auch meinen Kummer ansieht?

»Alles in Ordnung mit Ihnen?«, fragt sie mich.

Ich öffne den Mund, schließe ihn wieder. Ich weiß nicht, was ich sagen soll.

Nein, mit Professorin Napolitano ist nicht alles in Ordnung. Sie geht jeden Tag nach dem Unterricht in ihr Büro, macht leise die Tür hinter sich zu und weint an ihrem Schreibtisch, in dessen Schubladen sie große Schachteln Kleenex aufbewahrt. Und wir sprechen nicht von diesen keck gemusterten, quadratischen Würfeln für den Hausgebrauch, mit deren Inhalt man sich gelegentlich die Nase putzt. Nein, hier handelt es sich um die großen, rechteckigen Profi-Schachteln für Seelenklempner mit dem Aufdruck *Die perfekte Begleitung, wenn Ihr Ehemann Sie verlassen hat.*

»Jordana, lieb von Ihnen, dass Sie fragen, wie es mir geht. Es geht mir gut.« *Es geht mir nicht gut. Überhaupt nicht.* »Wirklich. Danke. Was wollten Sie sagen?«

*

Später an diesem Nachmittag sitze ich in meinem Büro, brüte über den Seminararbeiten meiner Studenten und versuche mein Bestes, um mich zu konzentrieren, als Lukes Nummer auf dem Display meines Handys erscheint.

Ich gehe dran. »Hi«, sage ich. Kaum mehr als ein Flüstern.

»Hi, Rose«, sagt er, ebenso leise.

»Wie geht es dir?«, frage ich ihn.

»Ganz gut. Und wie geht es *dir?*«

Ich zögere. Dann: »Du fehlst mir«, sage ich.

»Ich weiß.« Er zögert. Dann: »Du mir auch.«

»Wirklich?«

Schweigen am anderen Ende der Leitung.

Und ich warte. Ich warte darauf, dass Luke sagt, ja, er vermisse mich auch. Ja, Rose, ich vermisse dich sehr. Ja, Rose, mir ist bewusst geworden, dass ich ohne dich nicht leben kann. Ja, Rose, ich komme nach Hause, ich kann keinen Tag mehr warten. Ich möchte, dass Luke wieder zu dem Mann wird, der er einmal war, der Mann, der nur mich brauchte und nicht auch noch ein Baby, der Mann, den ich glaubte, geheiratet zu haben. Ich wünsche es mir so sehr. Deshalb warte ich noch immer darauf, dass er endlich wieder zu mir nach Hause kommt, zu der Rose, die er einmal so sehr geliebt hat. Ich bin immer noch da, hier.

Letzten August, direkt nachdem Luke mich verlassen hatte, quälte ich mich durch das gesamte Prozedere der Vorbereitung auf das neue Semester, ich arbeitete meinen Lehrplan aus, sorgte dafür, dass alles vor Unterrichtsbeginn ausgedruckt war, wobei natürlich wie immer der Kopierer streikte. Ich begann mit den Vorlesungen, hielt Seminare ab, fuhr jeden Tag von meiner leeren Wohnung in mein Büro und abends wieder zurück, um allein zu Bett zu gehen. Dann, diesen Januar, fing alles wieder von vorne an. Ich schrieb meinen Lehrplan, machte Kopien davon. Und ich hoffte immer noch, dass Luke und ich wieder zusammenfinden würden. Mittlerweile ist es Februar, wieder hat ein neuer Monat begonnen, und wir haben immer noch nicht zusammengefunden. Noch nicht.

Wie oft habe ich an unseren Streit und an diese Vitamine zurückgedacht, habe alles Revue passieren lassen und mir vorgestellt, wie es anders hätte laufen können. Jedes Mal hätte ich etwas ein bisschen anders gemacht, und jedes Mal wäre etwas anderes herausgekommen. In den meisten dieser hypothetischen Fälle bleibt Luke bei mir, doch fast immer ist der Grund für sein Bleiben der, dass ich kapituliere. Ich sage, es tue mir leid, und ja, ich werde die Vitamine nehmen und das Baby bekommen, von dem er träumt, dass wir es haben werden.

Aber würde ich das? Würde ich das wirklich tun, nur um meinen Mann wieder zurückzugewinnen?

Vielleicht. Vielleicht würde ich es. Vielleicht sollte ich es.

Dann endlich, nach einer langen Pause und einem tiefen Seufzer, kommt Lukes Erwiderung. »Es gibt etwas, das ich dir sagen muss, Rose.«

Das Herz rutscht mir in die Magengrube. Es sind fast die gleichen Worte, die er damals beim Abendessen gewählt hat, um mir zu sagen, dass er ein Kind haben will. Der Klang seiner Stimme – sanft, aber gefasst, traurig, aber entschlossen – macht mir solche Angst, dass ich nicht sprechen kann. Ich kenne diese Stimme. Es ist – *jene* Stimme. Die Stimme, mit der er mir etwas Wichtiges mitteilt.

Dann sagt Luke: »Ich habe jemanden kennengelernt. Eine Frau, mit der ich mich treffe.«

»Eine Frau?« Nur zwei Wörter, doch als ich sie ausspreche, spüre ich auf einmal ein gewaltiges Gewicht in meinem Nacken, wie eine schwere Stahlkugel.

»Ja.«

»Wer ist es?«

»Das spielt doch keine Rolle.«

»Was soll das heißen, es spielt keine Rolle? Bist du in sie verliebt?« Die Kugel drückt sich noch tiefer in meinen Nacken.

»Rose, ich weiß es nicht. Aber was ich weiß, ist, dass ich mir ebenso sehr ein Kind wünsche, wie du dir keins wünschst. Dass ich eine Frau finden möchte, die ein Kind mit mir haben will. Und diese Frau will es.«

»Aber ...«

»Du willst wirklich kein Kind, und das wissen wir beide«, sagt Luke. »Es würde dich unglücklich machen. Das hast du selbst eine Million Mal gesagt.«

Er hat recht. Das habe ich gesagt. Mindestens eine Million Mal.

Ich fange an zu weinen.

Luke auch. Ich höre ihn am anderen Ende der Leitung weinen.

»Aber das alles habe ich gesagt, bevor ich wusste, es würde bedeuten, dass ich dich verliere«, flüstere ich.

»Ich weiß, du glaubst mir das jetzt nicht, aber eines Tages wirst du aufwachen und froh sein, dass ich dich verlassen habe.« Lukes Ton klingt bedauernd. Er schnieft. »Ich bin nicht gut für dich. Ich war schon lange nicht mehr gut für dich. Es wird dir besser gehen. Uns beiden wird es besser gehen.«

»Nein.«

»Doch.«

»Ich werde nie froh sein, dass du nicht mehr da bist«, sage ich in die Stille hinein. »Du bist die Liebe meines Lebens, und ich bin es für dich. Das haben wir von dem Moment an gewusst, als wir uns zum ersten Mal begegnet sind.«

»Ich weiß«, sagt er, und wieder bricht seine Stimme. »Das habe ich auch immer gedacht. Du weißt, dass das so war.«

Gedacht. War. Vergangenheit.

»Ich will das alles nicht aufgeben, Luke.«

»Das will ich auch nicht. Aber ich muss.«

ZWEITER TEIL

WIEDER AUFTRITT ROSE
LEBEN 2 & 3

SECHS

15. AUGUST 2006

ROSE, LEBEN 2

Luke steht neben meinem Bett. Er kommt nie auf meine Seite des Bettes. In der Hand hat er eine Flasche mit Schwangerschaftsvitaminen. Er hält sie hoch.

Er schüttelt die Flasche, es rappelt.

Ein dumpfes Klappern, weil die Flasche voll ist.

»Du hast es versprochen«, sagt er.

»Manchmal vergesse ich sie zu nehmen«, gestehe ich. Ich mache einen Schritt auf ihn zu.

Luke lässt die Schultern hängen. »Rose. Du hast es *versprochen.*«

»Ich weiß.«

»Warum nimmst du sie dann nicht?«

»Ich nehm sie ja. Nur nicht jeden Tag.«

Luke schüttelt die Flasche noch einmal. »Die ist fast voll.« Er öffnet sie, schaut hinein.

Ich gehe zum Bett hinüber und setze mich auf die Kante, ein Häuflein erschöpfte Ehefrau, deren Zukunft als Mutter immer bedrohlich am Horizont steht. Der helle Dielenboden glänzt im Sonnenlicht. »Vermutlich nehme ich sie nur ab und zu.«

Luke tapst zum Bett, setzt sich neben mich, die Matratze sackt unter seinem Gewicht zusammen, wir rutschen aufeinander zu. »Ich dachte, wir wollten es versuchen, Rose.«

»Ich sagte, ich nehme die Vitamine. Das ist alles, was ich gesagt habe.«

»Aber ich dachte, das bedeutet, dass wir offen dafür sind, ein Baby zu bekommen.«

»Ich habe versucht, offen dafür zu sein.«

Luke schaut mich an. Ich spüre seinen Blick warm auf meinem ohnehin schon erhitzten Gesicht.

»Ich habe es für *dich* versucht«, erkläre ich. »Und dann habe ich damit aufgehört.«

»Warum hast du mir das nicht gesagt?«

Ich blinzele. Lukes Haare stehen an einer Stelle ein wenig hoch, was ich immer schon geliebt habe. Der Anblick tut mir im Herzen weh. Ich möchte sie glatt streichen, was ich auch immer schon geliebt habe. Aber ich tue es nicht. Nicht jetzt. »Ich hatte Angst, es dir zu sagen. Ich wusste, du würdest sauer sein. Und ich habe mir Sorgen gemacht, was du wohl sagen würdest.«

Luke seufzt, ein schweres, langes Seufzen, doch da ist noch etwas anderes. Akzeptiert er, was ich sage? Ist er frustriert? Verzweifelt? Er birgt die Flasche mit den Vitaminen zwischen den Händen. »Was machen wir jetzt?«, fragt er.

»Ich weiß es nicht.«

»Doch, das weißt du.«

Diesmal ist es leicht, die Gefühle meines Mannes an seiner Stimme auszuloten: Wut, Sarkasmus.

»Sei nicht so«, sage ich.

»*Wie* soll ich nicht sein?«, kontert er barsch.

Auf einmal bin ich wie zweigeteilt – eine Frau und eine Ehefrau. Die eine Seite von mir möchte ihm die Flasche aus der Hand reißen und sie an die Wand schmeißen, so fest ich kann. Doch die andere will nur diese Kluft wieder überbrücken, die zu überqueren weder Luke noch ich bisher geschafft haben, seit sie begonnen hat, sich in uns zu öffnen.

Die eine Seite bekommt die Oberhand in mir.

Ich strecke die Hand aus, greife nach der von Luke, und ich

spüre in genau der Sekunde, in der wir uns berühren, in der *ich ihn* berühre, wie sein Ärger verfliegt.

Und da ist Hoffnung, ein Hauch von Hoffnung.

*

»Glaub bloß nicht, du kriegst mich schon noch rum.« Das sagte ich Luke bereits zum gefühlt tausendsten Mal. Damals waren wir schon seit mehr als einem Jahr ein Paar. »Ich habe nie Kinder gewollt und werde es mir auch nicht anders überlegen.« Ich wollte, dass das ein für alle Mal klar war – unmissverständlich klar.

Wir waren bei Lukes Eltern. Oben in dem kleinen Gästezimmer, das auch als Büro diente. Es war nicht mein erster Besuch, und jedes Mal, wenn ich hierherkam, war es mit unserer Beziehung ein Stück ernster geworden und fühlte sich ein bisschen mehr so an, als wäre es für immer. Luke und ich wollten an jenem Abend gerade nach unten zum Essen gehen, was wieder lustig und wundervoll werden würde, weil seine Eltern mich damals noch gut leiden konnten.

»Ich will doch auch keine Kinder«, sagte Luke. Auch das hatte er mir schon viele Male gesagt.

»Aber du musst es auch so meinen.«

»Ich meine es ja so!«

»Wirklich?«

»Ja. Hör auf, mich ständig in Zweifel zu ziehen, Rose. Das nervt.« Er verzog das Gesicht. »Außerdem ist mir das Fotografieren wichtig. Wenn wir ein Kind hätten, müsste ich vielleicht was anderes machen. Sich als Fotograf durchzuschlagen, ist schwer genug – das weißt du.«

»Das wäre nicht akzeptabel«, sagte ich, »dass du dir einen anderen Job suchst.«

»Ja, und genau deshalb musst du aufhören, mich wegen dieser Kindersache zu warnen. Du musst mir vertrauen.«

Luke und ich standen in dem kleinen, mit Teppich ausgelegten Bereich zwischen dem großen Schreibtisch und dem Ausziehsofa. Ich wollte auf gar keinen Fall, dass wir uns stritten, aber wann immer ich das Thema aufbrachte, überkam es mich irgendwie, ich spürte, wie Wut in mir aufstieg und mir die Kehle so eng wurde, dass ich meinem Ärger Luft machen musste. »Es ist nicht so, dass ich an dir zweifele, Luke. Aber ich weiß aus der Erfahrung all der Jahre, dass die Leute mir nie glauben, wenn ich sage, ich will keine Kinder. Das ist wie in dieser verdammten *Gelben Tapete!*«

»Rose, lass dich nicht frustrieren ...«

»Die Leute haben doch tatsächlich den Nerv, mir zu sagen, ich hätte vielleicht nur noch nicht den richtigen Mann gefunden, wenn ich kein Baby mit dir haben will! Aber ich bin mir hundert Prozent sicher, dass ich *kein* Baby will und du trotzdem der Richtige bist!«

Luke wurde rot, was bei ihm bedeutete, dass er glücklich war. »Ich bin der Richtige für dich«, sagte er. Eine Feststellung, eine Erklärung voller Selbstbewusstsein.

Wir waren uns beide unserer Sache so sicher.

»Das bist du«, sagte ich. »Du bist der einzig Richtige für mich.«

»Und nur das zählt«, sagte er lächelnd. Er strahlte.

Also strahlte ich auch.

Er schlang die Arme um meine Taille, und ich blickte zu ihm hoch. Hätte ich doch bloß gewusst, wie schnell die Gefühle, die man einem anderen Menschen entgegenbringt, ins Gegenteil umschlagen können. Oder hätte uns das sogar davon abgehalten, überhaupt zu heiraten?

»Ich liebe dich so sehr«, sagte ich in genau dem Moment, als seine Mutter uns zum Essen rief.

Zwei Tage später haben wir uns verlobt.

Wenn doch nur. Wenn doch nur …

Wenn es nur die Liebe wäre, die zählt.

Blöd. Wir waren so blöd.

Oder war nur ich so blöd? Warum sollte Luke mir glauben, was ich mir wünschte, wenn sonst niemand mir glaubte? Warum sollte ausgerechnet er eine Ausnahme sein?

*

Luke beugt sich ganz langsam hinab und stellt die Flasche mit den Vitaminen auf den Boden, zwischen das Bett und die Wand. Sie sieht komisch aus da unten, irgendwie fehl am Platz und einsam. »Das ist mein Fehler«, sagt er.

»Was meinst du?«

»Ich habe es dir versprochen.«

Mein Blick richtet sich auf Lukes Profil, seine Wange, das Auge, das ich sehen kann. *Das hast du, Luke. Du hast es versprochen.* »Was hast du versprochen?«, frage ich. Ist es so schrecklich, dass ich von meinem Mann verlange, es laut auszusprechen? Dass ich ihm und mir selbst in Erinnerung bringe, worüber wir damals gesprochen haben, bevor wir uns verlobt haben?

»Ich habe dir versprochen, dass ich keine Kinder will. Und dass ich begriffen hatte, du würdest es dir auch nicht anders überlegen, sobald wir verheiratet wären.«

Ich bin mucksmäuschenstill und halte den Atem an, denn ich weiß, Luke muss noch mehr sagen, muss weiterreden, muss wieder dorthin zurück, wo wir früher waren, dort, wo diese Ehe begonnen hat und wo wir uns darauf geeinigt haben, dass ich nicht gezwungenermaßen Mutter werden muss, damit diese Beziehung funktioniert, und er umgekehrt auch kein Vater.

»Und ich weiß, es ist nicht fair, dass ich dich gebeten habe, es dir noch einmal zu überlegen«, sagt er. »Aber ich habe es dennoch getan, und das macht uns fertig.«

Bei dem Wort *fertigmachen* zucke ich zusammen. Ich wende mich von Luke ab, richte den Blick nach unten und sehe sie wieder, diese kleine Flasche, die winzige Insel aus Plastik, einsam und verletzlich. Ich könnte sie mit einer Zehe anstoßen und umkippen.

»Glaubst du denn, dass wir am Ende sind?«, frage ich im Flüsterton.

Luke bleibt lange Zeit still. Zu lange. So lange, bis ich spüre, wie mein ganzer Körper in sich zusammensinkt, Wirbel für Wirbel, bis ich nur noch ein Häuflein Elend bin, das da auf dem Bett sitzt. Luke dreht sich um und streckt den Arm nach dem Bilderrahmen aus, der auf seinem Nachttisch steht. Er nimmt ihn und hält mir das Foto von mir hin.

Will er mich provozieren? Steht das Foto für all das, was wir verloren haben? Mein Magen krampft sich zusammen. Ist das der Moment, an dem Luke und ich getrennte Wege gehen, obwohl wir uns damals, als wir geheiratet haben, sagten, eines der tollsten Dinge am Heiraten sei, dass man nie wieder eine Trennung durchleben müsste?

Dann: »Nein«, sagt Luke. »Ich glaube nicht, dass wir am Ende sind.«

Ich wende mich ihm zu, diesem Profil, das ich immer so bewundert habe, dem eleganten Schwung seiner Stirn, die ganz sanft in den Nasenrücken übergeht. »Nein?«

Er schüttelt den Kopf. Er richtet seine Augen auf mich, und ich sehe, dass sein Blick flehend ist. »Es tut mir leid, Rose. Kannst du mir verzeihen? Kannst du geduldig mit mir sein, während ich mir alle Mühe gebe, wieder zu der Haltung zurückzukehren, die ich in Bezug auf das Kinderkriegen einmal hatte?« Er lässt den Blick auf das Foto von mir sinken. Fährt mit dem Finger am Rahmen entlang – zärtlich, liebevoll. »Vielleicht ist es ja an mir, mich rumkriegen zu lassen – nicht an dir?«

Ich nicke, während Luke all diese Dinge sagt. Eine Träne läuft mir über die linke Wange. »Ja, das kann ich. Das kann ich alles. Ich kann geduldig sein. Ich liebe dich. Ich liebe dich so sehr.«

Er wendet sich wieder mir zu. »Ich liebe dich auch, Rose.«

Dann stellt er das Foto auf den Nachttisch zurück, schlingt die Arme um mich, und wir umarmen uns so fest, wie wir uns seit Ewigkeiten nicht mehr im Arm gehalten haben. Und dieses winzige Rinnsal Hoffnung, das ich noch vor einem Moment in mir gespürt habe, weitet sich zu einem Fluss.

SIEBEN

20. DEZEMBER 2012

ROSE, LEBEN 3

»Addie, hol dir deinen kleinen Hocker her.«

Ich sehe meiner vierjährigen Tochter dabei zu, wie sie mit ernster und entschlossener Miene hinüber zu der Wand geht, wo ihr besonderer Kochhocker steht, direkt neben dem mit Bilderbüchern und Romanen vollgestopften Regal, wo sich ein Stapel Zeitschriften türmt und gefährlich zur Seite neigt. Sie zieht den Schemel, den mein Vater für sie geschreinert hat, herüber zur Kochinsel – dieses hübsche, kleine Möbelstück, leuchtend pink in ihrer Lieblingsfarbe gestrichen, obwohl Luke und ich versucht haben, sie davon zu überzeugen, dass Blau und Grün und Lavendel doch genauso hübsch sind wie die Fuchsia- und Beerentöne, zu denen sie sich immer hingezogen fühlt. Ihr Haar glänzt in dem Licht, das von oben kommt – es ist dunkelbraun wie meines, aber wild und ungezähmt wie das von Luke. Ich widerstehe dem Impuls, mit der Hand darüberzustreichen, weil ich weiß, sie wird mit einem empörten *»Mommy!«* lauthals protestieren. Manchmal ist meine Sehnsucht, sie zu berühren, einfach überwältigend.

Eine große, schwere Tüte Mehl wartet auf uns auf dem Küchentresen, daneben eine Kanne mit warmem Wasser, die Eier in Zimmertemperatur.

»Okay, Mommy«, sagt sie. »Ich bin bereit.«

Sie legt die pummeligen Händchen – die von Tag zu Tag

weniger pummelig werden – auf die Arbeitsfläche aus Holz. Es ist noch früh, so früh, dass Luke noch schläft und Addie und ich beide noch im Schlafanzug sind. Ihr Pyjama ist mit rosa Giraffen bedruckt; sie liebt Giraffen und bricht jedes Mal, wenn sie eines dieser Tiere im Fernsehen sieht, in begeistertes Quietschen aus. Überall in ihrem Kinderzimmer sind Giraffen, eine große dient mit ihrem Hals als Garderobenständer. Ihre Grandma, Lukes Mutter, hat sie ihr zum Geburtstag im März geschenkt. Im Hintergrund spielt leise Weihnachtsmusik. Aus Addies Miene spricht tiefste Konzentration, ihre braunen Augen spähen gespannt auf den Tisch mit den Zutaten, die kleinen roten Lippen sind geschürzt. Sie atmet hörbar durch die Nase.

Sie ist so ein ernstes Kind.

*

Just hear those sleigh bells jinga-ling.

»Weißt du noch, was wir als Allererstes machen, kleine Gnocchi?« Diesen Spitznamen hat meine Mutter Addie gegeben, und dabei ist es geblieben.

»Wir müssen eine … na, eine … eine *Kuhle* aus Mehl machen.« Addie spricht mit ihrer piepsigen Kinderstimme jedes Wort betont aus.

»Ja, sehr gut! Und wie machen wir das?«

Sie beugt sich über den Tresen, so weit sie kann, und greift nach der Tüte mit dem Mehl. Bevor sie sie umstößt, schiebe ich sie ein Stück weit zu ihr hin. Sie steckt eine Hand hinein und holt eine Faustvoll Mehl heraus, klatscht es auf die Arbeitsfläche und beginnt sofort, es kreisförmig zu verstreichen, so wie sie es mich zig Mal hat tun sehen. Ich greife ebenfalls in die Tüte, hole noch etwas Mehl und verteile es auf dem Tisch, was mir prompt einen aufmüpfigen Blick von Addie einhandelt – *Nein.*

»Ich *kann das,* Mommy.«

»Ich weiß, dass du das kannst. Na gut.« Ich hebe meine mehlbestäubten Hände und ziehe mich vom Tisch zurück, wo sie mit ernster Miene beginnt, die Kuhle für den Pastateig, den wir machen wollen, anzulegen. Vor und zurück schiebt sie das Mehl, in quälender Langsamkeit, fügt mehr und mehr Mehl hinzu, bis endlich ein kleiner Berg mit einem spitzen Gipfel entstanden ist. *Jack Frost nipping at your nose,* singt Frank Sinatra und liefert den Soundtrack zu Addies Bemühungen als kleine Pastaköchin.

Ich bin noch nie ein geduldiger Mensch gewesen, eine der Eigenschaften, von der ich geglaubt hatte, sie würde mich zu einer miserablen Mutter machen. Doch es ist seltsam, welche Ressourcen man manchmal in sich entdeckt, wenn da auf einmal ein Kind ist, und das eigene noch dazu. Wenn man ein Kind zur Welt bringt, wird alles an dir – wer du bist, wie du bist, dein Selbstwertgefühl, dein Körper – durchgerüttelt und geschüttelt und ist am Ende nie mehr so, wie es einmal war. Jeden anderen, der so lange gebraucht hätte, um ein paar Handvoll Mehl auf eine Arbeitsfläche zu schütten und zu einem Pastateig zu verarbeiten, hätte ich beiseitegeschubst und mich selbst ans Werk gemacht. Doch weil es Addie ist, kann ich hier in meiner Doctor-Chef-Schürze, die mir Luke letztes Jahr zu Weihnachten geschenkt hat, stehen und ihr dabei zusehen, wie sie im Schneckentempo die belanglosesten Dinge macht, als hätte ich Zeit bis zum Sankt-Nimmerleins-Tag.

»Also dann, Fräulein Gnocchi, ich denke, das ist dann genug Mehl. Gut gemacht! Und jetzt lass Mommy die Kuhle machen!«

Everybody knows a turkey and some mistletoe, singt Frank.

»Ich will helfen.«

»Klar kannst du mir helfen.« Ich hebe sie hoch – langsam wird sie richtig schwer – und halte sie über den schneeweißen Mount Everest aus Mehl. »Jetzt nimm beide Hände, Addie, genau so, mach sie flach, und drücke vorsichtig auf das Mehl, damit es sich nach allen Seiten ausbreiten kann, aber ohne zu stauben. Genau so! Toll machst du das! Und jetzt an den Seiten. Super! Und jetzt setz ich dich wieder auf deinen Hocker, und den Rest mache ich.«

»Aber …«

»Mein kleines Gnocchi-Knödelchen, du schaust jetzt Mommy ganz genau zu, damit du das beim nächsten Mal ganz allein machen kannst, okay?« Dass ich mich auf mich selbst in der dritten Person beziehe und noch dazu als Mommy bezeichne, steht ziemlich weit oben auf der Liste der Dinge, von denen ich früher gesagt habe, ich würde sie im Leben nicht tun.

Addie seufzt lang und tief. Nickt.

Ich mache mich an die Arbeit und habe buchstäblich alle Hände voll zu tun, um die Pasta nach Addies fragwürdigen Bemühungen zu retten. Addies Lieblingsweihnachtslied kommt im Radio. »He, Addie, singst du mit? *Ohhh, way up North where the air gets cold!*«

»Und wenn wir Daddy wecken?«, piepst Addie dazwischen, aber sie lächelt. Offenbar kann sie dem Gedanken, am helllichten Morgen, wenn andere Leute noch schlafen, aus vollem Halse zu singen, etwas abgewinnen.

»Ach, mach dir keine Gedanken wegen Daddy. Der wacht schon nicht auf«, sage ich. »Der würde weiterschlafen, wenn neben ihm eine Bombe hochgehen würde.«

*

Luke ist ein guter Vater. Ja, das ist er.

Oder er versucht es zu sein.

Aber seltsamerweise ist aus dem Luke, der so verzweifelt und dringend ein Kind haben wollte, nicht der Mann geworden, den ich jetzt, wo wir ein Kind haben, erwartet hatte. Ich meine, ich liebe ihn, er ist wundervoll, meistens gut drauf, er arbeitet viel, aber als Vater steht er nicht zur Verfügung. Nicht wirklich.

Praktisch jeden Morgen, seit Addie auf der Welt ist, habe ich meine liebe Mühe, Luke aus dem Bett zu kriegen, ihn dazu zu bringen, dass er mir überhaupt mit ihr hilft.

»Luke – *Luke*«, sage ich dann, gefolgt von einem tiefen, verärgerten Luftholen. *»Luke!«* Als Nächstes schreie ich ihm ins Ohr, versuche ihn mit beiden Händen wachzurütteln und wünschte, ich hätte eine Tröte, wie die, die Leute beim Fußballspielen benutzen, um Radau zu machen.

»Hmmm.« Das ist Luke, immer noch im Tiefschlaf, komatös, unfähig, die Augen aufzumachen, und sich seligerweise der Tatsache nicht bewusst, dass es in unserem Haus ein Baby gibt, ein Baby, das schon bald zu krabbeln anfängt und mittlerweile zu einem quicklebendigen, redseligen Vorschulkind herangewachsen ist, ein Kind, das immer da sein wird, das unsere ganze Sorge und Aufmerksamkeit braucht, das *immer* unsere ganze Sorge und Aufmerksamkeit brauchen wird.

Als ich mich damals endlich für eine Schwangerschaft bereit erklärt hatte, hatten Luke und ich abgemacht, uns die Aufgaben zu teilen, ja, Luke versprach, mehr als nur seinen Teil dafür zu leisten, da schließlich ich das Kind austragen musste, ganz gleich, auf welche Weise die Schwangerschaft zustande kam. Er würde es wiedergutmachen, hatte er geschworen.

Doch nichts und niemand kann einen auf die Realität dieses allerersten Jahres vorbereiten. Die Frau macht alles. Ich meine, schließlich ist es ihr Körper, und das stellt die Weichen für alles, was noch kommt. Da sind die Monate der Schwangerschaft, da ist die Brachialgewalt der Geburt, dieser gellende Nebel aus Schmerz, gefolgt von der unerbittlichen Wirklichkeit, dass du zwar gerade erst das schlimmste körperliche Trauma durchlebt hast, das eine Frau in ihrem Leben erdulden kann, doch kaum ist es vorüber, bist du verantwortlich für dieses hilflose, kleine Wesen, das versucht, dich buchstäblich *aufzufressen*.

Ich hatte nicht vorgehabt zu stillen, unter gar keinen Umständen. Luke und ich stritten endlos darüber. Luke wartete jeden Tag mit neuen Argumenten aus Zeitschriften und Zeitungen auf, warum das Stillen so essenziell und es praktisch *kriminell* sei, es nicht zu tun. Ich hingegen sagte: Nein, niemals, nur über meine Leiche, und man könne ein Kind auch mit der Flasche aufziehen. Sowohl Luke als auch ich waren nicht gestillt worden und hatten uns trotzdem prächtig entwickelt. Doch als ich Addie dann zum ersten Mal sah – nach zwanzig Stunden Wehen und dem Wahnsinn eines Notkaiserschnitts –, hatte ich trotzdem diesen seltsamen, unerklärlichen Drang verspürt, es doch zu tun. Wer hätte das gedacht?

Wenn ich nicht diesen Moment erlebt hätte, als ich zum ersten Mal in Addies wundersames, zerknautschtes kleines Gesicht schaute und beschloss, sie doch zu stillen, dann hätten Luke und ich es ja vielleicht tatsächlich geschafft, diese Fifty-fifty-Sache durchzustehen. Doch ich hatte ihn nun mal, diesen Moment, wir schafften es nicht, uns die Aufgaben zu teilen, und jetzt ist Luke eben ein – na ja – guter Vater, aber nicht so gut, wie ich es erwartet hatte.

Kurz nachdem Addie auf die Welt kam, begann er außerdem, viel beruflich unterwegs zu sein. Wenn ich eine Bemerkung dazu machte, lachte er nur und sagte: »Nein, das stimmt nicht. Das bildest du dir nur ein, Rose. Wahrscheinlich ist es der Schlafmangel.« Dann kam er zu mir an den Herd, wo ich eine Pfanne mit brutzelndem Knoblauch und Brokkoli überwachte, und küsste mich auf den Hals. »Ich liebe dich, weißt du. So sehr.«

»Ich liebe dich auch«, erwiderte ich, denn das tat ich und tue es immer noch. Doch es war nicht nur Schlafmangel. Ich wusste, dass er mehr unterwegs war als früher, als Addie noch nicht auf der Welt war.

Als ich ihn deshalb einige Monate später noch einmal zur Rede stellte, war seine Antwort nicht mehr ganz so liebevoll.

»Es kriegt nicht jeder gleich eine Beförderung, wenn er mal etwas veröffentlicht«, konterte er bissig. »Ich versuche die Brötchen für uns zu verdienen, okay?«

»Ich weiß, dass du hart arbeitest«, sagte ich. »Aber es wäre mir lieber, wenn du mehr bei uns zu Hause wärst. Es ist nicht leicht, Addie allein großzuziehen.«

Er machte den Mund auf, um noch etwas zu sagen, überlegte es sich dann aber anders. »Aber du machst das so toll mit ihr. Besser als ich.« Er lachte, doch es war ein trauriges Lachen.

»Luke«, protestierte ich, und meine Frustration ließ nach. »Du machst das doch auch toll mit Addie. Wirklich.« *Wenn du denn mal da bist,* fügte ich insgeheim hinzu.

»Ich versuche es«, sagte er.

Nicht genug. »Außerdem ist das kein Wettbewerb. Du müsstest einfach nur öfters bei uns sein. Du müsstest öfters *bei mir* sein.« Das hinzuzufügen, konnte ich mir nicht verkneifen. »Du und ich, wir verbringen doch kaum mehr Zeit allein miteinander.«

Darauf antwortete er nicht. Stattdessen sagte er. »Ich gehe jetzt ins Deli runter und hole ein paar Bagels. Willst du was?«

Ich schüttelte den Kopf.

Er verließ die Küche, nahm seinen Mantel und ging.

Ich ging ins Schlafzimmer und starrte lange Zeit auf die beiden Fotos, die auf Lukes Nachttisch stehen – das eine von mir, lachend im Schnee, das schon immer dort steht und zu dem ein zweites aus jüngerer Zeit hinzugekommen ist. Es zeigt Addie und mich lachend im Schnee. Die Bilder passen perfekt zusammen. Luke schaut sie sich jeden Abend vor dem Schlafengehen an. Er sagt, es erinnere ihn daran, wie dankbar er für sein Leben ist, und an all das, was gut ist. Wenn ich mir diese Bilder anschaue, hilft es mir dabei, mich daran zu erinnern, dass ich einen Ehemann habe, der uns liebt, so gut er kann.

Später an jenem Abend entschuldigte sich Luke und sagte, er werde versuchen, mehr zu Hause zu sein. Am nächsten Tag kam er nach Hause, überschäumend vor Aufregung, und brachte mir einen Riesenstrauß Pfingstrosen, meine Lieblingsblumen, mit. Er küsste mich und erklärte, er habe seine Eltern gebeten, am Wochenende auf Addie aufzupassen, und dann würden wir etwas ganz Tolles zusammen machen, nur wir beide. Es sei ihm bewusst geworden, dass wir seit Addies Geburt kein Wochenende mehr weg gewesen waren und dass wir das brauchten. Dass ein Tapetenwechsel gut für uns sein würde, und wir würden wieder Rose und Luke sein, nicht Rose und Luke und Addie.

Ja, dachte ich. *Ja*.

Das kleine Hotel, in dem wir eincheckten, lag direkt am Meer, und wir hatten ein Zimmer mit Aussicht; es fühlte sich an, als wären die Wellen zum Greifen nah. Wir saßen in der Bar wie Erwachsene, die keine Eltern waren, nippten an unserem Wein, lachte wie in guten alten Zeiten; wir verspeisten ein wundervolles, ausgiebiges, köstliches Abendessen; und dann gingen wir zu Bett und liebten uns mit der ganzen Freiheit, die wir immer genossen hatten, bevor Addie auf die Welt kam – der Freiheit von der Sorge, unterbrochen zu werden oder zu viel Lärm zu machen. Ich erinnerte mich wieder an die Dinge, die ich einmal an dem Mann geliebt hatte, den ich geheiratet hatte, Dinge, die Menschen vielleicht aus dem Blick verlieren, wenn sie Eltern werden. Ich denke, auch er erinnerte sich wieder an all diese Dinge. Ich hoffe es.

Lukes Eltern meldeten sich nicht, kein einziges Mal.

»Genießt es, ihr zwei«, hatte Lukes Mutter Nancy zu mir gesagt, als wir fuhren.

Ich war ihr so dankbar, dass ich etwas tat, das ich schon seit Jahren nicht mehr getan hatte – ich fiel ihr um den Hals. Nancy schnappte, offenbar überrascht, nach Luft, als sich meine Arme um ihren schmalen Körper schlossen. Dann erwiderte sie meine Umarmung, voller Herzlichkeit.

Ich war immer noch nicht ganz darüber hinweggekommen, wie Lukes Eltern mich behandelt hatten, als ich darauf beharrte, keine Kinder haben zu wollen. Mittlerweile kommen wir ganz gut zurecht, weil sie Addies Großeltern sind, aber von Addie einmal abgesehen ist meine Beziehung zu ihnen vergleichbar mit einem Shrimpscocktail – immer ein bisschen zu kalt und längst nicht so gut, wie man gehofft hat.

Trotzdem durchströmte mich in jenem Moment so viel Wärme angesichts der Herzlichkeit, die meine Schwiegereltern auf einmal an den Tag legten, dass ich, ehe ich's mich versah, auch Lukes Vater umarmte.

Was dazu führte, dass Luke unser Wochenende mit einem breiten Lächeln begann. Meine Wut auf seine Eltern – meine »Weigerung zu verzeihen«, wie Luke es formulierte, obwohl er nicht einmal bemerkte, dass sie mich nach wie vor wie einen Fremdkörper behandelten – war immer schon ein Problem zwischen uns gewesen.

Unser Wochenende konnte also nur besser werden.

Wenn es hart auf hart kommt, dann denke ich an unsere kleine Auszeit dort am Meer zurück; zum Beispiel, wenn es immer unmöglicher wird, Luke dazu zu bringen, früher aufzustehen und mit Addie in den Park zu gehen, wie er es versprochen hat. Dann sage ich mir, man muss einfach nur mal wieder ein Wochenende wegfahren, und alles wird wieder gut. Einfach so. Simsalabim.

*

Es klingelt an der Tür.

»Wer ist das, Mommy?«

Addie und ich sind mit Mehl bestäubt, Teig haftet an unseren Händen, an den Unterarmen. Ein bisschen was davon klebt sogar an Addies Wangen, in ihrem Haar. Sie sieht aus, als hätte sie sich auf der Arbeitsfläche gewälzt. »Du bleibst hier«, sage ich. »Nichts anfassen.«

Wir haben gerade die Kuhle zerstört, ein heikler Punkt beim Pastateigmachen. Währenddessen schmettert Mariah Carey mein absolutes Lieblingsweihnachtslied. Ich singe lauthals mit, während ich mir die Hände an der Spüle wasche – Pastateig ist nicht leicht abzukriegen. Am Abend würde ich immer noch Spuren davon an meinen Unterarmen, am Hals, am Fuß spüren.

Es klingelt wieder, und noch einmal. »Komme! Komme schon!«, rufe ich. Ich drehe den Wasserhahn ab und trockne mir die immer noch leicht verklebten Hände ab. Klebrige Teigbatzen haften an meinen Handflächen, meinen Fingern und schälen sich ab, wie Zombiehaut.

»Vielleicht bringt jemand Weihnachtsgeschenke«, sagt Addie hoffnungsvoll. Sie steht auf ihrem kleinen Hocker und schwenkt ihr Hinterteil zu Mariahs Gesang. Luke und ich haben Addie davon überzeugen können, dass der Weihnachtsmann seine Geschenke auch schon vor Weihnachten ausliefert und seine Boten sich nicht als Elfen verkleiden, sondern als UPS-Mitarbeiter.

Meine beste Freundin Jill, ihres Zeichens Psychologieprofessorin an meiner Uni, steht vor der Wohnungstür, als ich sie öffne, in der Hand eine große braune Einkaufstüte. »Ich habe versucht, dich anzurufen, aber du gingst nicht dran!« Sie lässt den Blick über meine mehlbestäubte Person mitsamt Schürze schweifen und fügt hinzu: »Doctor Chef!«

»Ich hab mein Telefon auf stumm gestellt!«

Sie geht hinein und schlüpft auf der Stelle in die Slipper, die sie für ihre Besuche bei uns deponiert hat. »Oh, Mariah Carey! Mein Lieblingssong! *I just want you for my own, More than you could ever know!*«

Ich folge ihr, grinsend über ihr Gegröle, das nicht nur falsch, sondern auch laut und überschwänglich ist. »Außerdem bin ich gerade nicht dazu in der Lage, etwas anzufassen«, sage ich.

Sie stellt die Tüte auf den Küchentisch. »Servus, kleine Gnocchi!«, ruft sie und umarmt Addie – Mehl hin oder her –, was dieser ein glockenhelles Lachen entlockt. Jill hat keine Kinder. Sie will keine, sie ist wie ich. Oder wie ich *früher war.* »Tut mir leid, dass ich eure Kochshow unterbreche, aber ich habe Wichtiges mit deiner Mom zu besprechen.« Jill gibt Addie einen Schmatz auf die Wange, wiegt ihre Hüften zur Musik und wendet sich dann mir zu. »Wo ist Luke? Schläft er noch?«

»Was sonst?« Ich sehe zu, wie Jill anfängt, die Tüte auszupacken, immer noch am Tanzen. Eine Schachtel Donuts. Pralinen. Eine Tüte buttriger Croissants aus meiner Lieblingsbäckerei.

»Was soll das werden?«, frage ich. »Eine Party?« Als Nächstes kommt Orangensaft, gefolgt von einer Flasche Champagner. Ich mache innerlich einen kleinen Satz. »Was geht hier vor?«

»Du warst heute Morgen noch nicht online. Hast du mal in deine Mails geschaut?«

»Nein. Sag's mir.«

Jill grinst. Sie öffnet die Flasche Orangensaft.

»O mein Gott, ich hab's gekriegt? Sag mir, hab ich's gekriegt?«

Eine Pause von Jill, ein Trommelwirbel auf dem Küchentresen. Dann: »Jawohl, du hast es! Du kriegst das Stipendium! Die Liste der Empfänger ist heute Morgen online gegangen!«

»Das gibt's doch gar nicht! Willst du mich verarschen?«, rufe ich. Ich schlage mir die Hand vor den Mund, als ich sehe, wie Addie mich anschaut. »Wow, wow, wow! Das ist so toll? Was für ein geiler Scheiß!«

»Mommy!«

»Sorry, mein Herz, kommt nicht wieder vor!«

Jill hält die Champagnerflasche ein Stück von sich weg und öffnet sie gekonnt. Addie schreit überrascht auf, als sie das laute Ploppen hört. Ich hole drei Sektflöten aus dem Schrank. Wahrscheinlich ist es keine gute Idee, Addie auch eines der zarten Gläser in die Hand zu drücken, aber ich kann einfach nicht anders; außerdem wird ihres natürlich nur Orangensaft enthalten. Ich stelle die drei Gläser nebeneinander auf die mehlbepuderte Kücheninsel, und Jill gießt uns Sekt Orange ein, für Addie Saft.

»Das blubbert ja!«, sagt Addie und bestaunt den Champagner. Sie beugt sich vor, studiert aufmerksam die aufsteigenden Perlen in der Flasche.

»Nur für Erwachsene«, sagt Jill.

»Och.« Addie klingt enttäuscht. Eine Kindheit ist voll von solch schrecklichen Enttäuschungen, ständig hört man »Nein« – nein, das kannst du nicht haben, nein, das darf man nicht sagen, nein, das tut man nicht. Darüber beklagt sich Addie ständig bei uns. *Warum ist die Antwort immer Nein?,* fragt sie. Das habe ich als Kind auch immer gefragt, pflegt meine Mutter mich zu erinnern. Das habe sie wahnsinnig gemacht, fügt sie dann mit einem großen, zufriedenen Grinsen auf dem Gesicht hinzu.

Jill schnappt sich ihre Sektflöte von der anderen Seite der Kochinsel. Der halb fertig geknetete Pastateig ruht als großer Klumpen inmitten der Mehlkuhle. »Auf dich, Rose!«

Ich hebe mein Glas, helfe Addie mit ihrem. Sie wackelt ein bisschen, kippt den langen Stiel gefährlich tief, und prompt verschüttet sie etwas Orangensaft auf dem Küchentresen.

»Hoppla!«

Addie lacht, während wir uns zuprosten.

Wir stoßen an. Von Addies Saft landet noch mehr auf der Tischplatte, diesmal auch ein bisschen im Nudelteig, aber das ist mir egal. Das Prickeln der Champagnerbläschen geht mir direkt ins Blut.

»Und auf Gnocchi!« Ich stupse Addie an. »Das bist du, mein Goldstück!«

Sie lächelt, wobei getrockneter Pastateig von ihren Wangen rieselt.

Ich gebe ihr einen dicken Kuss auf die Stirn.

»Mommy!«, protestiert sie und windet sich.

Wenn mich vor fünf Jahren jemand gefragt hätte, was passieren würde, wenn ich ein Kind bekomme, hätte ich gesagt, ein Baby ist ein Karrierekiller. Das stimmt, im ersten Jahr habe ich wirklich gedacht, ich könnte mich nie wieder ausgeruht fühlen. Ich war die ganze Zeit so müde.

Dann, eines Abends – die lange Halluzination von Addies erstem Lebensjahr dauerte bereits eine gefühlte Ewigkeit an – konnte ich nach dem Stillen nicht einschlafen. Ich klappte meinen Laptop auf und fing an zu schreiben. Ich schrieb mir meine Zweifel von der Seele – wie es sich anfühlte, Mutter zu werden und zu sein, nachdem ich mich so lange dagegen gesträubt hatte. Machte mich dieses *Vorher* denn zu einer schlechten Mutter? Spielte dieses *Vorher* denn überhaupt eine Rolle, nachdem ich längst mit beiden Beinen im *Nachher* stand? Beurteilten mich die Menschen strenger, sahen sie mich mit größerem Argwohn? Machten sie sich Sorgen um meine kleine Tochter, weil sie befürchteten, ich könnte mich in Sachen Mutterschaft als untauglich erweisen? *War* ich denn untauglich? Gab es denn noch andere zögerliche Mütter auf der Welt, mit ähnlichen Bedenken, oder war ich ganz allein?

Eines Abends kam Jill herüber. Sie hatte mir versprochen, nicht die ausgespuckte Milch auf meinem Pullover zu bemerken, und hatte Wein sowie Whiskey für nach dem Wein und etwas zum Knabbern dabei. Ich hatte vorher reichlich Milch abgepumpt, wie es sich für eine gute Mutter gehörte, damit ich mit ihr trinken konnte. Während der Schwangerschaft hatte ich mir genüsslich immer Wein bestellt, wenn wir zum Essen ausgingen – nur ein Glas, und die tadelnden Blicke der Leute erwiderte ich mit trotzigem Grinsen. Auch darüber hatten Luke und ich gestritten, und seine Eltern bekamen einen Anfall. Ihre Anfälle und die empörten Blicke der anderen waren der Grund, warum ich mir am liebsten ein zweites Glas bestellt hätte, und einen Tequila noch hinterher.

Damals erzählte ich Jill, ich hätte wieder ein bisschen geschrieben, allerdings hauptsächlich eine Liste von bangen Fragen. Ich erzählte ihr, dass ich mich gefragt hätte, ob ich eigentlich die einzige Frau sei, die das so empfand – und ob die Tatsache, dass ich ursprünglich kein Kind hatte haben wollen, unweigerlich dazu führte, dass ich Addie keine gute Mutter sein würde.

Jill sah mich herausfordernd an. »Nun, Professor Napolitano, warum versuchst du nicht einfach, das herauszufinden?«

»Was denn?«

»Diese Überlegungen klingen nach einem sehr guten Fragenkatalog für eine wissenschaftliche Untersuchung, Rose.«

»Findest du?«, fragte ich leicht verzögert, weil ich so erschöpft war, dass meine Reflexe wie abgestumpft waren. Doch dann war es auf einmal wieder da, dieses alte Gefühl, das mich immer daran erinnerte, warum ich all die Mühen auf mich genommen hatte, um zu promovieren – schwach, aber irgendwie auch vertraut. Aufregend. »O mein Gott, du hast recht. Auf diesen Fragen könnte man eine Studie aufbauen. Sie *sind* eine Studie.«

Jill nickte.

Sie hatte recht.

Jener Abend, es fühlt sich an, als wäre er Ewigkeiten her, und das ist er auch. Ich brauchte lange, bis ich das Proposal für die Bewilligung eines Stipendiums zusammenhatte, länger als normal. Doch ich schaffte es. Und jetzt stehe ich hier in meiner Küche und feiere, trinke Champagner und stopfe mir Donuts und Schokolade in den Mund. Addie hat schon mindestens vier Karamellen gegessen. Auf ihren Wangen klebt jetzt außer dem Pastateig auch noch eine Schicht geschmolzener brauner Zucker.

»Ich bin so aufgeregt«, sage ich zum gefühlt zehnten Mal zu Jill. »Ich kann es kaum glauben.«

In diesem Moment kommt Luke in seinem blauen Frotteebademantel aus dem Schlafzimmer und reibt sich die Augen. »Was kannst du nicht glauben, Rose?«

»Baby! Guten Morgen!«

»He, Luke«, sagt Jill.

»Hallo, Daddy.«

»Hm-hm.« Luke geht zu Addie, hebt sie von ihrem Stuhl hoch und drückt sie. Dann wendet er sich an mich. »Du nennst mich so früh am Morgen nie Baby. Was ist denn passiert?«

»Ich kriege das Stipendium, Luke. Ich habe es bewilligt bekommen!« Ich kann nicht anders als quietschen, und Jill quietscht mit. Wir hüpfen auf und ab, die Reste unseres Sekt Orange schwappen in unseren Gläsern, etwas landet auf dem Boden.

»Wow! Das ist toll, Rose, Wahnsinn! Herzlichen Glückwunsch! Du hast es geschafft!«

Als Luke das sagt, als er mir so nachdrücklich und begeistert gratuliert, ist mein Blick immer noch auf Jill gerichtet, doch jetzt drehe ich den Kopf zu ihm und betrachte meinen Ehemann. Meine Aufregung hat sich ein wenig gelegt, auch wenn ich immer noch atemlos bin. Ich schaue Luke an, sehe das breite Lächeln auf seinem Gesicht, höre, wie er all die Dinge sagt, die man von einem stolzen Ehemann hören möchte. Und doch spüre ich, dass er nicht ehrlich ist, während er seine wohlmeinenden Worte sagt und dabei grinst. Er freut sich nicht für mich. Er ist alles andere als glücklich. Das weiß ich. Eine Frau merkt so etwas immer.

ACHT

19. SEPTEMBER 2008

ROSE, LEBEN 2

Luke betrügt mich.

Ich bin mir sicher.

Das ist meine Strafe, oder nicht?

Das ist meine Strafe dafür, dass ich keine Kinder will. Dass ich meinem Ehemann und seinen Eltern ein Kind beziehungsweise ein Enkelkind verweigere. Dass ich mich nicht erweichen ließ, sondern mich durchgesetzt habe. Ich hatte einmal einen Mann, der mich liebte, führte ein glückliches Leben, doch weil ich diese Entscheidung getroffen habe, liebt mein Mann auf einmal eine andere.

Und woher weiß ich das?

Na ja.

Besser wäre es, andersherum zu fragen: Wie könnte ich es nicht wissen?

Wie könnte nicht eine jede Frau es wissen, wenn es ihr passiert?

Es ist nicht so, dass Luke verdächtige Anrufe bekommt oder so etwas. Es ist mehr eine Art sechster Sinn, der es mich erahnen lässt. Die Art und Weise, wie er sich verhält. Nein, es ist das, wie er mich anschaut – oder, besser gesagt, *nicht* anschaut.

Eine Distanz. Da ist eine Distanz zwischen uns, seit wir diesen blöden Streit wegen der Vitamine hatten, den Streit, der damit endete, dass er mir versprochen hat, keinen Druck mehr auf mich auszuüben, was das Kinderkriegen angeht. Zuerst wurde zwischen uns alles besser, und dann …

Er ist immer geistesabwesend, aber es sind weder seine häuslichen Pflichten noch sein Job oder seine E-Mails, die ihn ablenken. Irgendwie ist er einfach immer mit dem Kopf woanders, an einem Ort, an dem ich ihn nicht erreichen kann. Wenn ich es versuche, kommt er von dort zurück, aber auf eine Weise, die irgendwie übertrieben ist. Da ist so eine gezwungene Fröhlichkeit, eine gespielte Zuneigung. *Zu viel* Zuneigung.

Dann sagt er manchmal etwas so Überzogenes wie: »Rose, du bist wirklich die einzige Frau, die ich jemals geliebt habe – das weißt du, oder?« Und das, nachdem ich ihn irgendwelche Belanglosigkeiten gefragt habe wie: *Luke, hast du mein Lieblingsshirt gesehen?* Oder: *Luke, wie wär's mit Pilzrisotto zum Abendessen?*

Schuldgefühle. Er hat ein schlechtes Gewissen.

Es ist wie ein übler Geruch, der in unserer Wohnung hängt. Zuerst gab es nur diese vagen Hinweise, und dann …

Es gibt ein Foto.

*

Nicht *diese* Art von Foto.

Eine andere Art. Viel schlimmer. Viel aussagekräftiger.

Es tauchte ganz kurz in der Bildergalerie seines Handys auf. Er wollte mir ein Bild zeigen, das er von einer fetten Katze gemacht hatte, die irgendwo rumlag und ihn zum Lachen gebracht hatte. Er machte immer Fotos von Katzen, was uns prompt dazu brachte, wieder einmal zu diskutieren, ob wir uns selbst eine anschaffen sollten – sozusagen als Trostpreis für das Kind, das wir niemals haben würden. Ich wollte eine Katze, drängte ihn, sich endlich darum zu kümmern. Ich riss sogar Witze darüber – manchmal sogar auch Luke –, dass ein Kätzchen bestimmt das

Loch in unserer kinderlosen Ehe stopfen könnte. Doch es kam nie dazu; nie gelang es uns, die Granate, die irgendwo in unserem Leben zischte und zu explodieren drohte, zu entschärfen.

Luke scrollte durch die Fotos; es waren so viele.

Ich schaute ihm über die Schulter.

Er kicherte, bereitete mich darauf vor, dass ich gleich furchtbar über das faule Katzentier lachen würde.

Ich streckte den Finger nach seinem Screen aus, um den Durchlauf zu stoppen, weil mir ein Bild aufgefallen war. »Wer ist das?«

»Wer ist was?«

»Diese Frau. Die auf dem Foto, das da gerade durchlief.«

»Frau?«, Luke versuchte weiterzuscrollen, aber mein Finger drückte immer noch auf den Bildschirm. Er legte den Kopf schief, hob die Augenbrauen. »Ich kann das Bild nicht finden, wenn du mich nicht lässt.«

»Oh.« Ich zog meinen Finger weg. Luke klang einen Hauch genervt. »Tut mir leid«, sagte ich, ging aber nicht zurück, sondern hielt den Blick auf den Screen gerichtet. Ich wollte es nicht verpassen, wollte nicht, dass Luke so tat, als wäre das Foto gar nicht da gewesen. Die Fotos sausten so schnell an mir vorbei, dass ich sie gar nicht richtig sehen konnte. »Langsamer! Ich glaube, du bist schon vorbei.«

Luke scrollte in die andere Richtung, diesmal im Schneckentempo, und ich dachte, *Jetzt kriegen wir gleich Krach, und ich will keinen Streit.* Zuerst waren Fotos von der Arbeit zu sehen – eine Pressekonferenz mit dem Bürgermeister, eine Verlobung vom vergangenen Wochenende, bei der Luke Fotos gemacht hatte, dann eine Reihe von zufälligen Schnappschüssen. Luke machte ständig Fotos auf der Straße, jedes Mal, wenn er etwas Interessantes sah.

Mein Finger stach wieder nach vorne. »Das da.«

»Ach, Cheryl?« Das sagte er so beiläufig, als müsste ich diese Cheryl kennen, oder vielleicht wollte er damit sagen, dass es ganz natürlich für ihn war, ein Foto von dieser Frau auf seinem Handy zu haben. Doch sobald er mir zu verstehen gab, dass er den Namen der Frau kannte, dass dieser Name Cheryl ihm so leicht über die Lippen kam wie Rose, merkte ich , dass er es bedauerte, ihn genannt zu haben. »Oder jedenfalls glaube ich, dass sie so hieß«, fügte er hinzu.

»Wieso *hieß*? Ist sie tot?«

Luke sah mich an. »Nein, Rose, aber warum sollte mich das auch kümmern? Sie ist einfach nur eine Frau, sonst nichts.« Er zog das Bild mit Daumen und Zeigefinger auseinander, und jetzt füllte es den gesamten Bildschirm aus. Er drehte das Handy so, dass ich das Bild besser sehen konnte, als wäre er mehr als glücklich darüber, es mir zu zeigen, als wäre dieses Foto genauso harmlos wie jedes andere auch.

Doch in meinem Inneren war auf einmal ein großes Loch, als ich das Gesicht der Frau näher betrachtete, ihren Gesichtsausdruck, die Haltung ihres Körpers. Es war nicht einfach nur ihre Schönheit, die diese plötzliche Leere in meiner Magengrube verursachte, ihr langes, welliges rotes Haar und diese fast durchscheinende, sommersprossige Haut, wie sie nur Rotschöpfe besitzen. Es war die Tatsache, dass sie lachte, *wie* sie lachte, den Kopf in den Nacken gelegt, die Haarmähne weit über die Schultern fallend, die Augen halb geschlossen, den Mund mit den roten Lippen zu einem O geformt, ein Ausdruck purer, selbstvergessener Freude.

Es war genau wie sein Lieblingsfoto von mir.

»Also, und wer ist das nun?«, fragte ich und entfernte mich dabei ein Stück in Richtung Küche. Ich gab mir alle Mühe, mir meine Besorgnis nicht anmerken zu lassen, ließ Wasser laufen, spülte Teller ab, räumte die Spülmaschine ein. »Ich glaube nicht, dass du sie jemals erwähnt hast. Cheryl.« Jetzt, wo ich den Namen gehört hatte, wollte ich ihn aussprechen.

»Ich hab's dir doch gesagt, das war einfach eine Frau, die ich im Park gesehen habe.« Luke ging zu dem Regal hinüber, in dem wir unsere Schnäpse aufbewahren, griff nach der Flasche Whiskey und nahm sich ein Glas. Er schraubte den Deckel von der Flasche ab und goss sich ein. Er trank eigentlich nie Whiskey. »Ich dachte, vielleicht könnte ich das Foto auf meiner Website verwenden, du weißt schon, um ein paar mehr Buchungen für Porträts zu bekommen. Ich weiß nur, wie sie heißt, weil sie mir die Erlaubnis, das Foto zu veröffentlichen, unterschrieben hat. Findest du nicht, dass es ein gutes Foto ist?«

Ich war immer noch dabei, die Spülmaschine einzuräumen, und arrangierte Teller, Schüsseln und Tassen um, damit mehr hineinpasste. »Es ist ein tolles Foto.«

»Ja, das fand ich eben auch«, sagte Luke, als wäre ich die Erste gewesen, die das bemerkt hatte, und er sei einer Meinung mit mir. Er ging auf mich zu, das Whiskeyglas in der Hand. Er nahm nur einen kleinen Schluck. »Komm, lass mich das machen.«

Ich trat beiseite, und er reichte mir sein Glas. Er beugte sich über die Schublade des Geschirrspülers, verschob eine Schüssel, verstaute eine andere neu, legte dann einen Tab ein und schloss die Tür. Er schaltete ein, sah zu mir herüber, griff nach seinem Whiskeyglas und fing an zu lachen.

Es war leer.

Ich hatte es in einem Zug geleert.

*

Ich schaue auf die Uhr. Vermutlich macht Luke gerade Mittagspause.

Ich rufe ihn an.

Im Studio geht nur der Anrufbeantworter dran. Ein weiteres Anzeichen dafür, dass er eine Affäre hat. Früher ist er immer gleich drangegangen, wenn ich ihn anrief. Ich wünschte, ich hätte dieses blöde Foto nie gesehen. Jetzt ist für mich alles, was er tut, ein Anzeichen dafür, dass er mich betrügt.

Ich hinterlasse ihm eine Nachricht. »He, Luke«, beginne ich, »ich wollte dir nur kurz Hallo sagen. Ich vermisse dich. Außerdem wollte ich dich fragen, ob du heute Abend Lust auf was Besonderes zum Essen hast. Ruf mich einfach zurück, oder schick mir eine Nachricht, was du gern hättest. Ich weiß, du hast viel zu tun. Ich hab dich lieb!« Von meinem zuckersüßen Ton wird mir fast selbst schlecht. Das trieft ja richtig …

Genau in solchen Situationen drehen manche Leute durch und beauftragen einen Privatdetektiv.

Als Nächstes rufe ich Jill an.

Sie nimmt beim ersten Klingeln an. »He! Was läuft?«

Wenigstens ein Mensch hat Lust, mit mir zu reden. »Kannst du rüberkommen?«

»In dein Büro oder zu dir nach Hause? Ich dachte, du hättest heute Homeoffice.«

»Habe ich auch. Na ja, viel gearbeitet habe ich nicht. Nicht wirklich. Ich kann mich nicht konzentrieren. Ich brauche dich. Bitte.« Ich hasse es, wie armselig ich klinge, als ich das sage.

Es tritt ein langes Schweigen ein. Dann: »Rose.« Jill zieht meinen Namen in die Länge. »Was ist passiert?«

Ich hole tief Luft. Ich habe das, was mich bekümmert, noch nicht laut ausgesprochen, denn dadurch würde es Wirklichkeit. Doch dann tue ich es doch. »Luke betrügt mich.«

Dieses Mal lässt mich Jill nicht warten. »Ich bin gleich da«, sagt sie prompt und legt auf.

*

Als ich die Tür aufmache, nimmt mich Jill in die Arme.

»Komm, wir trinken einen Tee«, sagt sie und tritt in die Wohnung. Sie geht schnurstracks zu dem Küchenschrank, in dem wir die Tassen aufbewahren, und stellt zwei auf die Kücheninsel, nimmt dann zwei Beutel mit Kamillentee heraus und hängt sie in die Becher. Ich stelle den Kessel auf den Herd – auch um meinen Händen etwas zu tun zu geben.

Während wir darauf warten, dass das Wasser kocht, sagt Jill: »Das wird dir helfen, dich zu beruhigen.«

»Ich habe nicht gesagt, dass ich nervös bin.«

Jill wirft mir einen Blick zu, der besagt, dass sie mir nicht glaubt.

»Na gut. Dann bin ich eben nervös, sonst hätte ich dich nicht angerufen.«

»Wieso glaubst du denn, dass Luke eine Affäre hat? Hast du etwas gefunden? Eine Hotelrechnung? Oder eine SMS?«

»Nicht ganz.«

Jill verschränkt die Arme vor der Brust. Sie trägt ein leuchtend marineblaues Top, das hervorragend zu ihrer Augenfarbe passt. »Was dann?«

»Na ja.« Ich habe meine Mühe damit, das auszudrücken, was ich empfinde. »Luke verhält sich irgendwie … anders. Er ist distanziert – nicht immer, aber manchmal.«

»Männer sind eben manchmal distanziert. Frauen auch. Maria ist die ganze Zeit distanziert.« Maria ist Jills Partnerin. »Das bedeutet nicht, dass er oder sie fremdgeht.«

»Ich weiß. Aber …« Ich halte inne, atme durch. »Er ist mal distanziert und mal das genaue Gegenteil. Dann ist er besonders liebevoll und aufmerksam, als wollte er etwas gutmachen. Als hätte er ein schlechtes Gewissen. Und dann … dann ist da auch noch dieses Foto.«

Jill hebt die Augenbrauen. »Oh-oh.« Sie kickt sich die Schuhe von den Füßen und schlüpft in ihre Slipper. Darin schlurft sie zur Kochinsel zurück. »Erzähl mir von diesem Foto.«

»Du kennst doch das Bild von mir im Schnee, das Luke gemacht hat?«

Sie nickt.

»Nun, er hat sich auf dem Handy durch seine Fotos gescrollt, als ich sah, dass er genau diese Art Foto von einer Frau gemacht hat, die ich noch nie gesehen habe. Er sagte, ihr Name sei Cheryl.«

»Cheryl! Dann ist es also keine x-beliebige Person.«

»Er hat schon behauptet, sie sei x-beliebig. Aber ich fand, dass er ihren Namen ganz automatisch gesagt hat, ohne nachzudenken. Und dann hat er versucht, das zu überspielen.«

Der Wasserkessel beginnt zu pfeifen. Jill gießt das kochende Wasser in unsere Tassen und reicht mir meine. Der Teebeutel dümpelt nach oben, und ich schiebe ihn mit einem Löffel wieder zurück ins Wasser.

Jill hält ihre Tasse mit beiden Händen, Dampf umrahmt ihr Gesicht. »Vielleicht interpretierst du das falsch. Vielleicht hat er das Foto gemacht, weil es ihn an dich erinnerte und ihn wehmütig stimmte. Vielleicht war es ein Anflug von Nostalgie.«

Ich schüttele den Kopf. »Da ist noch etwas, das mich auf den Gedanken brachte, dass sie jemand Wichtiges ist.« Ich seufze. »Du wirst vermutlich denken, ich bin verrückt.«

»Schieß los.«

»Luke hat das Foto von mir immer zu sich gedreht, damit er es sehen kann, wenn er abends ins Bett geht und am Morgen aufsteht.«

Jill schnaubt, als wollte sie Spott unterdrücken. »Das ist ein Zeichen dafür, dass er dich liebt, Rose, nicht das Gegenteil. Und dass er ein hoffnungsloser Romantiker ist.«

Ich erzähle weiter. »Kürzlich habe ich bemerkt, dass es von ihm weggedreht war – also drehte ich es zurück. Am nächsten

Morgen stand es wieder im selben Winkel da wie vorher. Das kann Luke nur absichtlich getan haben. Er wollte mein Foto nicht anschauen, als er an dem Abend ins Bett ging. Er hat es gedreht, damit er mich nicht anschauen musste!«

»Das weißt du doch gar nicht. Vielleicht ist er drangestoßen, und es ist einfach nur ein Zufall. Oder vielleicht geht er anders ins Bett.«

»Du biegst es dir zurecht«, sage ich, auch wenn ich ihr gerne glauben möchte. »Wahrscheinlicher ist, dass er ein schlechtes Gewissen hat, weil er eine Affäre mit einer Frau namens Cheryl hat.«

Jill nimmt den Teebeutel aus ihrer Tasse, drückt ihn mithilfe eines Löffels aus und legt ihn auf ein Tellerchen. »Beweise«, sagt sie. »*Falls* er eine Affäre hat – und das ist ein großes *falls* –, dann werden wir etwas finden, um es zu beweisen.«

»Werden wir?«

»O ja. Wir schauen jetzt gleich nach. Wann kommt Luke nach Hause?«

»Nicht vor sieben.«

»Perfekt. Das verschafft uns jede Menge Zeit.« Mit der Tasse in der Hand geht sie schnurstracks in das Arbeitszimmer, in dem Luke und ich jeweils einen Schreibtisch stehen haben.

Ich atme tief durch und folge ihr.

Jill wühlt bereits in Lukes Schubladen. »Wo glaubst du denn, würde er etwas verstecken, das du nicht sehen sollst? Oder an dem ihm besonders viel liegt?«

Einen Moment lang erfasst mich eine Art Schwindel, als würde ich bei der kleinsten Bewegung – ob nach hinten, nach vorne oder zur Seite – von einer Klippe stürzen. Soll ich das wirklich tun? In den Sachen meines Mannes wühlen? Nach Beweisen dafür suchen, dass er mich betrügt?

Ja, beschließe ich. Denn vielleicht finden wir ja tatsächlich etwas Eindeutiges, und dann werde ich wissen, dass ich nicht verrückt bin. Oder, umgekehrt, wir beweisen, dass ich mir das alles nur eingebildet habe, und ich kann die Sache ad acta legen.

Während ich in Lukes Sachen krame – Poststapeln, Taxirechnungen für die Steuer –, komme ich mir auf einmal vor wie eine dieser Ehefrauen, die in Talkshows auftreten und erzählen, was für schreckliche Dinge sie getan haben, als sie den Verdacht hatten, ihr Ehemann betrüge sie. Andererseits ist es ein ausgesprochen befreiendes Gefühl, meine Maske fallen zu lassen und diesem miesesten aller Impulse nachzugeben. Ich fange an zu kichern.

»Warum lachst du?«, fragt Jill, zieht eine Schublade auf und sieht sie durch.

»Über mich. Uns. Das.« Ich nehme einen Papierstapel von einem der Regale und blättere ihn durch. »Ich meine, was ist denn der Unterschied zwischen dem, was wir hier machen, und dem, dass ich mir einen Privatdetektiv nehme? Kein großer Unterschied, stimmt's? Ich bin nur ein Teleobjektiv und eine Kamera davon entfernt. Ist doch irgendwie lustig«, sage ich.

»Na ja, lustig ist es nur so lange, wie wir nichts finden«, antwortet Jill, und mir bleibt das Lachen im Halse stecken.

*

Ich erinnere mich noch gut an den allerersten Moment, als mir bewusst wurde, dass ich mich in Luke verliebt hatte; und dass es ein Gefühl war, als wäre jemand mit meinem Herzen durchgebrannt.

Das war vor zehn Jahren. Ich war mit Raya und Denise, meinen Freundinnen vom Doktorandenstudiengang, zu einem Arbeitswochenende gefahren; die beiden hatten mich mitgeschleppt, weil wir Exzerpte aus unseren Dissertationen für Veröffentlichungen zusammenstellen wollten, um später bessere Chancen auf dem Arbeitsmarkt zu haben.

In Wirklichkeit hatten mich meine Freundinnen mitgeschleppt, um mich von Luke wegzubringen.

Damals waren Luke und ich gerade mal drei Monate zusammen, aber seit der Nacht nach unserem zweiten Dinner waren wir unzertrennlich. Wir radelten zusammen, gingen im Park spazieren, wir kauften zusammen ein. Alles, selbst der Erwerb von Milch und Müsli, war auf einmal etwas ganz Besonderes. Alles, was wir taten, schien eine Bedeutung zu haben, als könnten wir gerade einen Blick in die Zukunft werfen, die wir miteinander teilen würden, jene endlosen Nachmittage häuslichen Zusammenlebens, die uns irgendwann völlig normal erscheinen würden, als hätten wir nie etwas anderes getan.

Denise, Raya und ich saßen den ganzen Nachmittag auf der Veranda des Häuschens, das wir angemietet hatten, als ich von der verwitterten Couch aufstand, wo ich herumgelümmelt hatte, zu Denise hinüberging, die auf einem Stuhl saß und las, und verkündete: »Ich kann mich auf nichts konzentrieren!«

Ich weiß noch gut, wie Denise von ihrem Buch aufblickte und mich ansah. »Du kannst dich deshalb nicht konzentrieren, weil du ständig an Luke denkst«, feixte sie.

»Das stimmt doch gar nicht«, protestierte ich grinsend, weil ich wusste, dass sie recht hatte.

Luke ging mir in der Tat nicht aus dem Kopf. Ich stellte mir vor, dass er da irgendwo auf den verschlungenen Pfaden meines Gehirns unterwegs war und mir ständig freundlich zuwinkte. Es gab Momente, in denen mir das Angst machte, als könnte ich mich vollkommen verlieren, wenn ich nicht aufpasste. Meistens jedoch genoss ich es, ich gab mich gerne diesem Gefühl hin, weil ich mir irgendwo sicher war, dass ich tief in mir drinnen immer noch ich bleiben würde.

In diesem Augenblick klingelte das Telefon, und ich lief ins Haus, um dranzugehen. Ich hörte, wie Denise und Raya auf der Veranda über mich lachten. Wir wussten alle, dass es Luke sein würde. »Hallo?«, sagte ich atemlos. Es war ein altmodisches Festnetztelefon mit einer geringelten Schnur.

»He«, sagte Luke.

»Es ist so gut, deine Stimme zu hören«, sagte ich zu ihm.

»Du fehlst mir«, sagte er.

Ich fühlte mich auf einmal wie beschwipst. »Du mir auch.«

»Wie geht's mit dem Schreiben?«

»Geht so. Ganz gut. Die meiste Zeit bin ich aber nicht so richtig bei der Sache.«

»Ach so? Warum das denn?«, fragte Luke, aber ich hörte seiner Stimme an, dass er lächelte.

»Das weißt du doch.«

»Stimmt.«

Wir wussten es beide. Dafür brauchte er es nicht laut auszusprechen.

»Was machst du?«, fragte ich ihn.

»Versuche, Aufträge an Land zu ziehen. Das Übliche.«

»Das wird irgendwann leichter.«

»Meinst du?«

»Du darfst einfach nicht aufgeben«, sagte ich dann. »Irgendwann werden wir auf diese Zeit zurückblicken und lachen, weil ich keinen Job mehr suchen muss und du mehr Arbeit haben wirst, als du erledigen kannst, und zwar Arbeit, die du liebst, nicht irgendwelche Hochzeitsbilder.«

»Das klingt gut«, sagte er. »Besonders der Teil, wo du sagst, *wir werden auf diese Zeit zurückblicken*. Da könnte man glatt auf die Idee kommen, du denkst, wir werden ein langes Leben zusammen verbringen.«

Ich ging quer durch den Raum und blieb am Fenster stehen,

spannte die Telefonschnur, so weit es ging. »Das denke ich auch«, sagte ich. »Du nicht?«

»Doch.«

In der Stille, die sich zwischen uns dehnte, ließ ich all die Momente unserer Beziehung Revue passieren, sah Luke vor mir, wie er in meiner winzigen Mietwohnung am Küchentisch saß und auf dem Computer seine Fotos anschaute, während ich an Artikeln arbeitete, die ich veröffentlichen wollte. Wie wir manchmal, aus keinem besonderen Anlass, einfach mit dem aufhörten, was wir gerade machten, um heftigen, leidenschaftlichen Sex zu haben, als könnte es das allerletzte Mal sein, weil einer von uns vielleicht in der Nacht sterben oder auf der Straße ermordet würde, und das wär's dann, und deshalb müsste dieses eine letzte Mal auch für immer zählen. Wie ich diese Gefühle liebte und zugleich hasste. Wie sollte ich denn bloß ohne diesen Mann überleben, wenn ich ihn verlor? Wie schnell war dieses Gefühl in mir gewachsen, dass mein Leben ohne ihn nicht vollständig sein würde? Doch die meiste Zeit liebte ich es. Ich liebte *ihn.*

Ich liebte ihn.

»He«, sagt Luke. »Wo warst du denn gerade, Rose?«

»Nirgendwo. Hab nur nachgedacht.«

»Ich hoffe, nur Gutes?«

Ich lächelte. »Ja, nur Gutes.«

»Kannst du mir verraten, was?«

»Das würde ich dir lieber persönlich sagen.« *So Sachen wie: »Ich liebe dich, Luke.«*

»Okay.« Er klang enttäuscht.

»Ich komm bald wieder heim.«

»Nicht so bald, wie ich es mir wünschen würde.«

»Du hältst es schon noch ein paar Tage ohne mich aus.«

»Ich weiß nicht – bist du dir da sicher?«

Wir lachten beide. Ich spähte zur Veranda, um sicherzugehen, dass Raya und Denise nicht lauschten. Sie hatten mich schon den ganzen Tag mit dem Liebesgesäusel von Luke und mir am Abend vorher aufgezogen, bevor wir zu Bett gingen. »Ich muss jetzt aufhören. Du weißt ja, ich muss Artikel schreiben, mit Denise und Raya laufen gehen, solche Sachen.«

Ich erinnere mich noch, wie Luke ganz still wurde. Wie wir beide still wurden.

Ich liebe dich. Das war es, was ich nicht sagte.

Ich liebe dich auch. Ich war mir ziemlich sicher, dass es das war, was Luke mir nicht sagte.

Aber genau das stand im Raum. Ich konnte es spüren, dass sich diese Worte tief in unser beider Herzen verankert hatten.

Meine Liebe zu Luke, sie war immer noch genau dort. Aber wie verhielt es sich bei ihm? Hatte eine andere Frau sein Herz besetzt, unsere Liebe so weit verdrängt, dass er sie weder sehen noch spüren konnte?

*

Jill und ich finden nichts.

Ich möchte so gern mit diesen Verdächtigungen aufhören, aber ich kann nicht. Ich weiß, dass er mich betrügt. Ich spüre es mit jeder Faser meines Wesens, genau so, wie ich immer gespürt habe, dass Mutterschaft nichts für mich ist. Als wäre das eine grundlegende und unabdingbare Wahrheit.

Oder vielleicht liegt ja das Problem bei mir. Vielleicht habe ich noch nicht gelernt, Lukes großzügiger Geste zu trauen, als er mir versprach, die Sache mit dem Kinderkriegen ad acta zu legen. *Okay, Rose, es tut mir leid, dass ich dich so gequält und damit fast unsere Beziehung aufs Spiel gesetzt habe, aber ich werde jetzt damit aufhören.* Damals, während des popeligen Streits um ein paar Schwangerschaftsvitamine, konnte ich kaum mehr einen Schritt vor den anderen setzen, ich sah die Grundfesten unserer Liebe erschüttert, auf einmal waren sie voller Spalten und Risse und bröckliger Erde.

Spielen Luke und ich auf Zeit und haben uns einfach einen kleinen Aufschub geholt?

Oder haben wir die große Kluft endlich überbrückt?

Etwas tief in mir drin sagt mir: Nein. Nein, haben wir nicht. Seit Jill wieder gegangen ist, kann ich an nichts anderes denken als an das. Beim Verabschieden hat sie wieder und wieder gesagt: »Rose, es gibt keine Beweise! Nicht das Geringste. Hör auf, dir Sorgen zu machen!«

Aber Cheryl ist real. Mag sein, dass es keinen Beweis in unserer Wohnung gibt, aber ich habe trotzdem das Gefühl, sie spukt hier irgendwo als Phantom herum. Wahrscheinlich ist sie eine, die Babys bekommen will. Wahrscheinlich ist sie richtig scharf drauf, und das ist es, was Luke an ihr so anziehend findet. Schrecklich.

Ich greife zu meinem Handy und scrolle durch die Liste mit meinen Kontakten, bis ich gefunden habe, was ich suche.

Thomas.

Da ist es. Nur ein Vorname. Und mein Herz macht einen Satz, als ich ihn sehe.

Mein Finger schwebt über der Tastatur, dann berühre ich den Screen.

Ich beginne zu tippen.

Ich weiß, es ist eine Weile her, aber hast du immer noch Lust, was trinken zu gehen?

Der Cursor blinkt nach dem Fragezeichen, er wartet darauf, dass ich noch mehr schreibe oder auf Senden drücke. Mache ich es? Wage ich es, diesen Weg einzuschlagen, diesen nächsten Schritt zu gehen?

Ja, *ja,* Rose. Tu es.

Thomas und ich haben uns auf einer Konferenz kennengelernt. Wir waren auf einem Empfang, und er sprach gerade mit meinem Kollegen Devonne und einigen anderen Leuten von meiner Fakultät. Man trank Wein aus großen Kelchen, dazu gab es Würstchen im Schlafrock, Käse und Kräcker. Wir standen in einer Gruppe herum, tranken, aßen, plauderten über unsere Forschung. Ich war die einzige Frau in der Gruppe, was nicht ungewöhnlich ist, weil bei Weitem mehr Männer Soziologie studieren als Frauen.

Ich redete den ganzen Abend mit Thomas. Er war witzig, schlau, interessant, attraktiv. Über Letzteres dachte ich nicht viel nach, aber es war schwer zu übersehen, weil wir uns direkt gegenüberstanden und insbesondere sein Gesicht sehr anziehend war. Außerdem war Thomas für eine Zerstreuung gut, und die brauchte ich dringend. Ich hatte die ganze Nacht nicht geschlafen, weil ich ständig daran dachte, dass Luke jetzt vermutlich zu Hause war und mit der Frau von dem Foto Sex hatte, in unserem Bett, froh darüber, dass ich weg war, und dass sie auf unseren schönen weißen Bettlaken Kinder produzierten.

Aus irgendeinem Grund dachte ich damals, Thomas sei aus Chicago, und ich würde ihn sowieso nie wiedersehen, weshalb es nichts ausmachte, dass wir uns stundenlang nicht voneinander loseisen konnten, während die anderen ihrer Wege gingen, zu anderen Empfängen, und uns allein ließen.

»Das war ein richtig schöner Abend«, sagte er, als wir endlich beschlossen, uns Gute Nacht zu sagen. Es waren beiläufige Worte, aber sein Ton sagte etwas ganz anderes.

»Finde ich auch«, sagte ich, weil ich diese Bestätigung dessen, was da unterschwellig zwischen uns abgelaufen war, nicht ignorieren konnte.

»Wir sollten uns mal wieder treffen«, sagte er.

Ich lächelte. »Selbe Zeit nächstes Jahr?«

Er lachte. »Nein. Na ja, ich dachte eigentlich an einen Drink in einer Bar, wenn wir wieder zu Hause sind.«

»Lebst du denn nicht in Chicago?«

»Nein, ich unterrichte in Manhattan.«

Es versetzte mir einen Stich. Ich hatte Thomas nicht gesagt, dass ich verheiratet war. Es hatte mich schon den ganzen Abend beschäftigt, dass ich ihm diese wichtige Tatsache eigentlich mitteilen und Lukes Namen erwähnen sollte, aber ich behielt die Information für mich. Vielleicht hatte er meinen Ehering bemerkt, vielleicht aber auch nicht. Vielleicht war es ihm auch irgendwie egal, ob ich verheiratet war oder nicht. Plötzlich stand ich wie an einem steilen Hang, nur wenige Zentimeter vor meinen Füßen, und Thomas stand da unten und wartete darauf, dass ich Ja sagte. Ja, Thomas, ich würde dich gerne wiedersehen.

Jetzt schwanke ich ein wenig, während ich hier in meiner Küche stehe und Thomas' Namen auf dem Screen meines Handys aufleuchten sehe.

Ich lösche die Nachricht.

Ich kann es nicht. Ich kann es einfach nicht.

Ich liebe Luke.

NEUN

10. NOVEMBER 2007

ROSE, LEBEN 1

»Rose, alles in Ordnung mit dir?«, fragt mich Devonne, der urplötzlich in der Tür zu meinem Büro aufgetaucht ist. Ich hatte einfach nur in die Leere des Flurs hinausgestarrt, buchstäblich durch ihn hindurch, und ihn erst jetzt bemerkt.

»Hmmm – wie bitte?« Ich zwinge meine Augen dazu, zu fokussieren, und jetzt nimmt Devonne Gestalt an, ein großer, um die Leibesmitte etwas fülliger Mann mit leuchtend weißen, großen Zähnen, die sich von seiner dunkelbraunen Haut abheben, wenn er lächelt.

Mich erinnert Devonne an Hulk, aber er hat ein liebevolles und großzügiges Herz. Jeder an der Fakultät liebt ihn, ebenso wie seine Frau. Die beiden schmeißen oft Partys und laden uns alle ein, oder sie organisieren gemeinsame Kneipenbesuche. Soziologen, vor allem solche im akademischen Bereich, können ziemliche Schlangen sein – gefühllos, gemein. Nicht aber Devonne.

Er tritt in mein Büro ein, legt die Hände auf die Lehne eines der Besucherstühle auf der anderen Seite meines Schreibtischs. »Was ist denn in letzter Zeit mit dir los? Mal im Ernst. Irgendwie bist du nicht du selbst.«

Ich muss dringend damit aufhören, in die finsteren Tiefen meines Grübelns abzudriften, während andere Leute mit mir reden, bloß weil mir wieder das Bild der Scheidungspapiere vor Augen steht, die abends zu Hause, unter einem Stapel Post, auf dem Küchentisch auf mich warten. Ich will endlich wieder ich sein. Die normale Rose. Nicht die Rose, die sich scheiden lässt, die verlassene, verlorene Rose. »Ich weiß nicht, Devonne. Ich bin nur … ist schon okay.«

Er schaut mich einen Wimpernschlag lang an – direkt und unverstellt, als würde er mir nicht glauben. Meine Kollegen wissen das mit Luke noch nicht. Ich habe vermieden, es ihnen zu sagen. Devonne holt tief Luft. »Also. Da ist diese Fakultäts-Happy-Hour nächsten Donnerstag.«

Fast muss ich lachen. Ich habe nicht damit gerechnet, dass Devonne das sagt. Dieses *also* hat so schwerwiegend geklungen, als würde da gleich etwas ganz Ernstes aus seinem Mund kommen statt einer Einladung zu Drinks. »Ach ja? Das wusste ich nicht. Habe ich nicht mitbekommen.«

»Du solltest hingehen. Warum gehen wir nicht zusammen? Ich hol dich ab, und …«

»Ich weiß genau, was da läuft, Devonne.«

»Ach? Was läuft denn da?«

»Du tust genau das, was wir mit unseren Studenten tun, wenn wir uns Sorgen um sie machen. Wir versuchen, sie zur psychologischen Beratung zu begleiten, um dafür zu sorgen, dass sie auch hingehen. Bloß dass du mich zur Happy Hour begleitest.«

Jetzt ist Devonne an der Reihe mit dem Lachen. »Vielleicht. Aber für mich sieht es irgendwie so aus, als bräuchtest du mal eine kleine Abwechslung. Amüsier dich. Vielleicht tut es dir gut.«

Eine Sekunde lang durchströmt mich Hoffnung. Ich erlebe einen dieser kostbaren Momente, bei denen sich die Möglichkeiten eines *neuen Lebens* in dir auftun, ein Gefühl wie eine leuchtende Sonne, die mir den Körper wärmt. Doch das Gefühl wird sogleich wieder ausgelöscht durch den Zweifel, der immer folgt, den Zweifel, ob ich ohne Luke überhaupt jemals wieder glücklich sein werde, den Zweifel an mir selbst wegen meiner gescheiterten Ehe – ein Zweifel, der viel stärker ist als diese flüchtigen Momente der Hoffnung, viel mächtiger, wie ein Erzschurke, der sein düsteres Domizil irgendwo tief in meinem Denken errichtet hat.

Dennoch schenkt mir das Lächeln auf Devonnes Gesicht – so freundlich und hoffnungsvoll, dass es für uns beide reicht – Motivation. »Na gut. Ich werde am Donnerstagnachmittag hier in meinem Büro warten, dass du mich abholst, und dann gehen wir gemeinsam zur Happy Hour.«

Devonnes Lächeln breitet sich auf seinem ganzen Gesicht aus, die Kuppen seiner Wangenknochen heben sich. Es ist ein Lächeln, das leuchtet und strahlt wie das Licht eines Leuchtturms, und ich denke: *Warum nicht? Warum nicht diesem freundlichen Licht folgen? Du weißt doch nie, Rose Napolitano. Vielleicht wartet ja etwas Gutes direkt hinter der nächsten Ecke.*

Doch kaum hat mir Devonne noch rasch ein »Dann sehen wir uns am Donnerstag« über die Schulter zugerufen und ist durch die Tür, zeigt er wieder sein hässliches Gesicht, der Erzschurke in mir, er lacht sein böses, selbstzerstörerisches Lachen, und Devonnes Licht erlischt.

*

Am Donnerstagabend ist das Restaurant zur Happy Hour gerammelt voll. Ich gehe auf und ab, überlege, ob es vielleicht ein Fehler war, dass ich mich von Devonne habe hierherschleppen lassen.

»He, Rose!« Mein Kollege Jason, eine Koryphäe, wenn es um das Verhalten religiöser Gruppen und um Kulte geht, prostet mir mit einem Bier zu, während wir uns an die lange Marmorbar stellen. »Wo hast du denn das ganze Jahr gesteckt?«

Devonne legt seinen gewaltigen Arm um mich und drückt

mir die Schulter. »Was kann ich dir zum Trinken holen?«, fragt er und bewahrt mich davor, Jason eine Antwort zu geben.

Seine Frage macht mich einen Moment lang ratlos – ich trinke nie, wenn ich traurig bin, weil es mich nur noch trauriger macht. Fast habe ich vergessen, was ich überhaupt trinke, wenn ich trinke. »Einen Old Fashioned vielleicht?«

Devonne nickt und beugt sich über den Tresen, um den Barkeeper auf sich aufmerksam zu machen.

Jason betrachtet mich, immer noch in Erwartung einer Antwort, wie ich vermute. »Ich bin gleich wieder da«, sage ich zu ihm und mache mich auf den Weg zur Damentoilette.

Auf meinem Handy stauen sich die ungelesenen Nachrichten – wahrscheinlich von meiner Mutter. Sie macht sich Sorgen um mich, ruft mich jeden Tag an, um sich nach meinem Befinden zu erkundigen. Ich habe aufgehört, sie zurückzurufen, weil meine Antwort auf ihre Fragen immer gleich lautet – ich bin traurig, sage ich, ich fühle mich einsam, ich trauere. Stattdessen tippe ich Jills Nummer ein, aber sie geht nicht dran. Ich spreche ihr aufs Band. »Jill, wenn du das hörst und Zeit hast, komm und rette mich bei Maison's, bitte. Ich habe mich von Devonne breitschlagen lassen, zur Happy Hour der Fakultät zu gehen, und bereue es bereits jetzt. Vielleicht kannst du ja?«

Frauen rauschen an mir vorbei, auf dem Weg zu den Toilettenabteilen. Ich blicke in den breiten, goldgerahmten Spiegel vor mir und habe einen Gedankenblitz – einen von denen, die ich gerne öfter hätte, wenn ich besonders niedergeschlagen bin. Ich sehe eine Frau im Spiegel – attraktiv, nein, hübsch, mit einer Frisur, die sich sehen lassen kann, vielleicht tatsächlich eine Professorin, aber schick. Bevor ich es mir anders überlegen kann, krame ich den Lippenstift aus den Tiefen meiner Tasche, trage ihn auf und marschiere zurück an die Bar, wo Devonne, Jason und jetzt auch Brandy, Sam, Winston und Jennifer, meine geschätzten Kollegen, herumstehen und mit einem Mann plaudern, den ich nicht kenne.

Ich verziehe den Mund zu einem breiten Lächeln. »He, Leute, schön, euch alle zu sehen!«

»Hallo, Rose« tönt es von allen Seiten, Devonne reicht mir meinen Drink. Ich nehme einen großen Schluck, und die Wärme, die mir durch die Kehle rinnt, scheint mir zu bestätigen: Ja, Rose, es *ist* gut, dass du hier in dieser Bar bist. Du bist wieder draußen in der Welt, wirst wieder zum menschlichen Wesen! Einem menschlichen Wesen, das Lippenstift trägt! Das mit seinen Kollegen einen trinken geht! Du bist Professorin – und eine flotte noch dazu!

Devonne nickt dem Mann zu, den ich nicht kenne, und dann schaue ich ihn auch zum ersten Mal wirklich an. »Kennt ihr beide euch?«, fragt Devonne.

Auf einmal ist da ein Fließen in mir, wie ein vertrauter, schwacher Sog, eine Erinnerung aus alten Zeiten, die an die Oberfläche will. Eine Sekunde lang weiß ich nicht, was es ist, doch als ich ihn mir anschaue, diesen Mann mit dem dunklen Haarschopf und dem Leuchten in den braunen Augen, erkenne ich es wieder. Ich reiche ihm die Hand. »Nein, wir kennen uns nicht. Ich bin Rose.«

Der Mann lächelt, ein anziehend schiefes Lächeln, bei dem nur der linke Mundwinkel nach oben geht; sein Blick wirkt verschmitzt, spielerisch. Er schüttelt mir die Hand. »Ich bin Oliver«, sagt er mit einem wundervollen britischen Akzent.

»Oliver kommt aus London«, erklärt Devonne überflüssigerweise.

Oliver lacht, ich lache, wir beide lachen, als wäre Devonne der größte Komiker von allen.

»Aber er ist das ganze Jahr hier. Sabbatical«, fährt Devonne fort. »Er unterrichtet drüben Literatur.«

Oliver ist toll. Das sagt mein Gehirn, das sagt mein Körper, und es ist seltsam, diese Informationen zu verarbeiten, weil sie sich auf einen Mann beziehen, der nicht Luke ist. Und dieser Gedanke wird gefolgt von anderen, ermutigenderen: *Rose, es ist dir erlaubt, diesen Mann toll zu finden. Du lebst in Scheidung. Du* sollst *solche Dinge sogar denken.*

Und diese neuen Gedanken bleiben in mir haften, nein, sie festigen sich, werden zu etwas, das bleibt, das zu wachsen beginnt, das lindert und heilt, auch als unsere Hände sich voneinander gelöst haben.

ZEHN

10. OKTOBER 2008

ROSE, LEBEN 2

»Mom?«, frage ich.

Meine Mutter, die einen Pullover im herbstlichen Kürbiston trägt – sie kleidet sich immer nach Jahreszeit –, blickt von ihrem Roman auf. Sie ist in ihrer nachmittäglichen »Entspannungsphase«, zu der normalerweise ein Buch oder eine Zeitung sowie ein Glas Weißwein auf dem Tisch neben ihrem Sessel im Wohnzimmer gehören. Der Wein ist allerdings mehr Dekoration. Sie findet einfach, zu einem guten Buch gehört auch ein Glas Wein; trinken tut sie ihn meistens nicht.

»Ja, Liebes?«

»Kann ich dich was fragen?«

Sie dreht abrupt den Kopf und blickt mich mit ihren wachen braunen Augen über den Rand der Lesebrille hinweg an. Ich erkenne deutlich das Interesse in ihrem markanten Gesicht, an ihrem intensiven, konzentrierten Blick, aber sie versucht auch, es beiläufig wirken zu lassen. Sie schlägt die Beine übereinander, in die eine, dann in die andere Richtung, zieht sie schließlich unter sich. Sie greift nach ihrem Weinglas, lässt sich in den Sessel sinken. »Natürlich. Dafür sind Mütter da!«

Ich nicke. Und frage mich trotzdem: *Sind sie das wirklich? Sind sie wirklich dafür da? Ist das ihr Job?*

Der holzige Geruch des Zimmers mit seiner gemaserten roten Zederntruhe und all den anderen Möbelstücken, die mein Vater eigenhändig gezimmert hat, ist vertraut, tröstlich, es ist der Geruch von Zuhause. Ich nehme auf der Couch Platz. Mache mich dafür bereit, meine Frage zu stellen, was mich eine gewisse Überwindung kostet, und gebe dann meinem Herzen einen Stoß. »Hast du jemals … jemals gedacht, Dad könnte dich verlassen?«, frage ich, schlucke schwer. »Ich meine, sich scheiden lassen? Vielleicht wegen einer anderen Frau?«

Meine Mutter stellt ihr Glas mit einem kleinen Klirren ab, es landet neben dem Untersetzer. »Wie kommst du denn auf so eine Frage?«

Oh-oh. Das Entsetzen und die Verurteilung in ihrer Stimme sollten mich eigentlich davon abhalten, weiterzufragen. Aber das tun sie nicht. »Es ist nur … es ist nur, dass Luke vielleicht … Ich meine, vielleicht ist er unglücklich. Mit mir.«

»Schatz. Er würde dich niemals verlassen. Er könnte niemals eine andere lieben. Er liebt dich.«

»Aber hattet ihr, Dad und du, jemals … Probleme?«

»Natürlich. In jeder Ehe gibt es schwierige Phasen. Aber man arbeitet dran. So ist das eben.«

»Und habt ihr, Dad und du, dann dran gearbeitet?«

Der Bubikopf meiner Mutter gerät kurz ins Wackeln, während sie ihre Sitzposition ändert. »Das ist hier wirklich nicht das Thema, Rose. Du solltest dir nicht über deinen Vater und mich Gedanken machen, wenn du mit Luke Probleme hast. Du solltest dir eher die Frage stellen, was du tun kannst, damit Luke glücklicher ist …«

»Aber du hast doch gerade eben gesagt, dass er mich liebt.«

»Und wir wissen beide, worum es geht, auch wenn du nicht darüber reden willst. Glaubst du nicht, es ist an der Zeit, dass wir mal darüber reden? Willst du wirklich nur aus Sturheit deine Ehe aufs Spiel setzen? Du weigerst dich schon so lange, das Thema mir gegenüber anzuschneiden.«

»Mom …«

»Ein Baby. Du solltest endlich ein Baby bekommen, Rose. Was glaubst du denn, wie dein Vater und ich all die Probleme im Lauf der Jahre in den Griff bekommen haben? Wir haben es deinetwegen getan. Wir hatten – und haben – in dich investiert, in dein Wohlergehen, deine Zukunft. Du bist das, was uns zusammenhält.«

Ich stoße den Atem aus, ein langes, heiseres Ausatmen. Der Drang, mich nach vorne zu beugen und den Kopf zwischen die Hände zu legen, ist stark. »Mom, genau das werde ich nicht tun, und Luke hat nachgegeben – zumindest hat er das gesagt. Außerdem ist das nicht das Leben, das ich will – es war nie das Leben, das ich wollte. Und das weißt du.«

Meine Mutter blinzelt ein paarmal.

O nein. Habe ich sie zum Weinen gebracht? »Mom …«

»War ich wirklich eine so schreckliche Mutter?«

Aha. Da wären wir. Irgendwie habe ich gewusst, dass das Gespräch so enden würde, was auch der Grund ist, warum ich das Thema normalerweise meide. Seit Luke und ich verheiratet sind und meiner Mutter bewusst geworden ist, dass ich es mit meiner Ankündigung, keine Kinder haben zu wollen, ernst meine, äußert sie unablässig den Verdacht, meine Weigerung, Mutter zu werden, habe irgendwie damit zu tun, was für eine Mutter *sie mir* damals war.

*

»Rose, du kommst spät.«

Ich war sechzehn und kam nach einem Date mit meinem Highschool-Freund Matt – wir waren mal zusammen und mal nicht – nach Hause. Meine Mutter saß am Küchentisch. Es war kurz nach Mitternacht, und ich hatte eine heftige Knutscherei hinter mir. Mein Vater schlief wahrscheinlich schon. Ich hoffte es jedenfalls. Und ich hasste es, wenn meine Mutter aufblieb und auf mich wartete. »Na ja, zwei Minuten etwa.«

»Wir müssen dringend über die Ordnung der Dinge sprechen«, sagte sie, als wäre mir vollkommen klar, was sie damit meinte.

Ich ging auf sie zu und befürchtete das Schlimmste. Meine Mutter nahm ihre Lesebrille ab und legte sie beiseite. Sie drehte ihr Buch um und legte es offen, mit den Seiten nach unten, auf dem Tisch ab. Auf dem Umschlag beugte sich ein langhaariger Mann über eine notdürftig gekleidete Frau. Krass. Ich hasste es, wenn meine Mutter solchen Schund las. Sie hatte einen ganzen Karton unter ihrem Bett stehen, unbeschriftet. Das wusste ich, seit ich mit zwölf einmal darin gestöbert hatte, weil ich mehr über Sex erfahren wollte. Aus irgendeinem Grund war sie der Überzeugung, sie könne überall im Haus solche Schmonzetten verschlingen, sie jedoch niemals ins Regal neben ihre andere, akzeptablere Lektüre stellen, zum Beispiel ihre Sammlung von Jane-Austen-Romanen. Als lösten sich ihre Kitschromane einfach in Luft auf, sobald sie sie ausgelesen hatte.

Meine Mutter klopfte auf den Stuhl neben ihr. »Setz dich.« Sie rutschte auf ihrem Stuhl ein paar Zentimeter zurück und drehte ihn so, dass er diagonal zum Tisch stand, machte dann das Gleiche mit der Sitzgelegenheit, die sie mir zugewiesen hatte.

»Na gut, dann reden wir eben über ›die Ordnung‹, was auch immer das sein soll.« Ich starrte sie finster an, um ihr klarzumachen, dass ich überall sein wollte, nur nicht hier, und dass ich auch keine Lust auf eine solche mitternächtliche Diskussion hatte. Ich ließ mich auf den Stuhl fallen und verschränkte die Arme vor der Brust.

Meine Mutter richtete sich sichtbar auf und hob an zu sprechen. »Rose, du weißt, dass dein Vater und ich uns wünschen, dass du ein gutes Leben hast, leichter als das, das wir hatten.«

Ich nickte. Die Geschichte hörte ich nicht zum ersten Mal. Ich stützte den Ellbogen auf den Tisch und legte mein Kinn in die Hand, schon jetzt gelangweilt.

»Dein Vater hat kein College besucht, und deine Mutter war auf einem, das kein richtiges war.«

»Hmhm.«

»Dein Vater hat dann seine Schreinerei aufgezogen, ohne dass unsere Familien uns unterstützt hätten, und musste jahrelang irgendwelche Jobs annehmen, während ich praktisch für umsonst an der Grundschule unterrichtete.«

»Ja, Mom«, brummte ich. Obwohl es mir, wann immer ich diese Geschichten hörte – vor allem die über meinen Vater –, durchaus einen Stich gab. Ich fand die Vorstellung schrecklich, dass er so hatte kämpfen müssen.

»Aber du wirst das anders machen«, sagte meine Mutter. »Du wirst aufs College gehen – ein gutes College. Und du wirst Wirtschaft studieren, deinen Doktor machen und einen guten Job in der Finanzbranche kriegen.«

Meine Mutter war überzeugt davon, nur weil ich gut in Mathe war, müsste ich auch was mit Finanzen machen. Sie fragte mich nie, ob ich das auch wollte.

»Und wenn du diesen Job hast, wirst du eine ganze Weile viel arbeiten, du wirst Karriere machen und Geld auf die hohe Kante legen.« Sie hielt inne, schaute mich durchdringend an, als hätte sie den Eindruck, ich würde ihr gar nicht zuhören.

»Ich hab's gehört, Mom. Wann kommen wir denn nun endlich zu dieser Sache mit der Ordnung?«

»Ich bin ja schon dabei.«

»Aha. Ich dachte, du redest darüber, dass meine Lebensgeschichte ganz anders verlaufen wird als deine und die von Dad.«

»Das gehört zu der Geschichte dazu.«

»Na ja, dann könntest du gern ein bisschen konkreter werden, weil ich wirklich nicht weiß, worauf du hinauswillst.« Ich gähnte ausgiebig, um sie darauf hinzuweisen, dass die Uhr tickte und ich müde war.

Meine Mutter zog ihren Stuhl näher an meinen heran. »Rose, ›die Ordnung‹ ist die, dass du *zuerst* aufs College gehst, *dann* deinen Abschluss machst, *dann* einen sehr guten Job bekommst, *dann* arbeitest und jede Menge Geld auf die hohe Kante legst, *dann* jemanden kennenlernst, dich *dann* verliebst, *dann* heiratest, und *dann und nur dann* wirst du Sex haben und Kinder kriegen.«

Zuerst dachte ich, ich müsste gleich losprusten vor Lachen. Aber in dem Moment, als meine Mutter die Themen Sex und Kinder anschnitt, wanderten meine Augen von ihr weg und schweiften durch die Küche, zu dem uralten Telefon, das an der Wand hing, seit ich mich erinnern konnte, dem Radio-Kassettendeck neben der Spüle, dem Mobile aus Strandmuscheln, das bis heute im Fenster hängt. »Mom, bitte sag nicht, das ist deine Art, mir von Bienchen und Blümchen zu erzählen.«

Sie schüttelte den Kopf.

Nein? Oder doch? Ich konnte es nicht sagen.

»Ich möchte dir nur begreiflich machen, wenn du ein besseres Leben haben willst, als es deine Eltern haben, dann möchte ich nicht, dass du dich in irgendeinen Jungen von der Highschool verknallst und dich von ihm schwängern lässt. Das kann und darf nicht passieren, solange du nicht all die anderen Dinge gemacht hast.«

Mein Blick blieb an dem Obstkorb hängen, der an einer Ecke der Kücheninsel stand. Bergeweise Äpfel, Bananen, Orangen. Wir hatten immer so viele Bananen im Haus. »Da musst du dir keine Sorgen machen, Mom. Ich werde schon nicht schwanger.«

»Rose, tu das nicht einfach so ab, was ich sage! Mädchen werden ständig schwanger, auch wenn sie es nicht wollen! Und dann« – sie schnipste so laut mit den Fingern, dass ich zusammenzuckte – »dann sind all diese Träume dahin!«

Ich ließ den Blick wieder zu meiner Mutter wandern. »Nun, du musst dir keine Sorgen machen, dass ich schwanger werde – und zwar grundsätzlich nicht –, weil ich sowieso keine Kinder haben werde. Ich habe beschlossen, dass ich keine will. Punkt.«

Meine Mutter fuhr auf ihrem Stuhl zurück, als hätte ich ihr gerade einen Mord gestanden oder würde ihr jeden Moment ins Gesicht schlagen. »Rose, das kann doch nicht dein Ernst sein!«

»Es ist mein voller Ernst.«

»Aber du bist noch viel zu jung, um diese Entscheidung zu treffen.«

»Bin ich nicht«, sagte ich. Meine Mutter verstummte, betrachtete mich prüfend. Ich setzte mich kerzengerade hin. »Mom, so geht das einfach nicht. Du kannst nicht einerseits wollen, dass ich ein anderes Leben haben werde, mit all den Chancen, die du und Dad nicht hattet, und andererseits meine Zukunft für mich entscheiden.«

»Aber Kinder sind doch ein Teil des Lebens! Alle Frauen kriegen Kinder, wenn sie alt genug sind! *Nachdem* sie geheiratet haben, natürlich. Und *nachdem* sie Karriere gemacht haben.«

»Das sagst *du*. Aber du sagst mir auch immer, dass meine Generation von Frauen alles anders machen wird. Warum also nicht auch das?«

»Aber wenn ich von anders sprach, meinte ich doch nicht das Kinderkriegen!«

Ich schnaubte. »Ach so.«

»Das alles denkst du jetzt, Rose, aber du wirst deine Meinung ändern.«

Sie war sich ihrer Sache so sicher. Und das machte mich wütend. »Das werde ich nicht. Ich verspreche es dir.«

Meine Mutter lachte wissend. Am liebsten hätte ich mir ihre beknackte Schmonzette geschnappt und quer durch die Küche geschmissen. »Du wirst es dir anders überlegen, und eines Tages wirst du zu mir kommen und sagen: Du hattest recht, Mom. Du hast es die ganze Zeit gewusst.«

Ich erhob mich von meinem Stuhl. »Ich gehe jetzt ins Bett«, verkündete ich.

Ich konnte es förmlich sehen, wie das Herz meiner Mutter in ihrer Brust raste. Aus ihrer Miene sprach eine Mischung aus Verzweiflung und Sorge. Fast rechnete ich damit, dass sie mich an beiden Schultern packte und mich rüttelte, als könnte sie ihre Sehnsucht nach Kindern auf mich übertragen. Doch dann griff sie nach ihrem Buch, und der Moment war vorüber. Ihre Augen schauten von mir weg. »Gute Nacht, Rose«war alles, was sie sagte.

Ich fragte mich, ob ich sie verletzt hatte. Selbst wenn ich sauer auf sie war, wollte ich sie doch niemals kränken. Ich beugte mich vor und gab ihr einen Kuss auf die Wange. Sie drehte sich nicht um. Blätterte einfach weiter in ihrem Buch und strich mit den Fingern über die aufgeschlagenen Seiten. Erst als ich mich auf den Weg in mein Zimmer machte, trafen mich ihre letzten Worte, die sie mir hinterherschleuderte.

»Wenn du so gegen das Kinderkriegen bist, Rose, dann solltest du damit aufhören, den ganzen Abend mit Matt rumzuknutschen.«

*

Meiner Mutter strömen Tränen übers Gesicht.

Ich muss schlucken. »Mom?«

Sie schaut weg. »Was, Rose?«

Ich habe sie schon wieder gekränkt, und das hasse ich. Manchmal vergesse ich, dass meine Mutter nicht unbesiegbar ist.

Ihre Freunde sagen immer, sie sei »hart im Nehmen«, und das stimmt auch, meine Mutter hat diese harte Schale. Wenn man sie nicht gut kennt, wird man wahrscheinlich gar nicht bemerken, wie weich ihr Kern ist und wie leicht sie verletzt werden kann. Vielleicht ist es das, was ich am meisten an ihr bewundere – wie kämpferisch sie ist; auch ihre Art zu lieben ist kämpferisch. Manchmal kann das bei ihr auch besitzergreifende und erdrückende Züge haben, aber es macht sie auch zu einer entschlossenen Beschützerin. Damals, als ich sechzehn war, hätte ich ihr niemals gesagt, dass ich sie bewunderte oder wie sehr ich sie schätzte. Aber damals wusste ich auch noch nicht, dass meine Mutter diese meine Entscheidung irgendwann als persönliche Kritik an ihr als Mutter verstehen würde. Und dass sich, indem ich mit meiner Bewunderung für sie hinter dem Berg hielt und mich dabei so sehr nach ihrer Zustimmung sehnte, ganz allmählich ein Tal zwischen uns auftun würde, das breiter und breiter wurde.

»Ich glaube, dir ist gar nicht bewusst – und das liegt womöglich daran, dass ich es nicht oft genug sage oder überhaupt nie gesagt habe …« Ich schließe die Augen, weil mir dadurch diese Worte vielleicht leichter über die Lippen kommen. »… Du bist eine sehr gute Mutter. Du bist eine tolle Mutter. Das warst du immer.«

»Wirklich? War ich das?« Meine Mutter klingt überrascht.

»Ja. Und ich möchte, dass du gut findest, was ich mache. Immer. Ich möchte, dass du stolz auf mich bist. Aber diese eine Sache kann ich nicht tun, und ich wünsche mir von dir, dass du mich anhörst. Ich werde kein Baby bekommen.« Im Haus ist es still. »Ich möchte es nicht, habe es mir nie gewünscht, es ist … es ist einfach nicht in mir. Ich kann kein Kind kriegen, nur um Luke zu gefallen, oder dir, sosehr ich das auch will.« Meine Stimme ist immer leiser geworden. Die letzten Sonnenstrahlen, die auf der

Eiche vor dem Haus schimmern, sind verschwunden, die Dunkelheit breitet sich wie eine Decke über den Garten, und die Fenster, und die Möbelstücke um uns herum sind nur noch vage Schatten.

Sie wischt sich das Gesicht mit einem Papiertaschentuch ab. »Aber warum, Rose? Warum willst du kein Baby?«

Mir stockt der Atem. Das ist das allererste Mal, dass mich meine Mutter nach dem Grund fragt, statt meine Entscheidung anzufechten. Aber kann ich es ihr wirklich sagen? »Es ist schwer zu erklären.«

»Versuch es. Bitte.«

Ich nicke, langsam. »Na ja, da sind zunächst mal die Gründe, die du dir vermutlich denken kannst. Ich mag mein Leben, so wie es ist. Meine Freiheit, meinen Job, meine Freunde, meinen Ehemann.«

»Aber all diese Dinge sind doch nicht notgedrungen weg, wenn du ein Baby hast.«

Ich werfe meiner Mutter einen Blick zu, der sie daran hindert, weiterzusprechen.

»Tut mir leid. Ich hör dir schon zu.«

»Es ist nicht nur das, Mom. Da ist noch etwas, das tiefer liegt.« Ich atme aus. Sie blickt mich mit großen Augen aufmerksam an. »Es heißt doch immer, dass Frauen einen Mutterinstinkt haben«, beginne ich.

Meine Mutter nickt.

»Na ja, und es ist so, als hätte ich keinen. Ich glaube, ich bin ohne ihn geboren. Und all meine Freunde, sogar Jill, reden über diesen Mutterinstinkt, als wüssten sie ganz genau, was das ist. Selbst wenn sie sich gegen Kinder entschieden haben, können sie verstehen, dass eine Frau einen Kinderwunsch hat. Ich aber nicht. Dieser Wunsch ist einfach nicht in mir. Als wäre ich ein Sonderfall der Biologie.« Ich halte inne. Da ist sie. Die Wahrheit. Ich bin mir nicht sicher, wie ich es sonst erklären soll.

»Aber Rose, vielleicht entdeckst du diesen Instinkt ja erst, nachdem du ein Baby bekommen hast!«

»Das scheint mir aber ein Lotteriespiel zu sein, Mom.«

»Ein Baby zu bekommen, ist immer ein Lotteriespiel«, drängt sie weiter. »Eine Frau muss ihren ganzen Mut dafür zusammennehmen, selbst wenn sie sich sehnsüchtig ein Kind wünscht, selbst wenn sie glaubt, es sei ihr Schicksal, Mutter zu sein.«

Ich schalte die Lampe neben der Couch ein. »Vielleicht ist es in jede Richtung ein Lotteriespiel. Ich setze darauf, dass es mir nicht gegeben ist, ein Kind zu bekommen, und die meisten anderen Frauen setzen genau aufs Gegenteil.«

»Vielleicht«, sagt sie. »Aber ich glaube, dass es eine Menge Frauen gibt, die genauso empfinden wie du, Rose. Mehr, als du denkst. Und dann bekommen sie doch ein Baby und stellen fest, wie froh sie darüber sind, dass sie sich dafür entschieden haben.«

Ich ziehe die Knie bis zur Brust hoch. Lege den Kopf zur Seite und betrachte meine Mutter. Sie wirkt aufrichtig. »Ich weiß, dass du dir ein Enkelkind wünschst, Mom. Und es ist nicht so, dass ich dir keins schenken will. Wenn ich könnte, würde ich es. Ich hoffe, das weißt du. Aber ich hoffe, dass du mich auch lieben wirst, wenn ich dir keins schenke, denn es ist einfach so, dass ich das wahrscheinlich nicht werde.«

»Ach, Rose, ich …«

»… und ich wünschte mir so sehr, dass die Welt anders wäre«, fahre ich fort, bevor sie noch etwas sagen kann. Ich spüre, dass mir gleich die Tränen kommen. »Dass die Leute einfach denken könnten, es sei ebenso normal für eine Frau, keine Kinder zu haben, wie umgekehrt, welche zu haben. Es ist manchmal so überwältigend viel Druck, den man auf mich ausübt, nur damit ich jemand bin, der ich eigentlich nicht bin. Ich meine, ich weiß, ich könnte es tun, wenn ich müsste; ich könnte Luke ein Kind schenken. Aber ich bin mir so sicher, dass es nicht das ist, was ich will. Ich wünschte, ich hätte nicht das Gefühl, vor einer Wahl zu stehen – nämlich entweder das zu tun, was ich nicht will, damit mein Mann bei mir bleibt, oder einfach … meine Ehe enden zu lassen.«

»Rose, Liebes! Es tut mir so leid, dass das alles so schwer für dich gewesen ist. Und es tut mir leid, dass ich sogar dazu beigetragen habe, es noch schwerer zu machen.« Meine Mutter steht von ihrem Stuhl auf und setzt sich neben mich auf die Couch. »Ich wünschte, ich könnte die Uhr zurückdrehen und dir besser zuhören. Ich wünschte, es gäbe etwas, um das alles wiedergutzumachen.«

Diese Worte – seit ich denken kann, habe ich darauf gewartet, etwas Derartiges aus dem Munde meiner Mutter zu hören. »Ich habe Angst, Luke wegen dieser Sache zu verlieren, Mom.«

Eine Hand streicht in kreisenden Bewegungen über meinen Rücken. »Liebes«, sagt meine Mutter in dem tröstenden Ton, den sie immer schon angeschlagen hat, wenn ich mich über etwas aufregte oder wenn ich als Kind hinfiel und mir den Ellbogen oder das Knie aufschrammte. »Ich bin hier. Ich bin hier, ganz gleich, was passiert.« Ich lasse mich von ihren Worten wärmen wie von einer Decke. »Ich habe dich sehr lieb, meine süße Rose. Ich liebe dich, ganz gleich, was passiert, das verspreche ich dir. Und wenn Luke nicht bewusst ist, was für eine unglaubliche Frau er an seiner Seite hat, ob mit Baby oder ohne, dann ist das sein Problem.« Bei diesen letzten Worten klingt sie verärgert.

Während sie das sagt, richte ich mich langsam wieder auf. Ich sauge das alles in mich auf – ihre Stimme, die Art und Weise, wie sie mich anschaut.

»Du bist, wie du bist, Rose, und ich bin so stolz auf dich.«

»Du bist stolz auf mich?«

»Ach, mein Herz. Natürlich bin ich das. Du bist so eine tolle Frau. Wer hätte gedacht, dein Vater und ich würden einmal eine

Tochter mit Doktortitel haben? Vielleicht sage ich das einfach nicht oft genug.« Meine Mutter zupft ein Kleenex aus der Schachtel, die auf dem Tisch steht, und putzt sich lautstark die Nase. Sie tupft sich die Augen ab, und dann fängt sie an zu lachen. »Wenn ich recht drüber nachdenke, ist es wahrscheinlich besser, wenn du keine Mutter wirst. Zu viel Ärger. Und man kann gewaltig scheitern.«

»Mom!«

»Wirklich, Rose. Ich habe dich im Stich gelassen, als du mich am meisten brauchtest. Ich bin schrecklich!«

»Sag das nicht. Du bist nicht schrecklich. Du bist mein Fels in der Brandung.«

»Oh, Rose! Meinst du das wirklich?

»Ja, das meine ich.« Ich fange an zu weinen, aber zugleich lache ich auch. Meine Mutter nimmt ein weiteres Papiertaschentuch aus der Box und reicht es mir.

Wir werden beide still. In dieser Stille kommt mir meine Mutter auf einmal so klein vor, fast zerbrechlich in ihrem lächerlichen Pullover. Ich merke, dass sie in ihrer Hose fast versinkt, ich sehe die Falten an ihren Händen, die Venen, die dick und blau unter der Haut hervorscheinen. Diese Dinge zu bemerken macht mich traurig, und auf einmal fürchte ich, sie von einer Minute auf die andere zu verlieren. Meine Mutter gibt mir das Gefühl, dass ich nicht allein bin. Nicht, solange sie noch auf Erden wandelt.

In diesem Moment kommt mein Vater zur Tür herein. »Na, wie geht es meinen beiden Lieblingsmädchen?« Er trägt seine Arbeitskluft, Sägemehl und gehobelte Holzspäne haften an seinem Shirt. »Oh-oh«, macht er, als er sieht, dass uns die Tränen über die Wangen laufen.

»Uns geht's gut«, sagt meine Mutter zu ihm. »Es war nur so ein Moment.«

»Ein schöner Moment«, füge ich hinzu.

»Ach, das ist gut zu hören.« Mein Vater beugt sich herab und gibt zuerst meiner Mutter und dann mir einen Kuss auf die Wange. Er richtet sich wieder auf. »Genießt es, wann immer es so was gibt.«

ELF

19. JANUAR 2009

ROSE, LEBEN 2

Ich höre, wie die Wohnungstür auf- und wieder zugeht.

»Heyo«, rufe ich verführerisch aus dem Schlafzimmer.

Na ja, ich versuche jedenfalls, verführerisch zu klingen, bin mir aber nicht sicher, ob ich die gewünschte Wirkung erziele, besonders, weil ich mich nicht allzu verführerisch fühle. Eher gereizt und wütend. Selbst meine Unterwäsche ist ein bisschen zornig. Sie ist leuchtend rot, flammend rot, das Rot der Wut. Ich bin eine gereizte Frau in Reizwäsche.

»Rose?«, schwebt Lukes fragende Stimme durch die Wohnung.

»Ich bin hier! Im Schlafzimmer! Komm doch mal! Du wirst es nicht bereuen.«

Ich rolle mit den Augen und meine mich selbst damit.

Das ist ganz offensichtlich das Ende. Das Ende von allem. Das Ende von *mir*.

»Bin in einer Minute da«, ruft Luke zurück. Anscheinend ahnt er nicht, welch sexuelle Verführungskunst ihn in unserem Bett erwartet, insbesondere die seines Eheweibes, das momentan noch in eine kunterbunt gestreifte Häkeldecke gehüllt ist. Kurz bevor Luke den Raum betreten wird, plane ich, mir das Ding vom Leib zu reißen, als gäbe es für mich keinen größeren Genuss, als Mitte Januar halbnackt auf unserem Bett zu liegen. Hier drinnen ist es buchstäblich arschkalt. Ich hätte die Heizung aufdrehen sollen, bevor Luke nach Hause kommt, aber dafür ist es jetzt zu spät.

Ich höre, wie mein Angetrauter die Post durchschaut, etwas auf den Küchentisch wirft, einen Umschlag aufreißt; Papier raschelt, gefolgt von Stille. Er liest. Dann das Gleiche noch einmal. Vielleicht kommt er gar nicht mehr rüber. Vielleicht beschließt er, sein Nachtlager auf der Couch aufzuschlagen und das Schlafzimmer überhaupt nicht zu betreten.

Wäre das so schrecklich?

Ich versuche, mir nicht selbst die Antwort auf diese Frage zu geben, und lenke mich stattdessen mit anderen Dingen ab. Das neue Semester steht vor der Tür, und ich habe meine Lehrpläne noch nicht fertig. Zu Beginn der Dezemberpause nehme ich mir jedes Mal fest vor, als Allererstes die Lehrpläne in Angriff zu nehmen, aber so weit kommt es nie. Kaum habe ich meine Noten verteilt, schalte ich auf Ferienmodus. Und diesen Dezember und Januar habe ich fast keine Forschungen angestellt oder geschrieben. Der Verdacht, dass dein Ehemann dich betrügt, kann verheerende Auswirkungen auf deine akademische Produktivität haben.

Wieder das Ratschen eines Umschlages, der aufgerissen wird, ein Brief wird aufgeklappt, gefolgt von Stille, in der Luke das studiert, was er da in Händen hat. Ich ziehe die Decke fester um mich.

Es ist lange her, dass Luke und ich Sex hatten. Monate. Damals, als Luke seinen Verzicht auf einen Kinderwunsch geäußert hat, hoffte ich noch, wir seien auf dem besten Weg zu einem Neuanfang, und dass sich bessere Zeiten am Horizont zeigten. In letzter Zeit hat es jedoch den Anschein, als würden wir uns immer weiter – und weiter – voneinander entfernen. Und natürlich ist da auch noch der ganz normale Alltag, der uns dazwischenkommt. Unterricht an der Uni, Forschung, man trifft sich mit Freunden zum Essen, und Luke ist immer häufiger beruflich unterwegs. Und es ist nicht so, dass Luke mich gefragt hätte, ob ich nicht mal wieder Lust habe zu vögeln, und ich nur nicht wollte. Er hat schon lange aufgehört zu fragen.

Vielleicht kriegt er ja anderswo das, was er will.

Oder vielleicht wartet er darauf, dass ich den ersten Schritt mache, dass ich diejenige bin, die Sex zurück in unser Eheleben holt, die merkt, wie sehr wir uns voneinander entfernt haben, und die Initiative ergreift, um unsere Beziehung wieder zu kitten. Die ihn – und den Sex – wieder zur Priorität macht. Er hat zurückgesteckt, was den Kinderwunsch angeht, dann ist es jetzt an mir, einen Schritt auf ihn zuzugehen. Auf *uns* zuzugehen.

An der Wand auf meiner Seite des Schlafzimmers hängt ein Foto von Luke und mir, aufgenommen am Tag unserer Hochzeit. Ich beuge mich zu Luke, um ihn zu küssen, und seine Augen leuchten. Wir sehen so glücklich aus. Und es ist dieses Glück, das es mir so schwermacht, das Foto überhaupt anzuschauen. Es tut weh, wenn ich mich frage, wie es nur so weit kommen konnte, von damals bis heute. Ich erinnere mich noch genau an den Zeitpunkt, als die Aufnahme auf unserer Hochzeit gemacht wurde. Es war direkt nach der Diashow, die wir den Gästen gezeigt hatten, und kurz bevor die Hochzeitstorte angeschnitten wurde. Die Diashow hatte natürlich Luke, der persönliche Hoffotograf unseres Lebens, zusammengestellt.

Luke führte mich zu den beiden Stühlen, die in der Mitte der Tanzfläche aufgestellt worden waren, damit wir die beste Aussicht auf den Bildschirm hatten und alle Hochzeitsgäste uns dabei zusehen konnten, wie wir die Diashow anschauten. Zwei von Lukes Cousinen eilten herbei, um mein Hochzeitskleid um den Stuhl zu drapieren; sie gingen mir schon den ganzen Tag zur Hand. Jemand drehte die Musik ab, und als die Diashow begann, flüsterte Luke: »Ich bin der glücklichste Mann auf Erden, Rose.«

Während die Fotos eins nach dem anderen erschienen, beginnend mit einigen, die Luke am Tag unseres Kennenlernens geschossen hatte, bis zu einem von vergangener Woche, auf dem Luke, ich und unsere Eltern in einer Pizzeria saßen, nachdem wir die letzten Last-minute-Details für die Hochzeit durchgesprochen hatten, fiel mir wieder ein, wie kamerascheu ich immer gewesen war. Und doch war ich auf all diesen Fotos zu sehen – was diesem Mann zu verdanken war, der jetzt neben mir saß –, lächelte, lachte, unbeschwert und ungezwungen. Mir kam der Gedanke, dass es Luke war, der die wirkliche Rose kannte, das wirkliche Ich, das sich tief drinnen in mir verbarg, der gewusst hatte, wie er sie hinaus ans Licht bringen konnte, um den Menschen zu erfassen und zu zeigen, der ich wirklich bin. Und ich dachte, von dem Moment an, in dem er mir jenes Album mit Fotos aus meiner Zeit an der Uni überreichte, das ich meinen Eltern schenken wollte, hatte ich nie mehr zurückgeblickt, und ich konnte mir einfach nicht vorstellen, dass es in diesem Universum einen besseren Mann geben könnte als Luke, einen besseren Mann, mit dem ich das Leben verbringen könnte. Mein Leben.

Die Diashow war großartig, das waren wir, und als sie zu Ende war, beugte ich mich zu meinem Ehemann hinüber und sagte: »Und ich bin die glücklichste Frau auf diesem Planeten, Luke. Ich liebe dich. Du kennst mich besser als jeder andere auf dieser Welt.«

»Das weiß ich«, sagte Luke, an mich gewandt. »Und du kennst mich auch.«

Ich küsste ihn. Wir küssten uns immer noch, als die Lichter wieder angingen, und das war der Moment, als der Fotograf das Foto machte, das seither in unserem Schlafzimmer an der Wand hängt. Das Foto, das ich in diesem Augenblick betrachte. Angesichts des schieren Ausmaßes unseres Glücks, das sich in diesem Bild zeigt – jedes Mal, wenn ich mir gestatte, es zu betrachten –, kommen mir die Tränen, so stark ist das Gefühl des Verlusts in mir.

Kann Luke jemals wieder so empfinden, was mich angeht?

Und ich – kann ich ihm wieder diese Gefühle entgegenbringen?

*

Ich höre Wasser laufen. Luke schenkt sich ein.

»Hallo?«, rufe ich. »Vergiss nicht, dass ich auf dich warte!«

»Bin gleich da!«

Lukes Schritte hallen in der Küche wider, halten dann im Wohnzimmer an.

Ich kämpfe mich aus der Häkeldecke und lasse sie zu Boden gleiten. Sofort bedeckt Gänsehaut meinen Körper.

Am Nachmittag habe ich mit verschiedenen, potenziell erotischen Haltungen experimentiert. Auf der Seite liegend, den Kopf auf Hand und Ellbogen gestützt; auf dem Bauch, die Beine in die Luft gestreckt, ebenfalls den Kopf auf Hände und Ellbogen gestützt; auf dem Rücken liegend, was ich sofort wieder verwarf, weil es mir das Gefühl gab, auf einem OP-Tisch zu liegen und jeden Moment aufgeschnitten zu werden.

Lukes Schritte nähern sich dem Schlafzimmer. Endlich.

Mittlerweile ist mir so kalt, dass ich zittere, als sein Blick auf mich fällt. Aber es ist auch Nervosität und vielleicht sogar ein wenig Angst, die mich zum Beben bringen. Ist das der Moment, an dem wir endlich wieder den Weg zurück an jenen erfüllten, glücklichen Ort antreten? Könnte das der Beginn dieser Reise sein?

Vielleicht?

Luke bleibt stehen, als er mich erblickt. Er lächelt nicht, er lacht nicht. Er trägt nur einen erschrockenen und nicht allzu begeisterten Ausdruck auf dem Gesicht. »Rose, was soll das?«

Eigentlich war es so gedacht, dass Luke den Raum betritt und sich ein erfreutes Lächeln auf seinem Gesicht ausbreitet, dass seine Augen wieder so schimmern, wie sie es früher immer taten, wenn er mich begehrte.

»Hm – was denkst du denn, was es soll?« Das ist jetzt nicht gerade eine Antwort, die besonders sexy oder verführerisch ist, aber ich tröste mich mit der Vermutung, es zählt, dass ich mich bemüht habe. Und angesichts der Tatsache, was ich trage – oder eben nicht trage – und dass ich seit einer Stunde nackt auf dem Bett liege und auf meinen Mann warte, sollte es doch eigentlich deutlich genug sein, was das soll.

Luke kommt auf das Bett zu, umrundet es, bis er auf meiner Seite steht. Dann hebt er die Decke vom Boden auf und wirft sie mir zu. »Du frierst ja.«

Ich werde rot und ziehe die Decke hoch, sodass sie mich vom Bauch abwärts bis zu den Zehen bedeckt.

»Rose.« Luke seufzt. Er setzt sich auf die Bettkante – weit weg von mir, so weit, dass er mich nicht berühren würde, wenn er den Arm ausstreckt. »Ich glaube, ich bringe das heute nicht fertig.«

Was meint er mit: Er bringt es nicht fertig?

Geht es eigentlich allen Leuten in einer Ehe so, was Sex angeht? Dass sie diese angenehme und so verbindende Aktivität irgendwann als eine häusliche Pflicht betrachten, so wie Geschirrspülen oder Staubsaugen, etwas, das nicht gerade angenehm ist, aber getan werden *muss*?

Wie Luke mich jetzt anschaut – mit dieser Miene, als wäre er am liebsten sonst wo, nur nicht hier, nur nicht hier auf einem Bett mit seiner Frau, die mit ihm schlafen will. Habe ich mich getäuscht, als ich glaubte, wir könnten unsere Ehe retten – *uns* retten? Komme ich zu spät?

»Ich dachte ja nur.« Ich rutsche ein Stück weit über die Bettdecke, näher zu ihm. »Vielleicht habe ich mich ja getäuscht, Luke. Vielleicht sollten wir es ja doch versuchen.«

Was machst du denn da, Rose?

Auf einmal blickt Luke skeptisch drein. Wenn nicht gar ein wenig kalt. »Was versuchen?«

»Du weißt schon – ein Baby zu kriegen.« *Bin ich eigentlich von allen guten Geistern verlassen?*

Luke steht ruckartig vom Bett auf. »Nein.« Er klingt wütend.

Ich starre ihn an, unfähig, mich zu rühren, nur ein armseliges Häuflein Häkeldecke und Reizwäsche und Ehefrau. »Was meinst du mit nein? Warum nicht? Du hast jahrelang auf mich eingeredet, wir sollten endlich ein Kind bekommen. Und jetzt sage ich endlich Ja dazu, und du sagst Nein?«

»Verarschst du mich, Rose? Bist du wirklich dabei, mich zu verarschen?«

Ich mache den Mund auf, klappe ihn wieder zu. Das hier sollte ein Anfang sein, der unsere Liebe von Neuem entfachen würde, und stattdessen ist es eine Katastrophe. Scheiße.

Der eisige Ausdruck in Lukes Augen zeigt mir, dass ich – indem ich das hier getan habe, indem ich versucht habe, ihm Sex anzubieten, ihm nach all der Zeit ein *Baby* anzubieten, all die Dinge, die er sich immer so sehr gewünscht hat – es irgendwie geschafft habe, dass diese Dinge, die er sich gewünscht hat, ihn anwidern.

Bevor ich es mir verkneifen kann, stelle ich ihm noch eine Frage, die Frage, die mir schon seit Monaten durch den Kopf geht, die zu stellen ich jedoch nie gewagt habe.

»Betrügst du mich?«, frage ich meinen Mann.

Sein Schweigen ist endlos.

ZWÖLF

3. MAI 2009

ROSE, LEBEN 1

»Mmmm.«

Dieser Kuchen ist köstlich. Denkwürdig. Ich esse noch einen Bissen. Ich esse denkwürdigen Kuchen und trinke denkwürdig leckeren Kaffee dazu. Das Café, in dem ich sitze, ist schön. Geräumig, mit hohen weißen Tischen und den passenden hohen weißen Hockern. Leise Musik plätschert aus den Lautsprechern. Blassgrauer Betonboden, hohe Fenster mit dünnen, weißen Metallrahmen. Weiß und blassgrau, blassgrau und weiß. Freundlich. Sauber. Beruhigend. Neu.

In dieser Woche, draußen auf Long Island, sollte ich eigentlich auf einer Konferenz sein, aber nach einem Morgen voll langweiliger Podiumsdiskussionen und Gespräche habe ich einfach beschlossen, zu schwänzen, bin durch den hübschen kleinen Ort geschlendert und in dieses Café gegangen. Ich nehme mir eine Gabelvoll des fluffigen Kuchens und verspeise sie, lasse mir den weichen, zuckrigen Geschmack auf der Zunge zergehen, bevor ich ihn hinunterschlucke, helfe mit einem Schluck des starken Filterkaffees nach, den ich mir dazu bestellt habe. Ein Gefühl des Friedens und des Wohlbefindens breitet sich in mir aus, das sich langsam von meinem Magen und der Kehle in mein ganzes Ich ergießt. Es ist ein seltsames Gefühl, von dem ich nicht gewusst hatte, ob ich es jemals wieder empfinden würde. Ob ich es überhaupt jemals wieder *nur für mich* empfinden würde.

Meine Mutter hat es mir versprochen, ja. Jill, Denise und Raya auch.

Aber es waren Frankie, die Schwester meines Vaters, und die nächtlichen Telefonate, die wir im Verlauf des vergangenen Jahres geführt haben, die mir aus der Verzweiflung herausgeholfen und mir wieder einen Zugang zum Land der Hoffnung geschenkt haben. Frankie ist Malerin und lebt seit fünfzehn Jahren mit ihrem Partner Xavi in Barcelona. Sie haben sich damals sehr schnell ineinander verliebt, und ebenso schnell verlor Frankie ihr Herz an die Stadt Barcelona. Frankie schwört, dass sie und Xavi niemals den Bund der Ehe schließen werden, und sie haben keine Kinder. Durch sie fühle ich mich weniger allein auf der Welt, doch niemals war dieses Gefühl stärker als damals, als Luke mich verließ.

In den vergangenen achtzehn Monaten bin ich mit verschiedenen Männern ausgegangen. Eine Weile war ich mit Oliver zusammen, aber das hat nicht funktioniert. Ich war nicht bereit, klammerte viel zu sehr, und er musste sowieso nach London zurück. Als er schließlich wegging, war ich wieder am Boden zerstört. Dann, nachdem ich mich ein paar Monate in meiner Einsamkeit gesuhlt hatte, begann ich wieder zu daten, und es klappte nicht besonders gut. Eines Abends, nach einem besonders unerfreulichen Abend mit einem Mann namens Mark, der nur über sich selbst redete, schlenderte ich zu Fuß durch die Stadt nach Hause und rief Frankie an.

Sie ging beim ersten Klingelton dran.

»He!« Man hörte deutlich, wie sehr sie sich freute, selbst über den Ozean hinweg. Frankie malt bis spät in die Nacht, deshalb war sie trotz des Zeitunterschiedes gewöhnlich noch wach. Sie hatte mir geschworen, selbst wenn sie schon im Bett sei, würden weder sie noch Xavi geweckt, wenn ich sie anrief, weil sie ihr Telefon auf Stumm schalte.

»Ich bin froh, dass du drangehst!«, sagte ich.

»Natürlich gehe ich dran!«

»Aber bei euch ist es doch schon so spät!«

»Ich bin eine Nachteule. Das weißt du doch.«

»Arbeitest du?«

Sie lachte. »Ich arbeite immer, deshalb rufst du genau zur richtigen Zeit an. Ich habe eine Pause gebraucht. Und, wie läuft's?«

Ich schaute nach rechts und nach links und trat dann vom Gehweg, um die Straße zu überqueren. »Ach, schon wieder ein blödes Date.«

»Ach, Rose. Es wird schon besser werden.«

»Meinst du?«

»Ja, ich verspreche es dir.«

»Darauf nagele ich dich fest, Frankie.«

»Ist schon in Ordnung.«

Ich verlangsamte meine Schritte, um die Rückkehr in die leere Wohnung, die mich erwartete, hinauszuzögern. »Ich habe eine Frage, die ein bisschen in die Tiefe geht.«

»Ich liebe Fragen, die in die Tiefe gehen. Schieß los.«

»Du und Xavi, seid ihr froh, dass ihr keine Kinder habt?«

Ich hörte, wie ein Stuhl knirschend über den Boden des Ateliers meiner Tante gezogen wurde; Frankie richtete sich auf ein längeres Gespräch ein. Ich wünschte, ich hätte ihr Atelier besser vor Augen. Ich hatte Fotos gesehen, Frankie aber nie besucht, obwohl sie mich oft nach Barcelona eingeladen hatte. Luke und ich hatten uns überlegt, für die Flitterwochen hinzufahren. Jetzt war ich froh, dass wir das nicht getan hatten. Mir gefiel die Idee, dass die neue Heimat meiner Tante im Leben immer noch vor mir lag, unberührt von meiner Ehe.

»Das sind wir, Rose. Aber das sagt sich heute, so lange Zeit nach der Entscheidung, auch leichter.«

Ich bog nach links ab und ging an einem Häuserblock mit

mehreren teuren Boutiquen vorbei, um mir die hell erleuchteten Schaufenster mit den eleganten Kleidern anzusehen. »Bei dir klingt das so, als wärst du dir mal nicht ganz sicher gewesen. Ich dachte, ihr hättet immer gewusst, dass ihr keine Kinder wollt.«

»Das wussten wir auch. Aber das bedeutet nicht, dass Xavi und ich nicht manchmal unsere Momente des Zweifels gehabt hätten. Es ist nicht leicht, eine Entscheidung zu treffen, die sonst niemand in deiner Umgebung trifft. Xavi und ich haben uns lange überlegt, ob wir das nicht irgendwann bereuen würden und ob wir nicht einen Fehler machten. Ich glaube nicht, dass es auch nur eine Frau gibt, die vor diesen Überlegungen sicher ist.«

Ich blieb vor einem langen Kleid mit leuchtend rosa Blüten stehen und empfand einen Hauch Begehren. Ich versuchte, es so lange wie möglich hinauszuzögern; dass ich etwas begehrte, war in meinem Leben sehr selten geworden. »Ich beneide dich um dieses ›wir‹, Frankie.«

Sie atmete hörbar aus. »Mein Glück war, dass Xavi und ich das Gleiche empfanden. Ich weiß, es muss schwierig sein, eine solche Entscheidung ganz allein zu tragen, Rose. Aber es ist mutig von dir.«

Ich ging weiter. »Ich weiß nicht, ob dieses Mutigsein so gut ist. Dieser Mut hat dazu geführt, dass meine Ehe gescheitert ist. Er hat dazu geführt, dass ich allein bin. Er hat dazu geführt, dass mein Mann« – ich hielt inne, um mich zu korrigieren – »mein Exmann mit einer anderen Frau zusammenlebt, die jeden Tag schwanger werden könnte. Wenn sie es nicht schon ist.«

»Rose, irgendwann wird dir das alles ganz weit weg vorkommen.« Frankies Stimme hob und senkte sich, ihr Ton wurde spürbar intensiver. »Was ich dir bisher noch nicht gesagt habe, ist wahrscheinlich das, was du am dringendsten hören solltest, nämlich Folgendes: Jetzt, wo Xavi und ich keine Kinder mehr haben können, was meinst du, was es für eine Erleichterung ist, keine zu haben! Wir lieben unser Leben. Kinder zu haben ist für manche Leute – wahrscheinlich die meisten – eine gute Entscheidung, aber keine zu haben, ist eine genauso gute, auch wenn jeder in deiner Umgebung auf dich einredet, diesen Beschluss infrage zu stellen. Ich bin mir sicher, auch du wirst den Punkt erreichen, an dem du genau diese Art von Erleichterung empfinden wirst wie ich. Ich wünschte, ich könnte dich schon jetzt dorthin zaubern, Simsalabim!«

Ich lächelte ein wenig. »Ich auch, Frankie.«

»Ach, ich hab dich lieb, mein Schatz!«, sagte sie.

Frankie sagte mir oft, dass sie mich lieb hatte; unsere Gespräche waren gewürzt mit der Liebe, die sie für mich empfand, mit ihrer Liebe zum Leben, zur Welt, zu Xavi und zu ihrer Arbeit. Ihre Liebe reichte quer über den Ozean bis zu mir, sie kam durch das Telefon, und ich versuchte, sie aufzusaugen wie ein Schwamm. Während jener nächtlichen Telefongespräche mit meiner Tante entdeckte ich, dass ich es ganz besonders genoss, Frankie über ihre Arbeit sprechen zu hören, zu lauschen, wenn sie beschrieb, was sie gerade tat und warum. In Frankies Stimme klang immer Begeisterung an, wenn sie darüber sprach, eine Leidenschaft, die deutlich spürbar und Musik in meinen Ohren war, denn sie befreite mich wenigstens eine Zeit lang von meiner Traurigkeit.

Doch es war auch etwas daran, das mich in eine andere Zeit meines Lebens versetzte, eine Zeit vor Luke, als ich noch ich selbst gewesen war, als meine Interessen und Gespräche sich nicht immer nur um ihn drehten, um die Frage, ob wir ein Baby haben wollten oder nicht, oder darum, wie es nach der Scheidung von Luke für mich weitergehen sollte. Manchmal hatte ich bei diesen Gesprächen mit meiner Tante das Gefühl, sie seien wie ein Zipfel vom Glück, den ich packen, an dem ich mich festhalten und mich in die Zukunft katapultieren könnte, eine Zukunft, in der ich herausfinden würde, dass die alte Rose immer noch in mir lebte, wie eine lange verschollene Freundin. Frankies Kommentare über Farbe und Komposition, über Pinselstriche und Darstellung und Ausdruck hatten die Macht, diese Rose wieder hervorzuholen und sie in das Leben anderer Menschen zurückzubringen, indem sie sie daran erinnerten, dass da draußen eine ganze Welt auf sie wartete, wenn sie nur bereit dazu war.

Früher hatte ich es genossen, für mich zu sein.

Für ein Einzelkind war das typisch – Einzelkinder lernen, allein zu sein, allein zu essen, allein in die Welt hinauszugehen. Wenn sie sich dann allerdings verlieben, mit jemandem zusammenleben, heiraten, dann löst sich dieser Teil von ihnen, wird wie abgekoppelt von ihrer Persönlichkeit und schwebt davon. Seit Luke und ich uns scheiden ließen, habe ich meine Einsamkeit gehasst, habe mich vor ihr gefürchtet, sie betrauert, habe mich gefragt, ob es jemals eine Zeit geben würde, in der ich sie wieder genießen würde. Ich habe mich so sehr bemüht, dass es mir wieder gut ging. Aber immer dann, wenn ich denke, ich habe es endlich geschafft, passiert etwas, das mich zurückreißt, und die Traurigkeit ist wieder da.

*

Während ich jetzt den allerletzten Bissen meines Kuchens verspeise, beobachte ich die Leute, die in Grüppchen das Café betreten und es wieder verlassen, oder auch allein, in der Hand Takeaway-Becher oder Wachspapiertüten mit einer süßen Leckerei.

Die Kellnerin kommt herüber und späht auf meinen Teller, auf dem nur noch ein paar Krümel übrig geblieben sind. »Möchten Sie noch ein Stück?«

In letzter Zeit kommen sie öfter vor, diese Momente der Sehnsucht und des Wünschens, die so lange selten und flüchtig gewesen waren. »Gern.« *Gern!* Jawohl, ich werde Kuchen essen. Kuchen für meine geschundene, geschiedene Seele. Kuchen und nochmals Kuchen!

»Gut für Sie«, sagt sie und macht sich auf den Weg zur Kuchentheke.

Gut für mich!

Ich lege mein Buch beiseite und hole mein Handy aus der Tasche. Ich wähle, und es klingelt zweimal.

»Rose!« Meine Mutter freut sich immer, wenn ich diejenige bin, die sie anruft. Normalerweise ist es umgekehrt.

»Hi, Mom.«

»Alles in Ordnung?« Die anfängliche Begeisterung in ihrem Ton weicht prompt der Sorge. Mittlerweile habe ich mich an diesen Rose-macht-mir-Sorgen-Ton gewöhnt.

»Ja, alles gut. Kann ich dich denn nicht einfach anrufen, weil mir danach ist?«

»Natürlich kannst du das«, sagt sie. »Aber normalerweise machst du das nicht.«

Die Kellnerin kehrt zurück und stellt den Teller vor mir auf den Tisch. Ich blicke auf, und sie nickt. Das Kuchenstück ist doppelt so groß wie das letzte. »Dann sollte ich vielleicht versuchen, dich öfter anzurufen.«

»Das würde mich freuen.«

»Tut mir leid, wenn ich das nicht tue.«

Es tritt ein langes Schweigen ein. »Rose, du klingst *gut*.«

»Mom, du klingst *skeptisch*.«

»Nein, bin ich nicht«, erwidert sie rasch. Dann: »Du hast lange Zeit nicht mehr gut geklungen.«

»Es geht mir gut, Mom.« Ich nehme einen großen Bissen von dem Kuchen, kaue, schlucke, trenne noch ein großes Stück mit der Gabel ab. Hinein damit. »Ich esse gerade einen köstlichen Kuchen«, sage ich zu ihr, mit vollem Mund.

Sie lacht, klingt froh. »Kuchen ist gut für die Seele. Wie läuft's auf der Konferenz?«

»Okay. Genauer gesagt schwänze ich hauptsächlich.«

»Wirklich? Das klingt gar nicht nach dir.«

»Das Wetter ist schön. Das Städtchen hier ist malerisch, direkt am Meer. Und da sind all diese hübschen Restaurants und Cafés. Ich habe beschlossen, meinen Aufenthalt hier zu genießen. Irgendwie war mir danach, herumzuschlendern.«

»Rose, du klingst so anders. Als hättest du irgendwie die Kurve gekriegt.«

»Vielleicht habe ich das auch.« Das sage ich, doch dann öffnet sich auf einmal ein dunkler Knoten in meiner Brust, klein, aber ich fühle ihn dennoch, wie er in mir bebt und schwebt und mich daran erinnert, dass er immer noch da ist. Dann ist er, so schnell, wie er sich geäußert hat, wieder verschwunden. »Vielleicht dauert es auch nicht an«, füge ich hinzu.

»Das ist doch in Ordnung«, sagt sie. »Genieße es, freu dich dran, solange es währt. Dann wird sie sich schon wieder einstellen, diese Freude.«

»Ja, das mache ich.« Der Ton in der Stimme meiner Mutter bringt mich zum Lächeln. Es macht mir Mut, wie sie mit mir redet, wie sie an mich glaubt. Daran halte ich mich fest, ich vertraue darauf, so wie ich auf ein göttliches Wesen vertrauen würde. Meine Mutter ist immer an meiner Seite, wenn ich sie am meisten brauche. »Ich hab dich lieb, Mom. Ich hoffe, du weißt das.«

»Ich hab dich auch lieb, mein Mädchen. Und ich weiß es, ja. Aber es ist immer schön, wenn du es mir auch sagst.«

*

Der Strand ist menschenleer.

Der Himmel verfärbt sich rosa und orange, langsam geht die Sonne unter. Der Sand ist weich, überhaupt ist alles an diesem Ort – das Wetter, die Wärme, das Sonnenlicht, die leichte Brise – weich. Ich schlüpfe aus meinen Sandalen, nehme sie in die Hand und lasse sie beim Gehen von meinen Fingern baumeln. Ab und zu bleibe ich stehen und schaue mir eine besonders hübsche Muschel an, einen wundervoll glatt geschliffenen Felsbrocken, die zerbrochene Hälfte der Schale eines Seeigels. Kleine Wellen schwappen an den Strand, sie brechen, steigen auf, brechen. Eine kleine Ansammlung von winzigen Perlmuttmuscheln liegt da, ein paar orange, andere hellgelb, und ich stecke drei von ihnen ein, um sie mit nach Hause zu nehmen. Das sind die Lieblingsmuscheln meiner Mutter. Ich trete näher an die Uferlinie, wühle meine nackten Zehen in den nassen Sand und genieße die frische Brise. Es ist Frühling, und es ist noch kühl. Doch man riecht es an der Luft, dass der Sommer vor der Tür steht.

Ich stehe da, blicke lange auf das Wasser hinaus.

Auf einmal wird mir leichter ums Herz. Eine Last wird mir von den Schultern genommen, langsam wird ihr Gewicht geringer, dann ist sie nicht mehr da. Tränen brennen in meinen Augen, und ich beginne zu weinen, doch es ist kein trauriges Weinen.

Ich muss keine Mutter werden.

Das Wasser schwappt mir über die Füße, kühl und angenehm, die Flut kommt.

Ich muss kein Kind bekommen, wenn ich nicht will. Und ich will es nicht. Ich habe es nie gewollt. Nie.

Gott sei Dank.

Gott sei Dank ist Luke gegangen. Gott sei Dank ist er weg. Gott sei Dank ist dieser Mann, der versucht hat, mich dazu zu zwingen, jemand zu werden, der ich nie werden wollte, nicht mehr in meinem Leben, meiner Wohnung, und liegt jede Nacht neben mir im Bett. Er hatte beschlossen, dass ich ihm nicht genug war. Aber vielleicht ist es in Wirklichkeit umgekehrt – *er* war *mir* nicht genug.

Die Freiheit dieser neuen Wirklichkeit erwacht in mir. Endlich. *Endlich.*

Als ich mich wieder in Bewegung setze, als ich mich auf den Weg den Strand entlang mache, hat sich etwas in mir verändert, etwas, das bleibt, denke ich. Hoffe ich. Ich wandere zum Hotel zurück, wo ich einen kleinen Bungalow nicht weit vom Meer entfernt bewohne. Ich lackiere mir die Fußnägel.

Es stimmt, heute geht es mir gut. Gut auf eine andere Weise – ich fühle mich weich, nachgiebig, warm, wie eine frische Kugel Teig. Ich lasse mich in dieses Gefühl hineinsinken und spüre es zugleich in mir, wie ein tiefes, weiches Kissen.

Vielleicht hält es nicht lange an.

Vielleicht aber doch.

DRITTER TEIL

AUFTRITT EINER WEITEREN ROSE
UND NOCH EINER
LEBEN 4 & 5

DREIZEHN

15. AUGUST 2006

ROSE, LEBEN 4 & 5

Luke steht neben meinem Bett. Er kommt nie auf meine Seite des Bettes. In der Hand hat er eine Flasche mit Schwangerschaftsvitaminen. Er hält sie hoch.

Er schüttelt die Flasche, es rappelt.

Ein dumpfes Klappern, weil die Flasche voll ist.

»Du hast es versprochen«, sagt er.

»Manchmal vergesse ich es.«

»Manchmal?« Er klingt wütend. Vorwurfsvoll.

Ich sitze auf der Anklagebank. Und ich bin schuldig.

Wir wissen es beide.

»Ich habe sie nicht so genommen, wie ich gesagt habe, okay?« Ich gestehe meine Schuld, damit das erledigt ist.

Luke schweigt. Dann sagt er: »Du willst sie offenbar nicht mehr nehmen.«

»Nein«, sage ich. Noch ein Geständnis. »Offenbar nicht.«

*

Mein Wille bröckelt.

Ich kann es spüren – meine innere Schale platzt, wie bei einem gekochten Ei, das man in einem Küchentuch rollt, um es zu pellen.

Luke und ich sprechen nicht miteinander. Seit einer Woche

schleichen wir umeinander herum, bewegen uns im selben Zimmer, ohne die Anwesenheit des anderen auch nur zur Kenntnis zu nehmen. Die einzigen Gespräche, die wir führen, sind rein pragmatischer Natur: »Magst du noch den Rest Kaffee, oder kann ich ihn haben?« Oder es geht um logistische Dinge: »Ich komme heute Abend spät nach Hause. An der Fakultät ist eine Feier.«

Doch dann, Tag für Tag, ist die kalte, harte Wut, mit der unser Streit begonnen hat, aufgetaut wie ein Stück Gefriergut, das zu lange draußen liegt. Ich kann nicht sagen, was von unserem Zorn übrig ist oder in was er sich verwandelt hat. Unsere minimalen Interaktionen sind ein wenig freundlicher geworden, ein wenig einfühlsamer, manchmal sogar fast liebevoll. Auf einmal ist es mir möglich, einen Blick in die Zukunft zu werfen, und ich sehe, dass die Zukunft für Luke und mich zwei verschiedene Wege bereithalten kann. Auf dem einen der beiden Wege bleiben wir zusammen, bekommen ein Kind – wir bleiben zusammen, *weil* wir ein Kind bekommen. Auf dem anderen bekommen wir kein Kind und trennen uns – wir trennen uns, *weil* wir kein Kind bekommen.

Wäre es denn wirklich so schlimm, ein Kind zu bekommen? Kann ich nicht einfach die Augen schließen und mich durch pure Willenskraft zu dieser Entscheidung durchringen? Ein Baby bekommen und dafür sorgen, dass die Träume meines Mannes Wirklichkeit werden? Und meine Ehe retten?

Vielleicht wäre dann ja alles gut. Vielleicht sogar richtig gut. Vielleicht würde ich irgendwann auf diese Zeit meines Lebens zurückblicken und denken: *Ach, Rose, du warst so blöd! Ein Baby zu bekommen war das Beste, was du jemals getan hast! Fast hättest du es verpasst – wie konntest du nur?* Ist es nicht das, was alle Mütter denken, nachdem sie Kinder bekommen haben? Dass das ihr Meisterwerk ist, dass Familie und Freundschaft über alles gehen, so wie in *Schweinchen Wilbur und seine Freunde?*

Vielleicht lügt die Hälfte dieser Frauen ja. Vielleicht sagen sie ja auch nur diese Dinge, weil es von dem Moment an, wo ein Kind auf der Welt ist, kein Zurück mehr gibt. Was sollen sie schon tun? Babys kann man nicht einfach zurückgeben.

Ist die Tatsache, dass ich gerade eben ein Baby mit einer Ware verglichen habe, die man bei Bloomingdale's oder Ikea umtauschen kann, ein Zeichen? Blinkt da etwa ein Warnlicht auf und sagt: *Rose Napolitano, du bist als Mutter ungeeignet, wenn du in Betracht ziehst, man könnte ein Baby einfach zurückgeben!* Wahrscheinlich wäre Ikea dann die bessere Wahl. Am besten kauft man ein Baby dort, wo man immer ein Rückgaberecht hat – und ist das bei dem schwedischen Möbelhaus nicht so?

Wenn ich nachts im Bett liege, neben dem Mann, den ich geheiratet habe, behalte ich diese Gedanken für mich. Dort in der Stille ist eine Traurigkeit entstanden, die etwas mit Erkenntnis zu tun hat. Luke und ich stehen an einem Scheideweg. Und es wird nicht mehr lange dauern, bis einer von uns am Zug ist und handeln muss.

*

»Ich gebe auf«, sage ich.

»Rose, wovon redest du eigentlich?«

Luke steht, in ein Badetuch gewickelt, vor dem Badezimmerspiegel über dem Waschbecken und rasiert sich. Die Hälfte seines Gesichts ist voller Schaum, die andere Hälfte in akkuraten Streifen rasiert. Ich stehe im Flur, direkt hinter der offenen Tür. Das Licht im Badezimmer ist grell.

»Lass es uns einfach versuchen, okay?«

»Was versuchen?«, fragt Luke. Aber aus seiner Stimme spricht Hoffnung, und er klingt so wohlgemut, wie ich ihn schon lange nicht mehr gehört habe.

Allein die Tatsache, dass er mich dazu bringen will, es laut auszusprechen, dass er unbedingt will, dass ich das Wort *Baby* sage – »Komm, lass uns ein Baby machen!« –, bricht auch das letzte Stückchen Willen in mir. »Nichts, Luke. Ach! Vergiss es. Lass uns gar nichts versuchen, jetzt nicht und nie!«

Er legt den Rasierer aufs Waschbecken. Der weiße Rasierschaum bildet eine Pfütze auf der Granitoberfläche. Er weiß, dass er einen Fehler begangen hat. »Jetzt beantworte einfach meine Frage. Bitte!«

Ich schüttele den Kopf. Lasse mich mit dem Rücken an der Wand heruntergleiten, bis ich sitze.

»Rose?«

Bevor ich es verhindern kann, schlage ich die Hände vors Gesicht und fange an zu weinen. Dann geht Luke neben mir in die Hocke; seine tiefe, leise Stimme – die ich immer so geliebt habe, aber liebe ich sie überhaupt noch? – sagt: »Rose, Rose, was ist denn los? Mir kannst du es doch sagen.« Das ist das erste echte Zeichen von Besorgnis, seit wir unseren Streit hatten.

Ich möchte diese Besorgnis in mich aufsaugen, aber ich kann nicht. Ich weiß, er hat sie mir nur gezeigt, weil ihm klar ist, dass ich dabei bin, nachzugeben, und ihm das schenken werde, was er sich wünscht. Denn er hat gewonnen. Wir haben uns an diesem Scheideweg lange Zeit belauert, und jetzt ist die Richtung klar. Vielleicht verbirgt sich hinter der Sorge in seiner Stimme auch ein wenig Angst – die Angst, dass in genau dem Moment, in dem ich bereit war, Ja zu sagen, eine einzige falsche Frage seinerseits alles, worauf er gesetzt hat, zunichtemachen könnte.

Ich blicke von meinen Händen hoch, weil ich wieder daran erinnert werde, dass allein ich die Macht habe, ihm diesen Wunsch zu erfüllen oder abzuschlagen. Es ist immer die Frau. Der Mann kann nichts daran ändern. Genau deshalb finden die Männer ja auch immer andere Wege, uns für dieses Eine, was wir haben und sie nicht, zu bestrafen, oder nicht?

»Du weißt, was los ist«, sage ich. »Das Problem sind wir, Luke.«

Er zieht die Badezimmermatte zu mir und setzt sich im Schneidersitz darauf, mir gegenüber.

»Wir waren so glücklich«, sage ich.

»Ich weiß.«

»Und schau uns jetzt an.«

Er beugt sich vor, blinzelt. »Ein Baby würde das ändern, Rose. Ich weiß es einfach. Ein Baby würde uns dorthin zurückbringen, wo wir begonnen haben.«

Ich schaue ihn an, lasse auf mich wirken, was er gerade gesagt hat, und welchen Moment er dazu gewählt hat. Er kann einfach nicht anders, nicht einmal für ein paar Minuten, nicht einmal, wenn ich gerade noch geschluchzt habe. Er will, was er will, und er muss es von mir bekommen. Und er will ein Baby, weil ich ihm nicht mehr genüge. Ist ihm das eigentlich bewusst? Diese Botschaft, die er mit solcher Verzweiflung an seine Frau sendet?

Und tatsächlich blicken seine Augen ein wenig wild, ein wenig verzweifelt.

Wenn ich vor einer Wahl stehe, dann treffe ich sie. Mir scheint es die einzig richtige Entscheidung zu sein, denn wenn ich mich anders entscheide, werde ich allein bleiben.

»Okay, na gut«, sage ich und stoße einen langen Seufzer aus. »Lass es uns versuchen, Luke.«

VIERZEHN

25. SEPTEMBER 2007

ROSE, LEBEN 4

Die Schreinerwerkstatt meines Vaters befindet sich in der Garage des Hauses, in dem ich aufgewachsen bin, was bedeutet, dass meine Eltern schon seit Jahren ihr Auto nicht mehr dort unterbringen. Sie parken es entweder in der Auffahrt oder, wenn Schnee vorhergesagt ist, unter den ausladenden Ästen der Eiche, die am Rand unseres Gartens steht. Meine Mutter klagt oft darüber, dass sie ihr Auto nach einem schweren Sturm immer freiräumen, dass sie bei Eis die Windschutzscheibe kratzen oder bei Regen die Strecke von der Haustür bis zum Auto im Laufschritt zurücklegen müssen, aber das meint sie nicht ernst. Sie ist stolz auf das Talent meines Vaters. Er schreinert so wunderschöne Sachen.

»Dad? Kann ich reinkommen?« Ich öffne die seitliche Tür einen Spaltbreit.

»Rose? Liebes? Bist du das?«

Es gibt einen kleinen, überdachten Durchgang, der das Haus mit der Garage verbindet, und genau hier stehe ich. Ich schiebe die Tür ein Stück weiter auf. »Hallo, Dad.«

Er blickt zu mir herüber. Seine hohe Gestalt ist über einen Tisch gebeugt, ein Stück Schleifpapier in der mit einem Handschuh geschützten Hand. Sägespäne bedecken den Boden. Neben ihm steht eine Bank, auf der er sein Werkzeug ausbreitet. An der Wand hinter ihm hängen mehrere spezielle Haken, an denen er halb fertiggestellte Stühle und andere Möbelstücke aufhängt. Auf der anderen Seite der Garage steht ein großer Metallschrank mit jeder Menge Lacken, daneben stapelt sich Holz. Heute trägt mein Vater ausgebeulte Jeans und ein schlichtes grünes, kurzärmeliges Hemd. Sein graues Haar schimmert im Licht. »Komm, lass dich von deinem alten Vater mal drücken.« Er richtet sich auf, nimmt die Arbeitshandschuhe ab.

Er schließt so fest die Arme um mich, dass ich ein Stück weit vom Boden abhebe. »Was verschafft mir die Ehre dieses Besuches? Bist du heute nicht an der Uni?«

»Nein. Dieses Semester unterrichte ich nur von Dienstag bis Donnerstag.«

Mein Vater lächelt. »Schon ein hartes Leben, das du da führst, mein Kind.«

Ich stupse ihn mit dem Ellbogen an. »Das reinste Lotterleben, Dad.« Mein Vater weiß, wie viel ich arbeite, deshalb habe ich nichts gegen seine liebevollen Frotzeleien. Es ist lange her, dass meine Eltern ihre Mühe mit meiner Entscheidung hatten, eine Unikarriere anzustreben. Ich genieße es sehr, wie wir heutzutage über meinen Berufsweg witzeln können, und freue mich über den aufrichtigen Stolz, den ich ihrer Stimme anhöre, wenn sie mich danach fragen. »Ich wollte dich gar nicht stören. Ich dachte, ich könnte einfach hier sitzen, und wir reden, während du arbeitest.«

»Du störst mich nie.« Mein Vater holt den Stuhl, den er im hinteren Teil der Garage für solche Gelegenheiten bereithält. Er ist hortensienblau – fast an der Grenze zu Violett – gestrichen und schon seit meiner Kindheit mein Lieblingsstuhl. Mein Vater hat genau diese Farbe für mich ausgesucht. Der Stuhl ist größer als normal und breiter. Meine Mutter hat dazu passend ein dickes, geblümtes Stuhlkissen genäht, das man mit Schlaufen an der Lehne festmachen kann. Die Farben des Kissens sind verblasst.

Mein Vater parkt den Stuhl in der Nähe seiner Werkbank. »Da wären wir, mein Schatz.« Er zieht seine Handschuhe wieder an und greift nach dem Sandpapier. »Bring mich auf den neuesten Stand. Was gibt's Neues? Wie waren die ersten Wochen im neuen Semester? Gibt es Studenten, mit denen ich mal ein ernstes Wort reden soll?«

Ich lache. »Noch nicht, aber es ist gut zu wissen, dass ich auf dich als Schleifer zählen kann, Dad.« Ich erzähle ihm von meinen Seminaren, von der Fakultät, von dem neuen Forschungsprojekt, das ich hoffe auf den Weg zu bringen.

Ich habe meinem Vater schon immer gern bei der Arbeit zugeschaut und ihm dabei Gesellschaft geleistet. Als ich noch klein war, brachte ich manchmal ein Buch mit und saß stundenlang bei ihm, Seite an Seite mit meinem Dad, er arbeitete, ich las in der Stille. Mein Vater ist nicht sehr redselig, aber er ist ein guter Zuhörer und schafft mit seiner Anwesenheit eine friedliche, behagliche Stimmung. Manchmal hören wir auch zusammen Musik. Er hat mir seine Lieblingssongs aus den Sechzigern und Siebzigern nahegebracht, als ich noch ein Kind war, und als ich älter wurde, konfrontierte ich ihn mit meinem zutage tretenden Teenager-Geschmack. Er hielt wacker durch, weil es bedeutete, dass wir mehr Zeit miteinander verbrachten.

An Tagen im Frühling oder Herbst, wenn schönes Wetter ist, öffnet er die Garagentüren, um frische Luft zu atmen und die Vögel zwitschern zu hören, doch heute hat er die Türen geschlossen, und die Klimaanlage läuft. Es ist Ende September, aber immer noch so heiß wie im Sommer.

»Und, wie geht's dir so, Dad?«, frage ich, nachdem ich alle Neuigkeiten erzählt habe, obwohl ich den eigentlichen Grund, warum ich hier bin, ausgespart habe. Irgendwie geht er mir nicht über die Lippen.

»Ach, du weißt schon. Alles beim Alten. Ich mache Möbel für

die Leute. Und wenn ich damit fertig bin, gehe ich rüber und esse die leckeren Sachen, die deine Mutter gekocht hat.«

»Irgendwelche interessanten Aufträge?«

Bei dieser Frage wird mein Vater sichtlich munterer. Er erzählt mir von einer Reihe Schränke, die er für ein Paar anfertigt, die das Holz dafür extra aus Mexiko importieren, irgendeine Holzart, die ich nicht aussprechen kann und die er noch nie vorher verarbeitet hat. Er klingt aufgeregt, erzählt mir in allen Einzelheiten von dem Projekt, doch irgendwann verfallen wir in ein geselliges Schweigen. Ich sitze da, schaue ihm bei der Arbeit zu und nehme meinen ganzen Mut zusammen, um ihm das mitzuteilen, wofür ich eigentlich gekommen bin. Ab und zu blickt er zu mir herüber, während seine Hand sich stetig und gleichmäßig mit dem Sandpapier zu schaffen macht, hin und her.

Ich habe die Beine hochgezogen, umschlinge mit den Armen meine Schienbeine. Das leise Schleifgeräusch ist angenehm, heimelig. »Ich hätte vielleicht einen interessanten neuen Auftrag für dich, Dad«, sage ich schließlich.

»Ach, ja? Was soll ich denn für dich machen?«

Ich beiße mir auf die Lippe, denke an all die Dinge, die mein Dad im Lauf der Jahre für mich getischlert hat. Als ich auf der Highschool war, machte er mir ein Himmelbett, wozu meine Mutter meinte, er verwöhne mich viel zu sehr, aber ich liebte das herrlich große Bett von ganzem Herzen. Er schnitzte mir wunderschöne Bilderrahmen für meine Fotos von mir und meinen Freunden vom Abschlussball und den Klassentreffen, und dann für das von mir und Luke auf unserer Hochzeit. Er hat unsere Nachttische angefertigt und den Schreibtisch gezimmert, an dem ich sitze, wenn ich zu Hause arbeite. Die Hälfte der Möbel in dem Haus, in dem ich aufgewachsen bin, sind mit seiner Hände Arbeit entstanden. Alles ist wunderschön. Und alles ist ganz besonders, so besonders wie er.

»Rose?« Mein Vater hat mit dem Schleifen aufgehört und blickt mir ins Gesicht.

Ich hole tief Luft. »Ein Kinderbett, Dad«, sage ich. »Ich dachte, du könntest uns vielleicht ein Kinderbett machen.«

*

Ich habe Luke noch nicht gesagt, dass ich schwanger bin.

Nachdem ich ihm versprochen hatte, es zu versuchen, ging ich eigentlich davon aus, dass mein Körper sich weigern würde, schwanger zu werden. Ich fragte mich immer noch, ob es überhaupt eine gute Idee sei, dass Luke und ich ein Kind in die Welt setzten, wenn es um unsere Beziehung schon so lange nicht mehr gut stand.

Doch dann hatte sich bei Luke einiges gewandelt – und zwar zum Besseren.

Die erste Veränderung war klein und einfach. Ich saß an meinem Schreibtisch zu Hause und arbeitete, und als ich von meinem Laptop aufblickte und eine Runde auf meinem Stuhl drehte, sah ich Luke im Türrahmen stehen und mich beobachten.

»Ich finde, wir könnten dieses Wochenende mal zum Essen ausgehen«, sagte er.

»Meinst du?«

»Ja. Wie zu einem Date.«

»Du willst mich zu einem Date ausführen?« Ich hörte die Skepsis in meiner Stimme sogar selbst.

Aber Luke ließ sich nicht irritieren. »Ich habe über diesen neuen Italiener gelesen. Angeblich machen die dort die Ravioli selbst, und zwar richtig gut. Vielleicht könnten wir am Samstag dorthin gehen.«

Ich musterte ihn. »Ich liebe hausgemachte Ravioli.«

»Ich weiß. Deshalb dachte ich auch, wir sollten die Trattoria mal ausprobieren.«

Er stand ein wenig verlegen da und wartete darauf, dass ich Ja oder Nein sagte.

Wir hatten schon seit Ewigkeiten kein Date mehr gehabt. Wir waren verheiratet, wir lebten zusammen, aber lange Zeit waren wir eher wie WG-Kumpel gewesen. Ja, WG-Kumpel, die Sex miteinander hatten, die versuchten, ein Baby zu basteln, das auch, aber nicht Menschen, die ineinander verliebt waren. Nicht so, wie wir es früher gewesen waren. Ich liebte Luke immer noch. Aber es war schon eine Weile her, dass ich auch das Gefühl gehabt hatte, *in ihn verliebt* zu sein. All dieser Hickhack um das Baby, all der Druck von Lukes Seite, von seinen Eltern, war nicht gerade besonders sexy gewesen. Genauer gesagt hatte es mich ziemlich abgestoßen. Vielleicht waren ja seine Gefühle für mich in letzter Zeit auch nicht besonders romantisch gewesen.

Kann sich denn ein verheiratetes Paar noch einmal ineinander verlieben?

»Warum bittest du mich um ein Date, Luke?«

Ist das jetzt dein neues Vorspiel fürs Babymachen?

»Brauche ich denn einen Grund?«

»Ja«, erwiderte ich.

Seit ich Luke gesagt habe, ich würde mich bemühen, ihm dieses Kind zu schenken, kam mir jedes Mal, wenn er versuchte, mich in Stimmung zu bringen, verdächtig vor. Nach dem Motto: Bin eigentlich ich diejenige, die du begehrst, oder das Ei, das meine Eileiter entlangwandert?

Luke schob die Hände in die Taschen seiner Jeans und wiegte sich auf Fersen und Zehenspitzen vor und zurück. Dann schaltete sich die Klimaanlage ein, und der Ventilator über unseren Köpfen setzte sich rumpelnd in Bewegung. »Ich vermisse dich einfach«, sagte er. »Ich vermisse uns. Das Wir, das wir einmal waren. Du nicht?«

Ich nickte.

»Warum ist dann ein Essen beim Italiener so eine schwierige Frage?«

Ich stand von meinem Stuhl auf und ging an Luke vorbei ins Wohnzimmer. Luke folgte mir, und wir setzten uns beide auf die Couch. Ich beschloss, ehrlich zu sein. »Es fällt mir schwer, deinen Motiven zu trauen, Luke. Alles, was du in dieser Ehe tust, scheint irgendwie mit deinem Bedürfnis zusammenzuhängen, dass wir ein Baby bekommen. Sogar wenn du fragst, ob wir schön essen gehen.«

Luke faltete die Hände, starrte auf sie hinab. »Das habe ich vermutlich auch verdient.« Er schien noch etwas hinzufügen zu wollen, doch ich war noch nicht fertig.

»Hör mir zu«, fuhr ich fort. »Mehr als alles andere wünsche ich mir, dass deine Motivation eine einfache ist und dass du mich zum Beispiel deshalb in dieses Restaurant ausführen möchtest, weil du weißt, dass deine Frau Ravioli liebt.« Der Abendhimmel über der Stadt verfärbte sich rot. »Aber es ist schwer zu glauben, dass das nicht ein Teil deines Planes ist, mich davon zu überzeugen, was weiß ich, es noch besser zu versuchen, schwanger zu werden, meinen Zyklus genauer zu verfolgen, mehr Vitamine zu nehmen, zehn Vitamine am Tag, zwanzig, oder vielleicht, weil du gelesen hast, dass Ravioli gut für die Fruchtbarkeit sind oder so was.«

Luke fing an zu lachen. »Ich verspreche dir, ich habe *nicht* gelesen, dass Ravioli gut für die Fruchtbarkeit sind.«

Ich schaute ihn finster an. »Du findest das also lustig! Aber es würde mich nicht überraschen, wenn sich herausstellte, dass es stimmt! Ich kann es nicht glauben, wie viel du darüber weißt, welches Essen gut oder schlecht für das Baby ist, und wir haben noch nicht mal eins! Ich bin nicht schwanger, Luke!«

Luke war das Lachen vergangen. »Okay, okay. Ich hab's verstanden. Und ich kann verstehen, warum du das so empfindest, nach dem, wie ich mich verhalten habe.«

»Wirklich?« *Bitte, sag ja. Sag ja, Luke.*

Luke streckt die Hand über die Couch hinweg aus und lässt sie dort liegen, zwischen uns. »Würdest du mir glauben, wenn ich dir sage, dass ich nur deshalb in diese Trattoria gehen will, weil ich weiß, dass meine Frau Rose Napolitano Ravioli so sehr liebt wie ihr angetrauter Ehemann Luke Thunfisch-Sushi liebt? Und nicht, weil ich das unlautere Motiv im Hinterkopf habe, ebendiese Ehefrau zu schwängern?«

Ich zog ein skeptisches Gesicht und zuckte mit den Achseln. »Vielleicht.«

»Kannst du versuchen, es zu glauben?«

Ich musterte meinen Mann im wandernden Licht.

Konnte ich?

Er blinzelte, blinzelte noch einmal. Irgendwie hatte ich das Gefühl, dass Luke nervös war. Es entzündete in mir einen anderen Gedanken, der wie ein Funke in mir aufleuchtete – die schwache Erinnerung an eine Zeit, in der ich der festen Überzeugung war, dass Luke der einzige Mann sei, den ich jemals lieben würde und lieben konnte. Wie würde es sein, wenn dieses Gefühl jetzt zurückkäme, nach alldem, was wir durchgemacht hatten?

Lukes Hand dort auf der Couch sah so einsam aus. »Ich kann es versuchen«, sagte ich ihm. Ich legte meine Hand auf seine. »Ich will es versuchen.«

»Dann frage ich dich noch einmal, Rose Napolitano, würdest du diesen Samstag auf ein Rendezvous mit mir gehen, einfach nur, weil ich dich glücklich machen will und weil ich dein Mann bin, der dich sehr liebt?« Luke hob meine Hand an seine Lippen und küsste sie.

Ich lachte, und das genügte, um die Anspannung zu lösen. »Ja, Luke, ich werde zu diesem Rendezvous mit dir gehen, und aus keinem anderen Grund, als dass ich dich liebe.« Als ich das sagte, durchströmte es mich heiß. Es fühlte sich wie ein Zugeständnis an, etwas, das zwischen Eheleuten ganz automatisch kommen sollte, mir aber unter diesen Umständen ein Gefühl der Verletzlichkeit gab. Als hätte ich ihm gerade ein Geheimnis gebeichtet.

Doch dann lächelte Luke, ein breiteres Lächeln als das meine, und sagte: »Ich hatte wirklich keine Hintergedanken, Rose. Ich wollte nur meine Frau glücklich machen. Wirklich.«

Wir beiden saßen da und lächelten uns wie benommen an. Dann öffnete Luke eine Flasche Wein, und wir tranken, bis wir einen Schwips hatten, redeten und lachten und vergaßen endlich einmal die Schwierigkeiten, die uns in unserer Ehe plagten. Als Luke sein Weinglas mit einem Klirren auf den Wohnzimmertisch stellte und mich gierig küsste, ließ ich es zu, ließ es zu, dass wir übereinander herfielen und uns liebten, ohne uns darum zu scheren, was dabei herauskommen würde oder was Lukes Gründe dafür waren. Als wir an jenem Abend ins Bett gingen, keimte in mir ein winziges Samenkorn der Hoffnung, und als ich einschlief, war ich glücklich.

Von jenem einen Gespräch aus begannen Luke und ich aufeinander zuzugehen. Schritt für Schritt schlich sich das Glück wieder in unser Leben und heilte die Wunden in unserer Liebe, unserem Leben, unserer Ehe. So sehr, dass, als ich zum ersten Mal einen Schwangerschaftstest machte und die beiden blauen Linien sah, die auftauchten und ein Plus bildeten, der Anblick dieses Positivzeichens mir zwar Angst machte – und vielleicht sogar ein wenig Bedauern in mir auslöste –, ich jedoch immerhin in der Lage war, auch etwas von jener Hoffnung zu spüren. Vielleicht war es ja wirklich etwas Gutes, nach all diesem Kämpfen und Widerstehen mit Luke ein Baby zu bekommen. Nicht nur für ihn oder für uns, sondern für mich. Auch für mich.

*

»Ein Kinderbett?« Der Blick meines Vaters ist unsicher. Das Sandpapier in seinen Händen ist zerknittert, so fest hat er es gehalten.

Wahrscheinlich ist er außer Jill der einzige Mensch in meinem Leben, der nie Druck auf mich ausgeübt hat, was das Kinderkriegen angeht, der mich nicht ständig auf das Thema Mutterschaft angesprochen und sich gefragt hat, warum ich so allergisch darauf reagiere.

»Ich mag es nicht, wie Luke dich bedrängt«, hat er erst kürzlich gesagt, nachdem meine Mutter ihm erzählt hatte, dass Luke und ich über das Thema Kinderkriegen streiten.

Damals sprachen wir auf dem Handy miteinander, während ich auf dem Heimweg von der Uni war. Autos fuhren vorbei, es wurde gehupt, Menschen hievten ihr Gepäck aus dem Zug. Mein Vater brauchte nicht auszusprechen, in welcher Hinsicht Luke mich bedrängte. Wir wussten es beide.

»Ist schon in Ordnung«, sage ich, auch wenn rein gar nichts daran in Ordnung war und Luke und ich genau deshalb so viel Streit hatten.

»Du weißt selbst, was gut für dich ist, Rose, und ich vertraue deiner Urteilskraft. Du solltest ihr auch trauen.«

»Danke, Dad«, sagte ich, und wir wandten uns sichereren Themen wie dem Wetter zu, dass ein Gewitter heranziehe und es wahrscheinlich den ganzen Tag wie aus Kübeln regnen würde.

Jetzt wartet mein Vater immer noch auf meine Antwort. Seine Augen suchen forschend meinen Blick.

»Ja, Dad. Ein Kinderbett.« Ich atme aus, und dann sage ich es – probiere zum ersten Mal die Worte aus, die mir doch so schwer über die Lippen kommen. »Ich bin nämlich schwanger.«

Mein Vater ist der Erste, dem ich es sage.

»Liebes«, sagt er, dann nichts mehr.

»Ich versuche, damit zurechtzukommen«, sage ich zu ihm.

Meinem Vater steht der Schweiß auf der Stirn, und er wischt ihn mit dem Handrücken ab. »Rose, hast du vor, das Kind zu behalten?«

Meine Augen füllen sich mit Tränen. »Ach, Dad.« Es tut mir gut, dass mein Vater mich daran erinnert, dass ich die Wahl habe, dass ich mich immer noch entscheiden kann, welcher Weg für mich der richtige ist. Und er sagt es, ohne mit der Wimper zu zucken.

In den Augenblicken, die zwischen der Frage meines Vaters und meiner Antwort vergehen, denke ich an die Achterbahn der Gefühle zurück, die ich in den vergangenen Tagen erlebt habe – mal Hoffnung, dann Zweifel, dann wieder Hoffnung und wieder Zweifel, eine Bahn, die in meinem Kopf kreist, seit ich den Schwangerschaftstest gemacht habe, und dann den zweiten und den dritten.

Und wie ich auf jeder Runde wieder zur Hoffnung zurückkehre, an diesen Ort, an dem mein Mann und ich zu unserer Liebe zurückgefunden haben, und zu dieser neuen Möglichkeit, die dieses Kind mit sich bringt.

»Ich werde es behalten«, sage ich jetzt meinem Vater. »Ich werde dieses Baby auf die Welt bringen. Wirst du mir also ein Kinderbett bauen, Dad?«

»Natürlich werde ich dir ein Kinderbett bauen.«

Er schiebt das zerknautschte Sandpapier beiseite, zieht seine Handschuhe aus und legt sie auf die unbehandelte Werkbank. Dann breitet er die Arme für mich aus und zieht mich an sich.

»Ich baue dir das schönste Kinderbett, das ich in meinem ganzen Leben gemacht habe.«

*

Als ich an diesem Abend wieder in der City bin, beschließe ich auf meinem Weg vom Bahnhof nach Hause, Luke das mitzuteilen, was ich gerade meinem Vater gesagt habe.

»Luke«, rufe ich, als ich durch die Wohnungstür trete. Ich treffe ihn in der Küche an, wo er Nudelwasser aufgesetzt hat. »Wir müssen reden.«

Er dreht sich um, sieht, dass ich außer Atem bin, und wirft mir einen seltsamen Blick zu, als wüsste er nicht, was er denken soll, worüber wir denn nun so dringend reden müssen und ob es etwas Gutes oder etwas nicht ganz so Gutes ist.

»Ich habe heute meinen Vater besucht«, fahre ich fort.

Luke hält einen Holzlöffel in der Hand, von dem Wasser tropft. »Ja?«

Ich nicke. »Und er hat mir gesagt, er hat auf jeden Fall vor, uns ein Kinderbett zu bauen.«

Als es meinem Mann dämmert, was ich da gesagt habe, beginnt sein Gesicht zu strahlen, ein Leuchten, das überall ist, in seinem Lächeln, seinen Augen, und ganz kurz, nur einen winzigen Moment lang, denke ich: *Vielleicht war es das alles wert, vielleicht wird ja wirklich alles wieder gut, und ich werde eines Tages an diesen Moment zurückdenken und sagen, ein Baby zu bekommen war die beste Entscheidung, die ich jemals in meinem Leben getroffen habe.*

FÜNFZEHN

25. SEPTEMBER 2007

ROSE, LEBEN 5

Das Restaurant ist brechend voll, überall Gäste, die sich bis auf die Straße hinaus und vor die großen Glastüren auf den Gehweg drängen. Es war ein herrlicher Nachmittag, der jetzt langsam in den Abend übergeht, einer dieser Tage, die nicht mehr ganz Sommer und noch nicht ganz Herbst sind. Warm, aber nicht heiß, mit einer leichten Brise, aber nicht windig, und eine frische Kühle liegt in der Luft, die jedoch nicht frösteln macht. Herrlich. Die Art von Wetter, in dem man am liebsten baden oder an das man sich anlehnen möchte, das die Muskeln entspannt und die Haut liebkost. Ein Wetter, bei dem man alle Masken fallen lassen möchte.

Ich bin schon jetzt dabei, meine Maske fallen zu lassen.

Wie weit wird das gehen?

Ich drängele mich durch die gut gelaunte Menge, durch das Lachen, das Plaudern und Schäkern, die Hände mit den Weingläsern, und es liegt ein Flirren in der Luft, Frauen flirten mit Männern, Männer mit Frauen, Frauen mit Frauen. Während ich mich auf den Weg zur Bar mache, sauge ich das alles in mich auf, diese Lust am Leben, und bin ein winziges bisschen beschwipst davon und vielleicht auch ein wenig von Sinnen.

Der Tresen ist eine lange, schimmernde Fläche aus Marmor, und er ist voll besetzt, bis auf den Platz neben einem Mann, der ohne Begleitung dort sitzt. Vor ihm liegt eine aufgeschlagene Zeitschrift, so hingelegt, dass nur eine Seite zu sehen ist und nicht zu viel Platz wegnimmt. Seine Finger halten ein niedriges, breites Glas mit einer goldfarbenen Flüssigkeit. Bourbon? Rye? Er liest, sein Kopf ist gebeugt, ein Streifen Haut zeigt sich zwischen dem Hemdkragen und dem Haaransatz.

Ich gehe zu ihm.

Der Platz neben ihm ist meiner.

Ich klettere auf den Hocker, ohne ein Wort zu sagen, nur mit einem Lächeln auf den Lippen, um ihm mitzuteilen, dass ich mich freue, hier zu sein, mich freue, diesen einen, noch freien Platz zu belegen. Dann hänge ich meine Tasche unter die Kante des Marmortresens, schlage die Beine übereinander, sodass mein ärmelloses grünes Kleid bis über die Knie hochrutscht, und drehe mich in seine Richtung.

Zu diesem Mann, der nicht Luke ist, diesem Mann, der nicht mein Ehemann ist.

Thomas.

Einen Moment lang kommt die Frage in mir auf, ob ich das hier nur träume oder es die Ausgeburt meiner Fantasie ist.

Thomas blickt auf, begegnet meinem Blick, lächelt.

Nein. Nein, ich träume nicht.

Mein Herz macht einen winzigen Hüpfer, als hätte mich etwas Scharfes, Mächtiges in die Brust getroffen.

»Du bist gekommen«, sagt er, ganz leise und ruhig inmitten der lauten Gespräche, des Gelächters.

Ich muss mich näher zu ihm beugen, um ihn zu verstehen.

War das Absicht?

»Ich hab dir doch gesagt, dass ich komme.«

»Ich weiß, aber …«

»Aber?«

»Ich dachte, du überlegst es dir vielleicht anders.«

»Nein. Das stand nie infrage. Ich wusste immer, dass ich hierherkommen würde.«

Sein Lächeln wird tiefer. »Ich auch.«

Jetzt grinsen wir beide, wie die halbwüchsigen Schüler, die ich immer sehe, wenn ich nach der Uni auf dem Weg zur U-Bahn bin. Pärchen, die sich vor den wasserfleckigen Wänden aneinanderdrängen, mitten auf dem Bahnsteig, mit hungrigen Mündern, die küssen und züngeln und knutschen, als gäbe es kein Morgen. Ich schaue sie mir immer gern an, diese wilden Zurschaustellungen von Zuneigung, dieses Begehren, das wie greifbar in der Luft liegt. Und ich bin fast stolz auf sie, denn ich sehne mich nach diesem Begehren zurück, einer Begierde, wie auch Luke und ich sie zu Beginn unserer Beziehung empfanden, die aber schon bald in den Hintergrund trat, weil wir viel zu sehr mit unserem Alltag als Erwachsene beschäftigt waren, weil Entscheidungen über Wohnungen zu treffen waren oder wir aushandeln mussten, wer die Pflanzen gießen oder den Müll runtertragen sollte. Und weil wir darüber diskutierten, wer denn nun dafür oder dagegen war, ein Baby in die Welt zu setzen, oder ob es dieses Baby überhaupt geben würde.

»Es ist schön, dich wiederzusehen«, sage ich zu Thomas und beginne ganz allmählich zu begreifen, was wir da eigentlich tun. Meine Erregung, der Kitzel, den Thomas' Nähe in meinem Körper hervorruft, sind allgegenwärtig, in jedem Wort, jeder Geste. Es ist im Klimpern meiner Wimpern, in meinem unmissverständlich flirtenden Ton. Ich stelle mir vor, wie es wäre, mich einfach vorzubeugen und Thomas zu küssen, direkt hier an der Bar, vor all diesen anderen Menschen im Restaurant.

Geht ihm gerade das Gleiche durch den Kopf?

Der Barkeeper steht vor mir. »Was kann ich für Sie tun?«

»Haben Sie Sancerre?«, frage ich ihn.

»Haben wir«, sagt er.

»Dann hätte ich gern ein Glas«, sage ich zu ihm.

Ich zögere nicht einmal.

Dabei sollte ich zögern. Ich sollte entsetzt sein über diese beiläufige Haltung, die ich im Angesicht einer Katastrophe an den Tag lege. Doch heute Abend fühle ich mich kühn und verwegen, ich *bin* verwegen, ich sehe allen Katastrophen mutig ins Auge, ja, ich heiße sie willkommen, diese Kalamitäten nah und fern, manche von ihnen so nah, dass sie mir aus einem Paar haselnussbrauner Augen, mehr grün als braun, aus gefährlicher Nähe entgegenblicken.

Ich strecke einen Arm aus.

Streife mit den Fingern eine Schulter, streiche ganz leicht einen Rücken hinab.

Thomas' Rücken. Thomas, der nicht Luke ist.

»Es ist total schön, dich wiederzusehen, Rose«, kehrt er mit einer gewissen Verzögerung zum Gespräch zurück, als müsste eine jede Bewegung, die wir aufeinander zu machen, auf all die Dinge, die wir eigentlich nicht tun sollten – die Tatsache, dass wir uns treffen, zusammen an einer Bar sitzen, Drinks bestellen, einander mit Fingern und Händen und Körper berühren –, als müsste jeder kleine Schritt von einer weiteren Begrüßung begleitet werden, einer weiteren Zustimmung, einem Einverständnis, das von beiden Seiten kommt.

Die Art und Weise, wie Thomas spricht, der Ton, den er anschlägt, sagt mir alles, was ich wissen muss. Es ist ein klares und deutliches Ja, wie eine Tür, die aufgeht – zu ihm, zu mir, zu uns beiden an diesem schönen Abend in einer schicken Bar, so voller Verheißung und erfüllt von Möglichkeiten.

So erfüllt wie ich.

Ich bin schwanger.

*

»Ist mir schlecht.«

Das flüsterte ich vor mich hin, während ich auf dem Badezimmerboden kauerte und es mir beinahe den Magen umdrehte. Meine Hände zitterten, mein ganzer Körper zitterte, als wäre es Winter statt mitten im Sommer.

Luke und ich wohnten in einem Haus am Strand, das seine Eltern fürs Wochenende gemietet hatten; die Wellen brachen sich mit großem Getöse, draußen auf dem Meer zog ein Sturm vorüber. Ein Aufruhr wie in meinem Inneren, all dieses schäumende, sprudelnde Wasser, das sich brach und wieder zurückzog, brach und wieder zurückzog. Ich holte tief Luft, ließ sie wieder ausströmen, atmete noch einmal durch. Die Badezimmerfliesen waren leuchtend weiß, so grell, dass ich vor der Helligkeit fast die Augen zusammenkneifen musste. Neben mir ragte ein altmodisches Säulenwaschbecken auf, majestätisch und wuchtig.

Ich wiegte mich vor und zurück, hielt mir den Bauch, rechnete jeden Moment damit, mich zu übergeben, aber es passierte nicht. Wann würde das endlich vorüber sein? Bald? Nie?

Es klopfte leise an der Tür. »Rose? Alles in Ordnung mit dir?«

Außer meiner Mutter war niemand in dem Cottage. Luke und mein Dad schauten sich ein Hubschraubermuseum an, eines der Highlights in diesem Städtchen in New England. Meine Mutter hatte ihnen eine Einkaufsliste von Dingen mitgegeben, die sie danach im Supermarkt besorgen sollten, sie würden also eine Weile weg sein.

»Ich weiß nicht«, erwiderte ich schwach. Mein Atem war ebenso zittrig wie meine Stimme.

»Kann ich reinkommen?«

»Ja.«

Ich legte die Stirn an den Rand der Klobrille. Schon erstaunlich, wozu ein Mensch in der Lage ist, wenn ihm schlecht ist – er legt den Kopf auf einen nicht ganz sauberen Boden, lehnt sich mit der Wange an eine Kloschüssel. Der Gradmesser für Ekel funktioniert offenbar nicht mehr.

»Oh, Liebes! Du bist ja ganz grün im Gesicht! Hast du was Falsches gegessen? Vielleicht waren es ja die Muscheln, die wir an dieser Bude gegessen haben. Ich habe deinem Vater gesagt, in so einem Verhau an der Straße sollte man besser nichts essen.«

Allein die Erwähnung dieser Schalentiere genügte, und ich musste wieder würgen, hängte den Kopf über die Schüssel. Immer noch nichts. Ich ließ mich zurücksinken, lehnte mich mit Unterarm und Ellbogen an den geschwungenen weißen Toilettensitz und spähte zu meiner Mutter empor. »Ich weiß nicht, was es ist.«

Meine Mutter ließ sich neben mir auf den Boden sinken, kreuzte die Beine. »Mach dir keine Gedanken. Das geht vorüber. Schneller, als du denkst. Solche Sachen halten nicht lange an.«

Die Anwesenheit meiner Mutter, die Tatsache, dass es ihr nichts ausmachte, sich ohne Umschweife neben mir auf dem Badezimmerboden niederzulassen und mir Gesellschaft zu leisten, tröstete mich mehr, als ich erwartet hatte. Erstaunlich, wie sehr man selbst als Erwachsene noch seine Mutter braucht. Eine Welle der Dankbarkeit durchflutete mich.

»Oder könnte es der Hummer von gestern Abend gewesen sein?«, fragte meine Mutter weiter. »Ich hoffe sehr, dass es der nicht war. Du weißt ja, wenn einem von etwas einmal schlecht war, kann man es für den Rest seines Lebens nicht mehr sehen, und das wäre doch wirklich schade, oder? Du hast doch Hummer immer so gern gegessen! Seit du ein Kind warst. Weißt du noch, wie du als kleines Mädchen immer das Fleisch aus den Scheren rausgepult hast? Dein Vater und ich hätten dir stundenlang zuschauen können, wie du sogar noch das allerletzte Stückchen rausholtest. Wir fanden das so süß.«

»Mom«, stöhnte ich. »Bitte red nicht mehr vom Essen.«

»Ach, natürlich, entschuldige. Also ... was könnte es denn noch sein ...?« Sie unterbrach sich, doch ich spürte deutlich, dass ihr etwas durch den Kopf ging.

»Mom, was denn?«

»Hmmm. Ich bin mir nicht sicher, ob ich es sagen soll.«

Ich hob leicht den Kopf, nur einen Hauch, um meiner Mutter in die Augen schauen zu können. »Jetzt sag schon. Bitte, Mom. Mach es nicht so spannend, das kann ich jetzt gerade gar nicht brauchen.«

»Ich dachte bloß, vielleicht ärgert es dich.«

»Mir fehlt die Kraft, um mich zu ärgern.«

»Du musst mir versprechen, dass du dich nicht aufregst, wenn ich sage, was ich denke.«

»Mom!«

Sie legte beide Hände flach auf den Boden und beugte sich vor. Ihr Kinn war jetzt nur noch wenige Zentimeter von der Toilettenschüssel entfernt. »Na ja, mir ging nur so durch den Kopf, dass das morgendliche Übelkeit sein könnte. Die im Übrigen zu jeder Tageszeit vorkommen kann. Aber natürlich kann das eigentlich nicht sein, weil du ja kein Baby willst und nie eins haben wolltest. Außer ... außer Luke und du habt es euch anders überlegt und es bloß deinem Vater und mir noch nicht gesagt.« Sie rückte sichtlich zurück, als hätte sie Angst, ich würde ihr jede Sekunde ins Gesicht springen, senkte die Stimme zu einem Flüstern. »Verstehst du jetzt, warum ich nichts sagen wollte?«

In genau diesem Moment, nach all dem trockenen Würgen vorher, warf ich mich über die Toilettenschüssel und übergab mich. Meine Mutter stützte mich, hielt mich fest, bis es vorüber war. Dann reichte sie mir ein paar Kleenex, damit ich mir den Mund abwischen konnte. Wir saßen da, ohne zu sprechen, langsam legte sich die Übelkeit in mir, während sich in meinem Kopf wie wild die Rädchen drehten.

Konnte ich denn wirklich schwanger sein?

Ja. Ja, das konnte ich.

Scheiße.

Sobald meine Mutter diesen Satz ausgesprochen hatte, wusste ich, dass sie recht hatte. Es war mir schleierhaft, warum ich nicht selbst auf diese Idee gekommen war während der geschlagenen Stunde, die ich über dieser Kloschüssel gehangen hatte. Vielleicht hatte ich nach dieser Erklärung nicht gesucht, hatte den Gedanken einfach nicht in Betracht gezogen, dass mein Körper überhaupt zu einer Schwangerschaft fähig war, als wäre allein durch meine Weigerung, schwanger zu werden, auch in meinen Fortpflanzungsorganen ein Schalter umgelegt worden; als wäre das alles eine Frage des Glaubens, und ich war Atheistin, wenn es um Schwangerschaft und Mutterschaft ging. All diese »Offenheit«, die ich neuerdings diesen Dingen gegenüber an den Tag gelegt hatte, hatte ich Luke gegenüber nur gespielt. In Wirklichkeit war ich auf seinen Kinderwunsch nur eingegangen, um ihn bei Laune zu halten und unsere Ehe zu retten.

»Liebes? Was geht dir durch den Kopf?«

»Dass ich … dass es sein könnte«, flüsterte ich und vermied es, das Wort »schwanger« zu sagen.

»Ich habe recht, stimmt's? Du bist schwanger?«

Ich hörte es meiner Mutter an – über die Sorge um mich hinaus und das Gefühl, sich auf schwierigem Terrain zu bewegen, weshalb sie behutsam vorgehen musste, war da auch dieser Hauch von Hoffnung, eine winzige Spur des Staunens, der freudigen Erregung. Ich würde meine Mutter endlich zur Großmutter machen. Genau das, was sie sich so sehr gewünscht hatte, von dem sie jedoch überzeugt gewesen war, dass es nie geschehen würde.

»Ich glaube ja«, antwortete ich auf ihre Frage.

Eines musste ich meiner Mutter lassen – sie reagierte mit einer Frage, nicht mit überschwänglichen Glückwünschen: »Und wie geht es dir damit? Wie fühlst du dich?«

In jenem Moment versuchte ich, glücklich zu sein, mich zu freuen und diesen Babyschalter in mir umzulegen. Ich versuchte, mich von dieser geheimnisvollen Freude, die eine Frau angeblich erfasst, wenn sie ein Kind erwartet, überwältigen zu lassen.

Aber was empfand ich nun wirklich?

Bedauern. Angst. Bestürzung.

Wut.

Was hatte ich getan?

Das Wort *Abtreibung* tauchte in meinem Kopf auf. Ein kleines Floß der Hoffnung.

Aber würde ich es schaffen, dorthin zu schwimmen und mich zu retten? Sollte ich?

Hätte doch Luke auch nur eine Minute lang diese Besessenheit abgelegt, ein Kind zu zeugen, hätte aufgehört, über meine Periode Buch zu führen und akribisch zu überwachen, was ich zu mir nahm, kaum hatte ich mich damit einverstanden erklärt, ich wolle es probieren. Hätte er doch nur zugelassen, dass wir einfach wieder ein ganz normales Leben führen konnten, und wäre wieder der Luke gewesen, den ich damals nach der Uni kennen- und lieben gelernt hatte, der Luke, der mit mir Sex hatte, einfach weil es ihm Spaß machte, mit mir, Rose, zu schlafen, und nicht, weil ich die potenzielle Mutter seines Kindes war, dann würde sich das alles vielleicht anders anfühlen. Vielleicht würde ich mich ja tatsächlich über die Tatsache freuen, dass ich vermutlich schwanger bin.

In diesem Moment hörten wir, wie die Haustür aufging und wieder ins Schloss fiel, und dann die gedämpften Stimmen meines Vaters und Lukes.

Ich zerknüllte die Papiertaschentücher in meiner Hand. »Versprich mir, dass du keinem ein Wort davon sagst, Mom.«

Sie beugte sich vor und gab mir einen Kuss auf die Stirn. »Das versprech ich dir, Liebes. Ich hab dich lieb. Alles wird gut.« Sie schaute mir direkt ins Gesicht, hielt meinem Blick stand. »Es *ist* alles gut.«

»Ich hab dich auch lieb«, sagte ich.

*

Der Barkeeper stellt mir meinen Wein hin, ich greife nach dem Glas, hebe es an meine Lippen. Ich nehme einen großen Schluck, genieße die angenehm säuerliche Frische. Noch ein Schluck, der feinherbe Geschmack des Weines breitet sich in meinem Mund aus.

»Gut?«, fragt Thomas.

»Ja. Ich habe schon eine ganze Weile keinen Wein mehr getrunken.« Genauer gesagt habe ich keinen mehr getrunken, seit ich weiß, dass ich schwanger bin, aber das sage ich Thomas nicht. Gott sei Dank sieht man es noch nicht. Bald werde ich den Punkt überschreiten, an dem ich legal abtreiben kann. Das ist jeden Tag mein erster Gedanke, wenn ich aufwache. Abtreibung? Soll ich? Werde ich? Aber ich weiß auch, dass ich es nicht tun werde. Ich habe Luke gesagt, dass ich diese Sache mit dem Baby durchziehen werde, und jetzt tue ich genau das. Allerdings habe ich nie gesagt, dass ich deshalb auf alles verzichten muss.

Ich nehme noch einen Schluck und lächele in mein Glas.

Widerstand.

Das hier ist mein Widerstand, mein Leck-mich an Luke, und heute kam es in Gestalt dieses hübschen Glases Wein, Teil einer Rebellion, die ich führe, seit ich diesen Plastikstreifen in der Hand hatte und die zwei Linien darauf sah, seit ich zu meiner eigenen Überraschung zu der Frau geworden bin, die zwar immer behauptet hat, sie wolle keine Kinder, dann aber feststellt, dass sie schwanger ist. Geschwängert. Was habe ich dieses lächerliche Wort immer schon gehasst! Wahrscheinlich hat sich das ein Mann ausgedacht.

Aber ich bin doch selber schuld, oder? Das habe ich jetzt davon, dass ich ein Feigling war, dass ich zu viel Angst vor dem Scheitern meiner Ehe hatte, zu viel Angst davor, dass Luke mich wegen einer anderen Frau verlässt, die ihm ein Baby schenkt. Das ist mein Trostpreis, diese Pluszeichen und Linien und Häkchen auf in Urin getränkten Plastikstreifen. Die Konsequenzen meiner Angst, am Ende allein dazustehen.

Thomas rückt seinen Barhocker etwas näher an mich heran.

Und genau das hier – Thomas – ist auch so eine Konsequenz. Thomas ist Teil zwei meines großen Leck-mich.

Thomas und ich haben uns kennengelernt, als er einen Vortrag über seine Forschungen hielt, die von meiner Fakultät gesponsert wurden. Er ist wie ich Soziologe und lehrt an einer Universität am anderen Ende der Stadt. Wir waren uns auf Anhieb sympathisch, so sehr, dass wir den ganzen Abend miteinander redeten, bis alle anderen nach Hause gegangen waren, einschließlich Jill, die auch bei seinem Vortrag gewesen war. Als Jill sagte, es sei spät und sie gehe, ob ich mitkomme, schüttelte ich den Kopf und sagte, nein, ich würde noch ein bisschen länger bleiben. Sie hob ganz leicht die Augenbrauen, als wollte sie sagen: *Was machst du da eigentlich, Rose?*

An jenem Abend sagte ich mir, ich tue doch auch nichts anderes, als mit einem interessanten neuen Kollegen zu reden, war das denn nichts Schönes? Während der Abend dann seinen Lauf nahm und mir immer deutlicher Thomas' Nähe bewusst wurde, seine Stimme, seine Augen, jedes Wort, das er sagte, wusste ich, dass ich ein Problem hatte. Doch bis er und ich uns verabschiedet und Nummern ausgetauscht hatten, war mir das weitestgehend egal.

Thomas blickt in sein Glas hinab, als würde er über etwas nachdenken.

Was könnte das sein? Hat es etwa mit der Tatsache zu tun, dass er als Single-Mann mit einer verheirateten Frau in einer Bar sitzt? Könnte es sein, dass er gerade überlegt, ob er gehen oder bleiben soll?

Ich rücke etwas näher an ihn heran. So nahe, dass sich unsere Oberschenkel berühren. Keiner von uns rührt sich.

Neuerdings entdecke ich eine gewisse Tollkühnheit an mir. Mein Körper wird von dem Baby übernommen, und ich lasse es zu, doch indem ich das tue, gebe ich mich auch anderen äußeren Kräften hin, Kräften, von denen ich weiß, dass sie sich ebenfalls meiner Kontrolle entziehen, doch diese sind erfreulicher Art, angenehm. Ich gönne mir etwas. Ich bin gefräßig.

Thomas blickt von seinem Glas auf, und nach einer Sekunde wendet er sich wieder mir zu und lächelt.

Er geht nirgendwohin.

Ich schiele auf die Zeitschrift, in der Thomas gelesen hat, als ich kam, und die er beiseitegeschoben hat. »Worum geht's in dem Artikel?«, frage ich ihn. Ich möchte alles wissen, was Thomas mir sagen kann. Ich bin hungrig danach. Hungrig nach ihm.

Während er mit antwortet, nippe ich an meinem Wein. Nach einer Weile ist das Glas leer, und ich bestelle mir noch eins.

*

An dem Nachmittag, an dem ich all die Schwangerschaftstests machte und in die Apotheke lief, um neue zu holen, und ich jede Menge Eiskaffee und große Gläser Wasser trank, um pinkeln zu können, war Luke zu einem Shooting unterwegs. Als er nach

Hause kam, war ich in der Küche und bereitete das Abendessen zu.

Ich hatte beschlossen, zur Feier des Tages etwas besonders Leckeres zu kochen, und alles war fast fertig. Ich hatte bei unserem Lieblingsmetzger Steak gekauft, das teure, das wir uns nur zu besonderen Gelegenheiten gönnten. Dazu gab es getrüffelte Kartoffeln, Stängelkohl, in Knoblauch gedünstet, und Champagner, hauptsächlich für ihn, aber ich würde auch einen Schluck davon trinken, wenn wir auf unser zukünftiges Kind anstießen. Das Steak brutzelte noch beim Servieren und wartete darauf, von dem scharfen Messer, das ich neben den Teller gelegt hatte, fachmännisch aufgeschnitten zu werden. Ich hatte alles perfekt getimt, genau für den Moment, wenn Luke zur Tür hereinkam.

Eigentlich hätte ich wegen der Neuigkeiten total aufgeregt sein sollen. Ich bemühte mich redlich.

Ich bemühte mich so sehr, dass mir der Kopf wehtat.

»Was soll das denn?«, fragte Luke, der hinter mir in die Küche kam. »Wow, Champagner – du hast für einen Dienstagabend Champagner gekauft?«

Ich griff zum Messer.

»Rose?«

Ich nahm die Gabel in die andere Hand, stach damit ins Fleisch und begann, es aufzuschneiden. Dunkelrotes Blut sammelte sich auf dem weißen Porzellanteller, den uns wohlmeinende Gäste zur Hochzeit geschenkt hatten. Ich konnte nicht sprechen. Konnte nicht aufschauen, konnte Luke nicht ansehen.

Er nahm mir das Messer aus der Hand, dann die Gabel und legte sie auf den Küchentresen. Dann drehte er mich zu sich um, die Hände an meinen Oberarmen.

»Warum weinst du?«

»Ich weiß nicht«, sagte ich.

Aber ich wusste es sehr wohl.

Und Luke wusste es auch.

»Sag's mir«, meinte er. Er klang besorgt, konnte aber den aufgeregten Unterton in seiner Stimme nicht verbergen.

Ich konnte nicht sprechen, ihm nicht antworten. Am liebsten wäre ich gestorben. Ich wollte die Uhr zurückdrehen und all das ungeschehen machen, was wir getan hatten, was *ich* getan hatte, ich wollte diesen blöden Streit über die Vitamine noch einmal austragen, wollte, dass er anders ausging – nämlich, dass ich Luke verlassen und diese Ehe beenden würde. Es war dumm von mir gewesen, zu denken, ein Baby könnte unsere Ehe kitten, denn wir würden uns sowieso trennen, ob mit Baby oder ohne. Was jedoch noch schlimmer war und was ich nicht vorausgesehen hatte, aber hätte wissen sollen, war die Tatsache, dass ich mich auch *von mir selbst* trennen würde, wenn ich dieses Baby bekam.

Und ich konnte auch sie sehen – die Rose, die ich wirklich war, die wahre Rose, der langsam die Luft ausging, die um ihre Stimme kämpfte, um ihr Leben, die in der Falle saß in dieser anderen, neueren Rose, die sich von diesem Mann hatte schwängern lassen, der nicht mehr der Mann zu sein schien, den sie einmal geheiratet hatte. Diese Rose, die ihren Willen aufgegeben hatte, ihre eigenen Wünsche, die eine Entscheidung hätte treffen sollen, die sie bereits die ganze Zeit hätte treffen sollen, wozu ihr jedoch der Mut gefehlt hatte.

Welche Rose würde die Oberhand gewinnen?, fragte ich mich.

Während ich dort stand und mein Mann darauf wartete, dass ich ihm eine Antwort gab, dass ich überhaupt etwas sagte, wurde mir bewusst, dass das hier immer so enden würde: Luke würde nur dann seinen Willen bekommen, wenn ich meine eigenen Wünsche begrub. Woran er Freude hatte, was er sich wünschte, das war für mich das Ende. Ich gab Luke das, wonach er sich sehnte, doch ich hatte es getan, indem ich mich opferte, meinen Körper, meine Zeit. Mich. Ich hatte *mich* geopfert.

Meine Tränen flossen und flossen.

»Rose«, sagte Luke wieder.

»Es tut mir leid«, doch meine Bitte um Verzeihung galt nicht ihm, sondern mir selbst.

Blöd. Einfach blöd. Wie hatte ich nur so blöd sein können? Wie hatte ich mir selbst das antun können? Warum hatte ich nachgegeben? Warum hatte ich nicht härter für mich selbst gekämpft, für das, was mich wirklich ausmachte? Und jetzt saß ich in der Klemme. Ich würde dieses Baby bekommen. Die Alternative würde mich zu einem Ungeheuer machen, einem Ungeheuer, das sogar noch schlimmer war als das, was ich einmal gewesen war, als ich einfach nicht schwanger werden wollte. Wenn ich nun, wo ich es tatsächlich war, dieses Kind abtreiben ließ – dieses Kind, nach dem sich Luke und seine Familie so sehr sehnten –, dann würde ich zum babykillenden Monster werden. Und auf die Abtreibung würde unweigerlich die Scheidung folgen.

Luke stand immer noch hinter mir, die Arme um mich gelegt, doch es fühlte sich an, als würde er mich darin einschließen, als säße ich sprichwörtlich hinter Gittern.

Ich machte mich von ihm los und ging zu dem Tisch, den ich so schön für uns gedeckt hatte. »Ich habe einen Schwangerschaftstest gemacht«, sagte ich ihm schließlich.

Er setzte sich gegenüber von mir an den Tisch. »Ich nehme an, das Ergebnis war positiv.« Obwohl ich immer noch weinte, hörte ich deutlich seine Verzweiflung.

Und ich hasste ihn dafür.

»Ja«, stieß ich hervor.

Dann griff ich nach der Champagnerflasche, die ich geöffnet hatte, bevor Luke zur Tür hereinkam, und goss mir ein großes

Glas ein. Ich trank es aus, wie ein Collegestudent, der ein frisch gezapftes Bier kippt. Das Prickeln in meiner Kehle war das erste angenehme Gefühl an diesem Tag.

Luke sah mich erschrocken an. »Rose, das kannst du nicht machen.«

»O doch, das kann ich.« Ich goss mir noch ein Glas ein, so voll es ging, ohne etwas zu verschütten. »Heute kann ich alles tun, was ich will. Erst morgen werde ich anfangen, darüber nachzudenken, was ich zu tun und zu lassen habe, damit mit diesem Baby alles in Ordnung ist.«

Er griff nach meiner Sektflöte, doch ich zog die Hand weg. Champagner spritzte auf den Boden. Der Blick auf Lukes Gesicht – natürlich Sorge um das Baby, schon jetzt so viel Sorge – vertiefte das Gefühl des Hasses, den ich für ihn empfand. Er erblühte zu einem satten, leuchtenden Rot, dieser Hass, dem tiefen Rot eines üppigen Weines.

»Dann morgen«, sagte Luke, stand auf und nahm sich etwas von dem Steak, das in seiner langsam gerinnenden Blutlache lag.

*

Thomas und ich sitzen in den eleganten Räumlichkeiten des Restaurants und reden. Wir lächeln uns an. Wir bestellen etwas zu essen, mehr Drinks, lassen dem Abend seinen Lauf.

Ich könnte nicht glücklicher sein.

Es heißt, Mutterschaft verändert dich von Kopf bis Fuß, sie macht dich zu einem neuen Menschen, einer neuen Frau. Doch wenn dieses Baby in mir tatsächlich solche Pläne mit mir hat, wenn er oder sie vorhat, jene andere Frau, *jene* Rose loszuwerden, dann gehe ich vermutlich gerade zum Gegenangriff über, ich, die echte Rose, die sich an ihr Leben klammert. Ich werde mich verändern, klar, aber ich werde mich in eine Frau verwandeln, die ihren Ehemann betrügt. Ich werde mich in eine Rose verwandeln, die gegen all das aufbegehrt. Eine Antimutter.

Mein erster offizieller Akt in diesem Antimutter-Projekt beginnt in dem Moment, in dem ich beschließe, Thomas zu küssen, noch während wir hier sitzen, unsere Drinks schlürfen, während die Nacht sich über die Menschen senkt wie ein Nebel aus Gaze, ein Schleier der Intimität inmitten flackernden Kerzenlichts.

Ich beuge mich zu ihm, wieder lächelnd, unsere Blicke begegnen sich. Meine Augen sind halb geschlossen. Ich fordere ihn heraus.

Dieses Mal, als mein Lächeln sich mit dem seinen verschränkt, fasst meine Hand ihm in den Nacken, Finger strecken sich nach dem Stückchen Haut über dem Kragen. Ich lasse auch das letzte Restchen Distanz schwinden, dann begegnen sich unsere Lippen zum allerersten Mal.

Und ich spüre, wie ein Stück von mir – von meinem alten Ich – zu mir zurückkehrt.

SECHZEHN

16. JULI 2010

ROSE, LEBEN 2

Barcelona ist ganz anders als alle Städte, die ich jemals besucht habe. Mittelalterliche Viertel, die in konzentrischen Kreisen rund um das Zentrum liegen, ein sich windendes steinernes Labyrinth aus vielen schmalen, kopfsteingepflasterten Gässchen, in die kaum je ein Sonnenstrahl dringt.

»Rose, hier drüben ist es! Hier entlang!«

Meine Tante Frankie nimmt mich am Arm und zieht mich weiter. In ihrem bodenlangen Kleid, das mit dem Saum leicht über das Pflaster streift, ist sie erstaunlich leichtfüßig unterwegs. »Ich komme, Frankie«, sage ich zu ihr und lache. Sie ist so energiegeladen, so aufgeregt. Der Himmel ist ein Streifen tiefes Blau zwischen den Gebäuden, die Sonne steht nicht ganz über unseren Köpfen, leuchtet aber hell. Die Wärme auf meinem Gesicht, die Wärme des Tages – das alles trägt zu dem Wohlbefinden bei, das mich durchströmt. Es geht mir gut. Ich fühle mich *gut.* Ich lebe!

»Rose, schau dir das an! Findest du das nicht toll?«

Die Straße, die ein paar Schritte hinter uns so schmal ist, dass ich die Mauern der Häuser mit den Fingerspitzen berühren könnte, wenn ich die Arme ausstrecke, ist breiter geworden und mündet auf einen kleinen Platz, wo sich drei Straßen kreuzen. An dem Punkt, wo sie aufeinandertreffen, steht ein spitz zulaufendes Gebäude mit einem ebenerdigen Restaurant, das zur Mittagszeit voll besetzt ist. Es herrscht reges Kommen und Gehen, Leute sitzen auf Schemeln oder stehen an hochbeinigen Tischen, die bis auf die Terrasse hinaus aufgebaut sind. Es wird geplaudert, laut gelacht, man prostet sich zu, ob mit Rotwein, mit Cava oder Bier. Wer trinkt schon Wasser zum Mittagessen? Niemand. Hier nicht.

»Schau, da ist ein Tisch frei«, sagt Frankie und läuft rasch hinüber, hängt ihre Fransentasche im Hippie-Style über einen der runden Hocker. Mit einer schwungvollen Handbewegung ruft sie den Kellner und redet in perfektem Katalanisch auf ihn ein.

»Was hast du gesagt?«, frage ich sie.

Sie klopft auf den Hocker neben sich, und ich klettere hinauf. »Ich habe uns eine Flasche Rotwein, etwas Manchego und Chili Padron bestellt – du weißt schon, diese grünen Paprika mit den Blasen, die dir gestern Abend so gut geschmeckt haben und bei denen man ab und zu eine scharfe erwischt. Außerdem ein paar *boquerones* und eine *bomba!*« Ihre Augen leuchten, und sie grinst.

»Was ist denn eine *bomba?*«

»Das ist mein absolutes Leibgericht – aber nur hier. Eine riesengroße Kugel aus Kartoffelstampf mit Fleisch in der Mitte. Das ganze Ding wird dann frittiert. Mmmh, ich schmecke es jetzt schon.«

»Frittierter Kartoffelbrei?« Mir knurrt der Magen. Das und der verbotene Genuss einer Flasche Rotwein um zwei Uhr nachmittags haben mir einen Bärenhunger verpasst. »Dann bin ich aber froh, dass wir den ganzen Vormittag rumgelaufen sind.«

Frankie zuckt, immer noch lächelnd, mit den Achseln. »Ich kann es noch gar nicht glauben, dass du endlich hier bist!« Das sagt sie schon den ganzen Tag.

Es ist ein schönes Gefühl, zu wissen, dass jemand sich auf einen gefreut hat. Und noch schöner ist es, mit solch offenkundiger Begeisterung geliebt zu werden. »Ich auch nicht«, sage ich, denn ich habe es wirklich noch nicht realisiert. Warum habe ich diese Reise so lange aufgeschoben? Es gab immer eine Ausrede, nicht zu kommen – erst hatte ich am College zu viel zu tun, dann mit meiner Promotion, dann musste ich mich verloben und heiraten, und schließlich sind mir meine Forschungen und die Bemühungen um finanzielle Unterstützung dazwischengekommen. Bei den Entscheidungen in meinem Leben hat sich immer alles um die Arbeit und um Konferenzen gedreht; nie habe ich beschlossen, spontan irgendwohin zu fahren, einfach so, nur weil mir, Rose, danach war.

Warum habe ich mich erst scheiden lassen müssen, um das herauszufinden?

Und mein Leben endlich für Neues zu öffnen, für neue Entscheidungen?

Vielleicht hat mir Luke ja damit einen Gefallen getan, dass er mich betrogen hat. So hat er das gesagt, aber ich habe ihm immer widersprochen und gesagt, er täusche sich. Ich wollte keine Scheidung durchmachen. Und ich hatte damit recht gehabt.

Der Prozess einer Scheidung ist langwierig. Es geht darum, Zeit und Raum im Leben eines Menschen zu ordnen, es vom Ballast zu befreien und sich zu lösen – von der Verantwortung, von Bedeutungen und Absichten, von Verpflichtungen dem Ehepartner gegenüber. Ich hatte damals das Gefühl, alles um mich herum gerate ins Rutschen, und ich selbst glitte einfach nur durch die Zeit wie ein Schiff ohne Anker, ein Gefühl der Haltlosigkeit, das vor allem beunruhigend war. Irgendwie schaffte ich es nicht, wieder Boden unter den Füßen zu bekommen oder etwas, an dem ich mich festhalten konnte. Deshalb dachte ich auch nicht lange nach, als Frankie mir mailte, Xavi würde mitten im Sommer für einen Monat weg sein, und ich könne sie besuchen, sondern schrieb ihr gleich begeistert zurück: *Ja, ich komme, und ich bleibe so lange, wie du mich haben willst.*

Der Kellner kommt mit dem Wein, entkorkt ihn und gießt zwei große Weinkelche bis zum Rand voll. Dann lächelt er Frankie an, sagt etwas auf Katalanisch zu ihr, und die beiden lachen. Er sieht gut aus, ist vielleicht in meinem Alter. Zu mir sagt er auf Englisch, mit starkem Akzent: »Deine Freundin spricht perfektes Katalanisch!«

»Sie ist übrigens meine Tante«, sage ich.

»Deine Tante! Kaum zu glauben.« Er wendet sich wieder an Frankie, feuert eine ganze Salve von Wörtern ab, dann ist er wieder weg und bahnt sich, mit dem Korkenzieher hoch über seinem Kopf, einen Weg durch die dicht gedrängte Menge.

»Flirtest du eigentlich immer mit Kellnern?«, frage ich Frankie.

Sie zuckt mit den Achseln. »Oh, ich habe nicht geflirtet.«

Ich warf ihr einen skeptischen Blick zu. »Na ja, jedenfalls hat *er mit dir* geflirtet.«

Sie hebt ihr Weinglas. »Auf deinen Besuch in Barcelona!«

Wir stoßen an. »Danke, dass du mich eingeladen hast. Und dass du mich nie aufgegeben hast, Frankie.« Ich schaue mich um: Die quirlige Atmosphäre ist ansteckend. »Das hier ist toll.«

»Apropos Flirten – du solltest es auch mal versuchen, Rose.«

»Meinst du?«

»Ja! Mit den Kellnern, mit Touristen, mit Männern von hier. Du bist Single! Was für ein Spaß!«

Ein kleiner Teller mit Bratpaprika kommt in Begleitung des Käses; diesmal serviert ein anderer Kellner. Ich probiere ein Stück Käse, dann noch eins, und eine Paprika, weil ich vor dem Süffeln etwas im Magen haben möchte. »Vielleicht«, sage ich zu Frankie, und sie strahlt. »Aber halt du dich raus«, warne ich sie, weil ich weiß, dass Frankie mit allen gleich ein Gespräch anfängt; dazu muss sie dem anderen nicht einmal vorgestellt werden. So hat sie auch Xavi kennengelernt. Er saß am Nebentisch, sie fand ihn reizend, also sprach sie ihn einfach an. »Und, vermisst du Xavi?«, frage ich, um das Thema zu wechseln.

»Ja. Ich liebe diesen Mann«, sagt sie. Während wir unseren Käse essen, die Paprika, die berühmte *bomba,* reden wir über Xavis Reise diesen Sommer, über ihr gemeinsames Leben, darüber, dass sie gerade ihre schöne Wohnung im Born-Viertel renoviert haben; sie hat eine herrliche Terrasse mit einem atemberaubenden Blick auf das Dach einer mittelalterlichen Kathedrale.

»Ich möchte unbedingt auch so ein Bad wie du«, sage ich und denke an die herrliche Dusche, die ich an diesem Morgen genossen habe. Das Bad ist voll verglast und geht auf die Terrasse hinaus. Die einzigen Nachbarn sind die Vögel auf den Giebeln der Kirche gegenüber, warum also nicht jeden Tag duschen wie im Freien, während man sich von der Sonne bescheinen lässt?

»Rose, du kannst so lange bei uns bleiben, wie du willst«, sagt Frankie. Das ist auch etwas, das sie ständig sagt.

»Was für ein Glück, dass mein Vater ein so erstaunliches Schwesterherz hat!«, sage ich zu ihr.

»Ach, Rose.« Sie greift über den vollgestellten Tisch hinweg nach meiner Hand und drückt sie.

Die *boquerones* kommen. Ich nehme einen großen Schluck Wein. Langsam spüre ich ihn in den Beinen, spüre diesen angenehmen Schwindel, diese Entspannung, wie ein genüssliches Seufzen, das durch meinen Körper streift. »Und überleg dir das gut mit deinem Angebot, so lange zu bleiben, wie ich will. Vielleicht nehme ich dich ja beim Wort.«

»Xavi und ich fänden das toll! Wofür haben wir denn das Gästezimmer? Du könntest doch dein nächstes Sabbatical hier verbringen!«

Ich lache. Frankie ist ein so freier Mensch. Sie und Xavi sind viel auf Reisen, ständig haben sie Freunde zum Abendessen zu Besuch. Sie führen ein Leben, um das sie viele Menschen beneiden – einen Traum von Leben, wie man es nur aus Filmen kennt.

»Vielleicht könnte ich das, ja«, sage ich. »Warum nicht? Eigentlich spricht doch wirklich nichts dagegen, dass ich ein Semester in Europa verbringe.« *Es gibt keinen Luke mehr, der mich davon abbringen könnte,* denke ich unweigerlich, weil ich es immer noch nicht schaffe, meinen Ex aus meinen Gedanken herauszulassen. Zu meiner Überraschung ist jedoch der schmerzliche Stich, den ich immer verspüre, wenn ich an ihn denke, deutlich schwächer geworden. Er ist immer noch da, hat aber seine Schärfe verloren.

Frankie hebt das Glas, und wir prosten uns noch einmal zu. Sie schaut mir bewusst in die Augen, als sie sagt: »Warum nicht, Rose?«

Ich esse noch eine Paprika, denke nach. »Weißt du, seit ich hier bin, habe ich kein einziges Mal geweint. Irgendwie kommt es mir unmöglich vor, in dieser Stadt traurig zu sein.«

Etwas von dem Lachen in Frankies Augen schwindet dahin. »Möchtest du darüber reden?« Sie senkt ihre Stimme um eine Oktave.

Möchte ich? Ich schaue auf mein Weinglas, höre das fröhliche Geschnatter der anderen Gäste, spüre, wie sich diese Energie um mich herumlegt wie ein weiches, schützendes Kissen, das die scharfen Kanten dessen, was geschehen ist, dämpft. »Aber du weißt doch schon alles.« Zusammen mit Jill ist Frankie diejenige Person, mit der ich jedes der schmutzigen Details von Lukes Bettgeschichten geteilt habe; wie er mich wegen einer anderen Frau verlassen und sich schließlich von mir hat scheiden lassen. »Cheryl« – ich kann ihren Namen nicht aussprechen, ohne einen bissigen, sarkastischen Unterton anzuschlagen – »steht kurz vor der Geburt.« Cheryl, die alle Babyträume von Luke wahr werden lässt.

»Ach, das tut mir leid, mein Schatz.« Frankie seufzt.

»Ich weiß. Manchmal habe ich das Gefühl, ich wache auf und befinde mich mitten in einem schlechten Film.« Ich schließe die Augen, gebe mir einen Moment, um mich zu sammeln. Erinnere mich daran, wo ich bin, wie es mir geht und wie weit ich bereits gekommen bin seit jenem ersten Moment, als Luke mir das mit Cheryl sagte, und kurz darauf, als er für immer aus der Wohnung gegangen ist und mich verlassen hat. Ich rufe mir ins Gedächtnis, dass ich jetzt in Barcelona bin, bei meiner Tante Frankie. Langsam kann ich wieder atmen, ich öffne die Augen. »Es geht mir besser, Frankie, wirklich. Das weißt du. Tag für Tag. Die Zeit heilt alle Wunden.« Frankie nickt. Ich spiele mit dem Stiel meines Weinglases. »Luke und all das, was passiert ist, fühlt sich in diesem Augenblick sehr weit weg an, und ich will, dass das so bleibt. Ich meine, in diesem Moment ist er auch real sehr weit von mir weg, was ehrlich gesagt eine große Erleichterung ist. Also … Themenwechsel. Bevor ich noch traurig werde und dich und Barcelona damit anstecke.«

Frankie streicht sich eine lange, graue Haarsträhne aus dem Gesicht. »Wie geht es deinem Dad dieser Tage?«

»Ach, weißt du, er arbeitet viel, wie immer. Er und meine Mutter freuen sich darauf, diesen Sommer eine Woche ans Meer zu fahren. Sie lieben den Strand.«

»So wie du. Und wie ich. Ich glaube, das liegt den Napolitanos im Blut.«

Ich stochere in den Paprika herum, auf der Suche nach einer wirklich kleinen, und frage mich, ob ich endlich mal eine scharfe erwische. »Genauso wie das Kochen.«

»Oh, das könnte aber auch von der Seite deiner Mutter kommen.«

»Das würde Mom sicher gerne hören.«

Frankie steigt von ihrem Hocker und kommt zu mir herüber.

Sie schlingt die Arme um mich und drückt mich, presst ihre Wange an meine. Ich kämpfe mit den Tränen. »Ich sehe sie beide in dir! Deinen Vater und deine Mutter. Was für eine tolle Kombination!« Sie lässt mich los, kehrt an ihren Platz zurück. »Deine Eltern sind froh, dass du hier bist. Sie freuen sich, dass es vorangeht in deinem Leben.«

Wir stoßen noch einmal an, aber diesmal nehme ich nur einen winzigen Schluck. »Du machst mich besoffen, Frankie.«

»Ein kleiner Schwips zur Mittagszeit hat noch niemandem geschadet«, sagt sie.

Ich schaue mich um, sehe all die Leute, die trinken, lachen, lausche ihrem ausgelassenen Geplauder, und ich spüre, wie sich ganz langsam und sanft ein Glücksgefühl in mir breitmacht. Ich esse eins von den säuerlichen Fischlein, dann noch eins, dann etwas Käse, eine Paprika, spüle alles mit einem gehörigen Schluck Wein hinunter. Die Wärme des Tages, die Schönheit dieser Stadt, die pulsierende Lebensfreude meiner Tante, die weiche Üppigkeit des Weines, der mir durch die Kehle rinnt – wie kann man da nicht ins Schwelgen geraten? Unmöglich, inmitten all dieser Schönheit und Lebensbejahung nicht glücklich zu sein, und ich lasse es zu, lasse mich mitreißen und spüre, wie ich mich all dem und all diesen Menschen gegenüber öffne, dem Leben selbst. »Es wird mir wieder gut gehen«, sage ich nach einem Moment.

Frankie begegnet meinem Blick auf diese intensive Art, die sie immer an den Tag legt, wenn sie etwas Wichtiges mitzuteilen hat. »Absolut. Davon bin ich überzeugt.«

SIEBZEHN

19. OKTOBER 2007

ROSE, LEBEN 5

Ich liege auf meinem Bett auf dem Rücken, starre an die Decke, Kopfhörer in den Ohren. Es läuft eine Playlist. Thomas hat sie für mich zusammengestellt.

Wir benehmen uns wie Teenager. Seit unserem allerersten Date in der Bar haben wir uns bisher nur zwei Mal gesehen, uns aber lange, innige E-Mails geschickt. Ich schreibe ihm jeden Tag eine, jeden Tag schreibt er mir eine. Das ist es, was ich tue, wenn ich mit der Uni fertig bin. Ich sitze an meinem Computer und erzähle Thomas meine Lebensgeschichte. Ich beantworte seine Fragen vom letzten Schreiben, und ich frage ihn nach den Dingen, die ich von ihm wissen will.

Zuerst war diese Art von Kommunikation eine Art Trostpreis dafür, dass wir uns so wenig sahen, für die Schwierigkeit, eine Möglichkeit zu finden, sich persönlich zu sehen. Luke spielt dabei die Rolle des Elternteils, um den ich mich herumschleichen muss. Den ganzen Tag klappe ich meinen Laptop auf, drücke obsessiv auf den Button, der mir anzeigt, ob ich neue E-Mails in meinem Postfach habe. Klick, Klick, *Klick*. Das mache ich so oft, dass ich Luke sagen musste, ich wartete auf die Zusage oder Absage eines Stipendiums, dann wiederum harrte ich angeblich der Ergebnisse am Schwarzen Brett, und schließlich ging es um die Frage, ob einer meiner Artikel von einer Zeitschrift angenommen worden war. Das tägliche Warten auf eine Nachricht von

Thomas treibt mich zusehends in den Wahnsinn, bis zu dem Moment, der Sekunde, wenn das wachsende Verlangen in mir endlich befriedigt wird und Thomas' Name oben auf der Liste in meinem Outlook erscheint. Jedes Mal werden die Mails länger und länger, sie werden intimer, intensiver.

Ich liebe es.

Ich liebe es, wieder die Rose aus Teenagerzeiten zu sein. Es ist, als würde ich mein Leben noch einmal von vorne beginnen, einen neuen Weg mit jemand anderem einschlagen. Mittlerweile tue ich so, als würde mein reales Leben mit Luke nicht geschehen. Als hätte ich eigentlich gar nicht all die Entscheidungen getroffen, die mich in diese Situation gebracht haben, in der ich mit ihm verheiratet bin und ein Kind von ihm erwarte.

Einer meiner Ohrstöpsel wird herausgerissen. Ich erschrecke.

»Rose.«

Überraschung! Das ist Luke, er ist früher zu Hause.

»Was hörst du denn da?«, fragt er. Er schaut mich seltsam an.

Ich setze mich auf dem Bett auf, nehme auch den anderen Stöpsel heraus. »Nichts Besonderes.«

»Wirklich nicht? Du hattest die Augen geschlossen und diesen verträumten Ausdruck auf dem Gesicht.«

»Echt?«

Ja. Echt. Das weiß ich. Ich mache mich an den Stöpseln zu schaffen, rolle das Kabel auf. Ich fühle mich ertappt. Schuldig. Ich werde knallrot. Kann Luke es sehen? Bemerkt er es?

Dann: »Jetzt komm«, sagt er.

»Was denn?«

»Wir müssen zu deinem Check-up.« Er hebt die Augenbrauen. »Für das Baby.«

»Ach so. Richtig. Habe ich vergessen.«

Ha! Richtig! Wie konnte ich das vergessen, wenn mir die ganze Zeit speiübel ist? Wenn meine Brüste schmerzen? Wenn ich allmählich an den Punkt komme, wo man es sieht? Aber noch bin ich nicht so weit, dass ich es den Leuten sagen muss. Noch bin ich nicht weit genug, dass ich es *Thomas* sagen muss. Diesen Schwebezustand mit ihm möchte ich mir noch ein wenig länger erhalten, diesen Ort, an dem ich einfach nur Rose bin, die sexy, taffe Professorin, mit der er flirtet, und nicht *Rose, die Schwangere, die werdende, die zukünftige Mutter,* die schon bald rund wie eine Tonne sein wird.

Luke seufzt, lang und schwer. Er verschränkt voller Ungeduld die Arme vor der Brust und schaut mich vorwurfsvoll an.

Meine Schuldgefühle verfliegen.

*

Zwei Abende später gehen Thomas und ich Händchen haltend durch die Straßen der Stadt.

»Ich will nicht, dass du schon nach Hause gehst«, sagt er.

Es ist spät, es ist dunkel, und die Dunkelheit fühlt sich an wie ein Schutz, als würde sie sicherstellen, dass wir unsichtbar sind. Wir sind wie zwei Kinder, die fest davon überzeugt sind, wenn sie sich eine Decke über den Kopf ziehen, wird sie niemand sehen. Ich weiß, es ist riskant, und Thomas und ich könnten jeden Moment jemanden treffen, den wir kennen. Einen von Lukes Freunden, einen von meinen. Ich habe noch keinem Menschen aus meinem Leben von Thomas erzählt. Weder Denise noch Raya, nicht einmal Jill.

»Ich möchte auch noch nicht nach Hause«, sage ich, denn dort werde ich nur an die Wirklichkeit meines Lebens erinnert. Sie ist so leicht zu vergessen, wenn ich mit Thomas unterwegs bin.

Thomas und ich haben gerade ausgiebig zu Abend gegessen, wir haben über unser Leben geredet, über unsere Vergangenheit; über die Gründe, warum er Single ist und ich nicht; über seine kleine Schwester, die er über alles liebt; darüber, dass er in den Bergen aufgewachsen ist, jedoch als Erwachsener entdeckt hat, dass ihm – ebenso wie mir – der Strand lieber ist; über seine Arbeit als Soziologieprofessor, die meiner ähnelt und zugleich ganz anders ist.

Thomas beschäftigt sich mit Drogenabhängigen und mit dem Thema Sucht, mit den Umständen, die dazu führen, mit den verschiedenen Möglichkeiten, sich helfen zu lassen, um aus der Abhängigkeit herauszukommen, mit den Leuten und Institutionen, die solche Programme anbieten.

»Dann werde ich wohl auch noch nicht nach Hause gehen«, sage ich. »Noch nicht.«

»Aber wirst du denn nicht erwartet?«

Thomas verwendet immer diese passive Form, er erwähnt nie den Namen Luke. Und ich erwähne ihn ebenso wenig, nicht Thomas gegenüber. Das war keine bewusste Entscheidung, die wir getroffen haben, es hat sich einfach so ergeben.

»Ich kann noch ein bisschen bleiben«, sage ich ihm.

Was ich Thomas allerdings nicht sage, ist, dass Luke bei einem Shooting in Boston ist. Dass Luke früher beruflich sehr viel unterwegs war, seit ich schwanger bin, jedoch gar nicht mehr, und dass mich das wahnsinnig macht. Dass ich mich regelrecht auf Lukes Reise nach Boston gefreut habe, weil es mir ermöglichen würde, abends mit Thomas auszugehen, *lange* auszugehen. Dass ich rein theoretisch sogar bis zum Morgen unterwegs sein könnte, und niemand würde es merken.

Aber will ich das?

Ja. Nein. Ich bin mir nicht sicher.

»Wie viel Zeit hast du denn?«, fragt Thomas.

»Eine Weile«, antworte ich vage.

Das Wissen darum, was ich tun *könnte,* was *wir* tun könnten, wenn ich Thomas verrate, dass Luke nicht in der Stadt ist, hindert mich daran, es ihm zu sagen.

Thomas und ich haben nicht miteinander geschlafen. Noch nicht. Ich denke fast ständig daran, seit jenem allerersten Abend, den wir miteinander verbracht haben, aber diesen Schritt zu gehen macht mir Angst. Es ist so, als hätten wir keine richtige Affäre, wenn wir es beim Küssen belassen oder beim Knutschen in einer dunklen Bar, was ein oder zwei Mal vorgekommen ist. Als würde es irgendwie bedeuten, dass ich, Rose, das hier nicht wirklich tue oder dass ich alles wieder rückgängig machen kann.

Doch wenn Thomas und ich diese Grenze überschreiten, wenn ich es zulasse, dass dieser eine weitere Schritt getan wird, dann gibt es kein Zurück mehr. Dann wird sich nicht mehr leugnen lassen, dass das hier real ist.

Es beginnt zu regnen. Thomas zieht mich unter die Markise des Gebäudes neben uns. Sein Pullover ist ganz weich, und er duftet nach Zedernholz und nach Tuberose.

»Gerade wollte ich vorschlagen, dass wir eine Runde durch den Park gehen«, sagt er. »Aber vielleicht ist das doch nicht so eine gute Idee.« Er streckt prüfend die Hand unter der Markise hervor. Dicke Regentropfen prasseln auf seine Handfläche. »Wir könnten irgendwo einen Kaffee trinken.«

»Das könnten wir, ja«, sage ich.

Ich schlinge die Arme um ihn, drücke meine Wange an seine Brust, atme tief seinen Duft ein. Als ich aufschaue, sehe ich, dass Thomas wieder diesen Blick hat, bei dem mir ganz heiß wird – ein Blick der Begierde, des Verlangens. Ich lege eine Hand an seinen Hinterkopf und ziehe ihn herunter zu mir. Es ist ein langer, ein intimer Kuss. Die schmale Straße, an der wir unter der Markise stehen, ist ruhig, nur das Prasseln des Regens ist zu hören. Als wir uns trennen, kommt mir doch die Sorge, dass wir uns in der Öffentlichkeit befinden. Ich schaue mich um, blicke prüfend auf die Gehwege.

»Oder wir gehen einfach zu dir«, schlage ich vor. Mein Herz klopft vor Vorfreude, vor Erregung. Was mache ich eigentlich?

»Könnten wir.« Thomas klingt überrascht.

»Wenn du das wolltest«, sage ich.

»Ich will, ja«, sagt er.

*

Thomas schließt die Tür auf, öffnet sie, schaltet das Licht ein.

Ich habe mich oft gefragt, wie Thomas' Wohnung wohl aussieht. Ob bei ihm alles sauber und ordentlich ist? Oder herrscht eher Chaos? Hat er Bücherregale wie ich, bis zur Decke vollgestopft und zwei Reihen tief, weil er lange studiert hat und als Akademiker arbeitet? Hat er ein großes Bett oder ein kleines? Hat er eine typische Männerwohnung, ganz in Blau und Grau und dunklen Farben gehalten? Was würde ich wohl Neues über Thomas erfahren, wenn ich wüsste, wie es in seinem Kühlschrank aussieht?

Ein kleiner, orangeroter Kater läuft zu ihm, und Thomas bückt sich, streichelt ihm über den Kopf, den Rücken. »Hallo, Max«, sagt er. »Das ist Rose. Sei nett zu ihr.«

Max schaut mich misstrauisch an, stupst kurz mein Bein an, miaut und läuft dann davon.

»Ich wollte immer schon eine Katze«, sage ich zu Thomas. Luke und ich haben ein-, zweimal darüber geredet, uns aber nie dazu durchgerungen.

»Er fremdelt«, sagt Thomas, »aber irgendwann wird er zutraulich.«

Irgendwann – meint er damit heute Abend oder in ein paar Monaten, ein paar Jahren? Ich wüsste gern, in welchen Zeitdimensionen Thomas in Bezug auf uns denkt, aber das bin ich noch nicht bereit, ihn zu fragen. Besonders weil ich die Frage selbst auch nicht beantworten könnte. Wie sollte ich auch? Ich kriege ein Baby von einem anderen Mann!

Ich schiebe den Gedanken beiseite.

Thomas geht in die offene Küche, direkt neben dem Wohnzimmer, nimmt eine Flasche Rotwein aus dem Schrank, einen Korkenzieher, Gläser. In der Zwischenzeit schaue ich mich um. An der Wand hängen mehrere gerahmte Fotos von Thomas und, wie es scheint, seiner Familie – seinen Eltern und wahrscheinlich seiner Schwester. Sie ist klein und hübsch, hat die gleichen dunklen Gesichtszüge wie Thomas. Auch das breite, strahlende Lächeln, das ihr Gesicht, ihre Augen zum Leuchten bringt, haben sie gemeinsam. Es gibt ein Foto von Thomas mit einer Gruppe Männer, vielleicht den Freunden vom College, von denen er mir erzählt hat. Die Fotos sind eindeutig Amateurfotos, nicht wie die, die in meiner Wohnung an der Wand hängen. Mir gefallen sie. Ein schöner Kontrast zu dem, was ich gewöhnt bin.

Die Wohnung ist klein, normal, nichts Besonderes, ein bisschen kahl, bis auf die Bücher an der einen Wand, die sich wie bei mir bis zur Decke hoch türmen, dicht an dicht ins Regal gequetscht. Es fühlt sich sofort heimelig und sicher an. Diese Wirkung haben Bücher immer auf mich. Dann bemerke ich eine Gitarre, die an der Wand lehnt, fast verborgen hinter der Couch. »Du spielst Gitarre!«

»Nicht wirklich. Ich würde es eher als klampfen bezeichnen. Und wenn meine Schwester herüberkommt, spielt sie. Sie ist wirklich gut.«

Ich spähe über den Rücken der Couch, um zu sehen, was da sonst noch im Verborgenen schlummert, und entdecke ein paar Fußbälle. »Wann sehe ich dich endlich mal spielen?«

Thomas hat am College Fußball gespielt und ist immer noch

Teil einer Mannschaft, die sich zum Spielen sonntags im Park trifft. Er hat mir gesagt, abgesehen von seiner Arbeit und seiner Familie nehme der Fußball eine große Rolle in seinem Leben ein. »Wann immer du willst. Du müsstest dich nur an einem Wochenende freimachen können.«

Ich seufze. »Ja.« Wir wissen beide, dass das schwierig sein wird.

Thomas nickt in Richtung Couch. Ich stelle mein Glas auf den Couchtisch, ziehe die Füße unter mich. Keiner von uns sagt etwas. Mein Herz klopft.

Thomas und ich waren noch nie allein miteinander. Nicht so wie jetzt.

Er beugt sich vor, und wir küssen uns, er rutscht langsam auf mich zu, bis er die Arme um mich legen kann. Seine Hand auf meinem Rücken fühlt sich fest an. Ich mag das Gefühl dieser Handfläche, die sich durch den Stoff meines Kleides an mich presst. Und ich möchte sie lieber auf meiner Haut haben. Mein Wunsch wird schon bald erfüllt.

Wir lassen die Dinge langsam geschehen, aber sie geschehen, und ich tue nichts, um sie aufzuhalten. Küsse, Flüstern, Knöpfe und Reißverschlüsse, die geöffnet werden. Ich gebe mich hin, jedem einzelnen Moment gebe ich mich hin. Ich bin dankbar für die Dunkelheit, die die leichte Wölbung meines Bauches kaschiert, für die Tatsache, dass sie noch viel zu klein ist, um bemerkt zu werden. Als Thomas und ich endlich ins Bett schlüpfen, sind die Laken kühl, aber unsere Haut ist warm, und unsere Umarmung lässt mich alles vergessen, alles außer ihm. Ich schließe die Augen.

Ich will, dass das hier nie aufhört.

Ich will nie wieder nach Hause.

Und ich will dieses Kind nicht.

*

Wieder und wieder sage ich mir selbst: Ich muss es durchziehen.

Wenn Luke dieses Baby kriegt, dann kriege ich Thomas.

Das ist der Deal. Der Handel, den ich eingehe.

Ich weiß, dass das, was Thomas und ich da machen, falsch ist. Warum fühlt es sich dann nicht falsch an? Sollte es sich nicht noch viel falscher anfühlen?

Es ist, als säße ich auf einer Wippe, und die Schwangerschaft hat dazu geführt, dass ich auf einmal unten gelandet bin. Luke hält mich dort fest, hält mich auf dem schmutzigen Boden fest. Doch jedes Mal, wenn ich Thomas sehe, tritt er auf die andere Seite der Wippe und lässt mich hochschwingen, er bringt die Dinge ins Gleichgewicht, sodass ich über der Erde schwebe, wieder zu mir komme und alles um mich herum klarer sehen kann.

Irgendwann werde ich aufhören müssen, mich so zu verhalten. Richtig?

Irgendwann werde ich Thomas aufgeben müssen. Richtig?

*

Thomas streicht mit der Hand über meinen Bauch. Er beugt sich herab, küsst mich auf eine Stelle über dem Bauchnabel, ohne mit der Wimper zu zucken. Aber warum sollte er auch? Er hat meinen Körper noch nie gesehen. Er hat keine Ahnung, dass ich schwanger bin.

Irgendwann werde ich es ihm sagen müssen.

Aber was wird er dann tun?

Er blickt hoch. »Ich habe mich gefragt, ob das jemals geschehen würde.«

»Das?«

Er wandert mit den Lippen langsam nach oben, bis wir von Angesicht zu Angesicht sind, fährt mit den Fingern über meinen Rücken. Presst sich an mich. »Das hier.«

Ich antworte ihm, indem ich die Beine um ihn schlinge und mich fest an ihn drücke, bis wir uns wieder gemeinsam bewegen. Unsere Lippen berühren sich fast, aber nicht ganz. »Ach, das«, flüstere ich.

Er lächelt, schließt die Augen, schmiegt sich an mich.

Ich werde es ihm sagen. Bald. Aber nicht heute Abend.

Ich möchte nicht, dass mein Traum von Thomas, von Thomas und mir, von der Rose, die ich bin, wenn ich mit Thomas zusammen bin, schon vorüber ist. Noch nicht. Ich bin nicht bereit dazu.

*

Einen Monat später ist es nicht mehr zu übersehen. Jetzt gibt es keinen Weg mehr zurück. Ich werde es tun. Ich werde dieses Baby bekommen.

Lukes Baby.

Scheiße.

Was ich definitiv auch noch tue, ist, dass ich eine Affäre mit Thomas habe.

Eines Nachmittags treffen wir uns auf einen Kaffee. Er nimmt einen Cappuccino, ich einen Entkoffeinierten. Ich hasse Kaffee ohne Koffein, aber offenbar ist es diese Plörre, die man sich als Schwangere eben bestellt. Ich bin dazu übergegangen, den Typ Kleider zu tragen, die meinen »Zustand« verbergen. Aber vor Thomas kann ich es nicht mehr verbergen. Er bedeutet mir zu viel. Außerdem wird es sowieso bald jeder sehen.

Wir haben kaum an unserem Tisch Platz genommen, als ich damit herausplatze. »Ich muss dir was sagen.« Ich lasse Thomas gar nicht erst zu Wort kommen. »Ich bin schwanger«, sage ich, und als er die Augen aufreißt, füge ich rasch hinzu: »Es ist von Luke. Daran besteht kein Zweifel. Ich war … ich war …« Ich muss es sagen, muss es endlich loswerden. »Ich war bereits schwanger, als wir uns zum ersten Mal verabredet haben.«

Thomas bleibt der Mund offen stehen. Er blinzelt. »Aber …«, beginnt er, verstummt wieder. Er sieht so verletzt aus, dass ich weinen könnte. »Schwanger?«

Ich nicke. »Ich … ich …«

Was soll ich sagen? Wie soll ich in Worte fassen, was ich getan habe?

Ich versuche es mit der Wahrheit. »Ich wollte nicht schwanger werden. Ich hätte nicht zulassen sollen, dass es passiert, und als ich dann merkte, dass ich schwanger war, wurde ich wütend und …«

Thomas schüttelt den Kopf. »Du hast beschlossen, deinem Ärger Ausdruck zu verleihen, indem du mit mir ausgehst?«

Ich möchte Thomas' Hand nehmen, möchte sie küssen, aber ich tue es nicht. Ich kann nicht. Wir sind hier in der Öffentlichkeit, das Licht ist viel zu hell, zu grell. »Nein, ich beschloss, mir dich zu gönnen, und wenn es nur für einen Abend war.«

»Aber es war nicht nur für einen Abend.«

»Nein, war es nicht.« Die Muskeln von Thomas' Unterarm sind so angespannt, sein Körper versteift. Ich finde es furchtbar, ihm das anzutun. »Tut mir leid, dass ich es dir nicht gleich gesagt habe. Ich habe es immer wieder vor mir hergeschoben, weil du mir so viel bedeutest.«

Er schiebt seine Kaffeetasse von sich weg. »So viel, dass du mir diese doch nicht unbedeutende Sache verschwiegen hast?«

»Aber ich sag es dir doch jetzt.« Ich klinge erbärmlich, das weiß ich.

»Und warum? Weil du musst? Weil ich es irgendwann merken würde?« Thomas zerknüllt seine Serviette und wirft sie auf den Tisch. »Meine Güte, Rose. Sorgst du deshalb dafür, dass es dunkel ist, wenn wir zusammen sind?«

Mein Blick wandert zu meinem Bauch, dann wieder nach oben. »Ich weiß nicht.« Ich seufze. »Ja«, gebe ich zu. »Ich bin ein furchtbarer Mensch, stimmt's?«

Thomas schüttelt den Kopf.

Nein, ich bin kein furchtbarer Mensch?

Oder: *Du ekelst mich so an, Rose, ich weiß nicht mal, was ich sagen soll.*

Ich lege beide Hände auf den Tisch, meine Finger nah bei seinen. »Ich habe es dir nicht gesagt, weil ich wusste, es würde das Ende bedeuten, und das konnte ich nicht ertragen. Ich kann es auch jetzt nicht ertragen.«

»Du hast mir versprochen, Rose«, sagt Thomas, »dass ich der einzige Mensch bin, den du niemals anlügen wirst.«

»Es tut mir so leid«, sage ich. *Ich habe ihn verloren,* denke ich. Ja, ich habe ihn verloren. Es ist vorbei.

»All diese Zeit, all diese E-Mails, und du hast nur mit mir gespielt ...«

»Ich habe nicht mit dir gespielt!« Ich schreie es fast hinaus. Ich senke die Stimme. »Ich habe niemals mit dir gespielt. Und ich tue es immer noch nicht. Ich ... ich ...« *Du bedeutest mir so viel. Ich bin dabei, mich in dich zu verlieben. Bitte verlass mich nicht.*

Thomas lehnt sich in seinem Stuhl zurück, verschränkt die Hände hinter dem Kopf, starrt zur Decke hoch. »Wir hätten das nicht tun sollen, das habe ich immer schon gewusst, aber jetzt sollten wir es erst recht nicht mehr tun.«

Ist denn eine Affäre so viel schrecklicher, wenn die Frau schwanger ist? Nicht nur verheiratet? Bin ich deshalb gleich ein furchtbarer Mensch, eine furchtbare Frau? Wahrscheinlich. Ja.

»Ich weiß«, sage ich. Aber stimmt das?

Thomas steht auf, seine Kaffeetasse ist noch fast voll. Er hat sie kaum angerührt. »Ich muss jetzt gehen. Ich muss nachdenken.«

»Verstehe.« Aber ich verstehe gar nichts. Oder fast nichts.

Wenn er sagt, er brauche Zeit zum Nachdenken, lässt er damit die Tür einen Spaltbreit offen? Kann das sein?

»Und du auch«, sagt Thomas. »Du musst auch darüber nachdenken.«

Ich gebe ihm keine Antwort. Ich brauche keine Zeit zum Nachdenken. Nicht wirklich. Ich will Thomas wiedersehen, will ihn weiterhin sehen, ob mit Baby oder ohne. Ich könnte im neunten Monat schwanger sein und wollte ihn immer noch sehen.

Ich sehe, wie Thomas geht. Schaue ihm hinterher, wie er durch die Glastür des Cafés geht und schließlich hinter dem nächsten Häuserblock verschwindet. Er blickt nicht zurück.

Dann ist es also vorbei mit uns. Ich weine den ganzen Weg zurück in meine Wohnung und weine immer noch, als ich durch die Tür trete.

»Was ist denn los?«, fragt Luke. Er sitzt mit aufgeklapptem Laptop am Küchentisch und arbeitet.

»Hormone«, sage ich.

ACHTZEHN

19. OKTOBER 2007

ROSE, LEBEN 4

Luke dreht sich um und lächelt über den Rand seines Weinglases hinweg. Da liegt so viel in diesem Lächeln, so viel in dem Glück, das ich in seinen Augen sehe. Es gefällt mir, zu wissen, warum es dort ist, und dabei die einzige Person im Raum zu sein, die den Grund dafür kennt. Es gefällt mir, dass er mich wieder auf diese Weise anschaut. Es ist noch gar nicht lange her, dass ich gedacht habe, es würde nie wieder so sein.

»Rose, kann ich dir noch ein Stück Huhn geben?« Lukes Freund Chris ist bereits aufgesprungen und beugt sich über den Tisch, spießt mit der Serviergabel eines der restlichen Hühnerbeine von der Platte. »Du weißt, dass du es willst. Dein erstes Hühnerbein war schnell weg.«

»Ja, ich hätte gern noch eins«, sage ich.

Seit ich schwanger bin, habe ich einen Bärenhunger.

»Dein Mann ist ein großartiger Koch«, sage ich zu Mai, Chris' Frau.

Sie blickt zu Chris hoch, während er mir ein zweites Stück Huhn auf den Teller legt. »Und das ist auch gut so, sonst würde niemand in diesem Haus was zu essen kriegen.« Es ist das erste Mal, dass wir uns seit der Geburt ihres zweiten Kindes sehen. Sie haben Luke und mich zum Essen eingeladen, es sei einfacher, wenn wir zu ihnen kommen, nachdem die Kinder im Bett sind, dann bräuchten sie keinen Babysitter.

Als Chris mir Wein nachschenken will, lege ich schnell die Hand darüber.

»Nein?« Er klingt überrascht.

»Passt schon so«, sage ich.

Luke und ich haben uns darauf geeinigt, dass ein Glas Wein in Ordnung ist. Ich hatte befürchtet, er sei in solchen Sachen pingelig, aber bislang respektiert er mein Bedürfnis, selbst darüber zu entscheiden, was ich esse und trinke und wie ich den Übergang zwischen einer Mutterschaftsgegnerin zu einer Frau meistere, die gerade ihre erste Schwangerschaft durchsteht.

»Okay.« Chris stellt die Flasche auf den Tisch, nahe genug, damit ich mich selbst bedienen kann, wenn ich es mir anders überlege.

Mai schaut mich fragend an, spricht aber das, was sie mit Sicherheit denkt, nicht laut aus. *Moment mal, bist du etwa …*

Luke und ich haben es außer unseren Eltern und Jill noch niemandem erzählt, weder meinen anderen Freunden noch denen von Luke. Ich möchte noch eine Weile in dieser Schwebe verharren, in der ich immer noch einfach Rose bin und niemand weiß, dass ich ein Kind erwarte, solange ich es ihm oder ihr nicht sage. Und ich sehe dem Moment, wenn wir es unseren Freunden verkünden, mit sehr gemischten Gefühlen entgegen, weil jeder, den wir kennen, weiß, wie sehr ich mich gegen das Kinderkriegen gesträubt habe und wie sicher ich mir war, keine Mutter werden zu wollen. Die Leute werden skeptisch sein. Das weiß ich, weil ich genau das bereits mit Jill durchgemacht habe.

*

Seit Ewigkeiten treffen Jill und ich uns jeden Mittwoch entweder bei ihr oder bei mir, um den Abend miteinander zu verbringen, Wein zu trinken, etwas zum Essen liefern zu lassen und uns über alles, was an der Uni, wo wir arbeiten, passiert, auf dem Laufenden zu halten. Und es war der Wein – die Tatsache, dass ich in den vergangenen Wochen nie mehr als ein Glas getrunken habe –, der Jill dazu gebracht hat, Verdacht zu schöpfen. Diesmal waren wir bei ihr, von der Flasche war noch ein Drittel übrig, und Jill wollte mir davon einschenken.

»Nein, wirklich nicht, danke.« Bevor ich schwanger wurde, haben Jill und ich im Verlauf eines solchen Abends mindestens eine Flasche geköpft, manchmal auch anderthalb. »Ich habe morgen früh Seminar«, fügte ich hinzu. Seit ich weiß, dass ich schwanger bin, habe ich Jill jede Woche eine Ausrede aufgetischt – frühes Seminar, wenig geschlafen, jede Menge Arbeit am nächsten Morgen. Alles Vermeidungstaktiken, um ihr den wahren Grund nicht zu sagen.

Jill hielt immer noch die Flaschenöffnung über den Rand meines Glases, um mir einzuschenken. »Das hat dich doch noch nie abgehalten«, sagte sie.

Ich zuckte mit den Achseln. »Neues Semester, neue Sichtweise.«

Sie stellte die Flasche auf dem Tisch ab. Dann lehnte sie sich auf der Couch zurück und drehte sich zu mir. »Rose Napolitano, ich weiß genau, wann du flunkerst. Warum rückst du nicht mit der Wahrheit raus?«

Ich machte mich an den Tellern zu schaffen, legte sie zu einem ordentlichen Stapel übereinander.

»He«, sagte sie und legte mir eine Hand auf den Arm. »Antworte mir. Bitte.«

Ich richtete den Blick auf das Geschirr, den Couchtisch, nur um meiner Freundin nicht ins Gesicht zu sehen. »Ich glaube nicht, dass du erfreut sein wirst, wenn ich dir sage, was los ist.«

Einen Herzschlag lang Stille. Dann Jill, atemlos: »Rose. Du verarschst mich.«

»Erraten?«

»Du bist schwanger!«

Ich nahm mir eine Praline aus der Schale, die Jill auf dem Couchtisch stehen hatte, wickelte sie aus, steckte sie mir in den Mund und warf das Papier auf den anderen Stapel. Ich nickte, kaute, schluckte.

»Dieses Arschloch«, sagte sie.

»Nein, eigentlich ist es viel komplizierter …«

»Lässt du es abtreiben? Das machst du doch, oder? Ich gehe natürlich mit. Ich lass mir einen Termin für dich geben, wenn das hilft. Ich weiß, es ist eine Sache, über das Recht auf Abtreibung zu diskutieren, und eine andere, selbst so was durchzuziehen.«

Genau aus diesem Grund hatte ich mich davor gefürchtet, es Jill zu sagen. Ich wusste schon vorher, welche Mutmaßungen sie darüber anstellen würde, wie ich mich fühlte, was ich als Nächstes tun würde und dass ich mich gegen jede ihrer Behauptungen zur Wehr setzen musste. Ich konnte es ihr nicht zum Vorwurf machen. Ich würde im umgekehrten Fall genauso handeln. Jill war die beste Freundin, die ich haben konnte, und sie verhielt sich entsprechend.

»Hör mir mal zu«, sagte ich, nahm sie an beiden Händen und schaute ihr in die Augen. »Ich werde es nicht abtreiben lassen, Jill. Definitiv nicht.« Als sie den Mund öffnete, um zu protestieren, unterbrach ich sie. »Ich bin mir sicher. Ich werde dieses Baby bekommen.« Ich holte tief Luft, atmete aus. »Ich will es. Ich weiß, es fällt dir schwer, das zu glauben, aber es entspricht der Wahrheit.«

»Du. Kriegst ein Kind.«

»Ja, ich.«

Jill entzog mir ihre Hände, kippte den Rest Wein in ihr eigenes Glas und stürzte die Hälfte davon hinunter. »Boah.«

»Ich weiß.«

»Es fällt mir schwer, Rose. Es fällt mir schwer, zu verstehen, wie das alles möglich ist. Es geht um Luke, stimmt's? Er hat dich vor die Wahl gestellt, stimmt's? Ein Baby oder er?«

»Ja. Nein. Na ja, zuerst ja. Deshalb habe ich beschlossen, es zu versuchen, ihm das zu geben, was er will, damit er mich nicht verlässt.«

»Manchmal hasse ich diesen Mann.«

»Hasse ihn nicht.« Ich seufzte, schon jetzt erschöpft von dieser Aufgabe, mich zu verteidigen, und Luke damit auch. Ich hatte gewusst, dass das auf mich zukommen würde, doch jetzt war es sogar noch härter, als ich gedacht hatte. »Ich meine, ich verstehe, warum du das so empfindest. Ich selbst habe es zeitweise so empfunden, wie du weißt. Und ja, es ist schwer zu glauben, und ich kann es selbst kaum glauben, aber es geht mir gut damit. So gut es mir eben gehen kann. Und Luke und mir geht es auch gut. Viel besser als vorher.«

Jill schnaubte. »Na klar, weil du ihm gibst, was er will.«

»Bitte verurteile mich nicht so.«

»Ich verurteile dich nicht.«

»Doch, das tust du.«

Sie trank ihr Glas aus. »Ich weiß nicht … ich weiß nicht, was ich denken soll, Rose.«

»Das verstehe ich. Aber was ich wirklich brauche, ist das Gefühl, mich für diese Schwangerschaft nicht schämen zu müssen. Nicht, wenn ich mit dir zusammen bin. Du bist meine beste Freundin, und ich brauche deine Unterstützung.«

Jill trug einen Ausdruck der Bestürzung auf dem Gesicht. »Ich wollte nicht, dass du dich schämst.«

»Vielleicht.«

»Aber schämst du dich denn dafür, dass du schwanger bist?«

Ich schaute auf meine Hände hinab, auf den kleinen Kaffeefleck im Stoff von Jills Couch. »Manchmal. Manchmal mache ich mir Sorgen, mich selbst zu verleugnen, indem ich das hier tue, aber es gibt auch viele, viele Momente, in denen ich richtig aufgeregt bin. Glücklich. Und genau da versuche ich zu bleiben.«

»Okay«, sagte Jill, doch ich hörte deutlich das Zögern, das immer noch in ihrer Stimme lag.

»Okay. Na dann«, sagte ich. Wir räumten das Geschirr ab, legten es in die Spüle, und ich ging nach Hause.

»Wie war dein Abend mit Jill?«, fragte Luke, als ich ins Bett kroch. Er schlief schon halb und hatte sich zur anderen Seite gedreht.

»Ich hab ihr gesagt, dass ich schwanger bin.«

»Echt?« Er drehte sich zu mir. Seine Augen glänzten in der Dunkelheit. »Wie hat sie es aufgenommen?«

»Nicht besonders gut. War ziemlich hart.«

»Gib ihr Zeit. Sie kommt schon auf den Trichter. Alle werden das. Irgendwann.«

Mich überraschte Lukes Wortwahl. *Sie kommt schon auf den Trichter. Irgendwann.* Das war genau das, was mir die Leute jahrelang über das Thema Kinderkriegen gesagt hatten. Sie hatten recht gehabt, und ich war tatsächlich auf den Trichter gekommen. Irgendwann. Aber würde es Jahre dauern, bis Jill auf den Trichter kam und mein neues Ich akzeptierte? Und würden alle anderen Menschen in unserem Leben genauso lange brauchen? Zuerst hatte ich den Druck erlebt, dass jeder mir sagte, ich müsse ein Kind kriegen, dass ich es *unbedingt müsste,* und hatte – ob ich es nun wollte oder nicht – die Leute zu überzeugen versucht, es sei mein Recht, mich gegen ein Kind zu entscheiden. Jetzt auf einmal musste ich damit umgehen, dass die Leute meiner Kehrtwende bezüglich Mutterschaft misstrauisch gegenüberstanden; der Tatsache, dass ich auf einmal sagte, ja, ich würde doch ein Kind bekommen. Würde das für immer mein Leben sein?

Rose Napolitano – verdammt, weil sie keine Mutter werden wollte, und verdammt, weil sie es dann doch wurde?

*

Chris und Luke stehen auf, um das Geschirr abzuräumen. Auf dem Weg an meinem Stuhl vorbei, beugt sich Luke zu mir herab und flüstert mir ins Ohr: »Ich liebe dich«, sagt er. »Du siehst wunderschön aus heute Abend.«

Ich strahle.

Mai beobachtet mich. Sie hebt ihr Weinglas an die Lippen, nimmt einen Schluck, und ich beneide sie ein wenig darum, aber der Moment vergeht.

Sie steht auf und setzt sich auf Lukes frei gewordenen Stuhl, neben mich. »Gibt es bei Luke und dir eigentlich Neuigkeiten, die ihr nicht verkünden wollt?«

Ich drehe mich zu ihr, schaue in Richtung Küche. Luke und Chris stehen nebeneinander vor der Spüle und reden miteinander. Statt Mai eine Antwort zu geben, zucke ich unverbindlich mit den Achseln. Die Versuchung, es ihr zu sagen, ist da. *Ja, ja, es stimmt,* aber Luke respektiert mein Bedürfnis, es langsam angehen zu lassen, und ich will ihm die Freude nicht verderben, Chris selbst die gute Nachricht zu überbringen.

»Hmm« ist Mais Reaktion. Dann lächelt sie mich an. »Mach dir keine Gedanken, Rose. Ich werde Chris nichts sagen. Aber wenn es das ist, was ich denke, dann freue ich mich sehr für dich und Luke. Und ich glaube, du wirst es lieben, Mutter zu sein. Ich war früher auch geteilter Meinung. Es ist schwer, aber Kinder zu haben kann wundervoll sein. Das Wundervollste überhaupt«, fügt sie hinzu.

Ich strahle, schon zum zweiten Mal heute Abend.

Vielleicht täusche ich mich ja. Vielleicht wird mich doch nicht jeder in Zweifel ziehen, wenn er oder sie es erfährt. Vielleicht werden die Leute ja doch eher reagieren wie Mai, es einfach akzeptieren und sich für mich und für uns freuen.

Luke kommt aus der Küche zurück und legt die Hände an meine Stuhllehne. »Worüber habt ihr Mädels geredet?«

»Über den großen Fall, den ich demnächst haben werde«, sagt Mai. Sie ist eine Topanwältin, arbeitet für die Staatsanwaltschaft, und erst vorhin haben wir darüber gesprochen, dass sie bald in einem Gerichtsverfahren wegen Mordes tätig ist.

Luke setzt sich auf Mais Stuhl. Sie drückt mir unter dem Tisch die Hand, und ich erwidere den Druck. Ihre Freundlichkeit, ihre Zuversicht strahlen auf mich aus. Ich denke, es stimmt wirklich, dass ich mich erst noch an diesen neuen Weg, den ich in meinem Leben eingeschlagen habe, gewöhnen muss; Luke und ich müssen uns beide noch daran gewöhnen. Aber heute ist einer von den guten Tagen. Einer der besseren. Ich sauge das alles in mich auf wie ein Schwamm, um es in mir zu bewahren, für härtere Zeiten.

NEUNZEHN

15. MÄRZ 2013

ROSE, LEBEN 3

»Addie, dreh dich mal«, sagt Joe.

Sie tut, wie geheißen. Die Federn, die wir ihr in die Haare gesteckt und auf den Kragen ihres Shirts und den Saum ihres Rockes genäht haben, wippen und flattern, während sie sich um die eigene Achse dreht.

Kameras blitzen. Jeder fotografiert. Meine Mom, Lukes Vater, Lukes Mutter, Luke. Wie auf einem Abschlussball. Meine Mutter gibt die Kamera an meinen Vater weiter, jetzt ist er dran mit den Schnappschüssen. »Lächele mal für deinen Grandpa«, sagt er, und sie tut es. Es ist Addies erster Auftritt bei einer Schulaufführung, und alle sind in das kleine Theater gekommen, wo sich heute jede Menge kleine Mädchen die Seele aus dem Leib getanzt haben, keine von ihnen im Takt, was umso niedlicher war. Addie ist als Schwan aufgetreten.

Meine Mutter holt sich die Kamera von meinem Vater zurück. »Zeig uns, was kleine Schwäne tun, Addie.«

Addie bewegt flatternd – und nicht allzu anmutig – die Ärmchen wie ein Schwan auf und ab, Kameras blitzen. Nancy hat ihr Handy herausgeholt und nimmt ein Video auf. Alle sind aus dem Häuschen. Luke dreht sich zu mir, schüttelt den Kopf, mit einem gutmütigen Ausdruck auf dem Gesicht, als wollte er sagen: *Was sollen wir bloß mit diesen ausgeflippten Großeltern machen?*, und ich grinse ihn an, zucke mit den Achseln.

Addie ist diejenige, die unsere Familie zusammenhält. Die Friedensstifterin. Eine Art UNO auf Beinen.

Plötzlich gähnt sie, laut und deutlich.

Alle lachen.

»Ich glaube, die Schwänchen müssen jetzt alle ins Bett«, sagt Luke und hebt seine Tochter schwungvoll auf den Arm.

»Daddy, nein, noch nicht«, protestiert sie, aber ihr fallen bereits die Augen zu.

»Was für ein Goldschatz«, sagt Nancy zu mir, als würde sie auf einmal glauben, ich könnte als Addies Mutter tatsächlich etwas richtig gemacht haben.

Ich sauge ihr Wohlwollen in mich auf.

Meine Mutter nickt, wirft mir aber einen fragenden Blick zu. Sie weiß, dass das Verhältnis zwischen mir und Lukes Eltern immer noch angespannt ist; wir haben endlos darüber geredet. Ich lächele meiner Mutter zu. *Alles gut.*

Wir verlassen das Theater. Joe bleibt ein wenig zurück und spricht mit meinem Vater. Ich schnappe Gesprächsfetzen auf und höre, wie er meinen Vater nach seiner Schreinerei fragt. Meine Mutter und Nancy gehen vor Luke und mir, aber ich weiß nicht, worüber sie reden. Sie schauen immer wieder zu Addie zurück, die an Lukes Schulter einnickt, vermutlich sprechen sie also über sie.

In Momenten wie diesem empfinde ich es als großes Glück, dass diese kleine Person in unser Leben getreten ist und unsere Familie geflickt und mit großen Stichen wieder zusammengenäht hat. Was ich zu verdrängen versuche, ist die Erkenntnis, wie leicht es wäre, den Faden wieder zu durchtrennen. Ein einziger Schnitt, und alles wäre wieder in Auflösung begriffen.

Auch wenn ich immer noch nicht weiß, was ich von meinen Schwiegereltern halten soll, ist ihnen doch ein kleiner Teil von mir dankbar.

Vielleicht. Manchmal.

Ich weiß nicht.

Es gibt Momente, in denen ich denke, wenn Nancy und Joe damals nicht so darauf beharrt hätten, dass ihr Sohn ein Kind in die Welt setzt – wozu man natürlich auch mich als Mutter dieses Kindes brauchte –, dann würde Addie vielleicht gar nicht existieren. Vielleicht hätten wir sie nie bekommen. Vielleicht hätte *ich* sie nie bekommen. Wenn sie Luke nicht überredet hätten und wenn Luke wiederum nicht mich überredet hätte, dann wäre sie jetzt nicht hier, unser kleines Schwänchen, das uns alle verzaubert hat. Das auch mich verzaubert hat, die Frau, die niemals den Wunsch verspürt hatte, sich von Kindern verzaubern zu lassen, zumindest nicht von ihrem eigenen Kind.

Doch es gibt auch so viele andere Tage, an denen dieser schwelende Ärger, den ich für meine Schwiegereltern empfinde, aus dieser kleinen Höhle in meinem Hirn herausgekrochen kommt und ich spüre, wie gern ich ihnen endlich einmal die Meinung sagen würde, all das, was Luke mir verboten hat, ihnen ins Gesicht sagen. Was mich auf die Frage bringt: Werde ich ihnen jemals verzeihen? Wird meine Wut auf sie mein Leben mit Luke für immer verpesten?

*

»Rose, wir möchten mit dir reden.«

Joe war vor all den Jahren derjenige, der es zuerst sagte, der dieses Gespräch im Namen von Nancy und ihm selbst begann. Wir vier waren in ein sehr schickes Restaurant zum Essen gegangen.

»Worüber denn?«, fragte ich zurück und schaute zu Luke, der meinem Blick auswich. Er starrte auf seinen Teller, konzentrierte sich betont auf die Zerlegung seines Hühnchens.

Damals waren Luke und ich ein paar Jahre verheiratet, und mein Verhältnis zu seinen Eltern war am Bröckeln. Auch meine Beziehung zu Luke war am Bröckeln. Wenn Luke zu seinen Eltern nach Hause fahren wollte, war ich mehr und mehr abgeneigt, ihn zu begleiten. Ich fing an, mir Ausreden zurechtzulegen – zu viele Seminararbeiten zu korrigieren, Pläne mit Jill, Raya sei zu Besuch in der Stadt und wolle mich sehen, mein Vater habe mich für genau dieses Wochenende zum Essen eingeladen, nur wir beide. Ich wollte sie einfach nicht mehr sehen, besonders Nancy nicht. Unser Verhältnis war zerrüttet.

Nancy machte ständig Bemerkungen darüber, für wie intelligent sie mich halte, was eigentlich nett klingt, bloß dass sie dann immer hinzufügte, das bedeute, dass auch meine und Lukes Kinder intelligent sein würden. Und dann begann jedes Mal die Fragerei, wann ich denn nun endlich schwanger würde, wann, wann denn? Sie fragte das, obwohl sie wusste, dass Luke und ich nicht vorhatten, ein Baby zu bekommen.

Joe wischte sich die Hände an der Serviette auf seinem Schoß ab. »Wir möchten mit euch beiden reden«, erklärte er. »Über das Thema Kinder.«

Luke seufzte und legte sein Besteck neben dem Teller ab. »Dad«, sagte er in warnendem Ton.

Nancy griff über den Tisch hinweg und legte beschwichtigend ihre Hand auf die Hand ihres Sohnes. *Jetzt warte doch, lass uns erst mal ausreden.*

»Wir befürchten, dass ihr einen Fehler macht«, sagte Joe. Das sagte er an Luke *und* mich gewandt, doch er schaute dabei nur mich an. »Wir wissen, es wäre ein Fehler, wenn du kein Baby bekommen würdest. Du wirst es irgendwann bereuen. Das wirst du, und zwar, wenn es zu spät ist. Und was wird dann sein?«

Ich schüttelte den Kopf. Nein, ich wollte dieses Gespräch nicht führen, nicht beim Abendessen in diesem Restaurant. Ich wollte dieses Gespräch überhaupt nicht führen. Ich wollte, dass meine Schwiegereltern meine Entscheidung respektierten – meine und Lukes Entscheidung.

Es war eine Sache, wenn Nancy in unseren Gesprächen unter Frauen ihre Kommentare absonderte und davon ausging, meine Meinung bezüglich Kinder würde sich schon mit der Zeit ändern, doch eine solche Inszenierung war etwas ganz anderes. Als wäre Lukes und meine Entscheidung, keine Kinder in die Welt zu setzen, etwas, das man ansprechen musste, für das es eine Behandlung, ja, eine Kur gab.

»Ich bin raus«, sagte ich, faltete meine Serviette zusammen und legte sie auf den Tisch. »Das alles ist nicht eure Sache. Das geht nur Luke und mich an, und niemanden sonst.« Ich holte tief Luft. »Ich kann es nicht glauben, dass ihr es wagt zu sagen, ich wäre daran schuld, dass euer Sohn eines Tages sein Leben bereut.«

»So habe ich es nicht gesagt ...«, hob Joe an.

»Nein, aber du hast es so gemeint.«

»Rose.« Lukes Ton, die Art und Weise, wie er meinen Namen sagte, war fast flehentlich. »Jetzt lass doch meine Eltern erst mal ausreden. Hör ihnen zu.«

Ich sah ihn an, hätte ihn am liebsten geschüttelt. Warum schob eigentlich er dieser Sache keinen Riegel vor? Warum ließ er es zu, dass seine Eltern uns das antaten, *mir* das antaten? Ich spürte, wie mir das Blut durch die Adern rauschte, wie meine Haut warm und dann heiß wurde. Hatte Lukes Flehen etwa damit zu tun, was er selbst empfand? Ich schluckte. Hatten Lukes Eltern hinter meinem Rücken mit ihm geredet? »Ich habe keine Lust zuzuhören, Luke. Warum sollte ich? Warum solltest du?« Ich stand auf. Mein Stuhl geriet gefährlich ins Kippen.

»Reg dich doch nicht auf«, sagte Nancy. »Wir wollen nur reden.«

»Rose«, sagte Luke. »Setz dich.«

Ich beachtete ihn gar nicht. »Ihr wisst, was ich denke und fühle, Ihr wisst es schon seit Jahren. Warum könnt ihr das nicht respektieren?« Meine Stimme war lauter geworden. An den Nebentischen drehten sich die Köpfe in unsere Richtung. »Warum könnt ihr mich nicht respektieren? Warum lasst ihr mich nicht endlich in Ruhe damit?«

»Wir respektieren dich doch«, sagte Joe.

»Wie kannst du das sagen?« Alles verschwamm vor meinen Augen. Irgendwo in mir drinnen wusste ich, dass die Wut, die ich empfand, übertrieben war. Aber ich hatte sie nicht unter Kontrolle. Ich war den Druck leid, der von allen Seiten auf mich ausgeübt wurde, die ganze Zeit, seit Luke und ich nach der Trauung auf dem Weg aus der Kirche waren, seit unsere Ehe begonnen hatte. Ich trat um meinen Stuhl herum, schob ihn unter den Tisch. »Ich gehe jetzt.«

Nun stand auch Luke auf. »Rose, du kannst doch nicht einfach gehen.«

»Natürlich kann ich das.«

»Mein Vater hat uns gefahren.«

»Ich gehe zu Fuß.«

»Du kannst doch nicht zu Fuß fünf Meilen im Dunkeln gehen!«

Und ich ging hinaus, ohne auf die Blicke der anderen Gäste zu achten, die der Szene beiwohnten, die wir machten. Lass sie glotzen, hatte ich beschlossen. Es war mir egal, was sie dachten. Als ich durch die Tür des Restaurants ging, holte ich Luft, mehrere tiefe Atemzüge. Ich ging quer über den Parkplatz. Vielleicht war ich ja wirklich etwas melodramatisch, dachte ich, schob den Gedanken aber von mir. Kurz darauf hörte ich Schritte hinter mir.

»Rose, was machst du denn?« Luke überholte mich und stand mit ausgebreiteten Armen vor mir.

Ich blieb stehen. Ich schloss die Augen. Versuchte, meine

Atmung zu beruhigen. War es richtig von mir, so trotzig zu sein, oder war es selbstgefällig? Verhielt ich mich falsch? Wussten Lukes Eltern etwas, das Luke und ich nicht wussten? Das *ich* nicht wusste? Sollte ich sie nicht doch anhören, ihnen eine Chance geben?

Aber warum eigentlich?

Ich ging zu einer Parklücke und setzte mich auf den Bordstein. Luke setzte sich zu mir. Ich trug ein Kleid, Luke ein schönes Hemd und eine Stoffhose. Wir müssen einen seltsamen Anblick geboten haben, wie wir beide da auf dem Asphalt saßen, in unseren schicken Ausgehklamotten, um uns herum nur ein paar geparkte Autos. »Hast du gewusst, dass deine Eltern heute Abend dieses Thema aufs Tapet bringen würden?«, fragte ich ihn.

»Nein«, sagte er, doch ich hörte das Zögern in seiner Stimme.

»Hast du oder hast du nicht?«

»Nein, habe ich nicht«, sagte er, diesmal mit mehr Nachdruck.

»Was willst du, Luke?«

Die Grillen zirpten in der Stille. Ein paar Gäste verließen das Restaurant und gingen in Richtung eines SUVs, der auf der anderen Seite des Parkplatzes stand. Luke streckte seine langen Beine aus, seine Füße scharrten über den Kies. »Was meinst du?« In seiner Stimme lag eine Spur Panik.

Erst jetzt kam mir der Gedanke, dass Luke vielleicht dachte, ich hätte ihn gefragt, ob er Kinder wollte. »Ich meine, was willst du jetzt tun? Hast du vor, zu deinen Eltern zurückzugehen, oder kommst du mit mir nach Hause?«

»Du willst wirklich gehen?«

»Ja. Ich kann mir ein Taxi rufen.«

»Rose, bitte.« Luke fuhr sich mit den Händen übers Gesicht. »Ich möchte nicht, dass du die Dinge so belässt.«

»Ich? Dann ist das alles also meine Schuld? Deine Eltern haben mich in einen Hinterhalt gelockt!« Ich machte Anstalten aufzustehen, doch Luke hielt mich zurück. Ich schaute ihn finster an. »Und du hast nichts zu meiner Verteidigung getan, Luke! Du hast sie einfach machen lassen. Du lässt sie immer einfach machen.«

»Sie sind meine Eltern, Rose.« Luke klang gequält. »Sie sind auch deine Eltern, und sie lieben dich. Sie lieben dich wirklich.«

»Nein. Ich glaube nicht, dass sie mich lieben können. Nicht, solange ich nicht diese eine Sache tue. Nur dann. Vielleicht werden sie mich dann lieben.«

»Rose ...«

»Du hast zwei Möglichkeiten, Luke. Entweder du gehst jetzt da rein und sagst deinen Eltern, dass wir uns so lange weigern werden, mit ihnen zum Essen zu gehen, wie sie sich weigern, unsere Entscheidungen zu respektieren. Oder du kannst mich nach Hause gehen lassen und schläfst heute Nacht auf der Couch. Und vielleicht auch morgen Nacht und den Rest der Woche.«

»Beides Möglichkeiten, die ich nicht fair finde«, sagte Luke.

»Nun, es ist deine Entscheidung.«

Luke schwieg, lange, lange Zeit. Dann stand er auf, sagte mir, er sei gleich wieder zurück, und lief ins Restaurant. Später, als er herauskam, und während der Taxifahrt nach Hause sprachen wir nicht, nicht einmal, als wir zu Bett gingen.

Was gab es auch noch zu reden?

Hätte mir damals jemand versucht zu sagen, dass ich schon bald schwanger sein und Addie zur Welt bringen würde, hätte ich diesem Menschen gesagt, er könne mich am Arsch lecken. Ich war so müde, so wütend, war es leid, dass Leute Druck auf mich ausübten. Und es war auch nicht so, dass ich einfach meine Meinung bezüglich des Kinderkriegens änderte – das tat ich nicht.

Eines Tages dann hatten Luke und ich diesen blöden Streit wegen der Schwangerschaftsvitamine – er wollte, dass ich sie nahm, und ich hatte ihm versprochen, sie zu nehmen, es aber dann doch nicht getan. Ich erinnere mich, wie furchtbar wütend ich war, als ich ins Schlafzimmer kam und ihn mit dieser Pillenflasche in der Hand sah und wie er sie schüttelte. In diesem Moment packte ein seltsames, lähmendes Gefühl mein Herz, als hätte es jemand in eine viel zu enge Schachtel gesteckt, sodass es nicht mehr richtig schlagen konnte. Ich konnte nicht atmen. Und ich weiß noch, wie ich dachte: *Warum kann ich nicht atmen?* Ich schnappte nach Luft, klappte den Mund auf und zu, schnaufte.

Ich weiß noch, wie Luke rief: »Rose? Rose!«

Alles verschwamm vor meinen Augen, und da war ein Rauschen in meinen Ohren. Kurz darauf lag ich auf dem Boden, presste die Wange an die Holzdielen. Die Schnappatmung ging noch eine Weile weiter, doch irgendwann beruhigte ich mich. Als ich endlich wieder klar sehen konnte, lag Luke neben mir auf dem Boden, sein Kopf gleich neben meinem.

Dann fand ich die Kraft, mich aufzurichten, und Luke nahm meine Hände. »Ich glaube, du hattest gerade eine Panikattacke«, sagte er, betrachtete meine Finger, die eingerissenen und abgebrochenen Nägel, die glatt zu feilen ich mir schon lange nicht mehr die Mühe machte. »Das ist meine Schuld. Es tut mir leid, Rose. Es tut mir so leid.«

Diese Worte – eine Entschuldigung aus dem Mund meines Mannes, das Eingeständnis von Verantwortung –, seine Worte also und nicht meine, in diesem Chaos, zu dem unsere Ehe geworden war, sie wirkten wie Magie, sie weiteten die Wände, die sich um mein Herz geschlossen hatten, schufen neuen Raum. Eine gewaltige Welle ging durch meinen Körper, bewegte mich zurück zu meinem Mann, zurück zu der Möglichkeit, ihn vielleicht doch wieder zu lieben. Ich dachte an all die Gespräche, die wir über das Kinderkriegen geführt hatten, an all die Streitigkeiten, die Wut, die Kränkungen, und fragte mich, ob wir es uns vielleicht schwerer machten, als es sein musste. Wenn wir doch nur endlich aufhörten, uns Gedanken darüber zu machen, was andere Leute dachten und wollten, über das, was Lukes Eltern dachten und wollten, und stattdessen einfach nur darüber nachdachten, was *er und ich* wollten. Luke und ich. Das Wir, das wir gewesen waren, bevor dieses ganzes Chaos seinen Lauf nahm.

»Schau mich an«, sagte ich zu ihm. Als er es tat, erlaubte ich mir, die Worte auszusprechen, von denen ich gar nicht gewusst hatte, dass ich sie in mir hatte, Worte, die seltsam klangen, dort in unserer Wohnung, Worte, die letztlich zu der Geburt unserer wunderschönen, perfekten Tochter Addie führten. »Und wenn wir einfach mal schauen, was passiert, und die Dinge auf uns zukommen lassen?«

*

Als Luke und ich von Addies Ballettaufführung nach Hause kommen, endlich von allen Eltern und Schwiegereltern befreit, schläft Addie tief und fest, die Federn an ihrem Schwanenkostüm so schlaff wie sie selbst.

»Ich bringe sie ins Bett«, flüstert Luke.

Ich betrachte meinen Mann, nicke.

Er greift in seine Tasche, zieht die Kamera heraus und gibt sie mir. »Schau doch mal die Fotos von heute Abend durch, da sind ein paar tolle dabei.«

Ich lächele, nehme die Kamera von ihm entgegen. »Davon gehe ich aus«, sage ich und schaue Luke hinterher, der mit Addie im Kinderzimmer verschwindet. Als ich die Bilder durch den Sucher der Kamera laufen lasse – all diese Schnappschüsse von Addie und der Familie, die Luke und ich zusammen aufgebaut haben –, fühlen sich die Schwierigkeiten, die Fremdheit im Umgang, die in meiner Beziehung zu Lukes Eltern immer noch vorhanden ist, weit weg an. Für den Moment wenigstens. Für wenigstens ein paar Minuten sehe ich einfach nur eine schöne Familie, und diese Familie ist meine.

*

In gewisser Weise haben sich Luke und ich im Laufe der Jahre immer weiter voneinander entfernt. Eltern zu sein ist wie Wassertreten. Da ist dieses endlose, mühsame Treten, Treten und wieder Treten, der Kampf der Schwimmbewegungen, hin und her unter der Wasseroberfläche, und mal ist der Kopf über Wasser, mal unter Wasser. Eine Serie konstanter kleiner Bewegungen, und nichts davon bringt uns weiter.

Doch als ich nun Luke dabei zusehe, wie er auf Zehenspitzen durch die Wohnung geht, unser kleines Mädchen schlafend an seiner Schulter, staune ich darüber, wie ihre kleinen Atemzüge in meine Lungen einzudringen scheinen und wie ihr Herzschlag den Rhythmus meines eigenen Herzschlags bestimmt; und ich denke, dass Addie genau dieser lose geschlungene Faden zwischen Luke und mir ist, der uns zusammenhält, und ich bin dankbar dafür, dass wir irgendwie hier gelandet sind mit ihr.

Ich nehme meinen Schal und den Mantel ab, schalte die Lichter ein und setze mich an den Küchentisch, um mir die Fotos von Addies Auftritt anzusehen. Das erste Bild, das auf dem Screen der Kamera erscheint, ist die Reihe der Schwänchen, quer über die Bühne verteilt und mitten im Sprung, ihre kleinen Füße ein paar Zentimeter über dem Boden, die Münder weit aufgerissen und mit einem Ausdruck purer Freude auf den Gesichtern. Da gibt es Nahaufnahmen von Addie in der ersten Position, die speckigen kleinen Ellbogen etwas schief zur Seite ausgestreckt, Fotos von den Mädchen, wie sie in einem krummen Kreis Aufstellung nehmen, die Feder-Tutus wie schräge weiße Scheiben.

Dann gibt es noch ein paar von mir an meinem Schreibtisch, bei der Arbeit, wieder einige von Addie – Addie am Morgen, wie sie sich auf den Schulweg macht, Addie in ihrem Schlafanzug, vor dem Zubettgehen. Da ist ein besonders schönes von meiner Mutter, wie sie in ihrer Küche am Herd steht, einen Holzlöffel in der Hand, die Schürze umgebunden, und in die Kamera grinst.

Dann komme ich zu einem von mir, bei dem ich gar nicht bemerkt habe, dass Luke es aufnimmt. Das war bei einem Vortrag, den ich vor ein paar Wochen über meine Forschungsarbeit gehalten habe – ich wusste gar nicht, dass Luke auch da gewesen war, er hatte es mir nie gesagt, und bei den vielen Vorträgen, die ich halte, erwarte ich auch gar nicht, dass er sie alle besucht. Da stehe ich am Rednerpult und schaue auf das dicht besetzte Auditorium hinab, einen Arm gehoben. Ich sehe so ernst aus, so vollkommen konzentriert auf das, was ich da sage. Es ist ein gutes Foto, ein Foto, das so viel von dem zeigt, was mich ausmacht. Auf einmal werde ich schier übermannt von meiner Liebe zu ihm, während ich es anschaue und mir bewusst wird, dass mein Mann so etwas macht – dass er einfach zu meiner Veranstaltung geht und Fotos von mir macht, ohne dass ich ihn darum gebeten habe, ohne mir zu sagen, dass er dort war, einfach nur, weil er mich liebt und aus keinem anderen Grund, als dass er hören wollte, was ich zu sagen hatte. Die Liebe zu ihm ist wie ein warmer Strom, der mir durch die Adern fließt, bis in die Finger, in die Zehen.

Ich möchte Luke einen Kuss geben, möchte ihn an der Hand nehmen und ihn zu unserem Bett führen. Luke und ich haben immer noch Sex, alle paar Monate, wenn wir Glück haben, einmal im Monat, aber er ist zur Pflichtveranstaltung geworden, eine eheliche Formalität, eben das, was ein verheiratetes Paar tut oder was von ihm erwartet wird, auch wenn es dazu schon lange keine besondere Lust mehr hat. Die meisten Paare aus meiner Bekanntschaft empfinden es genauso, ob sie nun schwul, lesbisch oder hetero sind. Nach einer Weile lässt das Verlangen nach, und man beschließt entweder, Sex zu einer regelmäßigen Veranstaltung zu machen, oder, ihn gleich ganz zu lassen.

Wenn das Leben als Eltern so ist wie Wassertreten, dann ist die Ehe wie das Meer. Es gibt in ihr Gezeiten wie Ebbe und Flut, ab und zu auch eine Sturmflut, mal werden Gefühle von einem Wirbelsturm in die eine Richtung geblasen, dann, Jahre später, in die andere. Vielleicht könnten Luke und ich ja in diesem Moment unsere Beziehung in eine neue – bessere – Richtung treiben lassen. Und vielleicht bin ich es ja, die uns dorthin bringt, wenn ich die Führung übernehme.

Ich scrolle durch die Bilder auf Lukes Kamera, eins nach dem anderen, lasse sie auf mich wirken und denke, dass ich es tatsächlich machen werde: Wenn Luke Addie zu Bett gebracht hat, werde ich ihn ins Schlafzimmer führen; und wie glücklich wird es ihn machen, dass zur Abwechslung einmal ich die Initiative ergreife ...

Dann komme ich zu einem Foto, bei dem mir das Herz stehen bleibt.

Es ist das Foto einer lachenden Frau, den Kopf in den Nacken gelegt. Sie trägt einen leuchtend grünen Sweater. Es sieht so aus, als wäre es in einem Park aufgenommen worden. Ich scrolle weiter, um zu sehen, ob es noch mehr Fotos von ihr gibt, aber da ist nur dieses eine Bild, eingezwängt zwischen Weihnachtsfotos und einer weiteren Serie von Addie in der Schule.

Cheryl.

Der Name ist auf einmal da, als hätte ihn mir jemand zugeflüstert.

Es gibt keinen Hinweis darauf, dass das wirklich ihr Name ist, ich habe keinen echten Grund für die Annahme, dass diese Frau tatsächlich Cheryl heißt – keinen Grund außer meinem Instinkt als Ehefrau und dem Zettel, den ich letzten Monat in Lukes Winterjacke gefunden habe, als ich sie zur Reinigung brachte. Ich stand in der Reinigung und suchte in den Taschen nach Kleingeld, bevor ich die Jacke dem Mann von der Reinigung über die Theke reichte. Es war ein kleiner Zettel, sorgfältig gefaltet, die Knicke zwei scharfe Linien, vertikal und horizontal, die das Blatt in vier Quadranten aufteilten. Darüber stand geschrieben: *Luke, du hast so viel Talent. Einfach nur toll. Cheryl,* in schwungvollen, perfekt gezogenen Buchstaben. Wer auch immer das geschrieben hatte – diese Cheryl hatte eine schöne Handschrift.

Ich hatte auf dieses kleine Stück Papier gestarrt, mir gesagt, dass die Notiz wahrscheinlich gar nichts zu bedeuten hatte und es sich nur um das Dankeschön eines der Paare handelte, von denen Luke Fotos anlässlich ihrer Verlobung gemacht hatte. Trotzdem konnte ich es nicht so recht glauben, und noch dort in der Reinigung hatte ich auf einmal ein ungutes Gefühl, das über mir schwebte wie eine dunkle Wolke. Seither hatte ich immer mal wieder an diesen Zettel gedacht, an die Notiz, die Handschrift, den Namen *Cheryl,* der nicht mehr aufhörte, mir im Kopf herumzuspuken.

Ich höre Lukes Schritte, die Addies Zimmer verlassen, höre das leise Quietschen der Tür, als er sie zuzieht.

Rasch scrolle ich zu den jüngsten Fotos zurück, die Luke von Addie als Schwänchen gemacht hat. Vorbei an dem Foto, das ich für ein Zeichen dafür gehalten hatte, dass mein Mann mich immer noch liebt, dem Foto, das mich auf den Gedanken gebracht hatte, ihn mit in unser Bett zu nehmen, doch dieses drängende Verlangen hat sich in Luft aufgelöst, und da steht nur noch die bedrohlich finstere Wolke der Entdeckung, die ich gemacht habe.

Ich stehe auf und gehe zur Couch, breite eine Decke über meinen Schoß. Gähne übertrieben.

Luke tapst zu mir herüber, lässt sich neben mir auf das Polster sinken, nimmt einen Zipfel der Decke und zieht sie über seine Beine. »Es war ein schöner Abend, findest du nicht?«

Luke und ich sind wie zwei Figuren aus einem Film – zwei müde, aber glückliche Eltern, die sich aneinanderkuscheln und begeistert in der Erinnerung an ihre wundervolle Tochter und ihren Schwänchentanz schwelgen, dem auch ihre ebenfalls begeisterten Eltern, Addies Großeltern, beigewohnt haben. Luke rückt näher an mich heran, wartet auf eine Antwort von mir.

»Ja, fand ich auch«, sage ich irgendwann. Als Luke mich anschaut, frage ich mich, ob er gemerkt hat, dass ich ihm in der Vergangenheitsform geantwortet habe.

ZWANZIG

5. AUGUST 2008

ROSE, LEBEN 5

Die Aussicht ist spektakulär.

»Ich bin so froh, dass wir beschlossen haben, uns das hier zu gönnen«, sage ich.

Ich bin so froh, dass du mir verziehen hast. Ich bin so froh, dass du zu mir zurückgekommen bist.

Ich schaue Thomas an, als könnte er sich jeden Moment in Luft auflösen und wieder aus meinem Leben verschwinden – ein hungriger, verzehrender Blick. Er hievt seinen Koffer auf die Ablage und geht zu den Glastüren hinüber, von denen man einen Blick aufs Meer hat. »Es ist herrlich hier«, sagt er.

»Das ist es, ja.« Ich bin so glücklich. Selig.

Sind Menschen eigentlich nur dann selig, wenn sie erfahren haben, wie flüchtig das Glück sein kann? Wenn sie wissen, dass es nicht so bleiben wird, ganz gleich, wie sehr sie sich das wünschen?

»Es ist so wunderbar, hier mit dir zu sein.«

Ich strahle. Am allerbesten geht es mir, wenn ich meinen Mann betrüge. Wenn ich das quäkende Baby zurücklassen kann, das sich Luke so dringend gewünscht hat, das Baby, zu dem er mich überredet hat, obwohl alle Alarmglocken in mir geläutet haben: *Nein, Rose, tu es nicht, du kennst dich selbst, und du weißt, dass du niemals Mutter werden wolltest.*

»Ich lese, das Restaurant hier ist wundervoll«, sagt Thomas

und legt die Arme um mich. Zieht mich an sich. »Vielleicht sollten wir was essen gehen?«

Ich lehne mich an ihn, lasse mich von seinem kraftvollen Körper halten, lasse die Wellen des Verlangens, die ebenso stark sind wie die Wogen da draußen, mich durchströmen, bis ich dem rauschenden Ozean den Rücken gekehrt habe und Thomas zum Bett führe. »Vielleicht sollten wir *hinterher* was essen gehen«, schlage ich vor, lache und schubse ihn zärtlich auf die teuren weißen Laken, die glatt und kühl sind.

»Guter Plan«, sagt er.

*

Die Sache ist die: Ich liebe Addie. Ich vergöttere sie.

An dem Tag, als sie das Licht der Welt erblickte, als ich zum ersten Mal ihr kleines Gesicht sah, schwappte genau die Welle Mutterliebe über mich hinweg, von der die Leute immer reden. Mich durchströmten all die Gedanken und Emotionen, die ich vom Hörensagen kenne – Besitzdenken, Angst, Verlangen, Freude, Beschützerinstinkt, der Wunsch, sie an mich zu drücken, bis sie fast keine Luft mehr kriegt, eine Kombination aus Regungen, die sich fast zu einer Art mütterlichen Wahnsinn steigerten –, gefolgt von dem starken Gefühl, dass ich dieses kleine Wesen niemals wieder aus den Augen lassen würde. Einem Gefühl, das wundervoll und schrecklich zugleich war.

All das wurde schnell überdeckt von der überwältigenden Realität, dass ich jetzt tatsächlich Mutter war und dass ich Addie nicht zurückgeben konnte. *Ich* hatte das zugelassen, und jetzt war es ein bleibender Zustand. Es kam nicht selten vor, dass die tägliche Tretmühle, gepaart mit permanentem Schlafmangel, diese Liebe verschüttete, ihr Zauber flüchtig war.

Das Einzige, was mich davor gerettet hat, wahnsinnig zu werden, ist Thomas. Nachdem er mich an jenem Tag im Café zurückgelassen hatte, fragte ich mich, ob ich ihn jemals wiedersehen würde. Zwei Wochen vergingen, ohne dass ich etwas von ihm hörte. Doch dann tauchte gegen Ende des Frühjahrssemesters eine lange und verzweifelte E-Mail in meinem Posteingang auf, in der Thomas schrieb, er wisse, es sei nicht richtig, aber er wolle mich wiedersehen und dass er nicht aufhören könne, an mich zu denken, trotz allem, was geschehen war. Die Erleichterung, die mich an jenem Tag durchströmte, war fast ebenso machtvoll wie die Liebe, die ich schon bald für Addie empfinden würde. Ich versprach Thomas, ihn nie wieder anzulügen, und das tat ich auch nicht. Nie mehr.

Und so fingen wir wieder an, uns zu sehen, und wenn wir es taten, wenn Thomas und ich es schafften, irgendwo essen zu gehen oder uns in einem Café zu Kaffee und Kuchen zu treffen, ging jeder davon aus, dass Thomas der Vater des Babys war, das da in meinem Bauch heranwuchs, dem Bauch, der jeden Tag ein wenig runder wurde. Ich beließ die Leute in dem Glauben. Zum einen, weil ich nicht vorhatte, sie zu korrigieren und ihnen zu erklären: *Nein, dieser Mann ist nicht der Vater, sondern der Mann, mit dem ich eine Affäre habe.*

Doch noch mehr als das wurde mir bewusst, dass ich Gefallen an dem Geheimnis gefunden hatte, das da zwischen Thomas und mir war, an dem Skandal, den es auslösen würde, wenn die Wahrheit ans Licht kam, und wie geschockt die Leute sein würden. Es gab mir ein besseres Gefühl, als wäre die Frau, die ich früher gewesen war, bevor ich mich auf das Chaos dieser Mutterschaft eingelassen hatte, noch vorhanden. Und das hier – Thomas, unsere Affäre – war der Beweis dafür.

*

»Wie ist die Konferenz?«, fragt Luke.

Ich stehe am Fenster unseres Hotelzimmers und schaue aufs Meer hinaus. Thomas wartet an der Bar des Restaurants auf mich. Das Meer ist tiefblau, die weißen Gischtkronen aufgewühlt. Ein Sturm kündigt sich an.

»Ach, du weißt schon, das Übliche. Lauter Männer in Tweed, die sich über ihre wahnsinnig tollen Forschungen auslassen.« Im Lügen bin ich gut geworden. Am anderen Ende der Leitung ist Stille eingetreten, eine Pause, die mich an die Frage erinnern soll, die ich erwartungsgemäß als Nächstes zu stellen habe. Und da kommt sie dann endlich, weil es mir in der Tat wichtig ist, und auch weil ich beweisen will, ich habe nicht vergessen, dass ich eine Tochter zu Hause habe. »Wie geht's Addie? Trinkt sie denn ordentlich?«

»Addie und mir geht's gut. Aber sie vermisst dich, glaube ich.«

»Du meinst, sie vermisst ihre Milchkuh.«

»Rose, musst du das denn so sagen?«

»Warum nicht? Ist doch eine passende Bezeichnung.«

Addie beginnt zu weinen. Ich höre ihr Quäken so laut, als würde sie ihren Mund direkt an den Hörer pressen. Einen kurzen Moment lang macht mein Herz einen Satz, und ich wünsche mir, sie in den Arm nehmen zu können. So ist das immer bei mir mit Addie – ich wehre mich, aber irgendwann schaffe ich es nicht mehr. Als ich schwanger war und ihre kleinen Tritte und Bewegungen spürte, gab es Momente, in denen ich voller Staunen und Freude war. Aber es gab auch viele andere, in denen ich ihr jedes kleine Zucken übel nahm, das mich daran erinnerte, dass sie da war.

»Ich muss los«, sagt Luke. »Viel Glück für deine Präsentation«, fügt er hinzu, was aber nicht so klingt, als meinte er es auch so. Er legt auf.

Ich schreibe Thomas eine Nachricht. *Alles erledigt. Bin in fünf Minuten da.*

Je ungeheuerlicher ich Luke betrüge, desto mehr fühle ich mich wie ich selbst. Die Rose, die ich war, bevor ich mich wider Willen zur Mutter machen ließ, ringt nach Luft, aber sie kehrt ganz allmählich zurück. Ich spüre, wie sie sich in mir ausbreitet, wie sie mich langsam wieder erfüllt und all den Mutterkram beiseiteschiebt. Vielleicht kann ich ihn ja irgendwann ganz loswerden, ihn entsorgen wie einen Haufen Unrat. Dann wird am Morgen eine Putzkraft kommen, ihn zusammenkehren und ihn im Mülleimer entsorgen.

Ich zwänge mich in ein Kleid und bin stolz, dass es mir nur wenige Monate nach der Geburt schon wieder passt. Dann lächele ich mich im Badezimmerspiegel an, lege etwas Lippenstift nach und gehe nach unten ins Restaurant, um ein herrliches Dinner mit dem Mann zu haben, den ich liebe, dem Mann, der zufällig weder mein Ehemann noch der Vater meines Kindes ist. Ich habe noch nicht mal Schuldgefühle. Nicht wirklich. Dabei sollte ich doch eigentlich ein schlechtes Gewissen haben, oder etwa nicht?

*

»Woran arbeitest du gerade?«, fragt Thomas.

Ich schaue von der Relaxliege auf der hübschen Veranda des Hotels hoch, auf der ich mich entspannt hatte; es ist der Punkt, der dem tiefblauen Meer am nächsten ist. An diesem Morgen ist die See ganz ruhig, glatt wie ein Spiegel nach dem Sturm von gestern Abend. Bunt bezogene Stühle und Couches locken auf der langen und breiten Veranda zum Verweilen, und ganz am Ende steht diese Liege. In dem Moment, als wir unser Gepäck hineinbrachten, wusste ich, das würde mein angestammter Platz für dieses Wochenende sein, mit einem Buch in der Hand oder meinem Laptop, um zu schreiben.

Thomas ist frisch geduscht und sieht gut aus in seinen Jeans und dem leichten Pullover. Er beugt sich über mich, um mir einen Kuss zu geben, und ich ziehe ihn zu mir herunter auf die Liege, schubse dabei fast den Laptop zu Boden. »Vorsicht«, sagt er.

»Wir sind schon lange nicht mehr vorsichtig, stimmt's? Was wir da machen, ist doch schon volle Rebellion.«

»Wenn das so ist, bin ich ein großer Freund von Rebellion«, sagt er. »Das ist meine absolute Lieblingsbeschäftigung.«

Thomas späht auf den Bildschirm meines Laptops, öffnet ihn ein Stück mehr, um lesen zu können. »Ist das was Neues?«

»Ja. Ich habe vor ein paar Wochen damit angefangen. Aber nur so, eine Spielerei.«

Thomas nimmt sich den Laptop vor und beginnt zu lesen.

Ich lasse mich in die Kissen sinken. Die Sonne steht tief und schickt ihre Strahlen bis unters Verandadach, wärmt meine Haut.

In den vergangenen Monaten haben Thomas und ich immer wieder das gelesen, was der andere geschrieben hat. Das genieße ich an unserer Beziehung – dass wir diesen Teil unserer Persönlichkeit miteinander teilen können. Luke hat schon vor langer Zeit damit aufgehört, mit mir über Arbeit zu sprechen, ob es nun seine oder meine ist. Wenn ich es einrichten kann, gehe ich manchmal zu Thomas' Fußballspielen, oder gelegentlich geht er auch mit mir und Jill, der ich schließlich von Thomas erzählt habe, Kaffee trinken.

Sie hat nicht mit der Wimper gezuckt. Ich glaube nicht einmal, dass sie überrascht war. Sie war schon eine ganze Weile sauer auf Luke und wünschte sich, dass ich ihn verließe. Ich glaube, sie hofft, dass ich es wegen Thomas irgendwann wirklich tue. Wenn das bloß so einfach wäre.

Darf denn die Mutter eines Säuglings überhaupt ihren Mann

verlassen? Wie lange muss sie warten, bis es akzeptabel ist, dass sie das tut? Damals war ich eine schwangere Frau, die eine Affäre hatte, und jetzt bin ich eine junge Mutter, die diese Affäre weiterführt – wie viel schlimmer wäre es eigentlich, wenn ich den Vater meines Babys verließe?

Kleine Böen kräuseln das Wasser und brechen das Sonnenlicht. Eine Frau steigt aus ihrem Auto und läuft zu dem kleinen Krämerladen an der Ecke, kommt eine Minute später mit einer Zeitung wieder heraus und fährt weg. Ein Mädchen mit Pferdeschwanz joggt vorbei.

Thomas blickt von meinem Computer auf. »Der Aufsatz hier ist wirklich anders als sonst. Mehr eine Art Memoir.«

Da er eine Sonnenbrille aufhat, werde ich nicht schlau aus ihm. Gefällt es ihm? Gefällt es ihm nicht?

»Vielleicht ist es ja tatsächlich biografisch«, sage ich. Eine Erinnerung an all die Gedanken, die ich jemals bezüglich Mutterschaft hatte, bevor ich Addie bekommen habe, die gemischten Gefühle, die ich jetzt habe, da sie auf der Welt ist, all meine Unsicherheit, meine Wut, meine Ressentiments, vermischt mit meiner Liebe zu diesem kleinen Wesen, das von nun an für immer in meinem Leben sein wird. Es war schwer, mit dem Text zu beginnen, doch jetzt, da ich damit angefangen habe, strömt er nur so aus mir heraus. Ich nehme Thomas' Hand, betrachte die tiefen Furchen in seiner Handfläche. »Aber findest du es denn gut?«, frage ich. Bevor Thomas eine Antwort geben kann, presche ich weiter. »Wahrscheinlich ist es eine furchtbare Idee. Aber ich dachte, ich würde vielleicht nie wieder arbeiten, weißt du, jetzt, wo ich Addie habe. Wenigstens mache ich jetzt was.«

Thomas legt den Laptop neben sich auf die Liege. Er schlüpft aus den Schuhen und legt die Füße hoch, sodass wir nebeneinanderliegen und aufs Meer hinausschauen. »Ich finde es gut, Rose. Ich finde es großartig.«

Ich schaue ihn an. »Wirklich?«

Er nickt. »Definitiv. Ich wünschte, ich könnte so schreiben.«

»Und wenn du es könntest, worüber würdest du schreiben?«

Thomas ist einen Moment lang still. Die Sonne wärmt uns, während wir daliegen und uns entspannen. Der Gedanke, dass das hier schon bald wieder vorüber sein wird, dass wir wieder in unser jeweiliges Leben zurückkehren müssen, geht mir kurz durch den Kopf, doch ich verscheuche ihn schnell.

»Ich denke, ich könnte über meine Familie schreiben, über meine Kindheit in den Bergen. Über die Beziehung zu meiner Schwester. Ich weiß nicht.« Er nimmt die Brille ab, wischt sich mit der Hand über die Augen. »Oder vielleicht über die Gründe, warum ich angefangen habe, zum Thema Sucht zu forschen, was mich dazu gebracht hat. All die Leute, mit denen ich auf der Highschool war, führen mittlerweile ein ganz anderes Leben als ich.«

»Das Buch würde ich gerne lesen«, sage ich zu ihm.

Thomas dreht sich zu mir, küsst mich auf den Hals. »Na ja, jedenfalls würde ich gern deins lesen, dann sind wir quitt. Was auch bedeutet, dass du es unbedingt fertig schreiben musst, damit ich es lesen kann.«

»Es ist ein schönes Gefühl, wieder zu schreiben«, gebe ich zu. »Selbst wenn ich nichts damit anfange.«

»Ich glaube, das wirst du schon«, sagt er.

Ich schmiege mich an Thomas. »Ich glaube, wenn ich versuchte, es zu veröffentlichen, würde Luke mich verlassen.« Der Satz ist mir kaum über die Lippen gekommen, als mir klar wird, dass er der Wahrheit entspricht.

»Dann solltest du es auf jeden Fall veröffentlichen«, sagt Thomas, klingt dabei aber nicht so, als würde er es witzig meinen.

»Aber dann … Addie. Was würde Addie denken, wenn sie alt genug ist, es zu lesen?«

»Rose.« Thomas wendet sich zu mir. »Addie wird denken, sie hat eine Mutter, die es sich nicht leicht mit der Entscheidung gemacht hat, ein Kind zu bekommen, nachdem sie sich vorher so sehr dagegen gesträubt hat.«

Ich seufze. »Das ist genau das, worum ich mir Sorgen mache.«

*

Ich habe versucht, für Luke auf Vater-Mutter-Kind zu machen, für Addie. Ich habe versucht, eine häusliche Person zu sein, besonders während dieser ersten Tage, nachdem ich aus dem Krankenhaus entlassen worden war. Ich habe all die Zeit durchgestanden, die ich nicht an der Uni war, nicht unterrichtete, nicht in meinem Büro an der Uni arbeiten konnte, keine Kollegen sah. Aber ich kann es kaum erwarten, in ein paar Wochen wieder an die Uni zu gehen. Luke drängt mich, auch das kommende Herbstsemester zu Hause zu bleiben, aber das lehne ich ab – kommt nicht infrage. Der Gedanke, einige meiner mühsam angesparten Freistellungen vom Unterricht dafür zu nutzen, weitere fünf Monate mit Addie zu Hause zu bleiben, hat mir noch nie gefallen.

Diese Freistellungen waren nicht dazu gedacht, ein Baby zu bekommen und großzuziehen. Freistellungen sind dazu da, zu forschen oder ein Auslandssemester einzulegen. In der Wissenschaft sind es immer die Frauen, die in Mutterschutz gehen und danach, wenn sie ihre Babys bekommen haben, nur unter großen Schwierigkeiten in die akademische Welt zurückkehren können. Das hatte ich mir für mich nie so vorgestellt – und ich habe es auch jetzt nicht vor.

Mag sein, dass ich ein Kind zur Welt gebracht habe, aber das ändert nichts an der Tatsache, dass ich immer noch halbherzig bei der Sache bin – als Mutter und noch mehr als Ehefrau.

Was nicht für Thomas gilt und für die Gefühle, die ich ihm entgegenbringe.

Die sind alles andere als halbherzig.

*

»Warum bist du hier?«, frage ich Thomas unvermittelt.

Die Sonne ist weitergewandert. Er rutscht ein Stück hinüber, setzt wieder seine Sonnenbrille auf. »Was meinst du?«

»Ich meine, was willst du von mir? Ich bin verheiratet. Ich bin gerade Mutter geworden. Ich habe buchstäblich gerade erst ein Kind zur Welt gebracht.« Das alles sage ich, wünsche mir aber schon im selben Augenblick, ich könnte alles wieder ungesagt machen. Bin ich dabei, das hier aufs Spiel zu setzen? Mich selbst aufs Spiel zu setzen? Haben wir denn nicht gerade einen schönen, friedlichen Nachmittag gemütlich auf dieser hübschen Veranda verbracht?

Thomas setzt sich auf. »Wie kommst du denn auf diesen Gedanken?«

»Ich dachte an Addie. Dass ich sie zuerst nicht wollte, und jetzt, wo ich sie habe und versuche, ihr eine gute Mutter zu sein, scheitere ich. Das liegt auf der Hand. Ich scheitere darin, eine Mutter zu sein, und definitiv scheitere ich darin, eine Ehefrau zu sein.«

Thomas ist still geworden. »Ich glaube, die bessere Frage ist: Was willst eigentlich *du* hier, Rose, *mit mir*? Aus genau denselben Gründen, die du gerade genannt hast.«

Ich drehe mich ein Stück auf der Liege, sodass ich Thomas ins Gesicht schauen kann. »Ich komme nicht von dir los. Ich konnte es nicht einmal die zwei Wochen aushalten, als wir nicht zusammen waren und ich schwanger war.«

»Na ja, und ich versuche, von dir loszukommen, und kann es nicht«, sagt Thomas.

Panik flackert in mir auf. »Du versuchst es immer noch?«

Thomas rutscht so weit von mir weg, dass wir uns nicht mehr berühren. »Rose, ich habe mir gesagt, dass ich diesen Wochenendtrip mit dir besser nicht machen sollte. Dass es jedes Mal, wenn wir etwas wie das hier machen, schwerer wird. Ich habe mir gesagt, ich sollte dich anrufen und die Sache absagen.«

Die Panik in mir wird auf einmal schmerzhaft. »Du hast beinahe abgesagt? Du hast wirklich in Betracht gezogen, dieses Wochenende mit mir sausen zu lassen?« Meine Stimme ist schrill geworden, auch wenn mich das, was er gesagt hat, nicht überraschen sollte. Ich kann ihn vollkommen verstehen. Ich bin eine verheiratete Frau mit einem kleinen Kind. Was will er dann eigentlich mit mir? Er ist gut aussehend, witzig, liebenswert, kultiviert – er könnte so viele andere Frauen haben, wenn er wollte, wenn er es versuchte.

»Aber ich habe es nicht abgesagt«, erwidert er. »Weinst du, Rose?«

Ich fasse mir an die Wange und stelle fest, dass mein Finger tatsächlich feucht ist. »Offenbar, ja.«

»Möchtest du mir sagen, warum?«

»Aus demselben Grund wie sonst auch.« Ich denke an den Moment zurück, als wir heute in diesem Hotel angekommen sind. Dass der Beginn unserer gemeinsamen Zeit immer berauschend, aufregend ist – das Wissen, dass wir es irgendwie geschafft haben, ganze zwei Nächte für uns zu haben, achtundvierzig Stunden am Stück, für Thomas und mich und sonst niemand. Ich bin schamlos, ich bin glücklich, ich bin ganz bei mir, und immer hat es den Anschein, als würde es für ewig anhalten. Doch dann gehen die Stunden ins Land, mit ihnen löst sich auch mein Glücksgefühl langsam auf, und dann sehe ich ihn auf einmal – ich sehe ihn gerade jetzt –, den Moment, in dem Thomas und ich uns wieder voneinander verabschieden müssen, in dem wir wieder getrennter Wege gehen, jeder in seine eigene Wohnung, sein eigenes Leben, wo ich wieder Mutter sein muss, Ehefrau, jemand, der ich eigentlich nicht bin. Und er wird zu seinen Freunden zurückkehren, seiner Uni, seinen Kollegen, zu den langen Telefongesprächen mit seiner Schwester, die er jeden Tag führt, der Schwester, die ich noch nicht kennengelernt habe, und mit den Eltern, die er so sehr liebt und die keine Ahnung haben, dass ich existiere. Wenn die Blase erst einmal geplatzt ist, dann sehe ich nur noch diesen Moment – den Moment, an dem wir wieder auseinandergehen.

Thomas klappt meinen Laptop zu und schiebt ihn in meine Tasche. Dann streckt er die Hand aus. »Lass uns gehen«, sagt er.

»Wohin?«, frage ich ihn, aber ich weiß es. Wir gehen auf unser Zimmer, gehen ins Bett, und dann lieben wir uns und liegen uns danach in den Armen. Das tun wir immer, wenn die Realität die Oberhand gewinnt. Und das tut sie immer irgendwann.

Thomas gibt mir keine Antwort, er führt mich einfach nur nach oben. Bevor wir unser Zimmer erreicht haben, bevor wir die Tür aufschließen und eintreten, dreht er sich direkt zu mir und sagt: »Ich werde nirgendwohin gehen, Rose.«

»Nein?«

»Nein. Ich glaube nicht, dass ich das kann.«

»Warum?«

»Weil ich dich liebe«, sagt er, einfach so, als müsste er dazu nicht einmal nachdenken. Und vielleicht ist es ja so, wie er sagt. Vielleicht gibt es ja für uns beide keinen Weg zurück.

»Ich liebe dich auch«, sage ich ihm, weil ich weiß, auch für mich gibt es keinen Weg zurück. Dessen bin ich mir sicher.

*

Das einzige andere Mal, dass ich an diesem Wochenende weine, ist, als ich gehen muss und mich Thomas eine Straße von meinem Zuhause entfernt absetzt. Ich sehe ihm hinterher, wie er wegfährt, zurück in sein eigenes Leben, dieses Leben, das vollkommen getrennt von meinem ist. Ich weiß, ich sollte mich wegen dem, was ich an diesem Wochenende getan habe – was ich Luke angetan habe, und Addie –, schrecklich fühlen; so viel Lug und Trug. Aber das Gefühl stellt sich nicht ein. Wie kann ich mich schrecklich fühlen, nur weil ich jemanden so liebe? Jemanden, der mich daran erinnert, wer ich wirklich bin?

Ich ziehe meinen Rollkoffer den Gehweg entlang, immer noch zwei Blocks von meinem Apartmenthaus entfernt, als mir die Tränen kommen. Ich weine so heftig, dass ich kaum atmen kann. Da stehe ich an der Straßenecke, schluchze, Leute gehen vorbei, starren diese verrückte Frau auf dem Gehweg an.

In der Nähe unserer Wohnung gibt es eine Kirche, klein, aber schön, und ich stehle mich hinein, mitsamt meinem Koffer. Das Licht, das durch die Buntglasfenster hereinfällt, ist rot, orange, pink, seine Strahlen fallen quer durch den dunklen, feuchten Raum, Staubpartikel funkeln und tanzen in der Luft. Zu dieser Zeit ist die Kirche leer. Ich rolle meinen Koffer am Weihwasserbecken vorbei und setze mich in die Kirchenbank in der letzten Reihe. Und dann lasse ich meinen Tränen freien Lauf, bis keine mehr kommen.

Als ich endlich wieder durchatmen kann und das Grün, das Gelb und das Violett der Fenster von der wandernden Sonne durchleuchtet wird, stehe ich auf und rolle meinen Koffer zurück ans Tageslicht, zurück auf die belebten Straßen der Großstadt, zu der Wohnung, die ich mit meinem Mann und meiner Tochter Addie bewohne. Ich gehe durch die Tür und bin an dem Ort, wo ich wieder die sein muss, die ich wirklich nie und niemals sein wollte. Und doch – da bin ich. Irgendwie.

EINUNDZWANZIG

2. MÄRZ 2008

ROSE, LEBEN 4

»Luke, irgendwas ist nicht in Ordnung.«

Ich stehe in der Küche, halte mich mit der Hand an der Kante der schwarzen Arbeitsfläche fest, an der Stelle, wo der Granit abgeplatzt ist. Mein Daumen bohrt sich tief in die raue Kerbe, und ich belasse ihn dort.

»Luke?«, rufe ich, lauter.

Alles dreht sich um mich, das Blut rauscht in meinen Ohren. Endlich weiß ich, was die Leute meinen, wenn sie das sagen. Ich sinke zu Boden, direkt auf den Boden mit all den Krümeln und den anderen Überresten meines Versuches, etwas zum Essen zu machen. Meine Beine öffnen sich nach rechts und links, die große Kugel in der Mitte meines Bauches ist gespannt, wie verhärtet, auf eine Weise, die ungewohnt ist. Es ist nicht die normale Härte eines schwangeren Bauches, an die ich mich gewöhnt habe. Es ist etwas anderes.

Gerade will ich noch einmal nach Luke rufen, als er aus dem Flur um die Ecke biegt, die Kopfhörer in den Ohren, versunken in der Musik, die er da gerade hört. Er sieht mich auf dem Boden sitzen und läuft zu mir.

»Ist deine Fruchtblase geplatzt?«

»Nein«, sage ich. »Ich glaube nicht.«

Unserer Blicke wandern zu der Stelle zwischen meinen Beinen, zu der Stretchhose, um zu sehen, ob der anthrazitfarbene

Stoff nass ist. Er ist es nicht. Vielleicht bilde ich mir das auch nur ein, und alles ist in Ordnung.

»Glaubst du, es geht los?«, fragt Luke. Seine Stimme hat diesen freudigen Unterton, den ich in den vergangenen Monaten lieben gelernt habe, seit ich ihm gesagt habe, dass ich schwanger bin. Freude, die die Sorge in seiner Stimme umschließt.

Ich lasse es zu, dass sie mich umschließt. Trost kann ich brauchen.

Seit dem Beginn dieser Schwangerschaft geht Lukes Glück langsam auf mich über, Tropfen für Tropfen dringt es in mich ein und breitet sich aus, wie eine Medizin, von der ich nicht wusste, dass ich sie brauche. Es hat unsere Ehe gerettet. Niemals zuvor stand es besser um uns.

Wer hätte gedacht, dass eine Schwangerschaft die Lösung sein könnte?

Ganz gewiss nämlich habe ich geglaubt, sie würde uns zerstören, bevor sie uns glücklich macht.

In diesem Moment schießt der Schmerz durch meinen geschwollenen Bauch, und ich beginne zu schreien.

*

Eines Tages, vor vielleicht drei Monaten oder so, kam Luke früher von der Arbeit nach Hause und überraschte mich – ich hatte ihn frühestens in zwei Stunden erwartet. Als er zur Tür hereinkam, ertappte er mich dabei, wie ich ein Zwiegespräch mit meinem Bauch führte. Oder auch mit dem Baby. Was mir, ja, ich gebe es zu, zur Gewohnheit geworden war, auch wenn ich es niemals in Anwesenheit anderer tat, erst recht nicht vor Luke.

Normalerweise kam ich etwa um drei von der Uni nach Hause, und manchmal kochte ich uns etwas Aufwendiges. An jenem Nachmittag bereitete ich eine Sauce zu, die ganze drei

Stunden auf dem Herd simmerte und viel Aufmerksamkeit brauchte. Ich war gerade dabei, die Zutaten für die Basis zu schnippeln.

»Wusstest du, dass man allein mit ein bisschen Sellerie, Karotten, Zwiebeln und etwas Knoblauch immer etwas Köstliches zaubern kann? Irgendwann machen Mommy und du diese Sauce mal zusammen. Vielleicht schreinert dir dein Opa ja eine kleine Leiter, damit du hochsteigen und auf den Küchentresen schauen kannst, das würde er sicher mit Freuden machen. Wir kochen zusammen, und was meinst du, wie stolz du sein wirst, wenn du schmeckst, was du da Tolles gezaubert hast: Meine Mutter, deine Oma, ist eine tolle Köchin. Sie hat mir all diese Liebe zum Essen geschenkt, und die werde ich an dich weitergeben.«

Ich habe es eigentlich nicht so mit Kitsch, und ich hasse es, wie sentimental alle werden, wenn es um werdende Mütter geht, wie gefühlsduselig sie bezüglich ihres Babys sein können; wart nur ab, bis du es selbst erlebst. Du kommst schon noch drauf.

Tatsächlich ist es so, dass ich neuerdings ständig mit diesem Wurm in mir redete, wenn ich allein im Haus war. Es ist so seltsam: Du bist ein eigenständiger Mensch, ein Individuum, doch auf einmal, für die Dauer von fast zehn Monaten, bist du zwei Menschen gleichzeitig. Diesen Teil bemerkst du erst dann, wenn du an dir herunterschaust und siehst, wie dein Körper sich verändert, dass da etwas ist, in dir ist. Das Ich, das du einmal warst, hat sich verlagert. Erweitert. Wenn das Baby erst mal anfängt, sich zu bewegen, zu treten, dann weißt du es endgültig: Du bist zwei Menschen, nicht mehr nur einer.

Und das war ein ziemlich schönes Gefühl.

Da war ich also, plauderte mit diesem kleinen Wesen in meinem Bauch und begann dabei, die Pancetta zu würfeln. Ich war mitten in einem Satz, als ich hörte, wie sich hinter mir etwas bewegte. Ich hörte auf zu reden, ließ das Messer fallen und drehte mich um. Da stand Luke und schaute mich mit diesem lächerlichen Ausdruck auf dem Gesicht an.

»Wie lange stehst du schon da?«, rief ich. Ich spürte, wie ich knallrot wurde. Die Hitze stieg mir den Hals hoch, bis zu den Ohren und zur Stirn. Ich biss die Zähne aufeinander. Erwischt.

Auf Lukes Gesicht stand ein breites Grinsen. »Nicht lange …«, fing er an.

»Das glaube ich dir nicht! Wie viel hast du gehört?«, kreischte ich.

»Rose, beruhig dich doch. Warum regst du dich denn so auf?«

Ich ging zum Herd und drehte mit einer schnellen Handbewegung das Gas unter dem Saucentopf ab. »Du sollst mich nicht belauschen.«

Luke begann schallend zu lachen. Am liebsten hätte ich ihn geschlagen. »Du bist wütend, weil es dir peinlich ist. Aber das solltest du nicht, ich hab dich nicht belauscht. Ich hab nur zugehört.«

»Ohne meine Erlaubnis.«

»Na ja, okay. Tut mir leid, wenn ich dich aufgeregt habe. Aber es war so süß, Rose, dich mit dem Baby reden zu hören, und ich bin einfach überrascht. Ich habe es nicht erwartet und konnte nicht anders. Ich wollte hören, was du zu dem Baby sagst. Machst du das denn öfters?«

Ich ballte die Fäuste, versuchte, meine Atmung zu beruhigen. Meine Haut glühte immer noch. Die Schwangerschaft war ein ziemliches Auf und Ab gewesen, manchmal angenehm, oft aber auch zum Verrücktwerden. Weil jeder wusste, dass ich eigentlich kein Kind hatte haben wollen, fühlte ich mich nun, da ich doch eins bekam, wie beobachtet, und ich war die Leute leid, die sich fragten, wie ich mit der Schwangerschaft zurechtkam, als stünde es ihnen zu, zu urteilen, zu beobachten, sich eine Meinung über mein Verhalten zu bilden. Deshalb war ich so empfindlich, was dieses Thema anging.

»Rose.« Lukes Lachen erlosch. Er machte einen Schritt auf mich zu. Ich drehte mich zu den halb geschnippelten Zutaten auf dem Schneidebrett. »Es hat mich glücklich gemacht, dich zu hören«, sagte Luke. »Manchmal frage ich mich, ob du eine Bindung zu dem Baby hast. Wenn ich dabei bin, zeigst du es nicht so richtig, und ich frage dich nie danach, weil ich weiß, wie schwer das alles für dich war.«

Luke legte seine Hände um meine Oberarme und beugte sich hinab, um mir einen Kuss auf den Nacken zu geben. »Ich liebe dich. Tut mir leid, wenn ich ohne deine Erlaubnis zugehört habe. Ich werde es nie wieder tun.«

»Ja, ich rede mit ihr«, gab ich zu. Ich brachte es nicht fertig, mich umzudrehen und es ihm ins Gesicht zu sagen, weshalb ich es stattdessen in Richtung Herd sagte, zu dem Knoblauch und dem Olivenöl in der Sauteuse vor mir. »Ja, ich rede mit dem Baby«, klärte ich ihn auf. »Die ganze Zeit. Okay?«

»Okay«, flüsterte Luke. Seine Hände lösten sich von meinen Armen.

Ich wusste, dass ich Luke trauen konnte. Auch wenn die Menschen um mich herum sich manchmal krass verhielten – Luke war immer noch der ruhende Pol in meinem Leben. Die Schwangerschaft hatte unser Verhältnis wieder lockerer gemacht, und wir standen uns jeden Tag ein Stückchen näher. Doch in diesem Moment konnte ich Luke trotzdem nicht ins Gesicht sehen, weshalb ich meinen Blick immer noch auf den Küchentresen richtete, auf die Speckwürfelchen, die ich gerade geschnitten hatte. »Ich habe mich an sie gewöhnt – ich bin mir sicher, dass es eine Sie ist, weißt du –, denn schließlich ist sie die ganze Zeit da. Sie ist Wirklichkeit. Sie ist bereits jetzt diese Person für mich. Ich weiß nicht, wie ich es erklären soll.«

Fast hatte es den Anschein, als hielte Luke die Luft an.

»Und weil sie eben diese Person für mich ist, rede ich mit ihr. Aber mehr will ich nicht sagen. Und ich möchte nicht, dass du das irgendjemandem erzählst.« Meine Stimme hob sich, dort, in der nach Essen duftenden Luft der Küche. »Besonders nicht deinen Eltern!«

»Ich werde niemandem ein Sterbenswörtchen dazu sagen«, versprach Luke. »Aber ich habe gemeint, was ich gesagt habe. Es muss dir nicht peinlich sein. Nicht mir gegenüber.«

Doch es war mir peinlich. Als würden die anderen Leute, wenn sie es erfuhren, prompt voller Spott und Genugtuung sagen: *Ich hab's euch ja gesagt, wenn sie erst mal schwanger ist, kommt sie schon noch auf den Trichter. Schaut doch nur, Rose wird jetzt schon zum Muttertier!* »Es fühlt sich privat an«, war alles, was ich sagte, und dann wandte ich mich wieder meiner Kocherei zu.

Irgendwann schwand dieser Widerstand in mir ganz dahin. Luke und ich führten lebhafte, spielerische Gespräche mit unserer zukünftigen Tochter, wie eine Art Insiderwitz. Wir erzählten meinem schwangeren Bauch Geschichten, Geschichten aus unseren Familien, aus den Nachrichten oder was ihm oder mir über Tag in der Arbeit passiert war. Ich brachte dem Baby das Kochen bei und zeigte ihm, wie man eine Finanzierung durch Fördergelder an meiner Uni beantragt. Luke zeigte dem Baby, mit welchen Tricks man IKEA-Möbel zusammenbaut. Wir schauten mit ihr unsere Lieblingsfernsehsendungen an, zeigten ihr das Viertel, in dem wir wohnten, und nahmen sie in all unsere Lieblingsrestaurants mit.

Meine Scham war verschwunden.

Sie war Vorfreude gewichen. Freude. Glück.

*

Jetzt strömt Blut aus mir heraus, verfärbt meine grauen Leggings schwarz.

»O mein Gott«, sagt Luke. »O mein Gott, o mein Gott. Okay, dann bringen wir dich mal schnell ins Krankenhaus. Kannst du aufstehen?«

Ich höre Luke sprechen, doch es klingt weiter weg, als er ist. Wie gedämpft. Obwohl doch sein Gesicht direkt vor mir ist. Warum kann ich ihn nicht besser hören? Alles ist verschwommen, meine Augen können nicht fokussieren. Unsichtbare Hände drücken von oben auf meinen Kopf, auf meine Schultern, pressen mich zu Boden. Ich rolle mich auf die Seite und bleibe dort liegen. Warum drücken mich so viele Hände? Wessen Hände sind das? Luke und ich sind doch allein zu Hause.

»Rose …«

Das Holz fühlt sich glatt und kalt an meiner Wange an.

»Komm schnell! Na los, beeil dich! Rose!«

Eine Million Hände drücken mich herunter, überall an meinem Körper, versuchen, mich kompakter zu machen. Sie sind so schwer. Sind es vielleicht echte Hände? Mein Arm wird angehoben.

Luke. Ach, es ist nur Luke.

Ich sehe ihn. Nur einen Moment lang empfinde ich Frieden.

*

Als ich die Augen wieder öffne, bin ich geblendet. Das Licht ist gleißender als jede Sonne.

»Hallo … Wo bin ich? Wie viel Uhr ist es?«

Alles dreht sich um mich. Mein Körper ist taub.

»Rose! Sie ist wach!«

Das ist Lukes Stimme. Aber wo ist er?

»Luke?«

»Ich bin hier bei dir.«

Ich zwinge mich dazu, meinen Kopf zu drehen. Fast kommt es mir unmöglich vor, aber ich schaffe es. Ah. Da ist er. Direkt neben mir. »Warum kniest du auf dem Boden, Luke? Weinst du?«

»Rose.« Das ist alles, was er sagt. Sein Gesicht ist tränenüberströmt.

Warum kann ich meinen Körper nicht spüren?

»Warum kann ich meinen Körper nicht spüren?«, frage ich Luke, weil er wahrscheinlich eine Antwort auf meine Frage hat. Jemand muss es wissen. »Bin ich im Krankenhaus?«

Da ist etwas, an das ich mich nicht erinnere.

Eine Krankenschwester tritt auf Luke zu. Sie hält ein Baby im Arm. Luke dreht sich zu ihr und nimmt das Baby in seine Arme.

Meine Lider sind so schwer, aber ich zwinge mich dazu, sie offen zu halten. »Das Baby, das Baby. Ich habe das Baby gekriegt?« Erinnerungen gleiten vor meinem inneren Auge vorbei, langsam, eine nach der anderen. Ich bin zu Hause. Da ist der Schmerz. Da ist Blut zwischen meinen Beinen. Und dann ist da … nichts. Auf einmal überkommt mich eine große, brüllende Angst. »Ist mit dem Baby alles in Ordnung? Geht es ihm gut?«

Luke dreht sich, streckt die Arme aus und zeigt mir das Baby, das darin liegt. »Rose, darf ich vorstellen? Das ist unsere Tochter. Es geht ihr gut. Mehr als gut. Sie ist perfekt.«

Und das ist sie. Ihre Augen sind fest zugekniffen, und da sind ihre winzigen, perfekt geformten Lippen und die kleinste, schönste Nase des Universums. Trotzdem ist da auf einmal ein Gefühl in mir, als würde mich jemand an den Füßen packen und nach unten zerren, würde mich unter Wasser ziehen, was seltsam ist. »Hallo, du«, gelingt es mir zu sagen.

Luke beginnt zu schluchzen.

»Weinst du, weil du glücklich bist?«, frage ich ihn.

Er gibt keine Antwort.

Ich wünschte, er würde aufhören zu weinen. »Vermutlich haben sie mich für die Geburt ziemlich zugedröhnt, oder?«, versuche ich zu scherzen. Luke und ich haben lange über das Für und Wider einer natürlichen Geburt gegenüber Kaiserschnitt und Epiduralanästhesie gestritten. Ich sagte, ich wolle die gesamte Prozedur nicht miterleben, was Luke immer wütend machte. Aber ich schätze, ich habe doch das bekommen, was ich wollte. Fast hätte ich noch einen Witz darüber gemacht, aber weil Luke so aufgewühlt ist, lasse ich es lieber.

Außerdem – was macht es schon für einen Unterschied, jetzt, wo sie da ist?

»Sind meine Eltern hier?«, frage ich. Das Zimmer beginnt sich wieder zu drehen. »Ich will meine Mutter.«

»Sie sind auf dem Weg. Sie werden bald hier sein, Rose.«

Da ist etwas, das Luke nicht sagt. Ich spüre es.

Ich strecke die Hände nach unserem Baby aus. Unserer *Tochter.* »Lass mich sie anschauen«, sage ich.

Luke tut, wie ihm geheißen, und dreht sich, damit ich sie besser sehen kann. »Wie soll sie heißen?«, frage ich. Wir hatten beschlossen, zu warten, bis sie da ist, um einen Namen für sie auszusuchen. Das und Aberglaube hielten uns davon ab, eine Entscheidung zu treffen.

»Ich finde, wir sollten sie Rose nennen«, sagt Luke.

»Rose? Aber das ist lächerlich.« Ich versuche zu lachen, kann es aber nicht. Mein Körper wehrt sich dagegen. »Irgendwie habe ich mir immer gedacht, ihr Name würde Adelaide sein. Addie. Ich weiß, das ist ein altmodischer Name, aber …«

»Rose …« Luke fängt an, noch etwas zu sagen, vielleicht zu mir, aber es ist wieder wie mit Watte gedämpft. Oder redet er mit dem Baby, und das ist der Grund, warum ich ihn auf einmal so schlecht verstehen kann?

Genau in diesem Moment kann mich derjenige oder dasjenige, was mich an den Füßen hält, besser packen und zieht mich nach unten. Ich bin unter Wasser, und um mich herum wird es still.

Als ich sechs oder sieben Jahre alt war, ging ich einmal ins Meer, als meine Mutter gerade nicht aufpasste. An dem Tag waren die Wellen sehr hoch. Ein Sturm war draußen auf dem Meer vorbeigezogen und hatte die See aufgewühlt, und die Sonne, die auf das Wasser schien, verwandelte es in eine riesige, gleißende Fläche. Ich watete einfach hinein, furchtlos und dumm. Mein Vater hatte mir beigebracht, wie man unter den größten Wellen durchtauchen kann, und ich dachte, ich hätte die Situation im Griff. Die erste Welle war größer als alle, die ich jemals gesehen hatte. Ich tauchte hindurch, genau wie mein Vater es mir gezeigt hatte, stolz auf mich selbst, doch als ich wieder nach oben kam, war da schon wieder eine, und sie war noch höher als die erste, aufgebäumt wie ein Pferd, das in rasender Geschwindigkeit in Richtung Land donnerte. Ehe ich's mich versah, hatte sie mich erreicht und gepackt. Es fühlte sich an, als würde man von etwas, das fest und dunkel und schrecklich stark war, verschluckt. Etwas, das mich nie wieder loslassen würde, und an jenem Tag hatte ich genau dieses Gefühl. Doch ich hatte Glück, und plötzlich war da meine Mutter, die die Arme um mich schloss und mich aus dem Wasser zog.

Einen einzigen Moment lang komme ich jetzt an die Oberfläche, lange genug, um Stimmen zu hören. »Mom, bist du das?«, gelingt es mir zu fragen, oder vielleicht frage ich gar nicht, denn niemand scheint mich zu hören.

»Wir verlieren sie!«, ruft ein Arzt.

»Ich liebe dich, Rose. Ich liebe dich so sehr, es tut mir so leid«, sagt Luke. Ich kann ihn nicht sehen, also flüstert er es mir vermutlich ins Ohr.

Es kommt wieder eine Welle, noch größer als die davor, die Welt schwindet dahin, und ich schwinde mit ihr. Dann bin ich weg.

VIERTER TEIL

ABGANG ROSE, LEBEN 4
AUFTRITT ROSE, LEBEN 6 & 8

ZWEIUNDZWANZIG

15. AUGUST 2006

ROSE, LEBEN 6 & 8

Luke steht neben meinem Bett. Er kommt nie auf meine Seite des Bettes. In der Hand hat er eine Flasche mit Schwangerschaftsvitaminen. Er hält sie hoch, schüttelt sie.

»Du hast es versprochen, Rose«, sagt er, langsam und bestimmt.

Ich nicke genauso langsam. »Stimmt«, sage ich. »Du hast recht.«

»Habe ich, ja?« Es scheint meinen Mann zu überraschen, dass ich das so leichthin zugebe.

Mich überrascht es auch, aber es entspricht der Wahrheit. Ich habe es ihm versprochen, und ich habe dieses Versprechen nicht gehalten. Warum sage ich es dann nicht? Was habe ich schon zu verlieren? »Ja. Und es tut mir leid.«

Luke lässt sich auf die Bettkante sinken. Würde er ein Foto von sich selbst machen, trüge es die Unterschrift *Luke. Porträt eines besiegten Ehemannes.* »Warum hast du sie denn nicht genommen?«

Ich gehe zu ihm hinüber und nehme neben ihm Platz, dem einst Vertrauten, der sich in letzter Zeit wie ein Fremder anfühlt. »Ich weiß nicht. Na ja, irgendwo schon. Erstens verträgt mein Magen sie nicht besonders gut. Vor allem aber ist es wohl so, dass ich sie eigentlich nicht nehmen will. Weil ich, wie du weißt, nie ein Kind haben wollte.«

»Aber du hast gesagt …«

»Ich habe gesagt, ich würde die Vitamine nehmen. Ja.«

»Woraus ich geschlossen habe, dass du auch offen dafür bist, es zu probieren.«

»Dann hast du eben den falschen Schluss gezogen.«

Luke rollt die Flasche in seinen Händen hin und her, und das laute Klappern der Vitamintabletten erfüllt die Stille. Das Etikett verspricht so viele Dinge. Folsäure! Eisen! Das Wort ESSENZIELL, alles in Großbuchstaben, taucht immer wieder im Text auf. »Warum solltest du Schwangerschaftsvitamine nehmen, wenn du immer noch nicht offen für ein Kind bist?«

»Um dich glücklich zu machen«, sage ich und halte inne. Das ist ein Teil davon, aber die ganze Wahrheit ist es nicht. »Damit du aufhörst, Druck auf mich auszuüben.« Ich ziehe die Beine hoch und kreuze sie auf der blütenweißen Bettdecke, der dünnen, die wir während der glühend heißen Sommermonate in dieser Stadt benutzen. Ich sehne mich nach der dicken, bauschigen Daunendecke zurück, die im Winter unser Bett ziert und in die man sich versinken lassen kann, gemütlich und behaglich. »Ich dachte, dann hören wir auf, ständig zu streiten. Und eine Weile war das ja auch so.«

»Ist das hier auch ein Streit?«

»Ich weiß es nicht. Ja, vermutlich.«

Luke schaut mir in Gesicht. Auch er zieht die Füße aufs Bett, kreuzt sie. Jetzt liegen wir in genau der gleichen Position da. »Ich möchte nicht streiten. Bitte lass uns nicht streiten, okay?«

Ich nicke. »Okay.« Wir sehen uns an, beide unsicher. »Und was nun?«

Mein Mann zuckt mit den Achseln, die kurzen Ärmel seines grauen Shirts heben sich um ein paar Zentimeter, sodass man seinen Bizeps sieht, der vom ewigen Tragen der schweren Kameraausrüstung kräftig geworden ist. Mich beeindruckt, wie attraktiv Luke ist, etwas, das ich in den vergangenen Monaten offenbar vergessen habe. Auf einmal möchte ich ihn küssen, möchte mich an ihn pressen, um ruhiger zu werden.

Natürlich könnte ich ihn küssen.

Als seine Frau sollte ich es vermutlich auch.

Richtig?

Ist es nicht das, was Leute in einer Ehe machen, um Spannungen abzubauen, um Meinungsverschiedenheiten zu überwinden, Streitigkeiten zu schlichten? Versöhnungssex? Luke und ich waren allerdings nie eins dieser Paare, und ich habe nie ganz begriffen, was es damit auf sich hat. Wenn Luke und ich gestritten haben, war mir noch nie nach Sex. Eher möchte ich mit Dingen werfen, möchte schreien oder vierundzwanzig Stunden schmollen.

Doch was wäre schon dabei, wenn ich dieses eine Mal, und sei es auch nur für eine Weile, mit dem vielen Denken und dem Grübeln aufhören, wenn ich es nicht mehr zulassen würde, dass diese Sache mit dem Baby zwischen uns steht und mich davon abhält, auf ihn zuzugehen? Was, wenn ich einfach den Zufall und die Biologie über mein Schicksal entscheiden ließe über die Frage, ob ich Mutter werde oder nicht? Wenn es passiert, dann passiert es, und wenn nicht, können Luke und ich immerhin sagen, wir haben es probiert. *Ich* kann sagen, dass ich es probiert habe, oder wenigstens, dass ich mich der Möglichkeit geöffnet habe, Mutter zu werden, es hat aber einfach nicht geklappt, und damit ist die Sache ein für alle Mal erledigt.

Es wäre so schön, wenn ich sagen könnte, ich habe es versucht.

Die Möglichkeit liegt auf einmal vor mir ausgebreitet, sie lockt, sie flüstert mir zu.

Mein erster kleiner Schritt auf diesem Weg ist eine Geste: Ich streiche mit der Fingerspitze über die nackte Haut des Armes meines Mannes. Dann kommt ein großer Sprung für mich: Ich berühre ihn an der Wange und küsse meinen Mann – ein richtiger Kuss. Und es wird nicht mehr geredet, nicht mehr diskutiert, nicht mehr entschieden.

Ich gebe mich der Situation hin.

Ein Experiment.

DREIUNDZWANZIG

3. JULI 2007

ROSE, LEBEN 6 & 8

»Mom?«

»Ja, Liebes?« Meine Mutter steht konzentriert vor der Kücheninsel und rollt Teig für einen Pie aus. Ihr rot-weiß-blaues T-Shirt ist vorne mit Mehl bestäubt. »Jetzt kann der 4. Juli kommen«, hat sie verkündet, als sie in ihrem Stars-and-Stripes-Outfit zum Frühstück erschien. Wir befinden uns alle in dem Haus direkt am Strand, das meine Eltern jeden Sommer über den Feiertag mieten.

»Habt ihr, Dad und du, eigentlich jemals die Hoffnung aufgegeben, mich zu bekommen?«

Die Griffe des alten Nudelholzes, die von jahrelangem Gebrauch locker sind, klappern, als meine Mutter mit dem Holz über den Teig rollt. Sie zieht das Wachspapier ab und stäubt eine Handvoll Mehl auf den Teig. Eine weiße Wolke steigt in die feuchtwarme Luft empor. »Wovon redest du, Rose?«

Der Plastikbecher mit meinem Eiskaffee hat die Serviette, in der ich ihn gehalten habe, durchnässt, das Eis ist fast geschmolzen. Ich nehme einen Schluck, kaue auf dem Strohhalm herum. Nur das Rauschen der Wellen vor dem Cottage durchbricht die Stille. Will ich es ihr wirklich sagen? Werde ich das tatsächlich tun?

Ja.

»Als du und Dad versucht habt, ein Kind zu bekommen, habt

ihr da jemals in Betracht gezogen, aufzugeben? Und einfach keine Kinder zu haben?«

Das rollende Nudelholz rappelt auf dem allmählich flacher werdenden Teig. Jetzt hält meine Mutter inne, blickt auf. »Natürlich haben wir das. Oft!«

»Wirklich?« Ich klinge skeptisch, obwohl ich ihr ja diese Frage gestellt habe.

Meine Mutter runzelt die Stirn. Ich bemerke, dass sie mit einer dünnen Schweißschicht bedeckt ist. Meine Mutter hält mit beiden Händen das Nudelholz vor ihre Körpermitte. »Rose, wenn du zehn Jahre versuchst, ein Kind zu bekommen, gibt es jede Menge Momente, in denen du beschließt, das Handtuch zu werfen. Aber das hat nichts damit zu tun, dass wir uns dich nicht sehnlichst gewünscht hätten.«

»Sicher«, sage ich schnell. »Das macht Sinn.«

Meine Mutter legt das Nudelholz auf dem Tisch ab, klopft sich das Mehl von ihrem patriotischen T-Shirt. Durch das Fliegengitter ist das laute Kratzen eines Liegestuhls über den Boden zu hören. Mein Vater hat auf der Veranda seinen Stuhl verschoben. »Warum fragst du eigentlich?«

Ich überlege kurz, ob ich das Thema wechseln und mich weniger verfänglichen Dingen zuwenden soll, mache dann jedoch weiter. »Es wird dich überraschen, aber …« Ich schlucke. »Luke und ich versuchen, ein Kind zu bekommen.«

Meine Mutter ist so erschrocken, dass sie mit den Armen rudert und das schwere Nudelholz mit einem lauten Krachen zu Boden stößt. »Wie bitte?«

»Alles in Ordnung da drinnen?«, ruft mein Vater von der Veranda.

»Alles klar, Dad!«, rufe ich zurück.

»Aber du willst doch keine Kinder«, flüstert meine Mutter. »Du hast nie Kinder gewollt. Seit du ein Teenager warst, hast du mich mit der Ankündigung gequält, dass es für mich niemals Enkelkinder geben würde«, brummelt sie. »Ich glaube dir nicht.«

Das hier war ganz offensichtlich ein Fehler … »Na gut, dann glaub mir eben nicht. Tut mir leid, dass ich überhaupt etwas gesagt habe.« Ich trinke meinen mittlerweile auf Zimmertemperatur angewärmten Eiskaffee aus und bin schon fast aus der Küche, als eine mehlbepuderte Hand mich am Arm packt.

»Bleib«, sagt meine Mutter. »Lass uns reden.«

Ich drehe mich nicht um. »Es hat mich ziemliche Überwindung gekostet, das Thema anzuschneiden, und ich habe nicht vor, mit dir darüber zu reden, wenn du es mir so schwer machst oder mich in Verlegenheit bringst.« Ich atme die heiße Luft ein. »Das hier ist nicht leicht für mich.«

Ich höre, wie meine Mutter tief Luft holt. »Rose, du kannst mir alles sagen. Ich hätte nicht so reagieren dürfen. Ich bin nur … na ja, überrascht. Ich hätte nie gedacht …«

»Ich weiß.«

»Warum gehen wir nicht rüber in unser Schlafzimmer? Da können wir in aller Ruhe reden.«

Meine Mutter stürmt an mir vorbei und bedeutet mir, ihr in das Zimmer zu folgen, in dem sie und mein Vater wohnen und von dem aus man einen Blick aufs Meer hat, wenn man im richtigen Winkel am Fenster steht. Luke und ich bewohnen das kleinere Zimmer am gegenüberliegenden Ende des Flurs. Luke ist unterwegs, um im Vogelschutzgebiet auf der anderen Seite des Strandes Fotos zu machen, während mein Vater liest und Sonne tankt.

Meine Mutter setzt sich aufs Bett und klopft auf die Stelle gegenüber von ihr. Dann zieht sie ein Kissen unter der Decke hervor, legt es sich auf ihren Schoß und zerknautscht es zwischen ihren Armen. Dadurch verteilt sie überall Mehl, bestäubt den grauen Quilt, das Kissen. Sie hat sogar Mehl im Haar, weil sie mit der Hand durchgefahren ist, aber ich sage nichts.

Ich setze mich, schlucke, versuche meine Nervosität durch Reden zu überspielen; allmählich bereue ich es, dieses Gespräch angefangen zu haben. »Anfangs war es eigentlich keine bewusste Entscheidung. Luke und ich waren einfach auf einmal … offen dafür.« Meine Mutter wirft mir einen Blick zu, der wohl *Aha* heißen soll. »Na gut. Ich beschloss, nicht mehr so viel über die Thematik nachzudenken. Wenn ich schwanger würde, dann wäre es eben so, und wenn nicht, auch gut.«

»Wow, Rose. Wow. Wow!«

Ihre überdrehte Art nervt mich. »Mom, ich gehe, wenn das deine einzige Reaktion auf das ist, was ich sage.«

Meine Mutter seufzt ein wenig, richtet ihre Aufmerksamkeit kurz auf das Fenster. »Ach komm, Liebes. Gib mir doch einfach nur ein bisschen Zeit, mich an den Gedanken zu gewöhnen. Das ist schon viel auf einmal, was ich da akzeptieren soll.« Sie lächelt, klatscht freudig in die Hände. Dann bemüht sie sich sichtlich darum, wieder ernst zu werden. »Na gut, ich hatte meinen Moment, um mich zu freuen, und jetzt bin ich wieder ruhig und bereit, zuzuhören. Also, wann war das genau? Ich meine, wann habt ihr begonnen … euch auf das einzulassen, was auch immer passieren würde?«

»Vor fast einem Jahr.«

»Liebes, ein Jahr ist nichts. Besonders, wenn du es nicht aktiv zu steuern versuchst.«

»Vielleicht trifft ja das Schicksal die Entscheidung für Luke und mich.«

»Vielleicht.«

»Er und ich haben es nie laut ausgesprochen, dass wir es versuchen.«

Meine Mutter runzelt die Stirn. »Wie ist das möglich?«

Ich denke an den Tag unseres Streits zurück, der dann mit Sex geendet hat. »Ich weiß nicht, Mom. Aber wir haben einfach …

aufgehört, darüber zu diskutieren. Es ist etwas Unausgesprochenes. Vielleicht, weil Luke befürchtet, wenn er das Thema direkt anschneidet, werde ich böse und sage ihm, er soll es vergessen.«

Meine Mutter schnaubt. »Würdest du das denn tun?«

Ich beschließe, ehrlich zu sein. »Ich weiß nicht. Vielleicht.«

»Dein armer Ehemann.«

»Mein *armer* Ehemann? Meinst du das im Ernst, Mom?«

»Rose, ich denke, es wäre gut, wenn ihr beide am selben Strang ziehen würdet.«

Ich stehe auf und schalte die Klimaanlage ein. Die Hitze beginnt mir zuzusetzen. Das, und die Sorge, Luke könnte vom Fotografieren nach Hause kommen und uns reden hören. Die Anlage setzt sich mit einem Rattern in Bewegung und schaltet dann auf ein leises Brummen um. Die kalte Luft strömt über mich hinweg, während ich kurz vor dem Apparat stehen bleibe und meine Hände ans Gitter lege. »Luke und ich werden in dieser Sache nie am selben Strang ziehen.« Ich schaue meine Mutter an. »Näher als jetzt werden wir uns in dieser Sache nicht kommen.«

Meine Mutter rutscht ein Stück auf mich zu. »Findest du das fair?«

Ich drehe der Klimaanlage den Rücken zu. Die Luft ist eisig, bald wird es mir zu kalt sein, aber ich rege mich nicht. Es gefällt mir nicht, dass meine Mutter mir diese Fragen stellt. Und ich habe auch keine guten Antworten für sie. »Na ja, findest du es denn fair, dass man diesen Druck auf mich ausgeübt hat, endlich ein Kind zu bekommen, das ich nie gewollt habe, Mom?«

Ich höre, wie meine Mutter seufzt. »Rose. Nein, das finde ich auch nicht fair.«

Ich zittere jetzt. »Wärst du nicht auch böse?«

»Ich weiß nicht. Für mich ist es schwer zu verstehen. Ich bin eine dieser Frauen, von denen du immer schon wenig gehalten hast – eine Frau, die mit dem Traum aufgewachsen ist, eines

Tages Kinder zu haben, die sich nach einem Kind verzehrt hat, als würde ihr Leben davon abhängen, und die dann alles in ihrer Macht Stehende getan hat, um eins zu bekommen. Mutter zu werden und zu sein war mein ganzes Leben.«

»Mom.« Ich kehre zum Bett zurück und nehme gegenüber von ihr Platz. »Ich halte doch nicht wenig von dir.«

Sie legt den Kopf schief, betrachtet mich mit ihren dunkelbraunen Augen. »Aber du empfindest für Frauen wie mich auch keinen Respekt. So zu werden wie ich war immer das, was du auf gar keinen Fall wolltest.«

»Das ist nicht wahr.« Das sage ich, aber hat meine Mutter nicht doch recht?

»Natürlich ist das wahr. Du hast dein ganzes Leben damit verbracht, das Gegenteil von mir zu werden, hast dich all dem verschrieben, was ich nie getan habe. Und ich bin stolz auf dich! Du bist du selbst geworden, eine wundervoll erfolgreiche Frau! Und ich weiß, dass du das liebst, was du tust, das ist das Allerbeste daran.« Sie senkt den Blick auf den Quilt und drückt das Kissen fester an sich. »Aber es hat es mir manchmal schwer gemacht, dich zu verstehen. Ich habe immer gedacht, wenn du ein Kind hättest, würde uns das einander näherbringen. Und natürlich habe ich mir ein Enkelkind gewünscht. Aber die eigentliche Wahrheit ist, dass ich mich gefragt habe, ob du mich wieder brauchen würdest, wenn du ein eigenes Kind hättest. Ob ich dir behilflich sein könnte. Das wäre so schön für mich.« Sie lacht, doch es klingt traurig. »Ratschläge, die deine Karriere betreffen, kann ich dir ja nicht geben.«

Ihre Worte schweben in der drückenden Augustluft.

»Mom, es tut mir leid.«

Unsere Blicke begegnen sich, sie betrachtet mich intensiv. »Es muss dir nicht leidtun. Es ist schon okay, dass du anders geworden bist als deine Mutter.«

Ich bin mir nicht sicher, was ich sagen soll. In gewisser Weise hat sie recht. Meine Mutter war immer schon das Vorbild für das, was ich niemals werden wollte – Hausfrau und Mutter, eine Frau, die daheimgeblieben war, um sich um ihr Kind zu kümmern, die ihr Leben mit Kochen und Putzen verbracht und für Mann und Kind gesorgt hatte. Ich habe genau den entgegengesetzten Weg eingeschlagen und dabei die ganze Zeit frei und offen gesagt, wie sehr ich mir wünschte, anders zu sein, wenn ich älter wurde, und nicht wie sie.

Und wenn ich eine Tochter hätte, würde sie mir das auch antun? Würde sie versuchen, das genaue Gegenteil von mir zu sein und diese Ansicht wie eine Monstranz vor sich hertragen? Würde auch sie alle Entscheidungen, die ich im Leben getroffen habe, ablehnen? Und wäre ich in der Lage, das zu ertragen? Überhaupt – wie erträgt eine Mutter so etwas?

»Ich hab dich lieb, das weißt du«, sage ich zu ihr. Und dann: »Ich habe mich manchmal so beschissen dir gegenüber benommen. Ich wünschte, das wäre nicht so. Es tut mir wirklich leid.«

Darüber muss meine Mutter lachen, dieses Mal ist es wirklich ein Lachen, in dem keinerlei Traurigkeit mehr zu spüren ist. »Du hast dich nicht beschissen benommen.«

»Ich würde eine furchtbare Mutter abgeben«, fuhr ich fort. »Vielleicht ist ja das auch meine Antwort, oder? Ich sollte einfach auf diese Instinkte hören und meine eigene zukünftige Tochter davor bewahren, eine Mutter wie mich zu haben.«

»Rose, sag doch so was nicht! Außerdem glaube ich nicht, dass es stimmt. Ich glaube, du wärst eine gute Mutter. Eine *großartige* Mutter. Und ich wäre eine großartige Großmutter!«

»Den letzten Teil kaufe ich dir ab, Mom.« Ich lege meine Hand aufs Bett, gleich neben den Fuß meiner Mutter. »Aber das Erste, was du gerade gesagt hast, nämlich dass ich eine großartige Mutter wäre … ich weiß nicht.«

Meine Mutter wischt sich das Mehl von der Wange. »Das wirst du nie erfahren, wenn du es nicht versuchst.«

»Ja. Wohl wahr. So, wie die Dinge bisher laufen, werde ich das auch nie rausfinden. Und das ist vielleicht auch gut so.«

»Vielleicht ist es das. Aber ich denke, du und Luke solltet es weiter probieren, nur für den Fall, dass ihr es am Ende doch toll findet. Und wenn du nicht schwanger wirst, dann könnt ihr immer noch über eine Adoption nachdenken.« Ihre Stimme ist sanft, aber bestimmt. »Könntet ihr doch, oder?«

Die Temperatur im Raum ist merklich gesunken, und am Arm meiner Mutter sehe ich, dass sie Gänsehaut hat. »Komm, lass uns mit dem Backen weitermachen«, sage ich. »Wahrscheinlich fragt sich Dad schon, wohin wir verschwunden sind, und Luke kommt auch bald.«

»Okay, Liebes«, sagt meine Mutter nach einem kurzen Moment.

Wir stehen beide auf. Meine Mutter schaltet die Klimaanlage aus, und um uns herum wird es still.

»Findest du es wirklich okay, Mom, dass ich zwar nicht weiß, was ich davon halten soll, ein Baby zu bekommen, aber am Ende tatsächlich eins bekommen könnte?«

»Ja, das finde ich.«

»Aber *warum?*«

»Weil ich an dich glaube, Rose Napolitano«, sagt sie und macht die Tür auf.

VIERUNDZWANZIG

22. APRIL 2009

ROSE, LEBEN 5

Mein Ehemann schläft neben mir im Bett.

Addie schläft auf der anderen Seite.

Jetzt bräuchte ich nur noch Thomas, der zu meinen Füßen liegt.

In gewisser Weise ist Thomas hier. Er ist immer hier, in meiner Erinnerung, in meinen Wünschen, auch wenn ich versuche, den Gedanken an ihn zu verdrängen. So wie ich es jetzt tue. Ich nehme es mir fest vor.

Die Nachttischlampe scheint auf Addie, aber offenbar bemerkt sie das Licht gar nicht. Sie hat sich neben mich gekuschelt, in dieser lustigen Position, in der sie so gerne schläft, nämlich mit ihrem kleinen Hintern in der Luft, und macht beim Atmen dieses schnaufende Geräusch. Dieses Schnaufen gehört zu den Dingen, die ich am allermeisten an ihr liebe. Das ist vollkommen irrational, so irrational, dass es mich glauben lässt, ich könnte vielleicht doch eine gute Mutter sein. Ihr Atmen in meinem Ohr, dieses leise Schnorcheln, während sie tief und fest schläft.

Mein kleiner Schnaufopagus. So nenne ich sie. Das mit dem Spitznamen hat schon früh angefangen. Ich saß einfach nur da und lauschte der kleinen Addie, als wäre sie ein Radio. Schaute sie an, als wäre sie ein Fernseher. Diese kleinen Geräusche, die sie beim Schlafen macht – es ist, als würden sie an kleinen Schnüren hängen, wie Kirchenglocken, die an meinem Herzen festgebunden sind und jedes Mal, wenn ich sie höre, ganz sanft daran ziehen. Ich könnte ihr den ganzen Tag zuhören, sie anschauen, wie meine Lieblingssendung im Fernsehen, von der ich einfach nicht genug bekommen kann.

»Hallo, du kleines Schnorchelmonster«, flüstere ich ihr zu, aber nur, weil Luke schon schläft. In Anwesenheit von Luke würde ich so etwas nie sagen. Wenn er mich hörte, würde wieder dieser selbstzufriedene Ausdruck auf sein Gesicht treten, als hätte er gewonnen, als hätte er die ganze Zeit gewusst, dass jede Frau so eine Art Baby-Gen in sich hat, einschließlich mir, seiner zögerlichen Ehefrau. Der Spitzname ist mein kleines Geheimnis, das ich mit Addie habe.

Das sind auch die Fotos, die ich an jedem Ersten des Monats von ihr mache, um einen weiteren Meilenstein in ihrem Leben zu setzen. Bald wird sie schon vierzehn Monate auf dieser Welt sein.

Addie krümmt sich ein bisschen, verschiebt ihr kleines Hinterteil, gefolgt von einem großen, lauten Schnaufen. Ich muss mir den Mund zuhalten, um nicht laut zu lachen.

Manchmal ist es nicht nur meine Affäre mit Thomas, die schuld daran ist, dass ich aus dieser Ehe herauswill. Manchmal ist es auch Addie, die Tatsache, dass ich so gern ich selbst mit ihr wäre, statt an Lukes Seite die brave Ehefrau und Mutter zu spielen. Gewiss, manchmal würde ich auch gerne herausfinden, was es eigentlich bedeutet, Rose, die zögerliche Mutter, zu sein und trotzdem ihren Weg zur Mutterschaft zu finden. Ich wäre gerne eine Mutter ohne den beurteilenden Blick meines Mannes auf Addie und mich, der sich tagaus, tagein auf mich richtet. Wenn es mich schon schier wahnsinnig vor Liebe macht, dieses kleine, schnaufende Untier mit dem in die Luft gestreckten Hinterteil zu sehen, dann möchte ich dieses Gefühl auch haben, ohne es vor Luke verbergen zu müssen, ohne dieses *Hab ich's dir nicht gesagt?* zu ertragen, wenn er Zeuge davon wird. Somit hat die Möglichkeit, Luke zu verlassen, in Wirklichkeit oft gar nichts mit Thomas zu tun.

Ich beiße mir auf die Lippe.

Gerade eben habe ich das getan, was ich mir geschworen habe, nicht zu tun, und ich habe es zwei Mal getan. Ich habe es zugelassen, dass der Name Thomas mir durch den Kopf geht. Jedes Mal, wenn das passiert, ist der Schmerz wieder da, und er ist überall. Wie Addie scheint auch Thomas solche Schnüre zu haben, die fest mit meinem Herzen verbunden sind. Ich wünschte, ich könnte sie durchtrennen.

*

Thomas und ich haben eine Pause eingelegt.

Ich werde es nicht lange aushalten. Das habe ich noch nie. Ohne Thomas zu sein, das ist so, als würde ich unter Wasser die Luft anhalten. Ich kann es nur so lange tun, bis ich das Gefühl habe, zu ertrinken.

Aber ich versuche es. Wirklich.

»Ich muss meine Ehe retten«, habe ich das letzte Mal, als wir uns gesehen haben, zu Thomas gesagt.

Das war vor drei Wochen. Ich lag mit ihm im Bett, betrachtete seinen Rücken, den Schwung seiner Muskeln, den glatten Schimmer seiner Haut. Auch Luke und Addie lagen mit uns im Bett, als Geister spukten sie um uns herum, Luke neben mir, Addie unter die Decke gekuschelt, und beide beobachteten diese Szene – Thomas und ich, nackt in einem Hotelzimmer an einem Dienstagnachmittag, und sie flößten mir ein Schuldgefühl ein, das von Tag zu Tag größer wird und sich immer tiefer in meinem Inneren verwurzelt. Luke und Addie schauen immer dabei zu, wenn ich Thomas liebe, und ich liebe ihn immer. Genau das ist das Problem.

Thomas drehte sich im Bett zu mir. »Nein, Rose.«

»Doch.«

»Nicht schon wieder.«

»Ich muss.«

Seine Augen sind jetzt schon gerötet, feucht. »Du musst nicht. Genau das Gegenteil solltest du.« Er streckte die Arme nach mir aus. »Du solltest deine Ehe beenden, nicht sie retten.«

Ich ließ es zu, dass er mich an sich zog. Ich wollte ihn – ich wollte ihn immer, selbst wenn ich versuchte, ihn nicht zu wollen.

Es gab nichts wie Thomas' Körper, nichts fühlte sich so an wie er, wie seine Haut an meiner Haut. Ich gab mich diesem Gefühl hin, gab mich diesem Mann hin, so wie ich mich dem Meer hingebe, wenn ich darin schwimme. Ich lasse mich auf Thomas ein, als hätte ich nichts zu verlieren – dabei habe ich *alles* zu verlieren. Einen Ehemann, ein Baby, eine Familie.

Doch ebenso, wie ich es nicht mehr ertragen kann, wenn mein Mann mich berührt, kann ich es auch nicht mehr ertragen, wenn Thomas es *nicht* tut. Ich sehne mich danach, mehr von ihm zu haben, immer mehr, und wünschte, jede Stelle seines Körpers auf einmal berühren zu können. Von Thomas bekomme ich nie genug, und ich frage mich, ob das überhaupt möglich ist.

»Ich liebe dich«, flüsterte er an meinem Hals.

Ich rutschte zur Seite, sodass wir nebeneinanderlagen und uns in die Augen sehen konnten. »Und ich liebe dich. Aber wir können so nicht weitermachen.« Ich schlang die Arme um ihn, meine Hand in seinem Haar, und presste mich so fest an ihn, als glaubte ich, mich durch ihn hindurchpressen zu können, oder wenn ich mich nur fest genug an ihn drückte, dann könnten Thomas und ich endlich miteinander verschmelzen, zu einem einzigen Menschen werden. Niemals zuvor hatte ich mir so sehr gewünscht wie jetzt, im Herzen eines anderen Menschen zu wohnen, mich in seine geheimnisvollen Kammern zu schmiegen. Ich wollte, dass auch die unzugänglichen Stellen von Thomas mir gehörten, ich wollte die Schlüssel dazu, wollte sie überreicht haben und für immer in meinem Besitz behalten.

Eigentlich hätte ich mir all diese Dinge bezüglich Luke wünschen sollen, ebenso wie diese unbegreifliche Art von Liebe zu meinem Kind – die ich in gewisser Weise tatsächlich auch für Addie empfinde. Manchmal ist meine Liebe zu Addie eine Form von Wahnsinn. Schrecklich, wundervoll, beängstigend.

Doch Thomas zu lieben ist eine andere Art von Wahnsinn. In Thomas finde ich mich selbst, ich finde andere Straßen und Wege in meinem Inneren, ich finde Sehnsucht und Hoffnung und Begehren, und ich finde Ruhe und Stille und Innehalten. Er ist ein Ort, an dem ich zur Ruhe kommen kann, an dem ich mich nicht mehr bewegen muss, nicht einmal einen Zoll, und doch kein bisschen zappelig werde. Ich kann meinen Körper an den seinen legen, die Augen schließen und nichts anderes mehr sein als Rose, ich, die Essenz der Frau, die ich bin. Die Frau, die ich einfach nicht mehr finden oder sein kann, wenn ich mit Luke zusammen bin.

Thomas' Küsse wurden drängender, dann wieder träge, als hätten wir alle Zeit der Welt, obwohl uns doch nur noch diese wenigen, bereits dahinschwindenden Stunden in diesem Hotelzimmer blieben, in dem wir hinter zugezogenen Jalousien die Stadt dort draußen so lange ausschlossen, wie es eben ging, und so taten, als wäre sie gar nicht da und wartete auf uns.

Ich würde alles opfern für diesen Mann. Ja, das würde ich.

Warum tue ich es dann nicht? Belüge ich mich eigentlich selbst, wenn ich so etwas denke? Was ich tue und wie ich handele, spiegelt nicht dieses Opfer wider. Stattdessen sagt mein Handeln Folgendes: *Rose, du bist ein Feigling. Rose, du wirst niemals diesen Schritt gehen und mit diesem Mann zusammen sein. Das hast du nie getan und wirst es auch nicht tun.*

Irgendwann lösten Thomas und ich uns voneinander. Ich musste nach Hause, Addie etwas zu essen machen, Luke musste zu einem Fotoshooting; das Leben rief nach mir. Thomas begann sich anzuziehen, ich zog mich an. Wir standen wenige Meter von der Tür entfernt und brachten es kaum fertig, einander anzuschauen.

»Bitte, hör auf zu weinen«, sagte ich. Ich verbot mir, seine Wange zu berühren, aber ich wollte es so sehr. Ich musste mich wappnen, bevor ich nach Hause ging, musste mich diesem Mann gegenüber verhärten, damit ich aus diesem Zimmer herauskonnte. Aber irgendwie konnte ich es nicht.

Er wischte sich mit einer Hand über die Augen. »Wann werde ich dich wiedersehen?«

»Ich weiß es nicht, Thomas«, sagte ich. »Ich liebe dich.« Und ich lief hinaus.

*

Luke verändert seine Haltung, gleich wird er sich auf die eine oder andere Seite des Bettes drehen. Er rollt von Addie und mir weg, anstatt zu uns. Die Anspannung in meinen Muskeln löst sich.

Seit einiger Zeit habe ich Fantasien von Lukes Tod und stelle mir vor, wie es wäre, mein Leben ohne ihn weiterzuleben. Es wäre eine solche Erleichterung, und das nicht nur wegen Thomas. Wenn Luke nicht mehr da wäre, könnte ich vermutlich endlich wieder ich selbst sein. Bei Luke fühle ich mich immer beobachtet, beurteilt, verurteilt. Immer spiele ich eine Rolle, immer suche ich nach Lukes Zustimmung, immer versuche ich, das Richtige zu tun oder zu sagen, was Addie angeht.

Ich erinnere mich noch an das erste Mal, als mir bewusst wurde, dass mein Ehemann mich anders sieht, dass er mein Verhalten bewertet, und ebenso weiß ich auch noch sehr gut, wie es mich entsetzt hat, als mir das klar wurde.

Es war an einem Samstagnachmittag im August, nicht lange nach dem Streit, den wir zum Thema Kinder bei jenem Abendessen mit seinen Eltern gehabt hatten. Damals waren wir bei Freunden zum ersten Geburtstag ihrer Tochter eingeladen. Die klimatisierte Luft in der Wohnung war wie eine Zuflucht, denn draußen war es brüllend heiß. Ich spielte eine Weile mit dem Baby, sagte Hallo, winkte der Kleinen zu, bewunderte zusammen mit den anderen Gästen, wie toll sie schon krabbeln konnte. Doch wenn ich ehrlich bin, gehört das Knuddeln von Einjährigen nicht gerade zu meinen Lieblingsbeschäftigungen.

Viel lieber würde ich mich mit den Erwachsenen im Zimmer unterhalten, etwas über ihre Arbeit, ihre Reisen erfahren. Genauer gesagt interessiert mich alles mehr als Gespräche über Kinder oder mit ihnen. Ich habe nie zu den Leuten gehört, die gerne mit den anwesenden Kindern spielen, die sie bespaßen oder zum Lachen bringen. Wenn ich einen Erwachsenen inmitten eines bunten Knäuels quiekender Kinder sehe, denke ich meistens: *Was bin ich froh, dass ich das nicht bin!* Oder: *Warum sollte jemand so etwas tun, wenn es doch jede Menge interessanter Gesprächsthemen mit den anwesenden Erwachsenen gibt?*

Mitten auf jener Party, als ich gerade zum Buffet gegangen war, um mir noch etwas zu holen, kam Luke herüber. Er wies auf die Kinder auf der anderen Seite des Raumes, die herumhüpften und spielten und krabbelten. »Sind die nicht entzückend?«

Ich nahm mir eine Mini-Quiche, hausgemacht, und schob sie mir ganz in den Mund. »Äh, ja, schon. Klar.« Ich lachte, aber Luke lachte nicht mit.

Seine Miene war ausdruckslos, unergründlich. Nachdem er

seinen Teller aufgefüllt hatte, sagte er: »Ich wünschte, Kinder würden dir mehr bedeuten«, und ging davon, bevor ich ihm antworten konnte.

Eine Art Panik machte sich in mir breit. Hatten seine Eltern wieder Druck auf ihn ausgeübt? Schwenkte er doch langsam auf ihre Meinung um?

Auf einmal hatte ich das deutliche Gefühl, unter Beobachtung zu stehen, und bemühte mich, nicht die ganze Zeit Zuflucht zu Gesprächen mit den anderen erwachsenen Gästen der Party zu nehmen, sondern mich auch der Ansammlung von Kindern zu widmen, die sie mitgebracht hatten. Ich zwang mich sogar dazu, mich zu einem auf den Boden zu setzen und mit ihm zu reden, während das kleine Geburtstagskind um uns herumkrabbelte. Gelegentlich schaute ich zu meinem Mann hinüber und sah, dass er mich beobachtete.

Auf dem Nachhauseweg sagte Luke: »Es war nicht zu übersehen, dass du das alles nur gemacht hast, um zu beweisen, dass du recht hast.«

Ich blieb stehen. »Was soll das? Was spielt das denn für eine Rolle, wie ich mit Kindern umgehe? Wir werden doch sowieso keine haben.«

Auch Luke hielt an, und da standen wir uns verlegen auf dem Gehweg gegenüber, der immer noch vor Hitze dampfte. Er schien noch etwas sagen zu wollen, doch dann überlegte er es sich anders. Stattdessen begann er weiterzugehen.

Die Panik, die Besitz von mir ergriffen hatte, war immer noch da. Was genau ging hier eigentlich vor?

Ich lief hinter ihm her, hin- und hergerissen zwischen Wut und Angst, doch irgendwann gewann die Wut in mir die Oberhand. Am liebsten hätte ich ihn geschlagen. »Was willst du eigentlich, Luke? Ich hab dich da unten auf dem Boden nicht gesehen«, höhnte ich, »von wegen, dass Kinder dir etwas ›bedeuten‹.«

Den restlichen Abend sprachen wir kein Wort mehr miteinander.

*

Jetzt rollt sich Luke auf die andere Seite des Bettes. Er schläft immer noch. Diesmal näher bei mir. Ich rücke von ihm ab, aber nicht weit, weil ich Addie nicht wecken will.

Haben andere Frauen eigentlich auch Fantasien vom Ableben ihres Mannes, oder habe nur ich die? Vielleicht gehört das ja zu einer Ehe dazu, zu dem Wunsch, sich zu befreien, die Chance zu haben, noch einmal von vorne anzufangen und vieles anders zu machen. Manchmal stirbt Luke, weil er von einem Bus überfahren wird, den er nicht gesehen hat. Oder er kommt nach einem Fotoshooting bei einem Flugzeugunglück ums Leben. Mord ist es nie. Immer ist es eine tragische Wendung des Schicksals, die mir Luke nimmt.

Doch dann fällt mir immer Addie ein. Das wäre das Schlimmste daran. Sie würde ihn vermissen. Natürlich würde sie das.

Und ich? Würde ich ihn vermissen?

Vielleicht wäre ich erschüttert. Vielleicht wäre es das Schlimmste, was ich jemals erlebt hätte. Vielleicht wäre Luke weg, und mir würde bewusst, dass ich ihn wirklich geliebt habe, dass ich nicht ohne ihn leben kann, dass es für mich tatsächlich ein großer, tragischer Verlust ist.

Doch ich habe das Gefühl, es wäre okay für mich. Endlich würde nicht mehr bewertet, wie ich mit Addie umgehe, ob das, was ich tue, ein Zeichen meiner hervorragenden mütterlichen Instinkte ist oder Gradmesser meines jämmerlichen Scheiterns. Ich könnte endlich laut aussprechen, wie sehr mich meine Karriere erfüllt, ohne Sorge zu haben, dass Addie darunter leidet. Ich könnte mich beklagen, wenn ich müde bin oder genervt, wenn

Addie nervt, oder sie in Gottes Namen auch mal vor den Fernseher hocken, ohne dass Luke mich dafür schimpft. Ich könnte Addie mit den albernsten Spitznamen der Weltgeschichte belegen und bräuchte mir keine Sorgen zu machen, dass jemand mich hört. Ich könnte es endlich genießen, eine Mutter zu sein. Ich könnte es endlich *zulassen,* dass ich es genieße.

Gott, was wäre das befreiend!

Ich betrachte Luke, sehe, wie das Lampenlicht auf seine schlafende Gestalt fällt.

Eigentlich könnte ich ihn ja auch einfach um die Scheidung bitten.

Soll ich das nicht?

Addies drolliger, nach unten schauender Hund gerät ins Wanken, und sie kippt um. Sie macht kurz ein Auge auf und schläft dann weiter. Ihr Atmen wird gleichmäßig, tief.

»Gute Nacht, Addie«, sage ich leise.

Ich schalte die Lampe aus.

Du würdest Luke vermissen.

Dieser Gedanke ist nur ein Flüstern in der Dunkelheit.

So schrecklich meine Fantasien darüber sind, was ich gewinnen würde, wenn Luke nicht mehr da wäre – ich weiß, dass auch das stimmt. Ich wünschte, es wäre nicht so, aber so ist es.

FÜNFUNDZWANZIG

14. JULI 2007

ROSE, LEBEN 6

»Und wenn wir adoptieren?«

Meine Frage bleibt im Raum stehen. Luke und ich fahren mit der U-Bahn nach Hause, nachdem wir in einer Bar beim Konzert einer Band waren. Es ist spät, wir sind müde, doch es ist eine gute Müdigkeit, nachdem man einen schönen Abend verbracht hat. Es sitzen nur noch wenige Leute im Abteil.

Luke hat den Kopf an meine Schulter gelegt und hebt ihn jetzt, schaut mich an. »Du meinst ein Kind?«

Ich lache über sein Überraschtsein, stupse ihn an. »Klar, was denn sonst? Ein Baby natürlich.« Dachte er etwa, ich meine eine Katze? Oder einen Welpen?

Wir haben uns beide an die Vereinbarung gehalten, nicht mehr über das Kinderthema zu reden; aber wir verhüten schon seit fast einem Jahr nicht mehr. Ich nehme seine Hand, umschließe sie fest. »Ich meine nur, weil es ja ganz offensichtlich nicht klappt bei uns.«

»Das stimmt wohl«, gibt er zu.

»Und weil ich ja vielleicht wirklich nicht schwanger werden kann. Oder umgekehrt du mich nicht schwanger machen kannst.« Es fühlt sich gut an, endlich mit der Sprache herauszurücken und offen über das zu reden, was wir tun.

»Vielleicht«, sagt Luke.

»Wie stehst du denn überhaupt zu einer Adoption?«

Er blickt auf unsere verschränkten Finger hinab. Die Türen der U-Bahn öffnen sich, gehen wieder zu, der Zug fährt weiter zum nächsten Halt. »Ich weiß nicht. Ehrlich gesagt, habe ich noch nicht wirklich darüber nachgedacht.« Er blickt mich an. »Und du?«

»Ein bisschen.« Das Gespräch mit meiner Mutter letzte Woche in dem Haus am Strand geht mir nicht mehr aus dem Kopf; dass sie gesagt hat, sie finde, ich könnte eine gute Mutter sein. Ich *würde* eine gute Mutter sein. »Ich könnte es mir durchaus vorstellen. Vielleicht ist es ein guter Kompromiss für uns, weißt du?«

Luke gibt keine Antwort.

Ich schließe einen Moment lang die Augen, versuche, mir das alles vorzustellen. »Vielleicht würde es mir ja einiges an Druck nehmen, wenn ich das Thema Schwangerschaft aus der Gleichung rauslasse, diese ganzen Versuche, ein Kind zu bekommen, ohne dass es funktioniert.« Der Zug hält wieder. Wir sind fast daheim. »Aber wenn du und ich ein Kind adoptieren, könnten wir gemeinsam ein Kind großziehen.«

Eine große Gruppe Halbwüchsiger steigt ein, sie reden, lachen. Vielleicht kommen sie von einer Party, oder sie waren in dem Park, der an dieser Haltestelle liegt. Sie nehmen auf der Sitzbank gegenüber von uns Platz und heben mit ihrer guten Laune die Stimmung im Abteil.

»Du klingst ja fast aufgeregt«, sagt Luke.

»Ich weiß nicht. Vielleicht. Vielleicht bin ich es ja wirklich.« Eines der Mädchen sondert sich vom Rest der Gruppe ab, zieht ein anderes Mädchen mit sich zum Ende des Abteils. Sie beginnen sich zu küssen. »Könntest du dir denn eine Adoption vorstellen?«

»Vielleicht«, sagt er.

»Möchtest du mal drüber nachdenken?«

»Ja. Klar. Sicher. Obwohl ich finde, wir sollten es auch weiterhin versuchen.« Ich spüre seinen Blick auf mir ruhen, während wir dort nebeneinander in der U-Bahn sitzen und unser Zug weiterrattert.

Ist das vielleicht die Lösung? Dass wir mit dieser unausgesprochenen Sache weitermachen, die wir schon die ganze Zeit tun, es diesmal jedoch bewusst tun? Jetzt höre ich wieder die Stimme meiner Mutter, wie sie sagt, sie könne sich vorstellen, dass ich das Muttersein lieben würde, und von ihrem Vertrauen in mich spricht, dass das alles funktionieren könnte.

»Ja. Klar. Sicher«, antworte ich. Es sind genau die gleichen Worte, die Luke gerade gesagt hat.

Das scheint ihn zufriedenzustellen. Er drückt meine Hand. Küsst mich auf die Wange.

Verheiratete Paare sind so anders als Teenager. Die beiden Mädchen am anderen Ende des Zuges liegen sich in den Armen, pressen sich aneinander. Luke und ich werden vermutlich nicht mehr in der U-Bahn knutschen. Doch die Verbundenheit, die ich in diesem Stadium unseres Lebens Luke gegenüber empfinde, ist ruhig und beständig. Auch nicht schlecht, nur anders.

Der Zug fährt in unsere U-Bahn-Station ein. Als wir unsere Wohnung erreichen, gehen wir gleich ins Bett, weil wir so müde sind. Kein Küssen, kein Sex, nur rein in den Schlafanzug und Licht aus. Es ist eine Erleichterung, dass wir diese Nacht nicht mehr an einem Baby basteln. Eine Adoption könnte vielleicht wirklich die perfekte Lösung für uns sein, denke ich, bevor ich einschlafe.

*

Zwei rosa Linien erscheinen auf dem weißen Plastikstäbchen, nebeneinander.

Schwanger.

Ich bin schwanger.

Als hätte mein Gespräch mit Luke gestern Nacht ein Baby heraufbeschworen. Oder vielleicht war es auch das Gespräch mit meiner Mutter am Strand. Ich greife zum Telefon, um meinen Mann anzurufen, lasse es dann aber sein. Ich werde es ihm persönlich sagen. Er wird so glücklich sein.

Bin *ich* denn glücklich?

Der Gedanke einer Adoption war mir wie eine gute Idee erschienen, und wie Luke richtig sagte, hatte mich diese Möglichkeit in Aufregung versetzt.

Ich wische das Stäbchen sorgfältig ab und legte es auf einen Waschlappen, den ich auf dem Waschbecken platziere.

Wie werde ich Luke diese Nachricht überbringen? Soll ich es eher lässig machen? *Hi, Luke, wie war dein Tag? Meiner war interessant. Ich habe herausgefunden, dass wir ein Baby erwarten.* Oder soll ich eine große Enthüllung planen? Es wäre noch Zeit genug, eine hübsche kleine Box zu kaufen, etwas Schlichtes, nichts Kitschiges. Geschmackvoll. Vielleicht in Marineblau oder Altrosa. Sonnengelb oder Grasgrün, wenn es geschlechtsneutral sein soll. In diese Box könnte ich das Stäbchen legen, den Deckel schließen und ein Schleifchen darum machen. Dann würde ich Luke die Schachtel beim Abendessen auf den Tisch stellen, damit er sie öffnet, wie ein Geschenk.

Ist das übertrieben?

Aber es ist doch auch ein Geschenk, oder nicht? Etwas, das nur ich meinem Mann geben kann, etwas, das nur der Körper einer Frau bieten kann. Ich schiebe den Gedanken beiseite, weil es mir schon jetzt Unbehagen bereitet, dieses Baby als etwas zu betrachten, das man jemandem schenken kann und das damit seinen Besitzer wechselt, so wie Geld. Lieber denke ich weiter über den Moment nach, in dem ich es Luke sage, darüber, *wie* ich es ihm sagen soll.

Ich könnte warten, bis Luke und ich ins Bett gehen, vielleicht eine süße kleine Nachricht schreiben und sie ihm aufs Kissen legen. »O Luke, was ist denn das?«, könnte ich fragen. »Hat dir die Zahnfee einen Besuch abgestattet?« Nein, das wäre kitschig. Und lächerlich obendrein.

Während ich mit diesen Möglichkeiten spiele, steigt auf einmal ein Gefühl in mir auf, eine Art Prickeln, wie die blubbernden Bläschen in einem Glas Champagner.

Glück.

Ich bin glücklich. Bin ich das?

Ich schüttele meine Arme und Beine aus, die Handgelenke, dehne meine Finger. Laufe aus dem Bad und ins Wohnzimmer.

Kann das wirklich wahr sein? Kann es sein, dass ich mich darüber freue, schwanger zu sein? Könnte es tatsächlich die ganze Zeit so easy gewesen sein – dass ich mich einfach mit weit ausgebreiteten Armen in diese Sache stürze und es dem Schicksal überlasse, wie es mich auffängt?

Ich halte mitten im Gehen inne, kurz bevor ich die Küche erreiche. Stehe mucksmäuschenstill da.

Und warte.

Wird diese Aufregung sich in Luft auflösen, wenn ich stehen bleibe, innehalte? Wenn ich es zulasse, dass die Wirklichkeit dieser Schwangerschaft meinen Körper durchdringt, bis sie meine Gliedmaßen erreicht hat, wie eine langsame Infusion von Antibiotika? Ich stehe lange so da, vielleicht zwanzig Minuten, vielleicht auch mehr. Ich atme, ich blinzele. Ich frage mich, ob das Glücksgefühl zerbrechen wird, ob es sich in seine Atome aufspalten und im Nichts verschwinden wird. Ich lasse meine Augen durch das Haus schweifen, sehe den langen Bauerntisch mit der Post auf einer Ecke, den Stapel noch ungelesener Ausgaben des *New Yorkers*, ein Sweatshirt, das Luke auf der Lehne der Couch liegen gelassen hat.

Es dauert lange, bis sich dieses Glücksgefühl gelegt hat, aber irgendwann löst es sich tatsächlich auf. Es wird zu etwas anderem. Ich denke, einem Gefühl von Frieden.

»Wer bist du?«, frage ich laut in die Leere hinein.

Nein, ich sage es zu *ihr*, zu meiner Mitte, meinem Unterleib. Meiner zukünftigen Tocher, denn ich bin mir sicher, dass es eine Tochter ist, eine Sie, immer noch kaum größer als eine Reißzwecke.

Wie seltsam das alles doch ist.

Ich hole meine Handtasche, schlüpfe in meine Flipflops und mache mich im Laufschritt auf den Weg in den Drugstore. Ich kaufe sechs verschiedene Tests. Die Worte *ja* und *nein* stehen auf dem Sichtfenster des Stäbchens, Plus und Minus, noch mehr horizontale Linien, einzeln oder mehrere. Ich möchte absolut sichergehen, dass ich recht habe. Ich möchte Luke keine falschen Hoffnungen machen.

Oder möchte ich mir selbst keine falschen Hoffnungen machen?

Auf dem Rückweg zur Wohnung rufe ich Jill an. Sie geht sofort dran.

»He, du! Was gibt's?«

Ich hole tief Luft. »Das wirst du mir nie glauben«, sage ich, spreche aber nicht weiter. Jill weiß nichts davon, dass Luke und ich nicht mehr verhüten. Meine Freunde sind seine Besessenheit vom Thema Kinderkriegen leid, ebenso wie die Tatsache sie nervt, dass die Frage, ob ich nun Mutter werde oder nicht, zum entscheidenden Faktor unserer Ehe geworden ist. Jill hat sogar dafür plädiert, ich solle Luke deswegen verlassen. Sie ist nicht gerade ein Fan meines Ehemannes. Nicht mehr.

»Was werde ich nicht glauben?«, will Jill wissen.

Ich muss es endlich jemandem gegenüber aussprechen, bei dem es sich nicht um Luke handelt. »Also … ich bin … ich bin schwanger. Ich bekomme *ein Kind!*«

Da. Da war's.

Jill schweigt.

»Sag doch was.«

»Oh, Rose. Aha. Geht es dir gut?«, fragt sie und fährt dann, ohne eine Antwort abzuwarten, fort: »Möchtest du eine Abtreibung? Soll ich mitkommen? Natürlich mache ich das. Ich bin bei dir, sobald du mich brauchst.«

»Eine Abtreibung?«

Ich drücke das Handy an meine Schulter, während ich die Wohnungstür öffne und hineingehe. Stimmt, eine Abtreibung wäre auch eine Möglichkeit. Bevor Jill es vorschlug, hatte ich das gar nicht in Erwägung gezogen. Aber es stimmt, ich könnte gleich noch einmal losgehen und mir einen Termin besorgen, bevor Luke heute Abend nach Hause kommt. Ich könnte abtreiben lassen, so wie jemand sich die Augen untersuchen lässt. Keine große Sache. Luke würde nie etwas davon erfahren.

Am anderen Ende der Leitung höre ich Jill mit den Schlüsseln klappern. »Ich komme rüber.«

»Nein, komm nicht. Mit mir ist alles in Ordnung.«

»Rose, bist du dir sicher? Warum sprechen wir denn nicht durch, was du tun möchtest?«

»Wir sprechen doch jetzt darüber.«

»Du weißt, was ich meine«, sagt sie.

Und dann rücke ich heraus mit der Sprache. »Ich will das Kind nicht abtreiben.«

»Wirklich nicht?« Der Zweifel in ihrer Stimme zerrt an meinen Glücksgefühlen von vorhin.

Ich versuche, mich nicht von ihr mitziehen zu lassen. Und ihre Reaktion hätte mich nicht überraschen sollen. Ich hätte das von Jill erwarten sollen, ebenso wie von jedem, der mich kennt. »Ja. Wirklich. Ich werde dieses Baby bekommen. Das werde ich.«

»Rose, du klingst so, als wolltest du dich selbst davon überzeugen.«

»Wäre das denn so schlimm?«

»Ich bin mir nicht sicher, ob du gerade klar denken kannst«, sagt sie.

Ich ziehe mir einen Stuhl unter dem Küchentisch hervor, setze mich, denn ich möchte ruhig und bestimmt sein, nicht wankelmütig. »Ich glaube, ich könnte sogar glücklich darüber sein, Jill. Ich weiß, du willst mir nur eine gute Freundin sein, aber ich meine es ernst. Bitte glaub an mich.«

Wieder Schweigen.

Ich denke über meine eigenen Worte nach. *Bitte glaub* an *mich* statt *Bitte glaub mir.* Was will ich von Jill in diesem Moment, was brauche ich von ihr? Ist es vielleicht der Glaube daran, dass aus mir tatsächlich einmal eine gute Mutter werden könnte, der gleiche Glaube, den auch meine Mutter mir gegenüber hat?

Ich presse den Hörer fester an mein Ohr.

Dann ergreift endlich Jill wieder das Wort. »Okay – wer hat mir meine beste Freundin gestohlen und sie durch eine Frau ersetzt, die auf einmal schwanger sein will?«

»Ich bin immer noch dieselbe«, erwidere ich.

Aber bin ich es denn wirklich?

Es liegt eine unerwartete Leichtigkeit in dem, was ich da sage, worauf ich mich festlege – dass ich nämlich ganz plötzlich in eine Rolle schlüpfe, die Frauen schon so lange spielen, wie es Frauen gibt. Ich schüttele sie nicht ab. Ich stelle mich darauf ein. Versuche, mich daran zu gewöhnen.

Ich schaue auf das Kleid hinab, das ich trage – ein leichtes, fließendes Etwas mit Blumenmuster, eins dieser Kleider, die ich gerne trage, wenn es heiß ist, weil ich es luftig mag. Meine Füße sind nackt und braun von der Sommersonne, meine Arme auch. Ich hatte mich schon darauf gefreut, Ende August wieder an die

Uni zu gehen und mit dem neuen Seminar zu beginnen, basierend auf der Studie, die ich durchführe. Letztes Frühjahr war ich so euphorisch, als ich das Stipendium dafür bewilligt bekam.

Wird sich all das ändern, wenn ich ein Baby bekomme? Werde *ich* mich ändern?

Vielleicht? Wahrscheinlich?

Mir wird bewusst, dass mir das nichts bedeutet.

Zumindest so wenig, dass es nichts an meiner Entscheidung ändert, dieses Baby zu bekommen.

Meine Arbeit an der Uni wird es auch noch geben, wenn das Kind da ist. Mein Körper wird wieder seine alte Form bekommen (das hoffe und glaube ich), und eines Tages werde ich auch wieder in dieses Kleid passen. Und auch die Begeisterung für meine Forschungen wird nicht schwinden, auch wenn sie ein wenig aufgeschoben werden.

»Ich komm rüber«, sagt Jill.

»Ich hab dir doch gesagt, es ist alles in Ordnung mit mir.«

»Rose«, sagt sie. Aus ihrem Mund klingt es aufrichtig, ehrlich. »Ich komme rüber, weil ich dein Gesicht sehen will. Ich fühle mich ein bisschen … überrumpelt. Ich mache mir Sorgen. Und ich will sehen, ob du dir sicher bist. Ich kann nicht anders«, fügt sie hinzu.

»Das verstehe ich«, sage ich zu Jill. »Okay. Dann komm.«

*

Ich entscheide mich für die Geschenkbox. Grasgrün.

Bis Luke nach Hause kommt, hat Jill die Wohnung bereits wieder verlassen, nicht ganz zufrieden, weil sie mir nicht recht glaubt, dass ich ehrlich zu mir selbst bin, was die Schwangerschaft angeht, aber ich beschließe, das ist in Ordnung für mich, und hoffe, sie wird es irgendwann einsehen. Ich stehe am Küchentisch und warte auf Luke. Kaum hat er die Küche betreten und seine Tasche auf dem Stuhl abgestellt, drücke ich ihm die grüne Schachtel in die Hand.

»Was ist das denn?«, fragt er überrascht.

Da ist so ein Gefühl in mir – wie soll ich es beschreiben? Es ist ein Gefühl der Gewissheit, dass das alles, ganz egal wie, gut wird. Es wird uns gut gehen – mir, Luke, dem kleinen Wesen in mir. »Mach's auf«, sage ich zu ihm und lächele. »Mach es gleich auf. Es wird dein Leben verändern. Meins auch. *Unsers.*«

SECHSUNDZWANZIG

2. MAI 2013

ROSE, LEBEN 1 & 2

»Deiner Mutter geht es nicht gut.«

Das sagt mein Vater in derselben Sekunde, in der ich ans Telefon gehe. »Dad?«

»Es geht ihr nicht gut. Ich mach mir Sorgen.«

Mein Vater ist keiner, der sich schnell Sorgen macht. Und meine Mutter ist nie krank. Sie erfreut sich eiserner Gesundheit.

»Bleib mal kurz dran.« Ich stehe auf, mache meine Bürotür zu. Greife dann wieder zum Hörer. »Wenn du sagst, es geht ihr nicht gut, was meinst du damit? Ist sie erkältet, hat sie eine Grippe, oder ...«

»Ich weiß es nicht, Rose. Gestern Nacht hat sie sich vor Schmerzen gekrümmt, aber zum Arzt will sie nicht gehen. Sie hat sich geweigert, als ich sie hinbringen wollte. Du kennst ja deine Mutter.« Er seufzt. »Sie ist so dickköpfig.«

Genau wie ich. In dieser Hinsicht sind sich meine Mutter und ich immer schon ähnlich gewesen. Ich finde es schrecklich, mir meine dickköpfige, kerngesunde Mutter vorzustellen, wie sie Schmerzen hat. »Ist es das erste Mal, dass das passiert?«

Lange Pause. Wieder ein Seufzen. »Nein.«

»Wie lange geht das schon, Dad?«

»Vielleicht ein paar Monate.«

»Dad!« Mein Puls rast. Ich fahre nervös auf meinem Stuhl umher. Drehe ihn zum Bürofenster. Auf einmal kommen mir die rosa Knospen an dem Baum draußen irgendwie falsch vor, viel zu groß ist der Kontrast zu der Besorgnis in der Stimme meines Vaters, dem Gedanken, dass meine Mutter ernsthaft krank sein könnte. »Wo ist sie denn jetzt?«

»Sie ist oben im Bett.«

»Und wo bist du?«

»Ich sitze auf dem Sofa und warte, bis es ihr besser geht, sie herunterkommt und mir sagt, es sei alles in Ordnung mit ihr. Arbeiten kann ich nicht.«

»Wahrscheinlich ist es nichts«, sage ich.

»Wahrscheinlich nicht«, erwidert mein Vater.

Mein Herz schlägt noch schneller. Ich spüre sein Pochen sogar unter dem Stoff meines Kleides. »Ich bin gleich da.«

»Hast du denn keine Vorlesung oder Seminar?«

»Doch, schon. Aber das macht nichts. Ich sage sie ab. Bis dann.«

»Okay.« Er klingt erleichtert.

»Hab dich lieb«, sage ich und lege auf. Die Schlüssel sind bereits in meiner Hand.

*

Als ich im Haus meiner Eltern ankomme, sitzt mein Vater im Wohnzimmer, die Hände im Schoß gefaltet, und starrt vor sich hin. Zuerst scheint er gar nicht bemerkt zu haben, dass ich da bin, aber dann dreht er sich zu mir. Aus seinem Blick spricht pure Verzweiflung.

»Daddy«, sage ich – obwohl ich ihn schon lange nicht mehr so nenne. Doch der Ausdruck auf seinem Gesicht macht mir Angst.

»Du musst deine Mutter davon überzeugen, dass sie zum Arzt geht«, sagt er. »Und zwar sofort.«

Ich bleibe in der Mitte des Raumes stehen. Mein großer Vater, der Schreiner, wirkt auf einmal winzig klein. Wie geschrumpft. »Aber wenn du sie nicht überreden kannst, wie soll ich das tun?«

Er schüttelt den Kopf. »Ich weiß es nicht, Rose. Aber auf mich hört sie nicht. Kannst du es versuchen?«

»Ja. Natürlich.«

»Sie behauptet, sie hat Magenschmerzen. Und vielleicht sind es ja auch nur Magenschmerzen. Aber das sagt sie schon seit Monaten.«

»Vielleicht ist es ja auch nichts anderes.«

»Sie sagt immer nur, dass ich überreagiere. Und dass ich melodramatisch bin.«

Mein Vater ist nichts von all diesen Dingen, und das wissen wir beide.

Wir schauen uns in die Augen. Wir beide wünschen uns, es würde stimmen, dass er sich nur unnötig Sorgen macht, dass er übertreibt. Wir wünschen uns, dass die Dickköpfigkeit meiner Mutter ihre Berechtigung hat; wir wünschen uns, unrecht zu haben, und dass meine Mutter hinterher grinst und meint, sie hätte es uns ja gleich gesagt, was sie gerne tut. Dass sie uns mitteilt, wir hätten bloß aus einer Mücke einen Elefanten gemacht.

Ich nicke meinem Vater zu, kurz, schnell.

Ich gehe nach oben.

*

Ich klopfe leise. Ich fürchte mich davor, reinzugehen.

»Ja?«

Es ist ein heiseres, ein müdes *Ja*. Es klingt nicht nach meiner Mutter.

»Mom? Ich bin's.«

»Ach, Rose! Komm doch rein!« Prompt hat sich ihre Stimme verändert und strahlt fast wieder ihre typische Energie aus.

Spielt meine Mutter mir etwas vor? Tut sie gegenüber ihrer einzigen Tochter so, als ginge es ihr gut?

Ich mache die Tür auf. Sie sitzt auf dem Bett, die Knie an die Brust gezogen. Sie wendet sich zu mir, versucht sich an einem Lächeln, als wäre alles bestens, verzieht dann aber das Gesicht. »Mom!«

Sie hört auf, etwas vorzuspielen, legt den Kopf aufs Kissen zurück und stöhnt vor Schmerz.

Ich gehe zum Bett, setze mich vorsichtig neben sie. »Es geht dir gar nicht gut.«

»Nein, nein. Alles in Ordnung. Das geht schon vorüber. Das tut es immer.«

Es ist still im Zimmer. Ich sehe, dass sie nicht einmal den Fernseher anhatte, während sie da zusammengerollt gelegen hat. »Mom, hör auf. Dad sagt, das geht schon seit Monaten so.«

»Dad übertreibt.«

»Das tut er nicht, und das weißt du.«

Ganz langsam verändert sie ihre Position, bis sie mir schließlich ins Gesicht sehen kann, was eine Weile dauert. Ich halte sie nicht davon ab, weil ich weiß, sie wird alles, was ich sage, abtun. Sie zittert, obwohl es warm im Zimmer ist, weshalb ich die Decke unter ihr hervorziehe, ganz langsam und vorsichtig, und sie damit zudecke. Dann schlüpfe ich neben ihr ins Bett. Sie schließt die Augen, doch ich weiß, dass sie nicht schläft.

»Mom, du machst mir Angst«, flüstere ich.

»Hab keine Angst. Angst darf nur ich haben, wenn es um dich geht.«

Am liebsten würde ich mit den Fäusten aufs Bett trommeln. »Du bist wirklich frustrierend«, stoße ich zwischen zusammengebissenen Zähnen hervor.

»Erzähl mir was. Was gibt's Neues?«

»Nein.«

»Wie bitte?«

»Nur, wenn du zum Arzt gehst.«

»Du stellst Bedingungen?«

»Ja.«

»Du bist so schlimm wie dein Vater!«

»Nein. Es ist einfach nur so, dass wir dich beide lieben und sichergehen wollen, dass alles mit dir in Ordnung ist. Hör auf, dich wie ein Kind zu benehmen.«

Meine Mutter schnaubt. »Sagt das Kind.«

Statt einer Antwort verschränke ich die Arme vor der Brust und warte auf ihre Entscheidung. Auf die richtige Entscheidung.

»Na gut. Ich gehe zum Arzt.«

Ich schaue sie an. Ihre Augen sind wieder geschlossen. »Wirklich?«

»Ja. Aber nur, wenn du mir erzählst, was es bei dir alles Neues gibt. Bis ins letzte Detail. Lass bloß nichts aus.«

»Klar. Ich erzähl dir alles, was du willst.«

»Und denk dir ja nichts aus, sonst ist unser Deal geplatzt.«

Ich lache – ich kann nicht anders. Ihre Augen öffnen sich kurz, und ich sehe ein mattes Lächeln darin. Das ist ermutigend. »Na gut«, sage ich und ziehe mein Handy aus der Tasche.

Ihre Faust schließt sich um meinen Arm. »Was machst du da?«

»Ich rufe die Ärztin an.«

»Aber, Rose, du hast doch gesagt, du …«

»Ich werde dir alles erzählen, was du hören willst, nachdem ich diesen Termin ausgemacht habe.« Ich schiebe ihre Hand weg und scrolle durch meine Kontakte, bis ich bei der Ärztin bin, zu der meine Mutter schon immer geht und die seit meiner Kindheit auch meine Hausärztin ist. Wir lieben sie beide.

Meine Mutter wird ganz still und lauscht, während ich mit dem Assistenten rede und ihm erkläre, was mit meiner Mutter los ist und dass sie schnellstmöglich einen Termin braucht. Er sagt mir, gleich am nächsten Tag in der Früh könnte er sie reinquetschen, und ich erwidere, wir würden da sein.

Als ich auflege, kommt meine Mutter sofort zur Sache. »Und, gibt es einen Mann in deinem Leben?«

»Wow.« Ich lege das Telefon auf das Nachttischchen und rücke näher an sie heran. »Du willst also gleich den Tratsch und Klatsch, hm?«

»Du hast mir versprochen, dass du mir alles erzählst. Das ist unsere Vereinbarung, also lös deinen Teil ein. Oder ich gehe nicht zu dem Termin, den du gerade für diese gottlose Zeit ausgemacht hast.«

»Na gut«, sage ich und beginne mit dem neuesten Update zu meinem Leben, das gar nicht viel anders ist als das letzte Mal, als wir uns gesehen haben. Ich erzähle ihr von den Dates, die ich hatte, von denen manche – aus der heutigen Perspektive – durchaus einen humoristischen Touch hatten. Nein, es gebe niemand Besonderen, sage ich, noch nicht, nicht nach Luke, auch wenn das jetzt schon Jahre her ist. Dass es mittlerweile ganze Tage gebe, an denen ich nicht an ihn dächte, etwas, das ich kurz nach der Trennung nicht für möglich gehalten hätte. Ich erzähle ihr, ich hätte damit aufgehört, online nach Fotos von Luke und Cheryl, seiner neuen Frau, und von ihrem Baby zu schauen, und meine Mutter findet, das sei gut so, und gesund auch. Sie sagt, ich müsse einfach nur Geduld haben, dann würde es schon irgendwann wieder jemand Besonderen in meinem Leben geben, da sei sie sich sicher.

Während der Nachmittag ins Land geht, reden und reden wir, wie wir es schon lange nicht mehr getan haben. Es gibt Momente, in denen es fast den Anschein hat, als wäre alles in Ordnung und ich wäre einfach nur zu Besuch gekommen. Doch dann fällt mir wieder ein, warum ich an einem der letzten Unterrichtstage an der Uni hier sitze, denn ich sehe es meiner Mutter an, dass sie Schmerzen hat, an der Art, wie sie ihren Körper nach innen krümmt, als müsste sie ihn schützen.

Ich höre auf zu reden, wenn das passiert, wenn sie hin und her rutscht, um bequemer zu liegen. Und in diesen Pausen geht mir immer wieder durch den Kopf, wie sehr ich diese meine komplizierte Mutter brauche, den einzigen Menschen auf der Welt, der mich jede Sekunde meines Lebens gekannt hat. Und wenn es ein Gutes hatte, dass Luke mich verlassen hat, dann ist es das: wie sehr es unser Verhältnis zueinander verändert hat. Es hat uns einander nähergebracht, meine Mutter und mich. Näher denn je zuvor.

»Ich kann dich nicht verlieren«, sage ich jetzt zu ihr.

»Ich gehe nirgendwohin. Ich bin deine Mutter. Wo soll ich denn schon hin?«

Ich gebe ihr keine Antwort. Ich will gar nicht darüber nachdenken.

»Ich mache dich wahnsinnig, Rose«, sagt sie plötzlich. »Das sagst du mir ständig.«

»Ja, aber du machst es auf eine gute Weise«, erwidere ich.

Ihre Augen klappen wieder zu. »Erinnerst du dich noch, als du klein warst und dich manchmal nachts gefürchtet hast? Dann bist du zu mir ins Bett gekrochen, genau so wie jetzt auch. Ich hab das immer sehr genossen.«

»Mom! Du hast es *genossen*, dass ich mich gefürchtet habe?«

»Nein. Ich habe es genossen, dass du zu mir ins Bett gekrochen kamst.«

»Aber ich hab dich doch immer geweckt. Das kann dir doch nicht gefallen haben.«

Jetzt blickt sie zu mir hoch, die Augen weit offen. »Es hat mir nichts ausgemacht, Rose. Ich habe es geliebt, dich bei mir zu haben. Und ich liebe es jetzt, dich bei mir zu haben. Ich werde es immer lieben.«

SIEBENUNDZWANZIG

18. DEZEMBER 2009

ROSE, LEBEN 8

Die Entscheidung, Sex zu haben, macht mich fertig.

Genauer gesagt, dass man sich dafür entscheiden *muss* – wie eine Verpflichtung, auf derselben Ebene wie Geschirrspülen oder Staubsaugen. Es ist eine Schinderei geworden. Wer hätte je gedacht, dass Sex einmal so sein wird wie Bödenwischen? Früher habe ich Sex gemocht. Ich habe ihn geliebt. Ich habe ihn mit Luke geliebt. Heutzutage jedoch fürchte ich mich schon bei dem Gedanken, Sex zu haben, mich auszuziehen und nackt neben diesem Mann zu liegen in unserem Bemühen, ein Kind zu zeugen. Wir versuchen es schon seit Ewigkeiten. Was früher einmal eine Art Nicht-Entscheidung war, ist in dieser Ehe zu einem Pflichtprogramm geworden, das mir mit jeder Faser meines Seins zuwider ist. Und auch Luke ist mir zuwider. Seine Haut ist mir zuwider, sein Körper, sein Mund, sein Atem.

Geht das eigentlich allen Ehepaaren so? Oder bloß denen, die versuchen, ein Kind zu bekommen – es versuchen und darin scheitern? Genauer: Luke versucht es. Ich erlaube ihm nur, es zu versuchen.

»Rose? Ich bin auf dem Weg nach Hause. Ich beeile mich.«

Es läuft mir eiskalt über den Rücken, als ich diese Sprachnachricht von Luke höre. Er hat es eilig, nach Hause zu kommen, weil heute ein Tag ist, an dem wir Sex haben müssen. Wir müssen unsere Pflicht tun und dem Zeitplan folgen, den mein Körper diktiert, meine biologische Uhr, die die ganze Zeit tickt – *ticktackticktack* – , meine Fortpflanzungsorgane, die mittels Kalender, und dem Stechen, das ich immer im Unterleib verspüre, mal links, mal rechts, je nachdem, welcher Eierstock in diesem Monat ein Ei zur Verfügung stellt, verkünden: *Jetzt! Mach es in dieser Minute, sonst riskierst du, wieder zu scheitern! Und du riskierst, nur die eine rosa Linie auf dem Plastikstäbchen zu sehen, statt der siegreichen zwei!*

Luke führt die ganze Zeit einen Kalender. Bei den Leuten, die an einem Kind basteln, ist es normalerweise die Frau, die einen Fruchtbarkeitskalender führt, die die Tage zählt und diejenigen anstreicht, an denen es am wahrscheinlichsten ist, dass es zu einer Schwangerschaft kommt. Doch in dieser Ehe ist Luke derjenige, der über meinen Zyklus Buch führt, über das Auf und Ab der Ovulation, und obwohl ich mir sicher bin, dass manche Frauen es zu schätzen wüssten, wenn ihre Ehemänner ihnen diese Mühe abnehmen würden, gehöre ich nicht dazu. Luke ist mittlerweile so besessen von dieser Sache, dass er vermutlich sogar höchstpersönlich in meinen Bauch kriechen und einer meiner Eizellen ein Fläschchen mit seinem Sperma vorbeibringen und ihr Wachstum überwachen würde, wenn sich die Samenzelle eingenistet hat, und ob mir das angenehm ist oder nicht, wäre ihm egal.

Ich wünschte, ich könnte mir die Eierstöcke entfernen lassen. Ich wünschte, ich hätte überhaupt nie welche gehabt.

Ich gehe in unser Zimmer und sehe mich um. Auf dem Bett herrscht ein wildes Durcheinander, die Laken sind zerwühlt, Kissen liegen halb auf dem Boden, überall sind Kleidungsstücke verstreut. Ich ziehe ein Paar graue, ausgeleierte Leggings hervor, die am Hintern durchhängen und Löcher an den Knien haben, zusammen mit meinem Oversize-Lieblingssweatshirt mit der Aufschrift WEEKEND, das mir bis zur Hälfte der Oberschenkel reicht, wie ein Kleid. Dazu ziehe ich meine dicken, regenbogenfarbenen Haussocken an, weil es eisig hier drin ist, und mache mir einen Pferdeschwanz. Nicht einmal geduscht habe ich.

Supersexy. Das bin ich.

Heute hatte ich keine Vorlesung und war folglich auch nicht in meinem Büro; außerdem ist das Semester sowieso fast zu Ende. Dafür stehen im Januar Termine für die Bewilligung von Stipendien an, und ein riesiger Stapel Seminararbeiten wartet auf dem Küchentisch darauf, dass ich sie benote. Kann man unter diesen Umständen von einer Frau erwarten, dass sie duscht? Oder dass sie unter diesen Umständen *Sex* hat?

»Luke, hi.« Ich nehme seinen neuerlichen Anruf beim ersten Klingeln entgegen, weil ich insgeheim hoffe, er wurde bei irgendeinem Fotoshooting aufgehalten und ruft an, um die nachmittägliche Sex-Session abzusagen.

»Rose, tut mir leid, dass es so lange dauert, bis ich nach Hause komme, aber ich bin bald da. Versprochen.«

»Das muss dir nicht leidtun«, sage ich zu ihm. »Lass dir Zeit. Und wenn du es nicht schaffst heimzukommen, bevor ich schlafe, ist es auch okay. Bloß weck mich bitte nicht. Ich habe morgen einen langen Tag an der Uni.«

»Nein, nein, ich komme schon. Wir dürfen doch unser Zeitfenster nicht verpassen! Bis gleich.« Er legt auf.

»Natürlich können wir unser Zeitfenster nicht verpassen! Niemals! Dieses dreimal verfickte Zeitfenster!«, sage ich zu dem dunkel gewordenen Display des Handys.

Und mir fallen noch ein paar andere Sachen ein, die ich ihm sagen könnte:

»Luke, während du auf dem Heimweg warst, habe ich ein bisschen mit dem Baseball gespielt und dabei das Zeitfenster eingeworfen. Hoppla!«

Oder: »Ach, Schatz, es war so arschkalt, dass ich das Zeitfenster zugemacht habe, und jetzt geht es nicht mehr auf! Schade!«

Ich tapse ins Wohnzimmer, hole mir meinen Laptop sowie einen der dicken Stapel Seminararbeiten zum Bewerten und gehe zum Bett zurück. Ich lege mir ein Kissen in den Rücken, schlüpfe unter die Decke und beginne zu arbeiten. Da kann ich mich doch ebenso gut noch ein wenig mit meinen Studenten beschäftigen, bevor Luke heimkommt und wir wieder an unserem »Fenster« arbeiten müssen.

*

»Du weißt ja, Maria und ich machen es einmal in der Woche. Immer montags.«

Das sagte Jill über ihr Liebesleben mit ihrer Partnerin. Wir saßen zusammen mit Brandy, einer verheirateten Professorenkollegin, in einem Bistro in der Nähe des Campus.

»Aber Sex nach Termin ist doch grauenhaft«, stöhnte ich, weil ich mich in letzter Zeit immer über Sex beklage, wenn ich mit Jill oder anderen Freunden unterwegs bin. Ich warf Brandy einen zerknirschten Blick zu. Ich hatte es mir schon lange abgewöhnt, diskret zu sein. »Ich hasse diesen geplanten Sex!« Ich nahm einen großen Bissen von meinem Sandwich, damit mir nicht noch mehr Erbärmliches herausrutschte.

»Dann willst du uns also sagen, Rose, dass es zwischen Luke und dir momentan bombenmäßig läuft.« Brandy gluckste, aber es war nicht ohne Sympathie. Brandy ist eine schöne Frau mit großen, dunklen Augen und den herrlichsten langen Dreadlocks. »Bei diesem Thema bin ich Jills Meinung. Wenn ich einfach dafür sorge, dass es ein- oder zweimal die Woche passiert, erspart mir das daheim eine Menge Kopfzerbrechen. Ich meine, ich bemühe mich gerade um eine Festanstellung, ich muss ein paar Artikel fertig schreiben, da habe ich einfach keine Zeit für Beziehungsknatsch mit Tarik. Es ist einfach der Weg des geringsten Widerstandes. Augen zu und durch, dann hast du wenigstens sieben Tage deine Ruhe. Vielleicht sogar zwei Wochen!«

»Einmal die Woche ist das, was die Paartherapeutin uns geraten hat«, fuhr Jill fort, »um unsere Bindung zu stärken.« Dabei malt sie Anführungszeichen in die Luft. Ihre Stimme trieft vor Sarkasmus. »Ich bin nicht mehr scharf drauf, aber wenn wir es dann machen, ist es gewöhnlich gar nicht so schlecht. Maria war diejenige, die sich für den Montag entschieden hat. Das lässt sich am besten mit ihren Arbeitszeiten vereinbaren.«

»Das ist wirklich das deprimierendste Gespräch, das jemals von Feministinnen geführt wurde«, sagte ich, und meine Freundinnen lachten. »Wir sollten Gloria Steinem anrufen und sie darüber informieren, dass die nächste Generation am Sex gescheitert ist.«

»Oder«, meinte Brandy, »wir könnten uns auch gegenseitig auf den Rücken klopfen, weil wir alles tun, um unsere Karriere in der Spur zu halten. Und ich will wirklich nicht lügen – es ist schön, jemanden zu haben, der da ist, wenn man nach einem langen Tag nach Hause kommt. Das und – Tarik macht Hausarbeit! Solange es nett ist, werde ich alles tun, damit es auch so bleibt. Schließlich reden wir nur von … na ja, vielleicht hie und da zehn, fünfzehn Minuten meiner Zeit?«

Jill beugte sich so weit vor, dass ihre Bluse fast in der Suppe hing. »Die eigentliche Frage, Rose, ist, ob es dir das alles wert ist, um mit Luke zusammenzubleiben. Wieso bist du denn eigentlich noch mit ihm zusammen? Weißt du das überhaupt?«

Ich starrte auf meinen Teller. Es war nicht so, dass ich nicht darüber nachgedacht oder dass Jill mir eine solche Frage nicht schon einmal gestellt hätte. Warum *war* ich denn noch mit Luke zusammen, nach all dem, was er mich hatte durchmachen lassen? Warum war ich mit jemandem zusammen, dessen Berührungen ich mittlerweile fürchtete und dessen Körper ich gelernt hatte, im Bett auszuweichen?

Meine einzige reale Antwort darauf war – Angst. Angst vor der Veränderung, Angst davor, allein zu sein, Angst vor dem Kummer, den ich durchleben müsste, wenn ich Luke verlöre. Und es würde ein Verlust sein. Ich liebte Luke. Irgendwo tief in mir drinnen hing ich immer noch an diesem Menschen, wie er am Anfang gewesen war, an der Beziehung, die wir zu Beginn erlebt hatten, als wir noch glücklich waren. Denn wir *waren* glücklich gewesen. Damals dachte ich oft, dass ich niemals glücklicher sein würde als mit Luke zusammen. Ich dachte, er sei die Liebe meines Lebens. Ich dachte, wir würden für immer zusammen sein.

Aber denken das nicht alle Paare am Anfang? Wenn sie vor den Traualtar treten und hinterher vor ihren Freunden und ihrer Familie stehen, ihr Leben so voller Hoffnung und Verheißung? Wenn sie so verliebt sind, dass sie niemanden sehen außer dem anderen? Auch wenn ältere Paare einem sagen, eine Ehe sei nicht immer leicht, und es gebe Höhen und Tiefen, und manchmal hasse man sich sogar – man glaubt ihnen nie. Man glaubt nie, dass das auch einem selbst so gehen wird. Das passiert nur den anderen.

Wie viel muss eine Ehe eigentlich aushalten, bevor zwei Menschen kapitulieren? Bevor man bereit ist, einer Liebe den Rücken zu kehren, die man als so real empfunden hat wie die eigenen Hände am Körper? Bevor man ganz sicher weiß, dass es keinen Weg zurück zu dem gibt, was man früher einmal gehabt hat – niemals?

Warum sagen einem die Leute nicht, wie zerbrechlich die Liebe ist? Und wenn sie es einem sagen, warum hört man dann nicht auf sie und sorgt dafür, dass diese Liebe das Wasser und die Pflege und das Sonnenlicht bekommt, die sie zum Überleben braucht?

»Trägheit übt eine große Macht aus«, sagte ich schließlich zu Jill und Brandy. »Findet ihr nicht?«

»O ja«, sagte Brandy.

Es wurde still in der Runde.

Trägheit war definitiv das, was mich in meiner Ehe hielt. Ich wusste, eine Trennung würde schmerzhaft sein, und diesen Schmerz wollte ich nicht erleiden. Noch nicht.

»Das Prinzip Trägheit hilft auch dabei, Deadlines für Stipendien einzuhalten, Seminararbeiten zu benoten, Forschungsprojekte durchzuziehen«, fügte ich hinzu, um die Stimmung aufzulockern. »Eine Scheidung wahrscheinlich eher nicht.«

*

Es war die Fehlgeburt, die zu der manischen Veränderung in Luke geführt hat, in unserer Ehe, in unserem Liebesleben.

Ich war einmal kurz schwanger, ein paar Wochen lang. Meine Brüste schmerzten die ganze Zeit, mir war oft schlecht, und ich war ungewöhnlich müde. Der Test, den ich machte, um meinen Verdacht zu bestätigen, war positiv. Und mein erster Fehler bestand darin, es Luke zu sagen.

Nachdem ich an jenem Abend von der Uni nach Hause kam, machte ich uns etwas zu essen. Ich erinnere mich nicht daran, was es war, wahrscheinlich Pasta. Ich war wie im Nebel.

Luke kam nach Hause, zog die Mütze ab, die Handschuhe, schlüpfte aus dem Mantel. »Das riecht köstlich.« Er trat zu mir an den Herd und legte von hinten die Arme um meine Taille – etwas, das ich schon immer gemocht hatte. Er küsste mich auf den Hals.

Damals stand es zwischen uns noch sehr gut. Für ein paar

selige Monate nach unserem Streit wegen der Vitamine, nachdem ich aufgehört hatte zu verhüten, und mich der Möglichkeit geöffnet hatte, ein Kind zu bekommen, waren wir in unserer Beziehung an den Ort zurückgekehrt, den ich für immer verloren geglaubt hatte.

Ich gab keine Antwort.

Luke fragte: »Stimmt was nicht?«

»Nein«, sagte ich. *Ja.*

»Rose, ich merke doch, dass was ist.«

»Es ist nicht so, dass etwas nicht stimmt. Es ist nur …«

»Was?«

Mag sein, dass ich mich nicht mehr daran erinnere, was ich an jenem Abend gekocht habe, aber ich erinnere mich an den Moment, als ich alle Herdplatten ausschaltete und mich an den Küchentisch setzte. Luke folgte mir und nahm mir gegenüber Platz. Ich hatte diesen positiven Schwangerschaftstest gesehen, hatte ihn in der Hand gehalten, ich wusste, dass er real war, aber ich konnte immer noch nicht glauben, dass das Ergebnis der Wahrheit entsprach. Vielleicht war es wahr für eine andere Frau, aber nicht für mich.

»Ich habe einen Schwangerschaftstest gemacht«, sagte ich schließlich zu ihm.

Wie kann ich Lukes Gesichtsausdruck in jenem Moment beschreiben? Freudig? Hoffnungsvoll?

»Und?« Seine Aufregung war deutlich zu hören.

»Er war positiv.« Drei Wörter, die so still klangen inmitten Lukes angespannter Vorfreude.

Luke sprang so abrupt auf, dass sein Stuhl umkippte. »Wir sind schwanger?«

Bei Lukes Verwendung des Wörtchens *wir* zuckte ich kurz innerlich zusammen. Es war wie eine Art Jucken, wenn man allergisch ist. Wir waren auf einem so guten Weg gewesen, doch im

Laufe weniger Sekunden geriet alles in Schieflage. »*Wir* sind nicht schwanger«, sagte ich. »*Ich* bin es. Es ist mein Körper, nicht deiner, der dieses Kind auf die Welt bringen wird.«

»Rose, das ist toll!« Luke nickte in einem fort, fuchtelte mit den Händen herum. Er stand auf, ging zu dem Weinregal an der Wand, kam zum Tisch zurück. »Wir müssen den gesamten Wein aus der Wohnung entfernen. Wenn du nicht trinken kannst, dann will ich auch nicht.« Und weiter ging es mit all den anderen Dingen, die er in der Wohnung für das Baby herrichten wollte. Um *mich* für das Baby herzurichten.

Mit jedem neuen Satz von Luke wuchs meine Unsicherheit. Am liebsten hätte ich die Arme schützend um meinen Körper geschlungen, um ihm klarzumachen, dass es *mein* Körper war, und ich wollte auch nicht, dass er ihn berührte. Ich wollte aufstehen, wollte alle Weinflaschen nehmen, sie in mein Büro bringen, in einem Schrank verstecken. Zwischen den Vorlesungen Wein trinken. Und ich wollte alle Kanten an den Tischen und anderen Möbelstücken abschleifen, bis sie richtig scharf waren.

»Ich muss meine Eltern anrufen.« Er griff zum Handy. »Dann rufe ich die Ärztin an und mache einen Termin für uns aus.«

Tatsächlich gingen wir zwei Tage später zu meiner Frauenärztin, und sie bestätigte die Schwangerschaft. Luke hatte mich immer noch nicht gefragt, wie ich mich dabei fühlte.

Lag das daran, dass er sich vor meiner Antwort fürchtete?

Ich ging in jenen Tagen in der Welt umher und fragte mich, ob ich mich vielleicht von Lukes Freude über die Schwangerschaft anstecken lassen könnte, sodass meine Unsicherheit verschwindet. Zwei Wochen lang war Luke wie high. Er fotografierte fast nur noch Paare, bei denen die Frau schwanger war, und Paare mit Babys. Er pfiff und trällerte, wenn er daheim war, und wenn er nach Hause kam, redete er pausenlos von all den Dingen, die wir tun und lassen sollten, solange ich schwanger war – kein Sushi mehr, und auch den Käse, den ich so sehr liebte, würde es nicht mehr geben, weil er garantiert zum Tod des Babys führen würde. Er erzählte mir Storys von den anbetungswürdigen Neugeborenen, die er fotografiert hatte, und von den Freuden der Elternschaft.

Ich tat mein Bestes, mich von seiner Euphorie mitreißen zu lassen wie von einer Strömung, hoffte, dass sie mich irgendwie mit sich fortspülen würde. Doch sie war nicht stark genug; ich sank auf den Grund wie ein Stein.

Eines Morgens dann, nachdem ich bereits mehr als eine Stunde wach war, geschah etwas mit mir. An diesem Tag war mir weder übel, noch war ich so müde wie sonst, und meine Brüste schmerzten nicht mehr. In den vergangenen Tagen hatte ich ab und zu leichte Krämpfe gehabt, darüber allerdings nicht weiter nachgedacht, weil ich es für ein weiteres Symptom meiner Schwangerschaft hielt. Doch an jenem Morgen setzten die Krämpfe wieder ein, und als ich im Badezimmer nachschaute, war Blut in meiner Wäsche. Es war nicht besorgniserregend viel, und auch die Krämpfe fühlten sich wie normale Krämpfe an. Periodenschmerzen.

Hatte ich meine Tage bekommen? Hatte ich diese Schwangerschaft nur geträumt?

War ich frei?

War das mein Ticket nach draußen, meine Entlassung aus dem Gefängnis?

Ich ging in den Drugstore und kaufte drei weitere Schwangerschaftstests. Luke war zu einem Fototermin unterwegs. Als ich nach Hause kam, machte ich alle drei Tests, einen nach dem anderen, über den Morgen verteilt.

Sie waren alle negativ.

Ich weiß noch den Moment, in dem ich auf diese Tests starrte. Wie ich sie nebeneinander auf der Ablage im Bad aufreihte. Als würde ich dann die Wahrheit dessen, was sie mir sagten, besser begreifen. Fragen über Fragen stürmten auf mich ein. Wie konnte ich denn vor ein paar Tagen noch schwanger gewesen sein und war es jetzt nicht mehr? Was hatte dazu geführt, dass das Baby, das vorher noch da gewesen war, in mir, plötzlich nicht mehr da war? Hatte ich etwas falsch gemacht? Wie konnte ein Kind, das sich in meiner Gebärmutter eingenistet hatte, einfach beschließen, den Platz wieder zu räumen, ohne mich zu fragen?

Und wie fühlte ich mich eigentlich dabei?

Traurig? Verloren? Oder – erleichtert?

Meine Regel – oder was auch immer das war – ging weiter und wurde im Lauf des Tages immer stärker. Die einzige Gewissheit, die ich in jenen Stunden empfand, war meine Angst vor dem Abend, der vor mir lag und an dem ich Luke mitteilen musste, was passiert war.

Er weinte. Er schluchzte. Ich hielt seine Hand, dort am Küchentisch. Irgendwann blickte er hoch und schaute mich forschend an. »Warum weinst du eigentlich nicht?«, fragte er.

»Ich habe den ganzen Tag geweint«, log ich. Vielleicht würde ich ja noch weinen, am nächsten Tag, oder am übernächsten.

Luke nickte, riss sich zusammen. »Wir müssen ab jetzt einen Kalender führen.«

Ich entzog ihm meine Hand. »Was?«

»Wir müssen *genau* aufschreiben, wann dein Eisprung ist. Wir müssen alles nachverfolgen.«

Ich saß da, blinzelte ihn an.

»Wenn es einmal passiert ist«, fuhr er fort, »dann kann es doch wieder passieren, oder?«

*

Als Luke von seinem Fotoshooting nach Hause kommt, höre ich nicht einmal, wie er die Wohnung betritt.

Ich sitze vollkommen gefesselt vor der Seminararbeit einer meiner Doktorandinnen, die hervorragend ist, und stelle mir bereits vor, wie ich dieser jungen Frau sage, dass ich gerne ihre Doktormutter wäre. Eine Vorstellung, die man nicht gerade als Aphrodisiakum bezeichnen kann.

»Äh, Rose? Hallo?« Luke steht in der Tür unseres Schlafzimmers.

»Ach, hallo.« Ich schaue von meinem Laptop auf. Nehme meine Brille ab.

»Ich stehe hier seit mindestens zwei Minuten, und du hast es nicht einmal gemerkt.« Er klingt genervt.

»Ja, sorry. Ich habe da eine Doktorandin, die so talentiert ist! Ich bin gerade dabei, ihr eine E-Mail zu schicken.«

Er gibt keine Antwort. Wahrscheinlich hat er andere Sachen im Kopf, wie zum Beispiel die große Aufgabe, die vor ihm liegt. Er kommt herüber, nimmt seine Uhr ab. Legt sie aufs Nachttischchen. Ich setze meine Brille wieder auf, lenke meinen Blick auf den Bildschirm des Laptops. Schon hat Luke sein Shirt ausgezogen, die Hose, die Unterwäsche und schlüpft unter die Laken, während ich noch vollständig angezogen bin, immer noch nicht geduscht, immer noch in die Seminararbeit meiner Studentin vertieft.

»Rose«, sagt Luke schließlich – sein einziger Vorstoß, wenn man das so nennen kann. Er klingt leicht ungeduldig, fast flehentlich.

Zehn Minuten, sage ich mir und lege den Laptop beiseite. *Fünfzehn Minuten höchstens. Dann ist es vorüber.*

Warum nur bin ich an dem Tag nach unserem Streit wieder auf meinen Mann zugegangen? Warum habe ich ihn nicht abgewiesen? Hätte ich das sollen? Wäre ich jetzt nicht besser dran, wenn ich einfach meine Sachen packen und ihn verlassen würde, diese Ehe beenden?

»Mir ist zu kalt, um mein Sweatshirt auszuziehen«, sage ich zu Luke.

»Passt schon.«

Er zerrt bereits an meinen Leggings. Ich lasse ihn; was soll ich denn sonst tun? Ist es nicht das, wozu ich mich verpflichtet habe? In guten wie in schlechten Zeiten, und das sind eben die schlechten? Sex ist ein Teil der Vereinbarung, die man bei einer Heirat schließt, und da ist er nun. Der Sex.

Außerdem ist es nicht das, was für den Zeugungsprozess von mir erwartet wird. Der Rest schon, natürlich. Aber Luke ist derjenige, der zum Höhepunkt kommen soll. Luke ist derjenige, der ejakulieren soll. Gott sei Dank muss ich mir während dieser ganzen Prozedur keine Gedanken um einen Orgasmus machen, weil es zu dem sowieso nie kommen würde, nicht auf diese Weise jedenfalls.

Ich lege mich zurück, drehe den Kopf zur Seite.

Draußen vor dem Fenster ist es fast dunkel. Die Sonne geht früh unter, jetzt, da der Winter da ist.

Luke und ich küssen uns nicht mal; wir küssen uns gar nicht mehr. Was gut ist, denn ich habe keine Lust mehr, meinen Mann zu küssen, seit dem Moment, als er begonnen hat, den Ovulationskalender zu führen. Ein Küsschen auf die Wange ist in Ordnung, aber diese langen, leidenschaftlichen Küsse von früher? Keine Chance. Die will ich von Luke schon lange nicht mehr.

Mein Blick fällt auf das Foto, das Luke schon immer an seinem Bett stehen hat, das von der glücklichen Rose, der lachenden Rose – wo ist sie hin? Ist sie immer noch irgendwo in mir drin? Werden diese Rose und die andere irgendwann wieder zusammenfinden? Oder ist jene Rose für immer weg? Hat diese Ehe sie auf dem Gewissen?

Wie lange kann das hier noch so gehen? Hat es jemals ein Ende?

Was, wenn ich nie schwanger werde?

Muss ich das hier für den Rest meines Lebens tun? Oder zumindest, bis ich in die Wechseljahre komme?

Wenn ich bedenke, dass ich früher einmal nackt in diesem Bett auf Luke gewartet habe, um ihn mit Sex zu überraschen, kaum dass er zu Hause war. Früher war ich einmal eine Frau, die einen Rock ohne etwas darunter trug und damit in der Stadt unterwegs war, nur um Luke genau das ins Ohr zu flüstern, wenn wir Händchen haltend durch den Park schlenderten oder auf dem Weg zum Essen waren. Früher plante ich es regelrecht, wie ich diesen Mann verführen würde – zu Beginn unserer Beziehung, nachdem wir uns verlobt hatten und während der allerersten Jahre unserer Ehe. Die Tatsache, dass ich mich damals als raffinierte Verführerin betrachtete, der in Sachen Sex niemand etwas vormachen konnte, kommt mir heute so lächerlich vor. Wie eine Rolle, die ich vielleicht einmal in einem Film gespielt hatte, eine Rolle, die ich für eine Weile annahm, die am Ende aber gar nichts mit mir zu tun hatte.

Wie fühlt es sich eigentlich an, Lust auf Sex zu haben?

Ich kann mich nicht einmal mehr erinnern.

Es ist, als gäbe es da in meinem Körper einen Schalter, der umgelegt wurde, und jetzt, wo er ausgeknipst ist – jetzt, wo ich weiß, dass es diesen Schalter gibt –, kann ich nicht mehr herausfinden, wie man ihn wieder einschaltet. Es hat jede Menge Kurzschlüsse in dem System gegeben, aber den Elektriker, der dazu nötig ist, alles zu reparieren, schien es nie zu geben. Zumindest ist nicht Luke dieser Fachmann, der dazu die nötigen Fähigkeiten oder Kenntnisse besitzt.

Während die Minuten vergehen – drei, vier, fünf, gewiss sind es mittlerweile sechs –, denke ich an diese Gespräche, die die

Leute immer mit Collegestudenten führen und in denen es um Sex und Begehren geht, um einvernehmlichen Sex und die Konsequenzen, wenn es dieses Einvernehmen mit dem Partner nicht gibt, dass es bei Begierde und Verlangen auch eine Kehrseite der Medaille geben kann und wir, wenn wir nicht aufpassen, Gewalt und Kriminalität Tür und Tor öffnen.

Allein der Gedanke an diese wohlmeinenden Gespräche mit Studenten kommt mir in diesem Moment, wo mein Mann sich auf mir bewegt und ich einfach nur auf dem Rücken liege und es über mich ergehen lasse, auf komische Weise absurd vor. Wie nennt man eigentlich das, was Luke und ich da machen? Gewiss, es ist eine Art Sex, und rein technisch waren wir auch beide damit einverstanden. Aber ist er gewollt? Erwünscht? Ich kann es mit Entschiedenheit und Gewissheit sagen, dass der Sex, den ich da gerade über mich ergehen lasse, nicht gewollt ist. Und trotzdem mache ich es. Ich war damit einverstanden, wenn auch zögernd. Als was kann man ihn folglich bezeichnen? Halb einvernehmlich? Ein rein körperlicher Austausch? Bin ich folglich eine Art Prostituierte in meiner eigenen Ehe?

Sieben Minuten sind ganz bestimmt schon vergangen.

Acht? Vielleicht sogar neun? Wie lange dauert das denn eigentlich noch?

Ich denke an die Arbeit, meine Forschung, an das jüngste Projekt, das ich auf den Weg gebracht habe. Dafür werde ich junge Frauen interviewen, die die Entscheidung getroffen haben, dass sie keine Kinder wollen. Luke habe ich nicht davon erzählt, weil ihn das nur sauer macht, und ich bin es leid, noch mit ihm zu streiten. Aber die Studie an sich finde ich sehr spannend. Ich möchte wissen, was diese Frauen zu sagen haben. Darüber denke ich die ganze Zeit nach. Auch jetzt.

Zehn Minuten? Elf? Schätze, das Ende ist nah.

Luke ächzt und stöhnt.

Oh, Gott sei Dank, es ist endlich vorbei.

Ich mache das nie wieder, denke ich, während es vor dem Fenster ganz dunkel wird. *Mir reicht's, mir reicht's bis obenhin.* Während mir diese Worte durch den Kopf gehen, weiß ich, dass das stimmt.

Luke sinkt keuchend über mir zusammen und legt den Kopf an mein Sweatshirt, auf die Aufschrift WOCHENENDE. »Vielleicht ist es ja diesmal endlich passiert«, sagt er.

»Vielleicht«, sage ich.

»Und wenn es nicht passiert ist, dann könnten wir mal zu einer Fruchtbarkeitsspezialistin gehen.«

Das lässt Luke ganz beiläufig fallen, zwischen zwei Atemzügen, als würde er mich über das Wetter informieren, dass es morgen schneien wird und vielleicht mein Unterricht ausfällt.

Nein, denke ich. Kommt. Nicht. Infrage.

Und dann endlich, *endlich,* machen sich diese heimlichen Gedanken des Aufbegehrens, die ich schon seit geraumer Zeit habe, auf den Weg durch meine Kehle, bis hoch zu meiner Zunge und aus meinem Mund.

»Nein, Luke«, sage ich und schiebe ihn von mir herunter, hole meine Unterwäsche vom Boden, dann meine Leggings. Früher war ich eine Frau, die selbstbewusst genug war, um zu ihrem Mann Nein zu sagen. Diese Frau muss ich wieder sein – sie ist immer noch in mir drin. Das weiß ich. Ich spüre, dass sie am Erwachen ist. »Ich werde niemals zu einer solchen Spezialistin gehen. Entweder es ist passiert, oder es ist nicht passiert. Und das ist es nicht. Und wird es nicht. Auch gut.«

»Aber, Rose …«

»Nein, Luke«, sage ich noch einmal. »Nein.«

ACHTUNDZWANZIG

16. FEBRUAR 2014

ROSE, LEBEN 1 & 2

»Willst du noch ein bisschen Eis, Mom?« Ich sehe mich nach der Krankenschwester um, aber sie hat den Raum verlassen. »Ich schau mal, ob ich noch was auftreiben kann. Vielleicht gibt es noch Erdbeer.«

»Nein, Liebes. Ist schon okay.« Meine Mutter ist bereits wieder am Eindösen.

Ich stehe auf, setze mich wieder. Schaue mich um.

Ich weiß nicht, was ich tun soll. Das weiß ich nie, wenn ich hier bin.

Die Krankenschwester kommt, um den Beutel, der fast leer ist, vom Infusionsständer zu nehmen. Sie ersetzt ihn durch einen, der voll ist, und die Chemo beginnt ihren langsamen, tropfenden Weg in den Blutkreislauf meiner Mutter. Meine Mutter öffnet die Augen. »Oh, hallo, Sylvia«, flüstert sie schläfrig.

»Mrs. Napolitano, schön, Sie zu sehen. Wie geht es Ihnen?« Sylvias Stimme klingt besonders laut und besonders enthusiastisch in diesem Raum voller Leute. Sie alle haben Krebs, sie alle bekommen ihre Chemo, wie meine Mutter, aber sie sind in verschiedenen Stadien der Krankheit. Manche sehen gesund aus, ihre Haut ist prall und gut durchblutet. Andere sind ausgemergelt, blass, ihre Gesichtszüge und die Haut kraftlos und schlaff. Manche Patienten habe ich noch nie gesehen, aber die meisten gehören zum Stammpublikum; sie sind jedes Mal hier, wenn meine Mutter ihren Termin hat. Wir grüßen uns, fragen, wie es so geht, aber gewöhnlich ist das alles. Ab und zu taucht jemand nicht mehr auf, und wir sehen ihn oder sie nie wieder, oft, weil die Chemo beendet ist. Manchmal jedoch erfahren wir auch, dass dieser Mensch es nicht geschafft hat. Vielleicht ist das auch der Grund, warum in diesem Raum nicht viel gesprochen wird. Man weiß nie, wen man als Nächsten verlieren wird, und wenn man Krebs hat, hat man sowieso schon viel verloren.

»Mrs. Napolitano?«, fragt Sylvia, diesmal noch ein bisschen lauter.

Meine Mutter nickt immer wieder ein. Sie zwingt sich, die Augen zu öffnen. »Na ja, Sie wissen ja, Sylvia. Den Umständen entsprechend.«

»Die Ärzte versuchen heute etwas Neues, stimmt's? Den anderen Cocktail haben Sie nicht gut vertragen, oder?«

»Nein«, antworte ich, damit meine Mutter nicht antworten muss.

Sylvia schaut mich an, ihre Augen blicken voller Mitgefühl. »Vielleicht ist der hier besser.«

»Das hoffen wir, ja«, sage ich. Ich möchte einfach etwas tun, etwas beitragen, irgendetwas, und wenn es nur ein paar Worte sind.

Sylvia klopft zweimal mit der Fingerspitze gegen den Beutel und ist zufrieden. Der Tropf läuft. Sie blickt sich im Raum um, wendet sich dann noch einmal zu mir. »Halten Sie sich an dieser Hoffnung fest, ja?«

*

Denise und Jill warten am Eingang des Krankenhauses auf mich, als ich herauskomme. Nach dem stickigen, chemischen Geruch auf der Station fühlt sich die kalte Luft angenehm an.

»Wohin?«, fragt Jill. Sie trägt einen flauschigen lila Mantel. Kurz steht ihr Atem in einer Wolke vor ihrem Mund und verschwindet dann. »Wonach steht dir der Sinn?«

An den Tagen, wenn meine Mutter ihre Chemo bekommt und mich mein Vater eine Weile an ihrem Bett vertritt, holen mich meine Freundinnen ab, um die Pause mit mir zu verbringen. Manchmal sind es Raya und Denise, manchmal wie heute Denise und Jill; manchmal ist es auch nur Jill. Wir gehen eine Stunde shoppen. Oder manchmal gehen wir in ein Museum. Es gibt auch Tage, an denen wir einfach nur ohne besonderes Ziel in der Stadt herumlaufen. »Ich glaube, ich muss was essen«, sage ich zu ihnen. »Ehrlich gesagt habe ich heute noch nichts im Magen.«

»Rose, du darfst das Essen nicht vergessen!« Denise klingt mütterlich, tadelnd.

Ich könnte sie umarmen dafür. »Wie wär's denn mit … ich weiß nicht, Pizza?«

Von dieser Idee ist Denise sichtlich nicht begeistert. Ich weiß, dass sie Pizza nicht gerade für die gesündeste Wahl hält. Bevor sie Einspruch erheben kann, mischt sich Jill ein: »Wenn du Pizza willst, dann gehen wir eben Pizza essen.«

Wir drei machen uns auf den Weg. Denise und Jill plaudern drauflos, bringen mich auf den neuesten Stand, was ihr Leben angeht. Jill und Maria planen einen Urlaub in einem All-inclusive-Hotel, etwas, das sie noch nie getan haben, doch Maria möchte es probieren; Denise berichtet von ihrer neuen Studie, und wie toll es ist, Doktoranden zu haben, die ihr helfen, statt dass sie alles selbst machen muss.

Ich höre ihnen zu, gelegentlich lache ich, stelle eine Frage.

Wir sprechen nicht über meine Mutter, nicht über ihren Krebs oder über die Tatsache, dass sie nicht auf die Chemo anspricht. Wir reden nicht darüber, dass das alles so schnell gegangen ist, wie rasch sie krank und immer kränker wurde. Wir reden nicht über ihre Prognose, die nicht gut ist. Während wir die Straße entlanggehen und ich mit meinen Freundinnen diskutiere, welche Pizzeria die beste ist und welche am schnellsten serviert, weil ich schon bald wieder zurück im Krankenhaus sein muss, denke ich darüber nach, wie glücklich ich mich schätzen darf, solche Freundinnen zu haben. Denise, Raya und Jill, auch ein paar Kollegen in meiner Fakultät, die für mich einspringen, wenn es nötig ist, sind der Grund dafür, warum ich überhaupt noch einen Fuß vor den anderen bekomme. Ich tue mein Bestes, hoffe, dass ich durch mein eigenes Überleben meiner Mutter dabei helfen kann, durchzuhalten oder es am Ende würdig auf die andere Seite zu schaffen.

»Wie geht es an der Uni, Rose?«, fragt Denise.

Es ist die erste Frage, die mir seit einer Weile gestellt wurde. Wir sitzen an unserem Tisch in der Pizzeria. »Ach, das ist okay. Die Uni ist eine gute Ablenkung.«

»Läufst du immer noch morgens?«, fragt Jill. Sie ist immer besorgt, ob ich denn auch genug Bewegung habe.

»Klar. Jeden Tag. Es hilft, weißt du. In letzter Zeit schlafe ich schlecht.«

Meine Freundinnen nicken.

Die Pizza kommt. Ich rühre sie nicht an.

Ich fange an zu weinen.

Denise sitzt an der Wand der Nische, ich neben ihr auf der Restaurantseite. Jill steht auf und zwängt sich neben uns an den Tisch, sodass wir nebeneinandersitzen. Sie warten, während ich weine, Denise hat den Arm um mich gelegt, Jills Kopf liegt an meiner Schulter.

Etwas habe ich mir vorgenommen: vor meiner Mutter nicht zu weinen. Stärke zu zeigen. Das ist es, was sie auch für mich tun würde. Und sie würde es für meinen Vater tun. Doch hier, jetzt, mit meinen Freundinnen, darf ich loslassen.

Nach einer Weile schaut Denise auf ihrem Handy, wie spät es ist. »Rose, iss doch jetzt mal was. Du musst bald zurück.«

Ich nicke. Jill schlüpft aus der Nische und kehrt an ihren Platz zurück. Denise schneidet ein Stück Pizza ab und legt es mir auf den Teller, nimmt sich selbst eins. Die beiden reden wieder über belanglose Dinge: dass für diese Woche Schnee angekündigt ist; über die Forschungsreise, die Jill bald machen wird; über den neuen Kollegen, der öfters bei Denise im Büro vorbeischaut. »Ist er attraktiv?«, frage ich, um irgendetwas zum Gespräch beizutragen. Es ist an der Zeit, dass ich mich zusammenreiße.

Sie lächelt, wird rot. »Ja. Ein Sahneschnittchen.«

»Vielleicht solltest du ihn fragen, ob ihr mal was trinken geht«, schlägt Jill vor.

»Vielleicht mache ich das«, sagt Denise und schiebt sich das letzte Stück Pizza in den Mund.

Als wir uns dem Eingang des Krankenhauses nähern, werden meine Schritte immer schwerer. Meine Füße sind wie Blei. »Ich weiß nicht, wie ich das ohne euch durchstehen würde«, sage ich zu Jill und Denise, als wir uns verabschieden.

»Gut, dass du nicht herausfinden musst, wie es wäre«, sagt Jill und nimmt mich in die Arme.

Ich wende mich von meinen Freundinnen ab, gehe hinein, und gleich steigt mir wieder der Krankenhausgeruch in die Nase, die Lungen. Der Weg zu dem Chemoraum, in dem meine Mutter ihre Behandlungen bekommt, fühlt sich endlos an, während ich durch die zugigen Flure dieses Labyrinths gehe. Bei den ersten Malen musste ich immer wieder Krankenschwestern oder Verwaltungsangestellte nach dem Weg fragen, aber mittlerweile war ich oft genug da und kenne die Klinik wie meine Westentasche.

*

Mein Vater sitzt bei meiner Mutter, als ich ankomme.

Dieses Mal ist meine Mutter wach, und ein Mann, den ich nicht kenne, steht neben ihrer Behandlungsliege. Die drei unterhalten sich. Meine Mutter wirkt munter. Meine Stimmung hebt sich.

»Ach, da ist sie ja, meine Tochter! Rose!« Meine Mutter ruft es laut, als hätte sie mich seit Ewigkeiten nicht mehr gesehen, und winkt mich zu sich.

Mein Vater dreht sich um und hebt beide Hände in einer Geste der Unschuld. »Rose, ich möchte, dass du weißt, ich habe nichts mit der Sache zu tun«, sagt er leise zu mir, als ich nahe genug bin, um ihn zu hören.

Ich werfe ihm einen fragenden Blick zu. *Was?*

Er zuckt mit den Achseln und grinst.

»Rose, ich habe gerade diesen netten Professor hier kennengelernt« – meine Mutter nimmt sich die Zeit, den Mann anzulächeln, der zurücklächelt, wahrscheinlich aus Höflichkeit – »der seinem Freund Gesellschaft leistet.«

Ich schaue zu dem Freund hinüber, der mich angrinst und winkt. »Hi, ich bin Angel.«

Ich winke zurück. »Schön, Sie kennenzulernen.«

»Ich genieße es, mehr Zeit mit meiner Tochter hier in der Stadt zu verbringen«, sagt meine Mutter, an beide gerichtet. »Sie wohnt auf der anderen Seite der Brücke.«

Ich schaue sie an. So wollte ich ganz bestimmt nicht mehr Zeit mit meiner Mutter verbringen.

»Kennt ihr euch?«, sagt meine Mutter, an mich gerichtet, und macht eine Geste in Richtung des Mannes, der auf der anderen Seite des Behandlungsstuhles steht. »Ihr zwei seid Kollegen, Rose! Er ist Soziologe, so wie du!«

Ich schaue ihn an, schaue ihn zum ersten Mal wirklich an, aber sein Gesicht kenne ich nicht. Was ich in seinen Augen erkenne, ist Geduld. Er reagiert so gelassen auf die Verrücktheit meiner Mutter, und dafür betet sie ihn jetzt schon an – auch das sehe ich. Ich schüttele den Kopf, drücke meiner Mutter leicht die Schulter. »Wir sind Kollegen?«

Der Mann lacht. »Offensichtlich. Ich meine, ja, ich bin Soziologe. Und Professor.« Er holt tief Luft, will offenbar noch etwas sagen – vielleicht seinen Namen, vielleicht den Namen seiner Universität, aber meine Mutter lässt ihn nicht zu Wort kommen.

»Ich habe ihm bereits deine Handynummer gegeben, Rose. Ihr beide solltet euch kennenlernen.«

»O mein Gott, Mom! Ich kann es nicht glauben!«

»Ich habe ihr gesagt, sie soll das lassen«, sagt mein Vater leise von der Seite zu mir.

Ich wende mich dem Mann zu, der wieder lacht, und dann zu seinem Freund, der sogar noch belustigter ist. »Ich möchte mich für meine Mutter entschuldigen«, sage ich zu den beiden. »Sie ist eine alte Kupplerin.« Ich bedeute ihr mit einem Blick, sie solle endlich damit aufhören, doch dann sehe ich, wie glücklich sie ist, sehe das Grinsen auf ihrem Gesicht, und mein Ärger schmilzt dahin. Ich wende mich wieder an den Mann. Vielleicht versteht er ja, wie schwer das alles für meine Familie ist. Immerhin bekommt sein Freund hier auch Chemo. Ich strecke ihm die Hand hin. »Hi, ich bin Rose. Und Sie?«

Er schüttelt mir die Hand. »Thomas«, sagt er. »Es ist sehr schön, Sie kennenzulernen.«

Erst jetzt merke ich, dass fast alle in dem vollen Raum diese Szene beobachten, die Patienten, die ihre Chemo bekommen, die Krankenschwestern, die kichern, meine Eltern, die uns zusehen.

»Ich habe Thomas gesagt, er soll mit Ihnen ausgehen«, sagt Angel in die Stille hinein. »Und jetzt, wo Sie da sind, finde ich, Sie sollten definitiv mit ihm ausgehen.«

Alle lachen. Meine Wangen sind glühend heiß, aber ich lache unwillkürlich mit.

Der Schmerz dieses Tages, wie aufgehoben.

*

Ich sehe die Erschöpfung meiner Mutter, wie sie da auf dem Behandlungsstuhl liegt, mit einem Kissen im Rücken, während Thomas zu seinem Freund zurückgekehrt ist, um bei ihm zu sitzen, und mein Vater in die Cafeteria gegangen ist und sich etwas zu essen holt. Am liebsten würde ich zu ihr unter die Decke kriechen, vielleicht ein bisschen lesen, während sie vor sich hin dämmert, und nie von ihrer Seite weichen, damit sie, wenn sie zwischendurch aufwacht und die Augen öffnet, sieht, dass jemand, der sie liebt, bei ihr ist und Wache hält, dafür sorgt, dass es ihr gut geht.

Ihr Blick wandert zu Thomas und Angel hinüber, dann zurück zu mir. Schließlich grinst sie, und ich sehe, wie etwas von ihrer Energie zurückkehrt.

Ich nehme ihre Hand, drücke sie. »Was um alles in der Welt hast du dir eigentlich dabei gedacht, Mom? Gibst einem x-beliebigen Mann, den du gerade erst kennengelernt hast, einfach so meine Handynummer?« Meine Worte klingen, als würde ich sie ausschimpfen, aber es ist auch ein Quäntchen Lachen dabei.

»Liegt das nicht auf der Hand? Ich versuche, meine Tochter unter die Haube zu bringen«, sagt sie. »Außerdem ist das keineswegs ein x-beliebiger Mann. Er ist genau wie du, Rose – ein Professor! Ich finde, er ist perfekt. Gut aussehend, groß, bereit, mit deiner Mutter zu reden.« Ihre Energie steigt zusehends an, als würde ihr die Einmischung in mein Liebesleben dabei helfen, wieder zu der starken Frau zu werden, die sie eigentlich ist und die sich schon immer in meine Angelegenheiten eingemischt hat. »Und ich möchte dich so gern mit einem netten Mann an deiner Seite sehen, Rose. Du bist schon viel zu lange Single.«

»Ach, Mom, das passt schon«, sage ich zu ihr. »Ich werde irgendwann wieder jemanden kennenlernen.«

»Na ja, ich möchte eben, dass du *jetzt* jemanden kennenlernst.«

»Geduld, Mom.«

Sie wird still. Dann: »Ich muss tun, was ich kann, solange ich noch da bin, Rose. Ich möchte, dass du glücklich unter der Haube bist, bevor ich gehe.«

Auf einmal habe ich einen Kloß im Hals. »Mom, sag so was nicht!«

Ihre Atmung ist ruhig. Langsam tröpfelt die Chemo in ihre Venen, ganz sachte wie immer. »Liebes, irgendwann in der nächsten Zeit werden wir uns alle der Wahrheit stellen müssen.«

Ich atme scharf ein. Ich stehe auf. Meine Brust schmerzt. Ich muss hier raus. »Ich brauche was zu trinken. Bin gleich wieder da.«

Noch bevor ich die Kaffeemaschine erreicht habe, weine ich. Ich krame die Münzen aus meiner Tasche und lasse sie, eine nach der anderen, in den Schlitz fallen, lausche dem metallischen Klimpern, wenn sie unten ankommen. Ein Pappbecher fällt auf den Rost unter der Ausgussöffnung. Ein Surren, gefolgt von Zischen, dann beginnt kochend heiße Flüssigkeit, dick wie Schlamm, in den Becher zu fließen.

Das sieht irgendwie nicht richtig aus, denke ich und beuge mich hinab, um nachzusehen.

Einen Moment lang bin ich von etwas so Sinnfreiem wie einer Kaffeemaschine abgelenkt – abgelenkt vom Krankenhaus, vom Krebs, von meiner Mutter und der Chemo und dem Grauen, das sie gerade durchmacht, das wir alle mit ihr durchmachen, von den letzten Worten über die Wahrheit, die sie gerade gesagt hat, was auch immer sie damit meint, obwohl ich weiß, was sie damit meint. Natürlich weiß ich das. Der Kaffee hört auf zu fließen, der Becher ist nur halb voll. Ich beschließe, dass es mir egal ist, und bin gerade dabei, den Behälter wegzunehmen, als der Kaffee plötzlich weiterfließt, geradezu explodiert, und sich eine Mischung aus gemahlenem Kaffee und kochend heißem Wasser auf mich ergießt, auf meine Hand, auf den Ärmel meines Pullovers.

»Scheiße!« Ich ziehe die Hand zurück, inspiziere meine Hand, auf der sich schon knallrote Flecken zeigen. »Scheiße«, sage ich noch einmal, jetzt leiser. Ich schüttele den Kopf, drehe mich um, lehne mich mit dem Rücken an die Wand. »Ich kann das einfach nicht«, flüstere ich, an niemanden gerichtet, und sinke in mich zusammen, ohne den Gedanken zu Ende zu denken.

»Ja, die Kaffeemaschine ist wirklich das Schlimmste. Die im zweiten Stock ist viel besser.«

Ich blicke auf. Thomas steht da. »Scheiße«, murmele ich. Ich versuche mich zusammenzureißen. Ich bin vollgespritzt mit Kaffee, Kaffeepulver klebt an meinem Arm. »Tut mir leid. Irgendwie … ist heute nicht mein bester Tag.«

»Na ja, vielleicht kann ich Ihnen behilflich sein«, sagt Thomas. Er öffnet den Reißverschluss seiner Tasche und beginnt, darin zu kramen.

»Ich weiß einfach nicht, ob ich das kann«, sage ich, mehr zu mir selbst als zu ihm.

Ich meine nicht den Kaffee.

Der Mann, Thomas, sagt einen Moment lang nichts. Dann zieht er ein Kleenex aus seinem Rucksack und gibt es mir. Ich nehme es. Und ich schaue ihn an. Er erwidert meinen Blick. In seinen Augen ist Verständnis. Er streckt die Hand aus, berührt mich kurz.

»Das weiß keiner von uns«, sagt er.

NEUNUNDZWANZIG

2. MÄRZ 2008

ROSE, LEBEN 6

Draußen vor den Fenstern fällt Schnee.

Er sammelt sich auf den Eisblumen.

Hier drinnen ist Wärme, ist Freude.

»Hallo, du«, sage ich zu dem winzigen Wesen in meinem Arm. *Meinem* Baby. »Addie.«

Ich kann nicht aufhören, sie anzuschauen, bin wie hypnotisiert. Das Trauma der Geburt, die Erschöpfung, die Schmerzen in meinem Körper sind weit, weit weg, als wäre das alles schon vor ein paar Wochen geschehen und nicht erst vor ein paar Stunden. Addie anzuschauen lässt mich fast vergessen, dass ich in einem Krankenhausbett liege, und ich nehme weder den antiseptischen Geruch wahr, noch die kratzigen Laken, die hässlichen Wände mit den kitschigen Bildern, das Piepsen der Maschinen. Addie schläft, die kleinen Augen fest zugekniffen, als hätte sie Angst, sie könnten sich jederzeit von selbst öffnen, wenn sie sich nicht anstrengt, sie geschlossen zu halten, und ihr leises Atmen erfüllt die Stille. Vielleicht wird Addie einmal schnarchen wie ihr Vater. Wie seltsam, so etwas zu denken – dass dieses Baby in meinem Arm irgendwann einmal so sein könnte wie sein Vater, oder sogar wie ich, seine Mutter. Und in welcher Hinsicht wird Addie ganz sie selbst sein und keinem von uns ähneln?

Mit leisem Quietschen öffnet sich die Tür. Dann höre ich: »Rose?« Es ist mein Vater, nur ein Flüstern im Halbdunkel.

Ich sehe, wie er vom Flur aus zu mir späht. »Ich bin wach«, sage ich zu ihm.

Er tritt auf Zehenspitzen ein, meine Mutter im Schlepptau.

»Ihr braucht euch keine Sorgen zu machen – dieses kleine Mädchen hier ist endlich da.« Das sage ich, doch ich bin mir nicht sicher, ob meine Eltern es überhaupt gehört haben. Sie haben nur Augen für Addie.

Meine Mutter trägt einen Pullover in Kanariengelb, was ihrer Meinung nach die Farbe des Glücks ist. Sie hat ihn in dem Moment angezogen, als Luke ihr mitgeteilt hat, dass alles in Ordnung ist, dass alle die Geburt überstanden haben und wohlauf sind. Die Napolitanos sind von Natur aus abergläubisch, weshalb meine Mutter diesen Glückspullover unmöglich anziehen konnte, bevor die gute Nachricht offiziell war. Und sie hat sogar meinen Vater dazu gebracht, sich ebenfalls in einen kanariengelben Pulli zu zwängen.

Ich lache und zeige darauf. »Dad, tolles Outfit.«

»Heute würde ich alles tragen, was deine Mutter von mir verlangt«, sagt er. »Wart nur ab, bis auch du in dein kanariengelbes Teil gesteckt wirst.«

Meine Mutter zieht ein winziges gehäkeltes Hütchen für Addie aus der Tasche, natürlich in derselben Farbe. »Was denkst du, Rose?«

»Ich finde, das Mützchen ist albern«, sage ich zu ihr, lächele dann aber. »Ich liebe es.«

»Wirklich?« Trotz der schummrigen Beleuchtung sehe ich, wie sie errötet. »Und natürlich habe ich für dich auch einen Pulli.« Sie beginnt in dem Rucksack zu wühlen, den mein Vater über der Schulter hat. »Ich dachte, Luke könnte ein Gruppenfoto von uns machen.«

»Ich hab's dir ja gesagt, Rose«, meint mein Vater und zeigt auf den Pullover. »Da kennt sie kein Pardon, du kommst auch dran.«

»Heute trage ich alles, was du von mir verlangst, Mom.«

Sie kramt immer noch, schaut mich an und lächelt.

Wie leicht es doch ist, meine Eltern glücklich zu machen – indem ich meiner Mutter sage, was sie hören will, ihr das gebe, was sie sich immer gewünscht hat: Ja zu einem kanariengelben Pullover, Ja zu einem Enkelkind. Dieser ganze Widerstand gegenüber einem Baby, was sollte das denn überhaupt? Warum war ich so dagegen? Was war denn so falsch daran, all diese Liebe in mein Leben zu lassen?

Meine Mutter reicht mir den lächerlichen Pullover, und mein Vater nimmt Addie, damit ich ihn mir über meinen schmerzenden Körper ziehen kann. Ich tue das alles, als hätte ich mir kaum jemals etwas anderes gewünscht, als wäre ich einzig und allein für diese Rolle gemacht: die der frischgebackenen Mutter.

Dann lehne ich mich im Krankenhausbett zurück, schaue meinen Eltern dabei zu, wie sie Addie bewundern, bemerke ihre Abwesenheit an meiner Brust, das Fehlen ihrer Wärme auf meiner Haut. Wie schnell stellen sich doch das Gehirn und der Körper auf diese neue Präsenz in einem Leben ein, wie schnell entwickeln Gehirn und Körper einen Sinn für dieses kleine Wesen – Addies Nähe und ihre Ferne, wie Gezeiten, wie Antennen, die sich auf den Ort ausrichten, an dem sie ist, darauf, dass sie in Sicherheit ist, dass es ihr gut geht, sie sich wohlfühlt.

Was wird aus meiner Arbeit, meiner Karriere? Wird mein Gehirn sich irgendwann wieder auf meine Forschungen konzentrieren, auf das Schreiben, den Unterricht, oder wird es nie wieder dasselbe sein – werde *ich* nie wieder dieselbe sein?

Ist das überhaupt wichtig? Ist es *mir* überhaupt wichtig?

Ich ziehe mein Laken höher.

Für den Moment beschließe ich, dass das alles nicht wichtig ist, dass es mir gestattet ist, die leuchtend gelbe Verzückung dieses Moments einfach nur zu genießen.

Mein Vater senkt den Kopf und drückt eine Wange an Addies flaumiges Köpfchen.

Und das alles nur deshalb, weil ich an jenem Tag auf Luke zugegangen bin.

An diesem Gedanken halte ich mich fest, ich drehe und wende ihn, ich betrachte ihn. Statt mich zurückzuziehen, bin ich auf meinen Mann zugegangen, und allein wegen dieser winzigen Richtungsänderung ist Addie jetzt auf der Welt. Es gibt sie wirklich, diese Szene im Krankenhaus, und wir existieren tatsächlich – mein Mann, ich, meine Eltern, unsere kleine Tochter. Der Gedanke, dass Addie so leicht eben *nicht* existieren könnte, dass ihre Anwesenheit in dieser Welt so federleicht und flüchtig ist, macht mich schwindelig. Sie ist weniger als einen Tag alt, und doch erscheint mir die Vorstellung, dass sie *nicht* existieren könnte, dass das Leben dieses kleinen Menschen etwas sein könnte, das eben doch *nicht* stattfindet, unmöglich. Addies Existenz ist notwendig, sie ist essenziell, so wichtig wie Luft und Atmen und das Herz, das in meiner Brust schlägt.

Wer wäre ich heute, wenn ich stattdessen weiter mit Luke gestritten hätte?

Auf einmal steigt eine gewaltige Zufriedenheit in mir auf, dass ich dies alles geschafft habe – dass ich ein Kind auf die Welt gebracht und meinen Eltern ein Enkelkind geschenkt habe, das sie knuddeln und lieben und verwöhnen können.

Luke streckt den Kopf durch die Tür und beginnt zu lachen. »Nettes Outfit, Mom.«

Meine Mutter blickt auf, wendet sich meinem Mann zu.

Er lacht wieder. »Ich meinte die andere Mutti, Mom. Ich meine Rose.«

Sie beugt sich zu ihm und küsst ihn auf die Wange. »Für dich habe ich übrigens auch einen Pulli.«

Er rollt mit den Augen. »Davon gehe ich aus.«

»Sind denn deine Eltern auch schon da?«, fragt meine Mutter. »Wir können ihnen unsere Pullis leihen und ein Familienfoto für euch alle machen.«

»Das ist sehr aufmerksam von dir. Die werden sich freuen«, zieht Luke sie auf. Mit Sicherheit werden weder Nancy noch Tom einen dieser albernen Pullover anziehen, und das weiß er. Luke holt seine Kamera aus der Tasche, die große, die er für wichtige Fotos benutzt.

Wenn es eins gibt, auf das ich mich nicht freue, dann ist es die erste Begegnung mit meinen Schwiegereltern, ihre Ratschläge, die ich mir anhören muss, ihre Versuche, alles unter ihre Kontrolle zu bekommen – mich, Addie, ihren Sohn. Ich habe schon gefragt, ob es sie mir gegenüber milder stimmen wird, wenn ich ein Baby bekomme. Aber es hat ihr Bedürfnis, mir zu sagen, was ich zu tun und zu lassen habe, wer ich sein soll, nur verstärkt. Vielleicht ist ja diese Zeit von vorher, als wir alle gut miteinander auskamen, für immer vorbei.

»Lächeln, Leute«, sagt Luke. Meine Mutter hat es geschafft, dass auch Luke einen quietschgelben Pulli angezogen hat. Jetzt sehen wir aus wie eine Fußballmannschaft.

Es ist das Lächerlichste, was ich jemals meine Mutter mit uns habe tun lassen, aber es scheint nicht wichtig zu sein. Wichtig ist, wie glücklich sie heute ist, wie ihr Glück sich im ganzen Raum verteilt, dass es die Ecken und Kanten der Dinge verschwimmen lässt wie auf einem alten Foto, etwas, das vielleicht in der Vergangenheit geschehen ist oder in der Zukunft geschehen wird, aber nicht im wirklichen Leben, im Hier und Jetzt.

Addie verschläft alle Fotos – das von uns fünfen, für das Luke den Selbstauslöser benutzt hat; das von Luke, Addie und mir; das von Addie und mir allein; und das von ihr mit Luke. Ich kann einfach nicht aufhören zu lächeln, als könnte das, was da geschieht – meine Eltern, Luke, alles Gute in diesem Raum –, verschwinden, wenn ich aufhöre zu lächeln. Wir probieren jede Kombination des Personals, doch da gibt es ein Foto, von dem ich weiß, ich brauche es, als wenn mein Leben davon abhinge.

»Luke, machst du bitte noch ein Foto von meiner Mom, mir und Addie? Nur wir drei Mädels?«

»Natürlich«, sagt er.

Meine Mutter setzt sich auf die Kante des Bettes.

»Mom, du bist zu weit weg«, sage ich ihr. »Ich möchte den Arm um dich legen.«

Sie schaut mich an, auf diese Art, bei der ich das Gefühl habe, der einzige Mensch auf der ganzen Welt zu sein. Ich sauge dieses Gefühl in mich auf, lasse es durch jede Pore meiner Haut herein, bis es durch meine Adern strömt und jede Zelle meines Körpers erreicht. Ich möchte dieses Gefühl in mir bewahren, es aufheben für Tage, die nicht so gut sind, denn diese nicht so guten Tage werden kommen, oder?

»Ich hab dich lieb, Rose«, sagt sie.

Es ist ein seltsamer Moment, vor dessen Hintergrund all das, was ich da sehe, mir auf einmal nicht mehr real vorkommt. Meine strahlenden Eltern, meine strahlende Mutter. Ich richte den Blick wieder auf meine winzige, wunderschöne Addie, auf die Frau, die meine kleine Tochter in den Armen hält, mein Baby, und sie hält sie so sanft, so zärtlich, als hätte sie nie etwas anderes in den Armen gehabt als dieses kleine Enkelkind.

Ich versuche es zu genießen.

Aber ist das nur ein Traum? Ist das alles wirklich passiert?

Werde ich schon bald aufwachen, und alles wird anders sein?

DREISSIG

12. FEBRUAR 2010

ROSE, LEBEN 8

Die Tür zur Abtreibungsklinik ist aus Metall, der rote Anstrich ist abgeblättert.

Ich schaue sie mir an, unfähig, diese letzten Schritte zu gehen, die mich vom Flur durch diese Tür tragen, näher an die Entscheidung, die ich mit mir herumschleppe, seit ich diese Pluszeichen gesehen habe, diese parallelen Linien, dieses dicke, fette »Ja« auf den Tests, die ich mir aus der Drogerie geholt habe.

Jill verspätet sich. Sie hat mir eine Nachricht geschrieben, sie stecke in der U-Bahn fest, wo ein erkrankter Fahrgast alles zum Stillstand gebracht hat.

Der Teppich unter meinen Füßen ist zerschlissen, fadenscheinig, schmutzig, ebenso wie die Wände, die einmal weiß getüncht waren, jetzt aber schmierig grau sind. Nur zwei der drei Lampen über mir brennen.

Alles um mich herum scheint zu sagen: *Das ist es, was Frauen, die keine Kinder kriegen wollen, bekommen – Schäbigkeit, Missbilligung, Dunkelheit. Sie verdienen kein sauberes Labor und keine sterilen Gerätschaften, keine freundlichen Empfangsdamen und gut gelaunten Ärzte am Ultraschall, keine fröhlichen, pastellfarben gestrichenen Räume.*

Ich gehe durch die Tür.

Drinnen ist es nicht viel besser. Ja, es brennt Licht, die Frau am Empfang lächelt und ist freundlich, aber wir sprechen durch eine mit kreisrunden Löchern versehene, kugelsichere Plexiglaswand. Muss es eigentlich wirklich kugelsicheres Glas sein, wenn hierzulande eine Frau abtreiben will?

»Ich habe einen Termin um vierzehn Uhr«, sage ich. »Rose Napolitano.«

Die Frau schaut in ihren Computer, dann nickt sie und öffnet eine Tür rechts von ihr über einen Summer, sodass ich eintreten kann. Ich mache mich am kugelsicheren Glas vorbei auf den Weg ins Wartezimmer. Hier sieht es etwas besser aus als auf dem Flur. Die Wände sind in einem hübschen Grau gestrichen, stapelweise Zeitschriften liegen auf dem Tischchen, Stühle, die fast neu aussehen, sind an den Wänden aufgereiht. Ich zähle sechs Frauen, zwei von ihnen sind in Begleitung von ihren Männern oder Freunden, die anderen allein.

Ich setze mich, schaue schnurgerade vor mich hin, den Blick auf ein Poster mit Tipps zur Empfängnisverhütung gerichtet. Ich frage mich, ob Jill es noch hierherschafft, was ich hoffe, und sollte es auch nur zu der Zeit sein, wenn ich wieder nach Hause gehen muss.

Laut der Uhr an der Wand ist es zehn nach zwei. Ich warte darauf, dass mein Name aufgerufen wird.

*

»Lass dich von Luke nicht dazu überreden, jemand zu sein, der du nicht bist.«

Meine Mutter und ich waren in ihrer Küche, und ich leistete ihr Gesellschaft, während sie Fleischbällchen in Tomatensauce zubereitete. Ich liebte die Vertrautheit dieses gemeinsamen Kochens, ich stand am Küchentisch, während sie die Zutaten herrichtete, mir Anweisungen gab, was ich schnippeln sollte, was es aus dem Kühlschrank zu holen galt, und ob ich denn noch eine Knoblauchzehe schälen könne? Es war eine Szene, die ich kannte, seit ich ein kleines Mädchen gewesen war und sie begonnen hatte, mich zum Kochen zu ermuntern, einer Kunst, in der meine Mutter, schon lange bevor ich auf die Welt kam, Meisterin war. In ihrer Küche gab sie Anweisungen mit der gleichen Autorität und Leichtigkeit, wie ich sie bei mir selbst kannte, wenn ich ein Seminar oder eine Vorlesung abhielt.

Ich beugte mich über den Tisch und hackte Petersilie, als sie oben genannten Kommentar abgegeben hatte. »Wovon redest du, Mom?«

»Ich spüre deutlich, dass du nicht glücklich mit ihm bist, Rose. Du bist doch in dieser Ehe schon lange nicht mehr glücklich.« Ihre Stimme war streng, aber voller Mitgefühl.

Ich hackte die Petersilie immer feiner. War ich denn wirklich so leicht zu durchschauen?

»Du kannst mir ruhig die Wahrheit sagen, was deine Gefühle angeht. Ich möchte es wissen.«

»Luke und ich haben Probleme«, gab ich zu.

Meine Mutter kam herüber, um einen prüfenden Blick auf meine Petersilie zu werfen. »Das genügt, es soll ja kein Brei werden.« Sie zog mir das Schneidebrett unter dem Messer weg und schob die Petersilie in die simmernde Tomatensauce. »Wann haben eure Probleme denn angefangen?«

»Nach der Fehlgeburt«, sagte ich ihr.

Sie spülte das Schneidebrett ab und rieb es mit einem Geschirrtuch trocken, legte es wieder vor mir auf den Tisch und reichte mir eine Knoblauchknolle. »Schneid mir bitte acht oder neun kleine Zehen für die Fleischbällchen – ganz, ganz fein.« Sie beugte sich zu mir herab und drückte mir einen Kuss auf den Kopf. »So was habe ich mir schon gedacht.«

Ich hatte meine Mutter an dem Tag nach der Fehlgeburt angerufen, nachdem ich den ganzen Abend dabei zugesehen hatte, wie sich mein Mann die Seele aus dem Leib weinte. Als ich ihr erzählte, was passiert war, hatte sie sofort und ganz automatisch gesagt: *Es tut mir so leid, Rose.* Dann hörte ich ein Schniefen, und mir wurde bewusst, dass auch meine Mutter weinte, und ich fragte mich, ob nicht umgekehrt ich diejenige sein sollte, die sagte, es tue ihr leid. Zuerst Luke, dann meine Mutter – warum weinte ich nicht? Warum empfand ich nichts? Warum konnte ich nicht weinen? Warum spürte ich gar keinen solchen Verlust, wo ich doch diejenige war, die das Kind verloren hatte? »Na ja, wenn es einmal passiert ist, dann kann es auch wieder passieren«, sagte sie als Nächstes – genau das, was auch Luke gesagt hatte. »Ich weiß nicht, ob ich das will, Mom«, antwortete ich, und sie verstummte. »Ich glaube, ich bin erleichtert.« *Ich* weiß, *ich bin erleichtert.* Ich solle mir einfach Zeit lassen, sagte sie schließlich, und dass ich ja vielleicht meine Meinung bezüglich des Themas ändern würde.

Und das tat ich. Ich ließ Zeit vergehen, ich überließ Luke die Kontrolle über alles, über mich, meinen Körper. Doch je mehr Zeit verging, desto mehr war ich meinem Mann für alles, was er tat, gram.

Während ich eine Knoblauchzehe nach der anderen in feine Scheiben schnitt, beschloss ich, meiner Mutter die Wahrheit zu sagen. »Seit der Fehlgeburt«, sagte ich, »ist es so, als würde mich Luke gar nicht wahrnehmen. Alles, was er sieht, ist, wie er mich endlich schwanger kriegt. Und ich habe ihm wirklich lange, lange Zeit seinen Willen gelassen, bis vor ein paar Monaten. Da habe ich damit aufgehört. Und hab ihm gesagt, Schluss jetzt.« Ich blickte auf. Meine Mutter stand auf halbem Wege zwischen Herd und dem Tisch. Sie nickte mir leicht zu. »Ich weiß, ein Baby ist nicht das, was ich will, Mom. Ich glaube nicht, dass ich Luke noch will. Vielleicht will ich nicht einmal mehr verheiratet sein. Tut mir leid, wenn dich das enttäuscht. Ich will dich nicht enttäuschen.«

Meine Mutter stützte die Hände in die Hüften. Einen Moment lang schloss sie die Augen, atmete tief durch. »Rose. Also.« Sie wischte sich die Wange mit einem Zipfel ihrer Schürze ab. »Ich will dich nicht anlügen.« Sie seufzte. »Ich *bin* enttäuscht, aber nur deshalb, weil ich mich der Hoffnung hingegeben hatte, du würdest vielleicht ein Kind bekommen. Und ich vielleicht ein Enkelkind. Ich habe mir immer Enkel gewünscht.«

»Ich weiß«, flüsterte ich.

Sie strich ihre Schürze glatt. Sie war mit kleinen roten Tomatenspritzern befleckt. »Aber das Allerwichtigste für mich ist, dass du glücklich bist. Und es bekümmert mich, dich so traurig zu sehen – und so wütend. Ich habe Luke immer gemocht. Und lange Zeit sah es so aus, als wäre bei euch alles in Ordnung.«

Wie sehr sich dieses Gespräch von dem unterschied, das meine Mutter und ich damals am Strand gehabt hatten und bei dem sie mir gesagt hatte, sie glaube fest daran, dass ich eine gute Mutter sein würde! Seit damals hatte sich so vieles verändert. Aus einer vorsichtigen Hoffnung, zwischen mir und Luke würde alles gut, waren Zorn und Verzweiflung geworden. Eine Entfremdung, von der ich glaubte, sie nicht mehr überwinden zu können.

»Vielleicht könnt ihr beiden noch etwas retten«, sagte meine Mutter. »Wenn du Luke einfach sagst, dass er endlich loslassen soll, dass es in eurer Ehe eben keine Kinder geben wird. Dann könntet ihr gemeinsam einen Ausweg finden.«

Ich stand auf, gab den Knoblauch in die große Metallschüssel mit den Semmelbröseln, dem Parmesan und den Kräutern, die wir später mit dem Hackfleisch zu Bällchen verarbeiten würden. Und überlegte dabei, ob ich den Mut aufbringen würde, meiner Mutter zu sagen, was noch mit mir los war.

»Rose, es ist schon in Ordnung, wenn du Luke Nein sagst. ›Nicht mehr‹, musst du zu ihm sagen. ›Kinderkriegen funktioniert bei uns einfach nicht. Ich habe es versucht, aber es geht nicht.‹ Mehr musst du ihm nicht sagen.«

»Ich bedauere es, Mom – alles.« Ich starre in die Schüssel. »Ich hätte Luke schon längst verlassen sollen, bevor wir an diesen Punkt gekommen sind.«

»Diesen Punkt? Was meinst du mit *diesem Punkt?*«

Ich wandte mich zu ihr, beschloss, es laut auszusprechen. »Was, wenn ich dir sagte, ich bin schwanger?«

Sie zog scharf die Luft ein. Dann ging sie zum Herd und rührte so heftig in der Sauce, dass etwas davon auf die Arbeitsfläche spritzte. Sie schaute in den Topf. »Bist du es denn?«

Ich gab ihr keine Antwort.

Ja. Ich war schwanger.

Schwanger geworden war ich beim letzten Mal, als Luke und ich Sex gehabt hatten, am selben Tag, als ich ihm gesagt hatte, ich würde mich weigern, zu einer Fruchtbarkeitsspezialistin zu gehen, eine solche Behandlung komme für mich nicht infrage. Seither hatten wir kaum miteinander gesprochen. Es war die reine Ironie. Ich hatte mir fest vorgenommen, vorerst nicht mehr mit Luke zu schlafen, und bald darauf war ich zu der erschütternden Erkenntnis gekommen, dass ich sowieso keinen Sex mehr mit ihm wollte. Ich war mir so gut wie sicher, dass mein Begehren für Luke für immer erloschen war.

Dann, eines Morgens vor einer Woche, machte ich mich gerade für die Uni fertig, als ich merkte, wie sehr meine Brust spannte, sie kam mir auch größer vor, und irgendwie sah ich in meinem Kleid anders aus.

Meine Periode. Ich bin schwanger.

Seit mir diese Worte zum ersten Mal durch den Kopf gegangen waren, konnte ich nicht mehr aufhören, sie zu denken.

Ich begann zu weinen. Als ich die Fehlgeburt erlitt, hatte ich keine einzige Träne vergossen, aber jetzt, wegen dieser Schwangerschaft, weinte und weinte ich. Ich weinte auf dem Weg zur Arbeit, und ich weinte an meinem Schreibtisch im Büro. Ich trauerte um das unabwendbare Scheitern meiner Ehe mit Luke, und ich trauerte um das Baby, von dem ich mir sicher war, dass ich es niemals zur Welt bringen würde. Ich konnte nicht. Das stand außer Frage.

Meine Mutter riss ein Blatt von der Küchenrolle und wischte die Tomatenspritzer von der Arbeitsfläche. »Ach, mein Liebes«, sagte sie. »Was wirst du tun?«

*

Ich sitze immer noch im Wartezimmer, als Jill kommt.

»Rose, tut mir leid, dass ich so spät bin!« Ihre Stimme klingt schrill, viel zu laut in dem stillen Raum, aber niemand außer mir schaut auf. Wir umarmen uns, und sie nimmt neben mir Platz. »Wie geht es dir?«

Ich zucke mit den Achseln. Jills blaues Kleid leuchtet inmitten der gedeckten Farben ringsum.

»Hast du dir noch mal überlegt, ob du es Luke sagst?« Diese Frage stellt mir Jill ständig. Seit ich ihr mitgeteilt habe, dass ich schwanger bin.

Ich schüttele den Kopf. Gebe ihr die gleiche Antwort, die ich ihr immer gegeben habe. »Wenn ich es täte, würde er nicht zulassen, dass ich hierherkomme.«

Sie nickt, lehnt sich in ihrem Stuhl zurück.

»Ich weiß nicht, ob ich es ihm überhaupt jemals sage«, füge ich hinzu.

Jill zögert. »Vielleicht solltest du …«

»Das hier ist meine Entscheidung. Nicht seine.« Die Wucht meines Zorns überrascht mich selbst. »Mir ist es schon lange egal, was Luke denkt.« Als die Worte heraus sind, wird mir bewusst, dass sie der Wahrheit entsprechen. Sie sind die Antwort, die mir direkt vor Augen steht – die Antwort auf die Frage, was ich nicht mehr will. Ich will diese Ehe nicht mehr.

Die Krankenschwester steht in der Tür. »Rose Napolitano?«

»Das bin ich«, sage ich und hebe den Arm.

Bevor ich aufstehe, hält mich Jill am Arm fest. »Wir stehen das gemeinsam durch, Rose. Okay? Ich bin hier, was auch immer passiert.«

Da ist ein winziges Ziehen in meiner Brust, als ich sie das sagen höre, und ich denke: *Frauen brauchen einander mehr, als sie manchmal Männer brauchen. Was würde ich tun ohne Freundinnen wie Jill? Wie würde ich überleben?*

»Ich weiß«, sage ich zu ihr. »Ich hab dich lieb.«

Während ich aufstehe und an den anderen Menschen im Wartezimmer vorbeigehe, kommt mir das in den Sinn, was mir eine andere Frau gesagt hat, als ich ihr erklärte, ich sei schwanger, könne dieses Baby aber nicht bekommen, weil Mutterschaft nichts für mich sei – die Frau, die meine Mutter ist. Wenn mein Herz mir sagte, ich solle kein Kind mit Luke haben, meinte sie, dann solle ich das auch nicht tun. Es sei in Ordnung, meinem Herzen zu trauen, und auch sie traue mir, ganz gleich, welchen Entschluss ich fassen würde. Ich denke, wie schwer es für meine Mutter gewesen sein muss, diese Dinge zu sagen, weil sie damit meinetwegen so viel aufgeben würde – nämlich die Hoffnung, ein Enkelkind zu bekommen. Damals war mir mit solcher Klarheit bewusst geworden, dass meine Mutter mich bedingungslos liebte und dass es genau das war, was die Leute meinten, wenn sie von der bedingungslosen Liebe zwischen Mutter und Kind sprechen.

Jetzt beschließe ich, auf die Liebe meiner Mutter und auf jene Worte, die sie zu mir sagte, zu vertrauen, auch auf das, was Jill gerade zu mir gesagt hat. Ich brauchte ihr Vertrauen, damit ich auf mich selbst vertrauen konnte. »Das hier ist das Richtige«, sage ich leise vor mich hin. Die Krankenschwester wendet sich zu mir, Mitgefühl steht in ihren Augen. Ich folge ihr durch die Tür und schaue nicht zurück.

EINUNDDREISSIG

2. MAI 2010

ROSE, LEBEN 5

Thomas und ich sehen uns wieder – natürlich tun wir das –, und ich warte darauf, dass Luke mich in flagranti ertappt. Ich hinterlasse eine ganze Spur von Hinweisen – SMS, Hotelquittungen, lange Nächte, verpasste Telefonanrufe, offen gelassene Laptops mit verräterischen E-Mails, die auf dem Bildschirm zu lesen sind. Doch nichts, was ich tue, lenkt seinen Blick von Addie ab. Selbst wenn ich es in großen Lettern quer über meiner Brust stehen hätte: *Luke, deine Frau betrügt dich* – er bemerkt gar nicht, dass sich etwas verändert hat, dass *ich* mich verändert habe. Ich wünschte, ich könnte den Mut aufbringen, einfach meine Sachen zu packen und ihn zu verlassen, doch ich suche sie immer noch, diese tapfere Rose in mir, und kann sie einfach nicht finden.

»Addie!«, schreie ich.

Ich habe ihr nur dreißig Sekunden den Rücken zugedreht, doch Addie hat es irgendwie geschafft, von einem der hohen Küchenhocker auf den Tisch zu klettern, wo sie sich kaum halten kann. Ich sehe, wie sie den Halt verliert und gefährlich nach vorne kippt. Kurz bevor sie in die Tiefe stürzt, fange ich sie, immer noch schreiend, auf. Was, wenn ich es nicht geschafft hätte? Hätte sie sich den Kopf aufgeschlagen und eine Gehirnerschütterung zugezogen? Oder, noch schlimmer, hätte sie sich den Kopf aufgeschlagen und wäre gestorben? Ich drücke schwer atmend ihren kleinen Körper fest an mich, und sie bricht in Tränen aus.

»Ist schon okay, ist ja gut, Mommy hat sich nur erschrocken«, flüstere ich ihr ins Ohr, doch sie weint noch mehr. Ich trage sie zur Couch und nehme sie auf den Schoß, beuge mich über ihren zusammengekauerten Körper, aber sie ist untröstlich. »Ist schon in Ordnung«, sage ich zu ihr, und sie schmiegt den Kopf an meinen Hals. »Aber du darfst nicht einfach so da hochklettern, kleine Snuffles. Das ist gefährlich, und Mommy liebt dich viel zu sehr, als dass du da oben spielen sollst.« *Mommy würde es nicht ertragen, dich zu verlieren, mein süßer kleiner Schatz.*

Während Addies Weinen langsam abebbt und meine Panik ebenso, drücke ich ihr ein paar Küsschen auf den Kopf. Der Anblick von ihr, wie sie vom Tisch stürzt, geht mir nicht mehr aus dem Sinn, immer wieder sehe ich es vor mir, und jedes Mal wird der Tisch größer, bis er drei und dann vier Meter in die Höhe ragt und meine Addie von dieser Küchenklippe hinabstürzt. Mein Herz klopft, ich ziehe sie noch fester an mich und wünsche mir, ich könnte sie für immer mit meinem Körper schützen, wie in Watte betten.

Addie wird ganz schlaff in meinen Armen, ihre Atmung beruhigt sich.

Diese Art von Liebe habe ich früher einmal für Luke empfunden. Ich erinnere mich noch gut an unsere Flitterwochen, an dieses besitzergreifende Gefühl, diese Angst, ich könnte ihn jeden Moment verlieren, den Gedanken, wenn er sterben würde, wäre mein Herz für immer gebrochen. Wir lagen im Bett, es war am Nachmittag. Ich erinnere mich noch, wie weiß die Laken waren, gleißend hell in der Sonne, die durch die Glastüren unserer Suite hereinschien. Es war die Art von Nachmittag, wie man ihn nur in den Flitterwochen erlebt, wo jeder Tag ein Reigen ist aus Aufwachen, Essen, Schwimmen, Relaxen, noch mehr Essen, Weintrinken und Cocktailschlürfen, ein einziges Schwelgen im Luxus eines piekfeinen Hotels, das ganz auf die Bedürfnisse von frisch

Vermählten abgestimmt ist, in dem man es den ganzen Tag und die ganze Nacht genießen kann, ein Paar zu sein, in dem man sich liebt und ein bisschen ausruht und sich anschließend wieder liebt.

Luke und ich lachten, als wir dort lagen, ich weiß nicht mehr, worüber.

Aber ich erinnere mich, wie ich sein Gesicht anschaute und dachte, dass es für mich das schönste, perfekteste, besonderste Gesicht sei, das ich jemals gesehen hatte, dass er für mich der allerwichtigste Mensch im ganzen Universum war, dass ich ihn niemals, niemals verlieren konnte, oder das Leben wäre nie wieder in Ordnung für mich. Das Gefühl war wie ein sengender Blitz, der sich in mich hineinbrannte, riesig und reißend, und der in mir eine Mischung aus Schmerz und Verzweiflung zurückließ. Ich erinnere mich noch, wie ich mich fragte, ob das vielleicht die Liebe sei, von der Eltern sagen, sie empfinden sie für ihre Kinder, aber stattdessen empfand ich sie für Luke.

Jetzt, wo ich Addie habe, kann ich die Frage mit Ja beantworten, aber zugleich ist es auch ein Nein. Es war die gleiche Liebe, und doch auch wieder nicht. Sie war insofern gleich, weil ich genau diese Liebe auch für Addie empfinde, aber zugleich ist sie auch anders, denn diese Liebe in Großbuchstaben, die ich in meinen Flitterwochen empfand, kam und ging, aber meine Liebe für Addie wird bleiben. Meine Liebe zu Addie ist etwas Beängstigendes, eine Art ewiger Zustand des Schwindels, als lebte man in jeder Sekunde seines Daseins am Abgrund.

Ich hasse diesen Zustand. Sie ist anstrengend, diese Angst vor dem, was passieren könnte.

Aber zugleich liebe ich ihn auch, diesen Zustand, und würde ihn für nichts auf der Welt hergeben. Ich bin ein wandelndes Klischee, aber das ist mir egal. Wem ist das nicht egal? Wem ist es nicht egal, wenn ein Mensch herausfindet, dass eine solch große und tiefe Liebe existiert und dass er für immer damit leben wird, in guten wie in schlechten Zeiten?

Addie verändert ihre Position, reckt den Kopf nach oben, öffnet die Augen und schaut mich auf diese Weise an, die einen direkten Draht zu meinem Herzen hat. »Hallo, mein Schatz.«

Ich höre, wie die Tür aufgeht. Luke kommt in die Küche, sieht Addie und mich auf der Couch sitzen. Nein, er sieht Addie, nur Addie, nicht mich. Ich bin nur diejenige, die seine Tochter in den Armen hält. Ich könnte genauso gut aus Plastik sein.

»Hallo, Luke«, sage ich.

»Ach, hallo, Rose«, sagt er mit einem winzigen Zögern, als müsste er sich überlegen, wie ich heiße. Als hätte er fast meinen Namen vergessen, während er draußen war und Eier oder Milch einkaufte.

*

Wie beendet man eine Ehe?

Es ist, als würde man versuchen, einen langsam fahrenden Zug zu stoppen, etwas Schweres, Gewaltiges, etwas, bei dem es ewig dauert, bis es ganz zum Stehen kommt. Etwas, dessen natürlicher Zustand die Vorwärtsbewegung ist, ein Antrieb, der stetig und unablässig ist.

Manchmal denke ich, ich bin dazu in der Lage, Luke zu verlassen. Dass ich es vielleicht schaffen würde loszulassen, ihm zu sagen: »Ich liebe dich nicht mehr, nicht auf die Weise, wie ich sollte, nicht auf die Weise, wie ich lieben und geliebt werden will.« Es wäre doch das Richtige, ihn zu verlassen, oder nicht? Ist es nicht endlich an der Zeit?

Erzähle ich ihm von Thomas? Oder soll ich den Teil rauslassen?

Ich habe meinem Vater von Thomas erzählt. Ich kann es

immer noch nicht glauben, aber so ist es. Er war gerade aus seiner Werkstatt ins Haus gekommen, und ich wartete auf ihn. Ich war allein. Wir wollten gemeinsam Abend essen, wie wir es manchmal machten. Meine Mutter war bei ihrem Lesezirkel.

Ich saß im Wohnzimmer des Hauses, in dem ich aufgewachsen war, die Hände auf die Knie gepresst, und schaute mir eins der gerahmten Fotos an, die auf dem Tisch standen – das von meinen Eltern, Luke und mir auf unserer Hochzeit. Ich versuchte zu verstehen, wie es möglich war, dass mein Leben sich so entwickelt hatte – von dem Punkt, an dem ich so glücklich mit diesem Mann gewesen war, mit dem ich verheiratet bin, bis zu dem, wo ich jetzt war: eine Frau mit einem Kind, das sie liebt, aber nie gewollt hat, die eine Affäre hat und ihren Mann betrügt, von dem sie immer geglaubt hat, er sei ihr Seelenverwandter. Ich weinte.

»Rose? Liebes?« Mein Vater stand in der Tür. »Was ist denn los?«

Tränen strömten mir über die Wangen, die Lippen, das Kinn. Ich wischte sie weg. »Nichts. Tut mir leid. Hatte nur einen anstrengenden Tag.«

»Was ist denn passiert? Deinem Dad kannst du es doch sagen.« Seine Stimme war sanft. Er kam herüber und setzte sich neben mich auf die Couch.

Jetzt musste ich noch heftiger weinen. Ich konnte meinem Vater nicht sagen, was ich wirklich dachte. Wie soll eine Tochter ihrem Vater sagen, dass sie, während sie schwanger war, nach der Geburt ihres Kindes und während Addies erster Lebensjahre die ganze Zeit eine Affäre hatte? Direkt vor der Nase von allen? Wie soll ich bloß einem meiner Eltern eine solche Täuschung, einen solchen Betrug eingestehen? Der einzige Mensch, der von Thomas wusste, war Jill. Alle anderen dachten, zwischen Luke und mir laufe alles prima. Wir hatten ein Kind zusammen, wir lebten den großen Traum!

»Ist was mit Addie? Oder mit Luke?«

Ich schüttelte den Kopf, holte tief Luft. »Nein, nein. Addie geht es gut. Luke auch.«

Mein Vater rutschte zur Anrichte hinüber, zog ein Kleenex aus der Box, die darauf stand, und reichte es mir.

Ich tupfte meine Augen trocken, meine Wangen. »Danke, Dad.«

»Was ist es dann?«

»Ich glaube nicht, dass ich dir das sagen kann.«

Er schaute mich ruhig und forschend an. »Du kannst deinem Dad alles sagen.«

»Du wirst denken, ich bin ein schrecklicher Mensch. Und ich *bin* ein schrecklicher Mensch.« Ich fing an zu schluchzen. »Mom wäre so entsetzt.«

Mein Vater legte die Arme um mich und drückte mich. »Mir kannst du es sagen«, flüsterte er. »Das verspreche ich dir.«

Ich konnte mich nicht erinnern, wann mein Vater mich das letzte Mal so in den Armen gehalten hatte. Vielleicht nicht mehr, seit ich mir damals in der Highschool beim Laufen auf der Aschenbahn den Knöchel gebrochen und die Leichtathletik-Wettbewerbe verpasst hatte. »Ich bin so müde, Dad«, sagte ich ihm zwischen zwei Schluchzern, versuchte, mit dem Weinen aufzuhören und durchzuatmen, ein und aus, langsam und ruhig. Ich richtete mich auf, und mein Vater zog die Arme zurück. Ich betupfte meine Augen, atmete aus. »Ich weiß nicht, ob ich noch verheiratet sein will«, sagte ich, so plötzlich, dass es in der Stille widerhallte. Ich senkte den Blick auf den Teppich, betrachtete das zerschlissene graue Gewebe. Ich wollte die Reaktion meines Vaters nicht sehen.

»Habt ihr Probleme, Luke und du?«

Ich schüttelte den Kopf. Meine Augen bohrten sich in den Boden. »Dad, ich liebe jemand anders.« Da. Ich hatte es gesagt.

Die eine Sache, die zuzugeben noch schlimmer war als die Tatsache, dass ich meine Ehe beenden wollte. »Ich bin ein schrecklicher Mensch. Bitte verabscheue mich nicht.«

Ich weiß nicht, was ich von meinem Vater erwartete – Wut, Tadel, Enttäuschung, Entsetzen, alles andere als das, wie er tatsächlich reagierte.

»Wie heißt er?«, fragte er.

»Wie heißt wer?«

»Wie heißt der Mann, in den du dich verliebt hast?«

Ich schaute auf, unsere Blicke begegneten sich. »Thomas«, sagte ich. Meine Stimme war heiser vom Weinen.

»Wie lange geht das schon?«

»Lange.« Die Scham stieg mir den Rücken hoch, den Nacken. »Ein paar Jahre.«

Das musste mein Vater sichtlich erst einmal verdauen. Ich wurde aus seiner Miene nicht schlau. »Ist er gut zu dir?«, fragte er schließlich.

Ich blinzelte. »Ja.«

»Und du möchtest mit ihm zusammen sein?«

»Ja.« Dies meinem Vater gegenüber laut auszusprechen, gab mir endlich die Möglichkeit, mir selbst einzugestehen, dass das die Wahrheit war. »Ich habe versucht, ihn nicht mehr zu sehen, aber das hat nie funktioniert. Ich liebe ihn zu sehr.«

»Leute verlieben sich, selbst wenn sie es nicht wollen, Rose«, sagte mein Vater. Dann: »Weiß Luke es?«

Ich schüttelte den Kopf.

»Du glaubst nicht, dass er einen Verdacht hat?«, fragte er als Nächstes.

Ich dachte an all die Hinweise, die ich für Luke hinterlassen hatte, so sorglos, so blöd, weil ich dachte, es würde leichter sein, ihn zu verlassen, wenn Luke das mit Thomas herausfand, als wenn ich ihn aus eigenem Willen um die Scheidung bat.

Plötzlich erfüllte es mich mit Erleichterung, dass Luke so sehr auf Addie fixiert war, dass er gegenüber allem, was ich tat, blind war. »Ich glaube nicht«, sagte ich. »Luke hat keine Ahnung. Er sieht nur Addie.«

Mein Vater seufzte. »Und du glaubst nicht, dass Luke und du das wieder auf die Reihe kriegt?«

Ich schüttelte den Kopf. »Ich glaube, ich habe aufgehört, es zu versuchen, Dad.«

»Okay. Nun gut.« Er schaute mich an – er sah so traurig aus. »Dann wirst du den Mut aufbringen müssen, diese Ehe zu beenden, Rose.«

»Ich weiß«, flüsterte ich.

»Es tut mir so leid, dass du das alles durchmachen musst, Liebes. Es tut mir leid, dass es mit dir und Luke so weit gekommen ist.«

»Mir auch.«

Mein Vater legte eine Hand auf mein Knie. »Ich bin froh, dass du es mir gesagt hast, Rose. Du kannst deinem Vater immer alles sagen«, fuhr er fort. »Ich weiß, dass du viel mit deiner Mutter sprichst, aber du kannst auch mit deinem Vater reden. Ich bin auch für dich da.«

Tränen strömten mir übers Gesicht. Mein Vater konnte all das Hässliche, was ich ihm gerade gesagt hatte, ertragen, konnte die Schande, die ich ihm gemacht hatte, ertragen und mich trotzdem lieben. »Ich weiß, dass du das bist. Ich sehe es«, sagte ich, denn genau so war es. Ich sah es. Es war unmöglich, es zu übersehen.

*

Ich warte, bis Addie zu Besuch bei Lukes Eltern ist, dann sage ich es ihm.

»He, hast du meine Kamerahülle gesehen?«, fragt er mich. »Die kleine? Ich kann sie nirgendwo finden. Vielleicht hat Addie damit gespielt und sie irgendwo verräumt. Sie liebt das Ding.«

»Warum schaust du nicht mal unter der Anrichte? Kürzlich habe ich mehrere Bücher darunter gefunden, von denen ich geglaubt hatte, sie seien für immer weg.«

Luke lacht, schüttelt den Kopf, als wäre die Tatsache, dass unsere Tochter Sachen unter Möbelstücke schiebt, eine besonders komische Leistung. *Diese Addie aber auch! Was für ein Schlingel!*

Ich bin auf der Stelle genervt. Mich nervt das alles – die allerkleinsten, unbedeutendsten Reaktionen von ihm nerven mich. Und dieser Ärger, den ich mit solcher Wucht empfinde, erinnert mich an das, was ich mir vorgenommen habe. Für heute Abend. Es muss heute Abend sein. Jetzt. Kein Aufschub mehr.

Ich stehe wie üblich in der Küche und bereite uns etwas Aufwendiges zu, heute die Lasagne meiner Mutter, für die man ewig braucht. Die selbst gemachten Nudelblätter, die *braciole,* die Tomatensauce, in der das Fleisch stundenlang simmert. Je mehr meine Ehe ins Schlingern kommt, desto aufwendiger sind die Gerichte, die ich koche. Es ist meine Art, mir die Zeit zu vertreiben, die Distanz zwischen Luke und mir zu übertünchen, die Stille zu überspielen.

Luke ist auf seiner Suche nach der Kamerahülle schon auf dem Weg ins Schlafzimmer, als ich sage: »Wenn du die Hülle gefunden hast, gäbe es da ein paar Dinge, über die ich mit dir reden möchte.«

»Ja, klar«, ruft er zurück, ohne auch nur die leiseste Ahnung zu haben, wie sehr mich seine Anwesenheit stört; ohne zu ahnen, worüber ich mit ihm reden möchte.

Schuldgefühle mischen sich unter mein Unbehagen. Ich beginne, die Semmelbrösel über die Fleischmasse zu streuen, und in meiner Hast werden es viel zu viele. »Scheiße!« Ich versuche, sie herunterzunehmen, drücke mit den Handflächen darauf, damit sie daran haften bleiben. Anschließend gehe ich zur Spüle und wasche mir die Hände, halte sie so lange unters heiße Wasser, dass ich mich fast verbrühe. Ich trockne sie ab, setze mich an den Küchentisch. Ich verschränke die Arme auf dem Tisch und lege meinen Kopf darauf.

Ich fühle mich wie jemand, der einen Krieg verloren hat, ohne zu wissen, dass er ihn überhaupt führt.

Ich hatte gedacht, ich könnte den Abschied aus meiner Ehe mit Luke mit einer gewissen Würde hinter mich bringen, mit der Weisheit der Jahre, die einem Menschen sagt, dass Ehen nun mal zu Ende gehen, selbst Ehen, die mit einer großen und intensiven Liebe begonnen haben, von der beide Beteiligte geglaubt hatten, sie würde ewig währen. Ich habe immer gedacht, ich sei anders, stärker, eine Frau, die aus einem besonderen Holz geschnitzt ist, einem Holz, das den Tiefschlägen, die uns im Leben beuteln, widerstehen kann. Doch ich bin genau wie alle anderen – müde, feige, ein schrecklicher Mensch. Ein Mensch, der zu allem fähig ist, was verwerflich ist, der dazu in der Lage ist, das Leben mit dem Mann zu zerstören, der vor so vielen Jahren mein Ehemann wurde, dem Mann, der nun der Vater meiner Tochter ist.

Ich hebe den Kopf. Ich weiß, ich muss diesen Weg jetzt antreten, da muss ich durch. Aber wie um alles in der Welt schafft man das?

Ich stehe vom Tisch auf, schiebe meinen Stuhl zurück und gehe zum Schlafzimmer. Ich höre, wie Luke drinnen wühlt und kramt, immer noch auf der Suche nach seiner Kamerahülle, mittlerweile ist er ganz weit hinten in seinem Schrank angelangt. Zerknüllte Sweatshirts, die vermutlich schon seit Jahren auf dem Schrankboden vor sich hin gammeln. Tüten mit Jeans, die er mal gekauft, aber nie getragen hat. Ich zwinge mich, die Worte zu sagen, mit denen dieses gefürchtete Gespräch beginnen wird. »Luke, ich habe etwas Ernstes mit dir zu besprechen.«

Er dreht sich nicht um. »Was gibt's denn?« Er zieht eine Stoffgiraffe hervor, schaut sie an, legt sie aufs Nachttischchen. Dann wühlt er weiter in dem Durcheinander.

Ich warte. Er kramt und kramt. Wut flammt in mir auf, zuerst nur ein kleines Feuerchen, das jedoch bald lichterloh brennt. Ich sauge bewusst seine Energie in mich auf. »Kannst du denn nicht mal einen Moment aufhören, um mit deiner Frau zu reden?« *Deiner Frau.* Das ist eine Bezeichnung, die ich in den vergangenen Monaten oft benutzt habe, indem ich von mir in der dritten Person sprach. Wenn ich mich auf diese Weise als *Lukes Frau* bezeichne, dann ist es, als wäre von jemand anderem die Rede und Luke könnte mich vielleicht klarer erkennen und das, was ich sage, besser verstehen.

Er wirft ein altes, zerrissenes T-Shirt auf den Boden hinter ihm, zieht eine einsame Socke heraus, richtet sich dann auf und dreht sich zu mir um. Er zieht fragend die Augenbrauen hoch, sagt aber nichts.

»Ich will mich scheiden lassen.«

Ich sage es einfach. Diese Feststellung, diese wenigen Worte, die schon seit Ewigkeiten in mir brodeln. Ich schleudere sie quer durch den Raum, wo sie meinem Mann direkt vor die Füße purzeln. Es ist die Ungeduld auf seinem Gesicht, die es mir möglich macht.

Er verschränkt die Arme vor der Brust, die einsame Socke immer noch in seiner Faust. »Aber was ist mit Addie?«

Ich schließe die Augen und atme tief durch. Dann öffne ich sie wieder und beginne zu sprechen. »Ich möchte über *uns* reden. In dieser Ehe geht es um uns, Luke. Das sollte es zumindest. Aber so ist es nicht. Schon lange nicht mehr.«

Er schweigt, betrachtet mich. Offenbar denkt er nach.

Ich habe mir so oft vorgestellt, wie Luke reagieren könnte,

wenn ich endlich diese Worte zu ihm sage; ich dachte, er würde wütend sein, herumschreien, würde schockiert sein, sogar weinen und mich anflehen, wir sollten es noch einmal miteinander versuchen. Schweigen und Stille standen nie auf meiner Liste.

»Aber was ist mit Addie?«, fragt er noch einmal. »Addie braucht zwei Eltern. Das weißt du.«

Was ist mit Addie? Was ist mit Addie?, möchte ich schreien. Irgendwo tief in mir, dort, wo der bessere Teil von mir ist, ist auch eine Rose, die sagt: *Ja, wir müssen mit dieser Sache sorgfältig umgehen, müssen dafür sorgen, dass es gut für Addie ist, Addie, die wichtiger ist als wir beide. Natürlich müssen wir überlegen, was mit Addie ist! Außerdem – wird Addie nicht irgendwann glücklicher sein, wenn sie zwei Eltern hat, die nicht in einer unglücklichen Beziehung miteinander leben?* Doch was ich laut sage, ist etwas anderes.

»Ist Addie eigentlich das einzige Problem, um das es dir geht?«, fauche ich.

Luke schaut mich an, als hätte ich gerade in der Küche das große Schneidemesser aus dem Messerblock gezogen und hielte es Addie über den Kopf – Abraham, der droht, unsere Tochter zu meucheln. »Addie ist kein *Problem*«, geifert Luke zurück.

»Meine Güte, Luke! Das habe ich nicht gemeint! Du hörst ja nicht einmal, was ich sage, weil du nur sie im Kopf hast! Aber anscheinend hast du vergessen, dass noch jemand in diesem Haus lebt – jemand, der zufällig deine Frau ist!«

Deine Frau! Deine Frau!

»Eine Frau, die ganz offensichtlich nicht mehr meine Frau sein will«, sagt er tonlos.

Ich hole tief Luft, versuche, ruhiger zu werden. Ich lege eine Hand an die Wand, um mich abzustützen. »Nein, Luke, das will ich nicht mehr. Wir müssen diese Ehe beenden. Ich muss es. Für dich existiere ich nicht einmal mehr. Schon seit Ewigkeiten nicht mehr. Seit ich damals schwanger wurde.«

»Das sagst du nur deshalb, weil du wünschtest, Addie wäre nie geboren worden. Du wolltest sie doch nie.«

Ich atme und atme, bin dankbar dafür, dass Addie bei ihren Großeltern ist und ihre kleinen Ohren niemals das hören werden, was ihr Vater gerade gesagt hat und was ich gleich sagen werde.

»Du hast recht, Luke. Ich wollte Addie nicht. Ich habe es nur zugelassen, schwanger zu werden, weil ich versuchen wollte, dich bei mir zu halten, denn ich wollte unsere Ehe retten. Aber ich glaube, unsere Ehe war damals schon vorüber.« Ich lasse die Wand los und mache einen Schritt auf ihn zu. Ich möchte, dass er den Ausdruck auf meinem Gesicht sieht, die Wahrheit, die darin liegt. »Aber Addie – Addie liebe ich von ganzem Herzen, und das weißt du. Ich bin eine gute Mutter. Und es mag schon sein, dass ich, bevor sie auf die Welt kam, kein Baby haben wollte, aber jetzt, wo ich Addie habe, könnte ich mir eine Welt ohne sie nicht mehr vorstellen. Sag du also so etwas nie mehr, und sag es niemals zu Addie.« Je mehr ich spreche, desto stärker fühle ich mich, als würden diese Worte mir ein Gift entziehen, das schon lange in mir gewütet hat. »Ich bin froh, dass wir Addie haben. Aber die Frage, ob wir sie bekommen sollen oder nicht, hat mich damals schier umgebracht, und das weißt du, aber du hast mich trotzdem gequält und bedrängt. Und da stehen wir nun. Wir haben eine wunderschöne Tochter, und unsere Ehe ist tot.«

Luke löst seine verschränkten Arme. Die Socke fällt zu Boden, bleibt kurz auf seiner Zehe liegen und landet dann auf dem Boden. Er geht auf mich zu, zwängt sich an mir vorbei durch die Tür, wobei er darauf achtet, mich nicht zu berühren. Dann holt er den Koffer aus dem Flurschrank und rollte ihn über den Holzboden zurück. Er beginnt zu packen.

ZWEIUNDDREISSIG

4. JUNI 2014

ROSE, LEBEN 3

»Ich möchte Grandma besuchen! Warum lässt du mich nicht?«

Addie steht im Wohnzimmer, den weichen rosa Plüschhasen, den ihr meine Mutter geschenkt hat, unter den Arm geklemmt und fest an den gertenschlanken Körper einer Sechsjährigen gedrückt. Obwohl es warm draußen ist, ein schöner Morgen im Frühsommer, trägt Addie den Pullover, den meine Mutter letztes Weihnachten für sie gestrickt hat – ein dicker Oversize-Pullover mit Streifen in jeder erdenklichen Nuance von Pink, dazu die passende rosa Jogginghose, ebenfalls eine Gabe ihrer Großmutter.

Damals war ihre Grandma so weit bei Kräften, dass sie noch stricken konnte.

Doch jetzt?

»Ach, meine Süße.« Ich lege die Hand um die Kaffeetasse, die vor mir auf dem Tisch steht, schließe die Augen, hole tief Luft. Der Krebs meiner Mutter hat uns so plötzlich getroffen – nicht nur die Nachricht selbst, sondern auch, wie schnell es damit ging. Ich kann es kaum ertragen, dabei zuzusehen, wie mein kleines Mädchen das alles durchmacht und wie es damit leben muss, dass es seine geliebte Großmutter bald verlieren wird. »Du weißt doch, warum. Wir haben schon darüber gesprochen. Luke!« Ich rufe nach ihm, weil ich seine Hilfe brauche, bezweifle aber, dass er mich hört. Er liegt immer noch im Bett. Gestern Abend kam er von einem Hochzeitsshooting spät nach Hause. Zumindest sagte er das.

Addie geht an der Couch im Wohnzimmer vorbei zu dem Tisch, mit dem unsere Küche beginnt. Erst da bemerke ich, dass sie die Schuhe trägt, die beim Gehen an den Sohlen aufleuchten – ebenfalls ein Geschenk ihrer Großmutter. Sie trägt also ein Oma-exklusiv-Outfit, von Kopf bis Fuß, einschließlich der Socken. Addie weiß genau, was sie zu tun hat, wenn sie etwas will. »Bitte, Mommy. Ich muss mich von ihr verabschieden.«

Ich konzentriere mich auf meine Atmung. Ich habe den Beschluss gefasst, Addie gegenüber stark zu sein, ebenso, wie ich das meiner Mutter gegenüber beschlossen habe. »Du hast dich doch schon von Grandma verabschiedet.«

»Aber sie ist noch da! Du besuchst sie doch noch! Und ich habe mich nicht von ihr verabschiedet. Nicht richtig.«

»Addie, Grandma ist jetzt anders. Dein Daddy und ich wollen, dass du sie so in Erinnerung behältst, wie sie während ihres Lebens war, nicht so, wie sie heute ist.«

»Aber, Mommy …«

»Luke!« Ich schreie noch lauter. Dann ziehe ich den Stuhl neben mir heraus, klopfe mit der Hand auf die Sitzfläche. »Komm, setz dich und lass deine Mommy einen Augenblick nachdenken, während sie ihren Kaffee trinkt, okay? Kannst du das machen, ja?«

Sie nickt. Tut, was ich ihr gesagt habe. Sie wartet.

*

Meine Mutter liegt in einem Krankenhausbett. Sie ist nicht bei Bewusstsein.

Wir warten auf ihren Tod. Es ist eine Tatsache, eine Frage der Zeit, wann sie gehen wird. Ihr Krebs war schnell und langsam zugleich. Am Anfang war er langsam, denn wir brauchten eine Weile, um zu glauben, dass er wirklich im vor Gesundheit strotzenden Körper meiner Mutter wütete. Für uns war es eine klare Sache, dass wir noch viel Zeit haben würden, viele Möglichkeiten, viele Wege, die wir einschlagen konnten. Als Familie würden wir die Situation gründlich überdenken und dann nach sorgfältiger Überlegung entscheiden können, was zu tun war, als hätte meine Mutter noch endlos viele Jahre Zeit, ehe sie mit einer Behandlung beginnen würde.

Doch dann ging es so schrecklich schnell. Noch eine gefühlte Minute vorher war sie da, wir stritten, wir lachten, und schon bald darauf konnten mein Vater und ich dabei zusehen, wie sie dahinschwand, wie ihr Körper Verrat übte an ihrer Seele, an ihrem Verstand, an ihrer großartigen Persönlichkeit, konnten sehen, wie sich die stürmische Naturgewalt, die sie immer ausgestrahlt hatte, in Luft auflöste. Wer konnte schon wissen, dass es nicht der Krebs sein würde, der ihrem Leben ein Ende bereitete, sondern Komplikationen, die sich daraus ergaben, das Blutgerinnsel, das sich in ihrem Bein bildete und ganz still und leise auf den Weg in ihr Gehirn machte? Diese letzten Wochen im Krankenhaus fühlten sich an wie eine Ewigkeit, doch sie kamen uns auch wie Sekunden vor, kaum Zeit schien uns vergangen zu sein, bevor mein Vater und ich die Entscheidung fällten, dass wir meine Mutter gehen lassen würden, dass wir sie von den Apparaten trennen würden, die sie am Leben hielten, denn am Leben war sie eigentlich nicht mehr, nicht wirklich. Und jetzt, wo die Ärzte alle Schläuche und die Sauerstoffmaske von ihrem Mund abgenommen haben, bleibt uns nichts mehr anderes zu tun, als zu warten, bei ihr Wache zu halten, dazusitzen, während ihre Atmung sich verlangsamt und ihr Puls immer schwächer wird.

Die Großmutter, die in dem Krankenhausbett liegt, ist nicht mehr die Großmutter, die Addie kennt. Luke und ich wollen nicht, dass sie diese Großmutter sieht, diese Frau, die auch nicht mehr die Frau ist, die ich kenne. In dieser allerletzten Woche ihres Lebens ist der Körper meiner Mutter zu einem Ort der Qual geworden, zu einer sterblichen Hülle, die ihr immer noch lebendiges Gehirn allmählich im Stich lässt.

»Ich möchte, dass du ein Foto von meiner Mutter machst«, habe ich erst gestern Morgen zu Luke gesagt. Meine Bitte klang grotesk, aber ich bat Luke trotzdem darum. Er saß neben mir an ihrem Bett, wir waren beide still, traurig, müde. Addie war bei Lukes Eltern, die unfassbar lieb gewesen sind, seit das alles begonnen hat.

»Rose – wie bitte?«

Ich schaute zu meiner Mutter, die da lag, sah, wie ausgemergelt sie war, wie grau und zerknittert ihre Haut, wie knochig und schmal ihre Arme, ihre Beine. Doch ohne die Apparate war sie irgendwie auch zu sich selbst zurückgekehrt, wenigstens ein bisschen. Eine Art Frieden hatte sich über sie herabgesenkt. »Ich … ich hätte einfach gern ein Foto von ihr. Ein letztes Foto.«

»Ach, Rose.« Lukes Stimme war voller Mitgefühl, aber er zögerte. »So willst du deine Mutter nicht in Erinnerung behalten.«

»Vielleicht nicht«, antwortete ich. »Aber vielleicht auch doch. Vielleicht irgendwann.«

»Würde deine Mutter das wollen, Rose? Und dein Dad? Bist du dir sicher?«

Ich habe von Frauen gehört, die eine Fehlgeburt erlitten haben und den Arzt baten, ein Foto von ihrem totgeborenen Kind zu machen. Frauen, die dieses Baby haben wollten, die den Verlust ihres zukünftigen Kindes betrauerten, die sich danach sehnten, es zu sehen, ein Andenken an dieses winzige Wesen zu haben, das zur Welt kommen sollte und es dann doch nicht schaffte. Eine Kollegin an der Uni verlor einmal Zwillinge, im siebten

Monat. Sie hatte sie zur Welt bringen müssen, obwohl sie wusste, dass sie tot waren, ein furchtbares Trauma, das sie durchleben musste. In ihrer Kommodenschublade hat sie immer noch ein Foto von ihnen, vergraben unter einem Stapel Seidenschals und weichen Lederhandschuhen. Als sie mir das erzählte, fand ich es einen furchtbaren Gedanken, ein solches Foto zu besitzen und aufzuheben, ich hielt es für einen sonderbaren und masochistischen Impuls, weil es einen Menschen in seinem tiefsten Kummer wie gefroren festhält.

Jetzt jedoch kann ich verstehen, warum jemand ein solches Andenken haben möchte, nun, da ich hier in diesem Krankenhauszimmer am Bett meiner Mutter sitze und darauf warte, dass sie ihren letzten Atemzug tut.

»Kannst du das bitte einfach für mich tun? Bitte? Du musst weder damit einverstanden sein, noch es für eine gute Idee halten. Mach es einfach bitte, damit es getan ist. Wir brauchen es meinem Dad nicht zu sagen. Ich will nur … ich glaube, ich muss es einfach haben.«

Nach einem langen Schweigen sagte Luke: »Okay. Okay. Ja, ich mache es.«

Nach einer Stunde kehrte Luke mitsamt seiner Ausrüstung zurück, und ich verließ den Raum. Jetzt waren da drinnen nur Luke und meine Mutter. Als er hinterher wieder rauskam, weinte er. »Ich liebe dich, Rose«, sagte er.

»Ich liebe dich auch. Danke.« In jenem Moment war ich ihm so dankbar, dass ich fast vergaß, dass mein Mann, dieser Mensch, der gerade so lieb zu mir war, mich betrog.

Luke weiß nicht, dass ich von seiner Affäre weiß. Dass ich von Cheryl weiß. Dass ich, nachdem ich das Foto auf seiner Kamera gefunden hatte, eine Weile verdrängte, was ich ahnte, doch dann mehr und mehr von den kleinen Anzeichen entdeckte, die mir sagten, dass Luke sich mit jemandem traf – sie waren einfach zu offensichtlich, um sie zu übersehen. Wenn er spät nach Hause kam, mir ausweichende Antworten gab auf meine Frage, wo er denn gewesen sei, mit wem, warum er nicht angerufen hatte oder warum er im Bett nichts mehr von mir wollte. Der Name Cheryl wurde zu einem permanenten Flüstern in meinem Kopf, einem Raunen, das einfach nicht mehr aufhörte und das mich quälte.

Doch all diese Gedanken hatten sich in Luft aufgelöst, als meine Mutter ins Krankenhaus kam, als wir wussten, dass sie sterben würde – dass sie bereits im Sterben lag. Die Affäre, die mein Mann hatte, trat in den Hintergrund, denn da war auf einmal nur noch die Tragödie, die sich vor unseren Augen abspielte, vor Addies Augen. Cheryl und die Affäre würden bis später warten müssen. Bis alles vorbei war.

»Natürlich, Rose«, sagte Luke. »Ich würde alles für dich tun. Das weißt du.«

Ich nickte. Aber gewusst hatte ich das nicht, nicht wirklich, lange Zeit nicht. Jetzt jedoch fühlte ich es. Sie war stark und untrennbar, diese Verbindung zwischen Luke und mir; sie war immer da gewesen, aber ich hatte sie einfach aus den Augen verloren.

*

Jetzt kommt mir Luke allerdings nicht zu Hilfe, als ich ihn rufe.

»Dann los, Addie, gehen wir«, sage ich schließlich. »Mommy nimmt dich zu Grandma mit.«

Ich hinterlasse keine Nachricht für Luke. Soll er sich doch selber fragen, wo Addie und ich sind, wenn er aufsteht. Ich habe genug Zeit damit verbracht, darüber zu grübeln, wo er ist, mit wem und was er tut. Ich lasse die Tür laut ins Schloss fallen, als wir die Wohnung verlassen.

»Hallo, Grandma«, sagt Addie in dem Moment, als wir das Krankenzimmer betreten.

Ich lege den Finger an die Lippen, um Addie zu bedeuten, sie solle leise sein, und zeige auf meinen Vater, der in einer Ecke des Zimmers auf einem Stuhl sitzt und schläft. Er ist in den letzten Tagen kaum von der Seite meiner Mutter gewichen, ich bin also froh, dass er sich ein bisschen ausruht.

Addie lässt meine Hand los, und ich beobachte, wie meine Tochter schnurstracks zum Bett meiner Mutter geht. Furchtlos. Unbeeindruckt von den Apparaten, die piepsen und die Atmung meiner Mutter überwachen, die wie ihr Puls immer langsamer wird. Wie stark mein kleines Mädchen doch ist, und mit welcher Würde sie diesen Moment begeht! Wie ist meine Tochter so geworden? Wer hat gewusst, dass sie das in sich hat? Von wem hat sie diese Gefasstheit, diese Reife? Von mir? Von Luke? Von irgendeiner mysteriösen Kraft im Universum?

»Ich dachte, vielleicht fühlst du dich einsam, deshalb habe ich dir ein bisschen Gesellschaft mitgebracht, Grandma«, flüstert Addie und legt den Plüschhasen auf die Brust meiner Mutter.

Ich widerstehe dem Impuls, mich abzuwenden, das Gesicht zur Tür zu drehen. Ich weiß nicht, ob ich die Kraft habe, mir das anzuschauen. Aber natürlich bleibt mir keine Wahl, ich bin die Mutter, also tue ich es. Für Addie, so wie es auch meine Mutter für mich tun würde.

»Für den Sommer habe ich mir etwas vorgenommen, das dir gefallen wird«, fährt Addie fort. »Ich lerne endlich schwimmen, so wie du es mir gezeigt hast, bevor du krank wurdest.«

Mein Vater bewegt sich auf dem Stuhl, schlägt die Augen auf. In dem Moment, als er Addie erblickt, richtet er sich auf, sagt aber nichts, weil er weiß, dass er die einseitige Unterhaltung, die sie mit ihrer Großmutter hat, nicht unterbrechen sollte. Ich gehe zu ihm, küsse ihn auf die Wange. Er steht auf, nimmt meine Hand, und wir beide stehen beisammen, schweigend und still, um den kostbaren Moment nicht zu stören. Ich höre meiner Tochter dabei zu, wie sie meiner Mutter von ihrem Leben erzählt, wie es in der Schule war und was sie in der nächsten Zeit vorhat, im Sommer, im Herbst. Addie redet und redet, obwohl meine Mutter ihr nicht antworten und sie vielleicht auch gar nicht hören kann. Während Addie spricht, wird mir klar, dass es ein Fehler von Luke und mir war, sie von meiner Mutter fernzuhalten. Dass es für sie das Richtige ist, hier zu sein, jetzt und hier. Dass sie damit umgehen kann.

Irgendwann hört Addie auf zu sprechen.

Mein Vater und ich treten zu Addie ans Bett meiner Mutter.

»Hi, kleine Gnocchi«, sagt mein Vater, und Addie dreht sich um, schlingt die Arme um seinen Bauch. »Es ist gut, dass du hier bist und deine Großmutter besuchst. Ich lass euch Mädels mal einen Moment allein mit ihr, okay?«

Addie nickt und löst sich von ihm.

Es fällt mir immer schwerer, die Tränen zurückzuhalten, so schwer, dass ich es kaum schaffe, meinem Vater zu danken, doch er drückt meinen Arm und geht davon, öffnet leise die Tür und macht sie hinter sich zu. Jetzt sind Addie und ich allein, um uns zu verabschieden.

Ich lege die Hand auf den Arm meiner Mutter, Addie legt ihre Hand daneben. Die Haut meiner Mutter ist erstaunlich warm, und das erschüttert mich ebenso wie der Gedanke, dass es vielleicht das allerletzte Mal ist, dass ich meine Mutter berühre, während sie am Leben ist, das letzte Mal, dass ich die Wärme ihres Körpers spüre. Wir stehen lange Zeit da, unser Atmen ist das einzige Geräusch im Raum.

»Bist du bereit, Liebes?«, frage ich schließlich.

Bin ich es denn?

Wie sagt man seiner Mutter für immer Adieu?

Wie schafft es ein kleines Mädchen, von seiner geliebten Großmutter wegzugehen?

Addie nickt, kurz und knapp.

Ich beuge mich über meine Mutter und gebe ihr einen Kuss auf die papierene Wange. Dann hebe ich Addie hoch, damit sie das Gleiche tun kann. »Ich hab dich lieb, Grandma«, flüstert sie.

Ich hab dich lieb, Mom.

Addie beginnt erst zu weinen, als wir das Zimmer verlassen haben.

Ich auch.

Draußen auf dem Flur liegen wir uns in den Armen und schluchzen, ohne etwas zu sagen. *Wie die Mutter, so die Tochter.* Dieser Gedanke geht mir durch den Kopf, während Addie und ich weinen. Ich sehe, wie wahr er ist, dieser Satz, und genieße den Trost in seiner Wahrheit. Dass meine Mutter in mir lebt, so wie sie und ich beide in Addie leben.

»Du bist so sehr wie deine Großmutter«, sage ich irgendwann zu Addie. »Ich sehe sie in dir, Addie«, sage ich, und das tue ich auch. Ich sehe sie.

*

Die Beerdigung ist drei Tage später. Mein Vater hat den Sarg gezimmert. Frankie ist mit dem Flieger aus Barcelona gekommen, um bei uns zu sein.

Es ist seltsam, nicht mehr denken zu können, dass meine Mutter überall auf einmal ist. Seit der Sekunde, als sie gestorben ist, vermisse ich sie schrecklich, unerträglich. Ich will sie wiederhaben, will, dass sie mich wieder bevormundet, mich wahnsinnig macht. Dass ich sie insgeheim für all das geliebt habe, ist kein Geheimnis mehr für mich. Ich weiß ganz genau, was ich verloren habe und dass ich es nie wieder zurückbekomme.

So ist es doch, wenn man von einer Mutter geliebt wird, oder nicht?

Jemanden in seinem Leben zu haben, der so sehr bei dir ist, bei allem, was du tust, so klein und unbedeutend es auch sein mag, jemanden, dem alles, was du bist und tust, wichtig ist und der deshalb all diese Nichtigkeiten auf ein Niveau von gewaltiger Bedeutung anhebt; einen Menschen, der dich tröstet und die Fehlschläge und Tiefschläge deines Lebens zusammen mit dir überwindet, der die Herausforderungen des Lebens gemeinsam mit dir besteht und sein Bestes gibt, um dir dabei zu helfen, voranzukommen. Einen Menschen, der es manchmal, vielleicht sogar oft, damit übertreibt, dir damit aber, tief drinnen, zu verstehen gibt, dass du nicht allein bist.

Ich will nicht allein sein. Ich will, dass meine Mutter mir dabei hilft, das durchzustehen, was als Nächstes kommt, denn ich weiß, es wird nichts Angenehmes sein. Ich werde wieder mehr auf meinen Ehemann achten, auf meine Ehe, auf die Tatsache, dass sie auf eine Weise im Niedergang begriffen ist, die nicht mehr zu reparieren ist, und dass ich ihr Ende irgendwie durchstehen muss, ohne dass meine Mutter an meiner Seite ist.

Aber ich habe Addie.

Ist es nicht seltsam, dass ich nur deshalb einverstanden war, dieses Kind zu bekommen, weil Luke es unbedingt wollte? Ich habe es getan, um eine Ehe zu retten, die sowieso am Ende war, es war nur eine Frage der Zeit. Ich gab Luke das, was er wollte, aber unter dem Strich war er immer noch nicht zufrieden. Hätte ich doch nur gewusst, dass ihm nichts, was ich tat oder jemals tun würde, genug wäre! Aber wenn ich es gewusst hätte, hätte ich meine Ehe beendet, bevor Addie in unser Leben trat, bevor meine Mutter diese wunderbare, leidenschaftliche kleine Enkelin kennen- und lieben lernen konnte.

Ich bin so froh, dass ich es nicht wusste.

DREIUNDDREISSIG

8. APRIL 2015

ROSE, LEBEN 6

»Du, Grandpa, wann hast du eigentlich beschlossen, Schreiner zu werden?«

Addie mampft ihre Fritten, taucht sie genüsslich in eine Ketchup-Pfütze. Sie liebt Ketchup.

»Als ich nicht viel älter war als du, Gnocchi«, sagt er. »Ich war etwa zwölf. Aber ich wusste schon damals, dass ich unbedingt etwas mit meinen Händen machen wollte.«

Wir sitzen im Lieblingsdiner meines Vaters, den man in dem Viertel, in dem ich aufgewachsen bin, liebevoll »Der fettige Löffel« nennt. Einmal im Monat kommen wir hierher – mein Vater, Addie und ich. Seit dem Tod meiner Mutter ist das zu einer Art Tradition geworden. Wir bilden ein Dreieck, wenn wir am Tisch sitzen, mein Vater und ich auf der einen Seite der Nische, Addie auf der anderen. In letzter Zeit hat sie gern die ganze Bank für sich. Während wir essen und reden, hört man gelegentlich das Brutzeln eines Burgers auf dem Grill oder den Koch, der einer der Kellnerinnen eine Order zuruft.

Addie schaut mich an und greift zu der hohen Ketchupflasche, um sich eine großzügige Portion der roten Sauce direkt auf die Fritte zu quetschen, die sie in der Hand hält. Sie wartet darauf, dass ich ihr sage, sie solle die Flasche hinstellen, aber ich fange nur an zu lachen. Sie wirft sich die Fritte schwungvoll in den Mund und fängt von vorne an.

»Also, Grandpa«, fährt Addie fort, als ihr klar geworden ist, dass sie um einen Tadel von mir herumkommt. »Wenn du noch mal zwölf wärst, würdest du dann immer noch beschließen, Schreiner zu werden?«

Mein Vater nimmt die Ketchupflasche entgegen, die Addie ihm hinhält, und drückt einen Streifen Ketchup auf jede Fritte, die er vor sich hat, was Addie zum Kichern bringt. Dabei schauen sie mich beide herausfordernd an, als würde ich ihnen gleich die Flasche abnehmen.

»Nur zu«, sage ich. Ich liebe es, meinen Dad zusammen mit Addie zu sehen. Ich liebe es, wie spielerisch er mit ihr umgeht. Es ist interessant zu beobachten, wie die Tatsache, dass jemand ein Kind oder ein Enkelkind hat, ihn auf eine Weise heilen kann, die man nie erwartet hätte. Man meint immer, ein Kind würde immer nur nehmen und nicht geben, aber plötzlich sind die Kids diejenigen, die geben, ohne sich dessen auch nur bewusst zu sein. Einfach, indem sie da sind.

Das Licht in dem Diner ist hell, und die Falten auf dem Gesicht meines Vaters, die sich vertieft haben, sind deutlich zu sehen. Ich versuche, nicht darauf zu achten, wie sehr er in diesem Jahr gealtert ist, aber manchmal ist es nicht zu übersehen.

»Wenn dein Grandpa heute noch mal jung sein könnte«, sagt mein Vater, »würde er zuerst aufs College gehen. Und später vielleicht doch Schreiner werden. Aber ich wünschte, ich hätte auf die Schule gehen können, auch wenn ich das für meine Arbeit gar nicht gebraucht hätte. Einfach so, wie es deine Grandma getan hat, und deine Mom und dein Dad auch.«

Die Kellnerin kommt mit drei Eis-Milkshakes und stellt sie vor jeden von uns hin. Erdbeer für mich, einmal Schwarz-Weiß für Dad und Chocolate Chip für Addie. Sie stürzt sich sofort darauf, saugt gierig die dicke Flüssigkeit mit dem Strohhalm auf.

Dann fragt Addie: »Grandma war auf dem College?«

»Ja«, sage ich. »Sie hat studiert, um Lehrerin zu werden.«

»Aber war sie denn dann Lehrerin?«

Mein Vater rührt mit dem Strohhalm in seinem Shake, um ihn zu verdünnen. »Sie war es eine Zeit lang, bevor sie schwanger wurde und deine Mom gekriegt hat.«

»Warum hat sie denn aufgehört zu unterrichten, als sie dich gekriegt hat, Mom?«

»Damals war einfach eine andere Zeit«, erkläre ich. »Außerdem war deine Grandma so aufgeregt, mich zu bekommen, dass sie zu Hause bleiben wollte, um sich nur um mich zu kümmern.« Diese Worte sind schneller heraus, bevor mir bewusst wird, was sie meiner Tochter vermitteln könnten.

»Aber du bist doch jetzt auch Lehrerin!«, sagt Addie.

Jetzt kommt's.

Mein Vater taucht eine Fritte in seinen Shake, etwas, das er immer schon gern gemacht hat, das er mir sogar beigebracht hat, obwohl meine Mutter es ekelhaft fand. »Deine Mom unterrichtet nicht nur, sie ist Professorin und arbeitet mit Studenten am College. Sie hat einen Doktor, und das ist ein ganz anderer Titel. Dein Grandpa ist immer sehr, sehr stolz auf ihre Ausbildung gewesen.«

»Ach, Dad«, sage ich, schnappe mir eine Fritte von seinem Teller und tauche sie in seinen Shake, nicht in meinen, weil ich Pommes frites mit Erdbeershake nicht so prickelnd finde. Ich drehe mich zu ihm, gleich neben mir auf der Bank. *Ich hab dich lieb,* hauche ich.

Addie ist immer noch dabei, ihren sehr dicken Shake einzusaugen. »Aber, Mom, *du* bleibst nicht bei mir zu Hause, so wie Grandma mit dir zu Hause blieb.«

»Das stimmt, kleine Gnocchi.«

»Warum?«

»Weil ich meine Arbeit liebe, Addie. Ich liebe meine Arbeit, und dich liebe ich genauso. Und wir leben in einem Zeitalter, in dem Frauen beides machen können.«

Mein Dad beobachtet Addie. Ich auch.

In ihrem Kopf drehen sich sichtlich die Rädchen. Sie hat damit aufgehört, Fritten zu essen und ihren Shake zu trinken. Die Kellnerin kommt herüber und fragt uns, ob wir noch etwas brauchen, aber wir verneinen und schicken sie weg.

Dann: »Hat denn Dad überlegt, ob er an deiner Stelle bei mir zu Hause bleibt?«, fragt Addie.

Mein Vater hat die Augenbrauen hochgezogen und wirft mir einen Blick zu.

»Nein, hat er nicht, Addie«, sage ich.

Addie schaut mich immer noch an. Je älter sie wird, umso schwieriger wird es, ihr vage Antworten zu geben. »Liebt Dad seine Arbeit so sehr, wie du deine liebst?«

Darüber denke ich kurz nach. »Ich finde, das ist eine Frage, die du ihm selbst stellen musst, Addie. Ich weiß, dass dein Vater liebt, was er tut, und er ist sehr, sehr gut darin.«

Addie nickt. »Deshalb ist er auch so viel unterwegs. Weil die Leute seine Fotos lieben und wollen, dass er überallhin reist, um sie zu machen.«

»Ganz genau«, sagt mein Vater.

Oder vielleicht liegt es ja auch daran, dass die Ehe deiner Eltern derzeit nicht besonders gut läuft. Denn obwohl es wundervoll war, dass du in unser beider Leben gekommen bist, hat das Kinderkriegen nicht gereicht, um unsere Beziehung zu retten.

Das Gespräch wendet sich weniger heiklen Themen zu: Addies Lieblingsfach in der Schule – Geschichte –, gefolgt von einer Einladung seitens meines Vaters in eines der Geschichtsmuseen der Stadt, in dem sie noch nicht gewesen ist, gefolgt von Fragen nach Grandma und ihrem Leben, ein Thema, das Addie in letzter Zeit oft anschneidet. Außerdem möchte Addie wissen, ob wir im Sommer wieder das Haus am Strand mieten werden – wahrscheinlich, sagen mein Vater und ich. *Obwohl diesmal vielleicht dein Vater nicht dabei ist, Addie,* füge ich insgeheim hinzu. Irgendwann sind die Fritten und die Shakes verputzt, und wir kehren zum Haus meines Vaters zurück, auch das ein Teil der monatlichen Tradition, auf die wir uns geeinigt haben. Vielleicht derjenige, die mir am allerliebsten ist.

Mein Vater knipst alle Lichter in seiner Werkstatt an, und ich ziehe meinen Stuhl an die Stelle, wo ich am liebsten sitze. Addie bleibt, wo sie ist.

»Zieh deine Handschuhe an«, sagt mein Vater zu Addie.

Sie tut, was er sagt; natürlich sind die Handschuhe pink. Die hat ihr Grandpa für sie besorgt; keiner weiß, woher. »Er ist fast fertig«, sagt sie stolz.

»Das ist er, mein Schatz.«

Eine ganze Stunde lang schmirgeln Addie und ihr Großvater den Schreibtisch ab, den sie zusammen für Addies Zimmer geschreinert haben. Er hat ihr beigebracht, wie man mit den Händen arbeitet, genau wie er das tut, und es hat sich herausgestellt, dass Addie große Freude daran hat. Die beiden können sich stundenlang damit beschäftigen; sie machen sich in der Werkstatt zu schaffen, schleifen und schmirgeln, wobei nicht viel geredet wird; gelegentlich hält mein Vater inne, um Addie zu zeigen, wie das ein oder andere richtig gemacht wird, leise Musik spielt im Hintergrund. Manchmal plaudern wir zu dritt, aber oft sitze ich nur da und schaue zu.

Addies Hand steht einen Moment lang still, sie schaut zu meinem Vater hoch. »Können wir noch was anderes tischlern, wenn der Tisch fertig ist?«, fragt sie.

Mein Dad strahlt. »Na klar können wir das. Was hättest du denn gern?«

»Wie wäre es mit einem passenden Stuhl?«

»Ein Stuhl klingt perfekt.«

»Wir könnten ihn in dem gleichen Pink streichen, das Grandma so geliebt hat.«

Mein Dad und ich wechseln einen Blick und kichern, denn der einzige Grund, warum meine Mutter das grelle Pink, das Addie so liebt, geduldet hat, war der, dass Addie es so sehr liebt.

»Ich bin mir sicher, deine Grandma wäre einverstanden«, sagt mein Vater zu ihr.

Bevor Addie mit dem Schmirgeln weitermacht, wirft sie mir einen Blick zu. »Glaubst du, Grandma kann uns immer noch sehen? Glaubst du, sie weiß, dass wir hier sind und über sie sprechen? Glaubst du, sie weiß, dass wir sie vermissen?«

Ich lasse mir all diese Fragen von Addie durch den Kopf gehen. Ich weiß, dass es nur Wunschdenken ist, wenn ich mir vorstelle, dass meine Mutter immer noch hier bei uns ist, dass sie in irgendeiner Weise weiß, was wir im Leben so machen, wie sehr wir sie auch jetzt, wo sie nicht mehr da ist, lieben und sie vermissen. Aber ich beschließe einfach, dass es mir egal ist, ob das Wunschdenken ist oder nicht, weil es ein Wunsch ist, den ich mit Addie teile. Seit dem Tag, an dem meine Mutter gestorben ist, verspüre ich genau diesen Wunsch. »Ja, Liebes«, sage ich jetzt zu ihr. »Ja, das glaube ich.«

VIERUNDDREISSIG

8. APRIL 2015

ROSE, LEBEN 1 & 2

»Dr. Napolitano? Ich habe Ihr Buch wirklich geliebt.« Eine junge Frau, die aussieht wie eine Doktorandin, spricht mich auf dem Flur des Konferenzhotels an. Hier drinnen ist es hell und warm, ein großer Kontrast zum eiskalten, verschneiten Colorado draußen.

»Danke«, sage ich. Sie hat etwa meine Größe und wirkt stylish – schwarzes Haar und ein ärmelloses rotes Kleid, das ihre durchtrainierten Arme und Waden zur Geltung bringt. »Haben Sie es für die Uni gelesen?«, frage ich sie.

»Nicht wirklich.« Leute von der Konferenz strömen auf beiden Seiten an uns vorbei, ein Schwarm in Tweed; sie sind unterwegs zu den verschiedenen Sälen, in denen Podiumsdiskussionen oder Seminare stattfinden, oder auf dem Weg zu der angeschlossenen Buchmesse. »Ich habe es gelesen, weil ich glaube, dass ich keine Kinder haben will. Ich habe es einfach für mich gelesen.« Ihre Feststellung klingt wie eine Beichte, als hätte sie mir gerade ein Verbrechen gestanden.

Am liebsten würde ich mich zu ihr beugen und sie an mich drücken, den Arm um sie legen und irgendwo mit ihr hingehen, wo wir uns setzen und einen Kaffee miteinander trinken können. Ich möchte ihr zu verstehen geben, dass sie nicht allein ist, dass wir viele sind, mehr, als man denkt. »Ich habe dieses Buch für mich geschrieben«, sage ich zu ihr. »Und letztlich auch für Frauen wie Sie.«

Das Buchprojekt ist aus einer Entscheidung entstanden, die ich vor einer ganzen Weile getroffen habe – teilweise aus Überlebensgründen nach der Trennung von Luke –, nämlich nach anderen Frauen zu suchen, die keine Kinder haben und auch keine wollen, die sie vielleicht nie wollten und auf ihrer Entscheidung beharrt haben. Ich wollte Frauen wie mich kennenlernen, die etwas Ähnliches durchgemacht haben, etwas, das sie vielleicht auch ihre Ehe gekostet hat. Doch die meisten von uns leben ein solches Leben im Verborgenen.

Ich bin diesem Buch dankbar. Es hat sich als hilfreiche Ablenkung herausgestellt, denn seine Vermarktung hat seit dem Tod meiner Mutter meine ganze Aufmerksamkeit gefordert. Für dieses Buch habe ich jede erdenkliche Möglichkeit beim Schopf ergriffen und zu allem Ja gesagt.

»Wie heißen Sie?«, frage ich die junge Frau.

Sie schaut wieder hoch. »Marika«, sagt sie.

»Es muss Ihnen nicht peinlich sein, dass Sie keine Kinder wollen.«

»Ich weiß.« Sie tritt von einem Fuß auf den anderen, die Absätze ihrer High Heels bohren sich in den weichen Teppich. »Aber das ist eins der Dinge, über die es sich richtig schwer mit anderen Leuten reden lässt. Keiner glaubt Ihnen, wenn Sie ihnen das sagen. Oder die Leute denken, mit Ihnen stimmt was nicht.«

»Ich weiß genau, was Sie meinen. Ich habe mich richtig allein gefühlt.« Wie gut es tut, denke ich, dass ich mich von diesem Teil meines Lebens abgenabelt habe, dass ich glücklich mit meiner Arbeit bin und als Single gut durchs Leben gehe. Ich habe wundervolle Freundschaften und Kollegen, ich habe Dad und Tante Frankie. »Gott sei Dank habe ich all die Frauen kennengelernt, die ich für das Buch interviewt habe«, sage ich zu ihr.

Marika nickt. »Das muss toll gewesen sein.«

»Das war es.« Auf dem Flur ist es still geworden, die nächsten Podiumsdiskussionen beginnen gleich. Ich wühle in meiner riesigen Tasche und krame zwischen den dicken Büchern, die sie so schwer machen, dem Konferenzprogramm und meiner Brieftasche das dünne blaue Lederetui hervor, in dem ich meine Visitenkarten habe. Ich reiche ihr eine. »Sollte ich Sie nicht mehr sehen, können Sie mir gerne mal mailen, und wir reden weiter. Wenn ich nicht zu einem Meeting müsste, hätte ich gesagt, wir könnten gleich einen Kaffee trinken gehen.« Marika nimmt die Karte entgegen. »Es war wundervoll, Sie kennenzulernen.«

Ich mache mich auf den Weg, schließe das kleine Ledertäschchen und schiebe es tief in meine Tasche. Ein Geschenk von Luke, das er mir an dem Abend, als wir meine erste Anstellung an der Uni feierten, gegeben hat. Er hatte es sorgfältig in passendes blaues Papier gewickelt, meine Lieblingsfarbe – das leuchtende Blau des Meeres an einem sonnigen Tag – und eine grüne Schleife darum gemacht, meine zweitliebste Farbe. Auf die Karte hatte er geschrieben: *Für meine ewige Liebe, Professor Rose, zum Beginn einer langen und erfolgreichen Karriere. In Liebe für immer, Luke.* Ich erinnere mich so genau daran. Während ich den Flur entlanggehe, wundere ich mich ein wenig über die Tatsache, dass diese Erinnerung mich nicht mehr zusammenzucken lässt, mir nicht mehr wehtut, zumindest ist es kein scharfer Schmerz mehr wie früher. Stattdessen empfinde ich eine Art Frieden, einen Frieden, von dem ich nicht geglaubt hatte, ich könnte ihn diesem Mann gegenüber empfinden, der einmal mein Ehemann war.

*

Irgendwie haben Luke und ich trotz der schmerzhaften Scheidung, trotz der Tatsache, dass Luke mit einer anderen Frau zusammen ist und ein Kind mit ihr hat, zu einer Art Freundschaft gefunden.

Bewirkt hat das der Tod meiner Mutter.

Ich hatte ihm eine Nachricht geschrieben und ihm mitgeteilt, dass sie nicht mehr lange zu leben habe. Ich fand, dass ich ihm das schuldig war. Luke hatte meine Mutter jahrelang gekannt, hatte sie Mom genannt, hatte sie geliebt und sie ihn. Luke antwortete mir fast sofort.

Das tut mir so leid, Rose.

Dann kam eine zweite Nachricht.

Wäre es in Ordnung, wenn ich komme und mich von ihr verabschiede?

Seine Bitte erstaunte mich. Damals saß ich bei ihr im Zimmer, auf dem Stuhl, in dem mein Vater gewöhnlich schlief, und las einen Krimi. Ich hatte meinen Vater für ein paar Stunden nach Hause geschickt. Ich machte mir Sorgen um ihn; ständig hier zu sein, forderte seinen Tribut. Es dauerte eine ganze Weile, bis ich Luke antwortete. Zuerst wusste ich nicht, was ich sagen sollte. Luke und ich hatten uns schon seit Jahren nicht mehr gesehen.

Eine Scheidung ist eine seltsame Sache. Man ist die ganze Zeit mit jemandem zusammen, lebt mit ihm zehn Jahre lang, teilt alles mit ihm, und dann – wenn es keine Kinder gibt, die es zu versorgen gilt – bedeutet man einander auf einmal gar nichts mehr und muss nichts mehr sein, was man nicht sein *will*.

Doch nach so vielen Tagen, die ich in diesem Zimmer bei meiner Mutter am Bett gesessen hatte, kurz davor, diesen Menschen zu verlieren, der mich jede Sekunde meines Lebens geliebt hatte, begann sich meine Sicht auf die Dinge zu wandeln. Im Angesicht des Todes geschieht das mit den Menschen. Alles, was man tut, fühlt sich auf einmal anders an. All die Dramen, die man in der Vergangenheit erlebt hat, all die Wut, die man vielleicht auf jemanden hatte, kommen einem klein und unbedeutend vor.

So wütend ich auch lange Zeit auf Luke gewesen war, und so gut es war, dass diese Ehe zu Ende war – ich wollte nicht, dass das, was zwischen uns war, gar nichts zu bedeuten hatte. Wir hatten zu viel erlebt. Und es berührte mich, dass er sie sehen wollte.

Ich schrieb ihm zurück.

Ja. Aber komm bald. Sie hat nicht mehr viel Zeit.

Zwei Stunden später klopfte er an die Tür. Draußen vor den Fenstern war die Sonne untergegangen, und in dem Zimmer wurde es langsam dunkel, nur die Lampe am Bett meiner Mutter spendete noch etwas Licht. Eine Sekunde lang zögerte ich, und kurz kam Panik in mir auf. *Warum hatte ich Luke zugesagt?*

Dann stand ich auf und ließ ihn rein.

»Hallo, Rose.«

»Hallo.«

Wir standen da und schauten uns an. Dann nahm mich Luke in die Arme. Das war zuerst ein wenig unbeholfen, als wüsste keiner von uns, ob es eine gute Idee war. Doch dann fühlte es sich vertraut an, wie eine Art Trost. Etwas, das ich wiedererkannte, etwas, das Luke und ich jahrelang getan hatten, ohne darüber nachzudenken, als wir noch zusammen waren. »Das mit deiner Mutter tut mir so leid, Rose«, sagte er an meiner Schulter.

Wir lösten uns aus der Umarmung.

»Es ist schön von dir, dass du kommst«, sagte ich. Und meinte es auch so. Noch vor wenigen Momenten war ich mir nicht so sicher gewesen, ob meine Entscheidung richtig war, aber jetzt, wo Luke da war, wusste ich, dass es gut gewesen war, ihn kommen zu lassen.

Wir standen lange am Bett meiner Mutter.

Sie sah so klein und verhärmt aus, gar nicht mehr wie sie selbst. Jedes Mal, wenn ich sie anschaute, dort in ihrem Bett, wenn ich sie bewusst wahrnahm, kamen mir die Tränen.

»Ich vermisse immer noch die Lasagne deiner Mutter an Weihnachten«, sagte Luke.

Ich lächelte ein bisschen. »Wirklich?«

»O ja. Niemand macht eine bessere Lasagne als deine Mutter.«

Ich seufzte. »Ja, das stimmt.«

»Weißt du noch, wie sauer sie war, als wir ihr sagten, wir wollten bei der Hochzeit nicht diesen großen italienischen Kekstisch? Oder die jordanischen Mandeln als Gastgeschenk?«

Ich lachte. »Wie könnte ich das vergessen? Sie hat so getan, als hätten wir jemanden ermordet.«

»Mit dieser Dame war wirklich nicht zu spaßen.«

»Erzähl mir mehr.«

Luke und ich standen eine ganze Stunde da und tauschten Erinnerungen an meine Mutter aus, gute, lustige, schwierige, oder wir lachten über Dinge, die meine Mutter gesagt und getan hatte; dass sie sich durch unser Leben, unsere Ehe gezogen hatte wie ein Band; oder über unsere Schränke voll von ihren verrückten Pullovern, ob wir sie nun mochten oder nicht. Je mehr wir sprachen, desto leichter fiel es mir, hier zu stehen, am Bett meiner Mutter, als hätten unsere Worte die Macht, sie wieder in die Frau zurückzuverwandeln, die wir gekannt hatten, ihr das Leben zurückzugeben, und wenn es nur für ein paar Minuten war.

»Ich bin wirklich froh, dass du gekommen bist, Luke«, sagte ich zu ihm, als er aufbrach.

»Natürlich bin ich gekommen. Ich habe deine Mutter geliebt.«

»Lieb, dass du das sagst.«

»Es ist wahr«, sagte er. Seine Stimme wurde rau. »Ich weiß, du wirst sie vermissen, Rose. Ich weiß, du und dein Vater, ihr geht durch die Hölle.«

»Diese letzten Wochen waren furchtbar.« Ich schaute zu ihm hinüber. Sein Blick war immer noch auf meine Mutter gerichtet, was es mir leichter machte, das zu sagen, was ich ihm jetzt sagte. »Es ist schön, dich zu sehen. Mir war gar nicht bewusst, wie schön es sein würde oder sein könnte, dich hierzuhaben.«

Er drehte sich zu mir. »Es ist auch schön, dich zu sehen.«

Unsere Blicke verschränkten sich. »Ich bin froh, dass du dein Glück im Leben gefunden hast, Luke«, sagte ich. »Ich bin froh, dass du jemanden getroffen hast, der sich ebenso sehr ein Kind gewünscht hat wie du.«

Einen Moment lang herrschte Schweigen. »Danke, dass du das sagst«, erwiderte er. Dann: »Rose, ich weiß, es war lange Zeit nicht leicht zwischen uns beiden, aber du sollst wissen, dass ich immer noch für dich da bin. Das meine ich wirklich. Wenn du irgendwas brauchst oder auch einfach nur reden willst.«

Seine Worte schwebten in der Luft zwischen uns. Plötzlich war es so, als stünden Luke und ich an einem Abgrund und wüssten nicht, ob uns etwas auffangen würde, wenn wir sprangen, ob es da überhaupt etwas gab. Doch ich hatte das Gefühl, Luke hatte mir die Hand gereicht. Ich nahm sie.

»Okay«, sagte ich. »Das ist gut zu wissen.«

Luke verabschiedete sich von meiner Mutter, dann von mir und ging.

Ein paar Tage später starb meine Mutter, und ich benachrichtigte ihn. Er fragte, ob er zur Beerdigung kommen könne.

Auch hier sagte ich Ja.

An jenem Tag sprachen wir nicht miteinander. Ich war mir kaum bewusst, dass Luke da war. Vage erinnere ich mich daran, ihn weit hinten in der Kirche wahrgenommen zu haben, als ich nach vorne ging, um meine Trauerrede zu halten. Doch ich habe viel darüber nachgedacht, wie dieser Verlust meiner Mutter, das Wissen darum, dass auch Luke ihn als Verlust in seinem Leben empfand, nach der langen Zeit der Trennung eine Art Waffenstillstand zwischen uns geschaffen hatte. Und wie sich dieser zerbrechliche Waffenstillstand ganz allmählich zu etwas wie Freundschaft entwickelt hatte, wenn auch nur einer äußerst behutsamen, die aus gelegentlichen Telefonaten bestand.

Ich glaube, meiner Mutter hätte das gefallen.

Zu wissen, dass sie zwar nicht mehr da ist, jedoch immer noch einen Einfluss auf die Entscheidungen hat, die ich treffe, auf die Beziehungen, die ich eingehe, und den Frieden, den ich mit Luke geschlossen habe, den ich doch niemals für möglich gehalten habe. Dass sie sich immer noch einmischt in mein Leben.

Ich glaube, mir gefällt das auch.

*

Der Seminarraum ist voll, als ich ankomme.

Leute wuseln herum, nehmen ihre Plätze ein, stellen ihre Taschen neben sich auf den mit Teppich belegten Boden, holen ihre Laptops aus den Hüllen. Ich entdecke einen leeren Platz und lege rasch meine Tasche darauf.

»Hallo, Cynthia«, sage ich zu der Frau zu meiner Linken, einer Kollegin, die ich immer nur auf Konferenzen sehe.

»Hallo, Rose! Hoffe bloß, dass das nicht so überlaufen ist wie letztes Jahr!«

»Das kann man wohl sagen.« Ich schaue nach rechts, wo ein Mann sitzt. Er starrt auf das Display seines Laptops, und ich starre ihn an. »He, du bist das!«, schreie ich ihn praktisch an und senke dann meine Stimme.

Er hebt den Blick, steht auf, lächelt mich an. »Rose!«

Da ist etwas an dieser Begegnung mit Thomas, das mir durch und durch geht, als würde es durch meine Adern, meinen ganzen Körper fließen. Etwas, das ich schon lange nicht mehr empfunden habe. »Ich kann es nicht glauben, dass du hier bist.« Ich lache. »Witzig, dass wir im selben Komitee sind.«

Ich habe Thomas seit dem Tag im Krankenhaus, als meine Mutter noch Chemo bekam, nicht mehr gesehen; an ihm kann es allerdings nicht gelegen haben. Eine Weile hat er mir Nachrichten geschickt, manchmal habe ich zurückgeschrieben, doch dann lag meine Mutter im Sterben, und ich hatte keinen Kopf mehr für andere Dinge. Ich hörte einfach auf, ihm zurückzuschreiben. Später war da die Trauer, meine Versuche, darüber hinwegzukommen, dann das Buch, die Reisen. Wir hatten uns aus den Augen verloren.

»Irgendwann mussten wir uns doch schließlich über den Weg laufen«, sagt er.

Ich ziehe meinen Stuhl heraus, setze mich, lege alles bereit, was ich brauche. Thomas klappt seinen Laptop zu. Wir wenden uns wieder einander zu.

»Wie geht es dir?«, frage ich. »Und wie geht es deinem Freund, Angel?«

»Mir geht's gut. Ihm geht's auch gut. Der Krebs gilt als besiegt, und das ist natürlich eine super Nachricht.«

»Wunderbar. Ich freue mich, das zu hören.«

»Und deine Mom?«

Ich schüttele den Kopf. Plötzlich habe ich einen Kloß im Hals. Ganz gleich, wie viele Monate vergangen sind, seit sie uns verlassen hat – das kommt immer wieder vor, auch wenn ich noch so sehr versuche, es zu vermeiden.

»Oh. Das tut mir leid«, sagt Thomas.

Ich atme tief durch, warte mit dem Weiterreden, bis der Kloß weg ist. Ich konzentriere mich darauf, noch ein paar Sachen aus meiner Tasche zu holen, lege den Notizblock auf den Tisch, einen Stift daneben. Als ich Thomas anschaue, ist er die Geduld in Person. Die Verbindung, die ich zwischen uns wahrnehme, ist überwältigend direkt. »Danke. Tut mir leid. Es ist immer noch schwer, darüber zu reden, auch wenn es im Juni ein Jahr sein wird.«

Thomas' Augen sind seltsam und schön, und sein Blick reicht tief in mich hinein, bis hinter die Trauer. »Ein Jahr ist nichts«, sagt er zu mir. »Mir fällt es immer noch schwer, über meinen Dad zu reden, und er ist schon fast zehn Jahre nicht mehr bei uns.«

»Es tut mir leid, dass du deinen Dad verloren hast«, sage ich. Dann: »Gott, irgendwie gibt es nichts Gutes, was man sagen kann, wenn jemand seine Eltern verloren hat, stimmt's? ›Tut mir leid‹ ist so ausgelutscht.«

Wir lachen ein bisschen, Thomas und ich.

»Du warst so nett an dem Tag im Krankenhaus, als meine Mutter ihre Chemo bekam«, sage ich zu ihm. »Ich glaube nicht, dass ich dir das jemals gesagt habe, damals, als wir uns schrieben. Aber es stimmt.«

»Das war leicht«, sagt Thomas. »Irgendwie hat deine Mutter uns den Tag versüßt. Sie hat Angel und mich so viel zum Lachen gebracht.«

»So war sie.« Wieder treten mir die Tränen in die Augen, ich wische mit der Hand darüber. Atme ein und aus, um mich zu sammeln. Ich lächele Thomas an, ein bisschen verlegen, weil ich immer noch fast am Weinen bin. »Tut mir leid, manchmal erwischt es mich noch, wenn ich an sie denke.«

»Ist schon in Ordnung. Wirklich. Ist doch normal, so zu empfinden.« Er hebt den Arm, und einen Moment lang denke ich, er legt seine Hand auf meine oder berührt mich an der Schulter. Doch er tut es nicht. »Das hier ist schon ein seltsamer Ort für ein so persönliches Gespräch«, sagt er stattdessen.

Ich schaue mich in dem Konferenzsaal um, all die Akademiker ringsum, die wie wild in ihre Laptops tippen, mit Papieren rascheln und versuchen, sich gegenseitig zu beeindrucken. »Ja, aber es tut auch gut, über etwas anderes zu reden als nur die Arbeit. Etwas Reales.« Wieder ruht mein Blick auf Thomas. »Es ist schön, dich wiederzusehen.«

»Was machst du denn heute Abend?«, fragt er. »Irgendwelche Pläne?«

Gleich wird Thomas mich fragen, ob ich mit ihm ausgehen will.

Freude durchströmt mich, als mir dieser Gedanke kommt. Dann geht mir durch den Kopf: *Meine Mutter würde sich so darüber freuen.* »Nur das Übliche«, sage ich. »Von einem Empfang zum anderen. Und du?«

Bevor er antworten kann, ruft der Vorsitzende des Gremiums über den Lärm hinweg, in fünf Minuten würde angefangen. Noch mehr Leute setzen sich in Richtung der übrigen Stühle in Bewegung.

Auf Thomas' Handy, das vor ihm auf dem Tisch liegt, erscheint das Foto eines jungen Mädchens. Sie ist sehr schmal, lächelt, langes, schwarzes Haar wogt ihr um die Schultern.

Mir war gar nicht bewusst, dass Thomas eine Tochter hat. Meine Augen wandern zu seinen Händen. Kein Ehering. Aber vielleicht habe ich mich eben ja auch getäuscht – vielleicht wollte er mich gar nicht fragen, ob ich mit ihm ausgehe. Vielleicht wollte Thomas an jenem Tag in der Klinik und danach, als wir uns eine Weile schrieben, einfach nur nett sein, wegen meiner Mutter.

Thomas greift nach seinem Telefon, nimmt den Anruf entgegen, sagt: »Liebes, ist alles in Ordnung?« Pause. »Okay, dann muss ich dich später noch mal anrufen. Bussi.« Er legt das Handy mit dem Display nach unten auf den Tisch und wendet sich wieder mir zu. Ein verlegenes Lächeln steht auf seinem Gesicht.

»Deine Tochter?«, rate ich.

Er nickt. »Ja. Ich bete sie an, aber ich bin ein bisschen hin- und hergerissen. Früher lief sie mir ständig hinterher, als wäre ich ihr großer Held, aber in letzter Zeit fängt sie an, sich in ihrem Zimmer einzuschließen. Ich hatte gedacht, das kommt erst in ein paar Jahren.«

Ich lächele. Nicke, als würde ich verstehen. Was ich nicht tue. Natürlich nicht.

»Hast du denn Kinder?«

»Nein, muss ich gestehen. Ich bin nicht verheiratet. Keine Kinder.«

»Ich auch nicht – ich meine, ich bin auch nicht verheiratet«, sagt er, und ich spüre, dass ich mich darüber freue. »Meine Ex wurde schwanger, und wir haben es noch eine Weile miteinander versucht, aber es hat einfach nicht sein sollen. Heute sind wir aber gute Freunde und als Eltern ein ziemlich gutes Team, finde ich. Und das ist gut. Wie auch immer.« Thomas lächelt wieder. Das Lächeln bringt seine Augen zum Strahlen, sein Gesicht, seinen ganzen Körper. »Was ich gerade sagen wollte: Vielleicht hast du ja Lust, diese ganzen Empfänge heute Abend sausen zu lassen und stattdessen mit mir essen zu gehen. Was hältst du davon?«

»Gute Idee«, sage ich ohne Zögern. »Das würde ich sehr gern.«

»Toll.«

Da sitzen wir beide und grinsen uns an. Dann summt Thomas' Handy, eine Nachricht, die ihn, als er sie liest, das Gesicht verziehen lässt. Es sieht sehr hübsch aus, wenn er das Gesicht verzieht. »Meine Tochter versucht mich rumzukriegen, dass sie ein ganzes Wochenende bei einer Freundin bleiben darf, aber ihre Mutter und ich sind nicht dafür. Sie versucht uns immer gegeneinander auszuspielen, und manchmal funktioniert das auch.« Er zuckt mit den Achseln, legt sein Handy wieder ab.

»Wie heißt deine Tochter«, frage ich ihn.

Als er mich wieder anschaut, sagt er mit einem großen Lächeln auf seinem Gesicht: »Ihr Name ist Addie.«

FÜNFTER TEIL

AUFTRITT NOCH MEHR ROSES
LEBEN 7 & 9

FÜNFUNDDREISSIG

15. AUGUST 2006

ROSE, LEBEN 7

Luke steht neben meinem Bett. Er kommt nie auf meine Seite des Bettes. In der Hand hat er eine Flasche mit Schwangerschaftsvitaminen. Er hält sie hoch, schüttelt sie.

Ein dumpfes Klappern, weil die Flasche voll ist.

»Du hast es versprochen«, sagt er.

»Hab ich das?«

»Rose.«

Mein Name, wie eine Feststellung aus Lukes Mund. Bedrohlich.

Ich seufze. Heute habe ich keinen Nerv für so was. Übrigens auch an keinem anderen Tag. Ich habe es satt, mit meinem Mann über die Kinderfrage zu diskutieren. Sollen wir? Wollen wir? Wollen wir nicht? Werde ich mich jemals dazu durchringen? Warum bin ich nicht wie all die anderen Frauen im Universum, deren ganzes Streben in der Produktion von Babys liegt? Warum bin ich das einzige weibliche Wesen auf der Welt, das daran einfach kein Interesse hat?

»Ja, Luke?«

»Ich dachte, diese Flasche müsste mittlerweile fast leer sein. Ich dachte, ich müsste dir schon eine neue kaufen.«

Ich öffne die Schublade der Kommode, hole Unterwäsche heraus – leuchtend pink, ein String. »Ich schätze nicht«, sage ich und schließe die Schublade mit einem Knall.

»Du schätzt nicht.«

Wenn Luke so weitermacht und immer das nachäfft, was ich sage, könnte es sein, dass ich gleich schreie. Ich fahre herum, der Slip baumelt von meiner Hand. »Warum können wir uns nicht darauf einigen, dass ich zum Arzt gehe und meine Eizellen einfrieren lasse?«

Lukes Mund steht offen. Es kommt nichts heraus.

»Dann könnten wir diese Unterhaltung für eine Weile ad acta legen«, sage ich in der Hoffnung, Luke wird auf diesen Kompromiss eingehen. Am liebsten würde ich mir für diesen brillanten Plan auf die Schulter klopfen.

Mein Ehemann findet seine Sprache wieder. »Aber deine Eizellen einfrieren ist nicht dasselbe wie ein Kind zu kriegen, Rose.«

»Du hast recht, das ist es nicht. Aber sie einzufrieren ist das beste Angebot, das ich dir im Moment machen kann, ich, deine Ehefrau, die sowieso nie ein Kind wollte.« Ich gehe zu meinem Mann, lege den String aufs Bett und strecke ihm die Hand hin. Ich schaue ihm in die Augen, versuche darin zu lesen. »Nimm das Angebot an oder lass es, Luke. Haben wir einen Deal oder nicht?«

SECHSUNDDREISSIG

22. MAI 2020

ROSE, LEBEN 3 & 6

»Addie, wenn du nicht auf der Stelle ans Telefon gehst und mich zurückrufst, hast du einen Monat lang Hausarrest!«

Ich lege auf, nachdem ich diese Nachricht hinterlassen habe, und sinke über dem Küchentisch zusammen.

Bis auf das kleine Licht über dem Ofen ist es dunkel in der Küche. Der Himmel wirkt wie verwaschen, nachdem die Sonne untergegangen ist, und die Welt wird schummrig. Schon eine ganze Weile sitze ich hier am Tisch, mucksmäuschenstill, starre aufs Telefon und warte darauf, dass endlich Addies Gesicht auf dem Display erscheint. Schließlich stehe ich auf und schalte ein paar Lichter ein, bis ein rosiges Schimmern das Wohnzimmer und die Küche erhellt. Luke und ich waren immer schon der Meinung, dass Deckenlichter ein zu direktes, grelles Licht abgeben, während einzelne Lampen einen Raum stimmungsvoll erleuchten, und wir sind beide stolz darauf, unsere Wohnung mit einem Hauch Sinnlichkeit eingerichtet zu haben. Doch all die weichen Schatten und Lichtkegel um mich herum scheinen mich jetzt nur noch zu verhöhnen.

Ich knalle mein Handy auf den Tisch, als könnte ich Addie damit endlich aus der Reserve locken. Das Handy landet mit dem Display auf der Tischplatte, und die Abdeckung bekommt einen Riss. Ich bin eine solche Idiotin! »Schau nur, was ich mache, daran bist du schuld, Addie!«, schreie ich in die leere Wohnung hinein.

Ich denke an die Zeit zurück, als ich selbst noch jung war und gegen meine Mutter aufbegehrte. Wie wütend sie manchmal auf mich war und wie sie mich wie eine Wahnsinnige anschrie, wenn ich nach Hause kam. Ich weiß noch, wie ich ihr dann Kontra gab. »Du bist doch verrückt!«, schrie ich sie an und stampfte nach oben auf mein Zimmer, wissend, dass sie mir jeden Moment folgen und mir verkünden würde, dass ich Hausarrest hatte. Dann schrie ich zurück und knallte mit der Tür, so laut ich konnte. Manchmal machte ich sie absichtlich noch einmal auf, um sie erneut ins Schloss fallen zu lassen, so laut ich nur konnte, mehrfach, und schrie dabei vor Wut.

Wäre meine Mutter noch am Leben, würde ich sie jetzt anrufen und mich ausführlich für das bei ihr entschuldigen, was sie damals meinetwegen durchgemacht hat. Wäre sie noch am Leben, könnte ich ihr all das sagen, wir würden darüber lachen und uns gemeinsam an die Male erinnern, bei denen ich es besonders wild getrieben hatte. Dann würde ich ihr erklären, wie unmöglich sich Addie in letzter Zeit aufführt, und sie würde mir mütterliche Ratschläge geben. Die Welt ist so einsam ohne sie.

Manchmal möchte ich Addie genau das ins Gesicht schreien. *Du würdest mich vermissen, wenn ich nicht mehr da wäre! Und wie du mich vermissen würdest!*

Eltern zu sein macht die Leute wahnsinnig.

Mein Handy leuchtet auf, aber es ist Luke, nicht Addie. »Hat sie sich bei dir gemeldet?«, fragt er.

»Nein.« Er seufzt tief, müde.

Ich weiß, was er denkt, ohne dass er es aussprechen muss. »Aber auch wenn ich jetzt stinksauer auf sie bin, finde ich, es wäre nicht richtig, sie über die Koordinaten ihres Handys zu verfolgen. Sie braucht ihre Unabhängigkeit. Wirklich.«

»Da stimme ich dir zu. Du hast recht«, sagt Luke. Und dann: »Vielleicht sollten wir da doch etwas nachsichtiger mit ihr sein.«

»Kommt nicht infrage. Ihr Benehmen ist inakzeptabel.«

»Rose.« Wieder ein Seufzen. »Wir haben auch Schuld daran, dass sie sich so benimmt.«

Ich gebe keine Antwort.

»Doch. Und das weißt du auch.«

»Es ist mehr als zwei Jahre her, Luke, und wir waren schon vorher getrennt«, sage ich. Aber er hat recht.

»Eine Scheidung ist nicht einfach für ein Kind.«

Ich weiß, dass er auch hier recht hat, aber dann packt mich auf einmal die Panik. »Aber was, wenn ihr etwas Schreckliches zugestoßen ist?« Meine Stimme ist schrill geworden, und es hält mich nicht mehr auf meinem Stuhl. »Was, wenn sie jemand mitgenommen hat und ihr etwas antut?«

»Niemand hat sie mitgenommen, Rose. Es geht ihr gut. Sie will es uns bloß zeigen.«

Auf einmal ist die ganze Luft aus mir raus. »Glaubst du wirklich?«

Luke kichert, ja, er kichert tatsächlich. »Ich denke, am Ende wird sie ihren Hausarrest kriegen, wenn wir sie erst mal gefunden haben, aber für den Moment glaube ich, dass es ihr an nichts fehlt. Sie ist nur frech und will es ihren bösen Eltern heimzahlen.«

Ich gehe ins Wohnzimmer, lege mich mit dem Rücken auf den Teppich, zwischen Couch und Couchtisch, und starre an die Decke. »Wann sind wir denn eigentlich böse geworden? Wir waren doch nie böse.«

»Wenn wir uns vergleichen wollen, dann denke ich, ich bin wahrscheinlich böser als du.«

Auf einmal ist da ein Hauch von Leichtigkeit in Lukes Stimme. »Stehen wir jetzt im Wettstreit, wer der Bösere ist?«

»Ich glaube schon. Und ich gewinne.«

Ich lege meine Hand über den Mund und unterdrücke ein

Lachen. Wie komme ich denn dazu, zu lachen? Addie ist verschwunden! Luke und ich sind geschieden! »Ich glaube, du bist der Sieger.«

»Na klar, auf jeden Fall. Ich habe mich getrennt und mit einer Frau ein Kind bekommen, die nicht Addies Mutter ist.«

»Ja, das ist ziemlich böse.«

»Megaböse.«

»Zum Geburtstag kriegst du von mir ein besonderes Cape und eine Maske, die zeigen, wie böse du bist und wie böse deine Taten auf Erden.«

»Da bin ich dir weit voraus. Ich habe schon ein Oberschurken-Outfit. Das habe ich mir nach Halloween im Sale gekauft.«

Draußen vor den Fenstern heult eine Sirene auf, verstummt wieder. Ich kichere, kann einfach nicht damit aufhören. »Dann kauf ich dir ein Ersatz-Schurken-Outfit, das du tragen kannst, wenn das andere in der Reinigung ist.«

Jetzt muss Luke richtig lachen. So sehr lachen habe ich ihn schon lange nicht mehr gehört, seit der Scheidung und lange davor. »Wo bist du eigentlich gerade?«, fragt er plötzlich.

»Wenn du es unbedingt wissen willst – ich liege vor der Couch auf dem Teppich und starre an die Decke. Nachdem du weg warst, habe ich einen neuen Teppich gekauft, und er ist wirklich schön. Den Kratzigen, den du damals unbedingt haben wolltest, weil er heruntergesetzt war, mochte ich nie.« Eine Brise kommt durchs Fenster herein und weht durchs Wohnzimmer. Ich setze mich auf und stütze die Ellbogen auf den Couchtisch. Die Vorhänge bewegen sich ganz leicht. »Ich vermisse dich, Luke«, sage ich, ohne nachzudenken. »Ich meine, nicht auf diese Weise. Ich vermisse deinen Humor. Ich vermisse unsere Freundschaft, schätze ich. Wir waren immer so gute Freunde.«

»Unsere Freundschaft vermisse ich auch.«

»Glaubst du, wir können eines Tages wieder Freunde werden?«

»Ich denke, es wäre gut für Addie, wenn wir Freunde wären.«

»Ja. Aber vielleicht wäre es auch gut für uns.« Was sage ich da eigentlich? Meine ich das wirklich so?

»Das glaube ich auch.«

Ich glaube es in der Tat. Aber vielleicht auch nur deshalb, weil Luke und ich uns gerade in einer Sache einig waren, und das waren wir lange, lange nicht mehr. Vielleicht brauche ich auch gar keinen Grund dafür.

Ich schlage mit der Faust auf den Couchtisch. »Wo zum Henker ist Addie?«

»Auweia! Was ist denn das für eine Ausdrucksweise, Dr. Napolitano?«

»Meine Ausdrucksweise spielt verdammt noch mal keine Rolle, weil unsere geliebte Tochter uns ignoriert, gegen unsere Bosheiten aufbegehrt und mich deshalb gar nicht hören kann.«

»Ich finde, wir machen jede Menge Fortschritte heute Abend, Rose.«

»Wovon zum Teufel redest du, Luke?«

Ich höre, wie in Lukes Wohnung ein Stuhl knirschend über den Boden gezogen wird. Es raschelt. Offenbar setzt er sich. »Ich glaube, wir sind auf dem besten Wege, wieder Freunde zu werden. So wie jetzt haben wir seit …« Er hält inne. »Ich kann mich nicht erinnern, wann wir das letzte Mal so miteinander geredet haben. Oder wann ich so mit dir gelacht habe.«

Ich beschließe, ehrlich zu sein. »So geht es mir auch. Es ist schön.«

»Vielleicht war das ja der böse Plan unserer Tochter. Ihre Eltern so sehr unter Druck zu setzen, dass sie sich wieder annähern. Vielleicht wusste Addie ja, dass wir genau das gebraucht haben. Deshalb hat sie beschlossen, sich zusammen mit ihren kleinen Teenager-Minions auf den Weg zu machen. Ein Experiment.«

»Na ja, wenn das stimmt, dann ist es aber nur deinetwegen. Meine Tochter ist ein kleiner Engel. Liebenswert und reizend, ein vollkommenes Geschöpf.«

»Das hast du vorhin aber nicht gesagt.«

Ich stehe vom Boden auf und hole mir ein Glas aus dem Vitrinenschrank. Fülle es mit Wasser. »Ich sage es jetzt. Ich habe beschlossen, wenn ich mich auf die positiven Seiten meiner Tochter konzentriere und nur die Version von ihr im Kopf habe, die ihre Mommy abgöttisch liebt, dann kommt diese Version ja vielleicht zurück und ersetzt die neue, pubertäre Version, zu der ihr böser Vater sie gemacht hat.«

»Ich hab's dir ja gesagt«, meint Luke.

Ich setze mich wieder und stelle mein Glas auf dem Couchtisch ab. »Was meinst du damit?«

»Ich wusste, du würdest es lieben, Mutter zu sein.«

»O mein Gott, hör mir doch damit auf. Ich liebe es überhaupt nicht, Mutter zu sein. Ich liebe Addie. Das ist ein Unterschied.«

»Wovon redest du, Rose? Wo ist denn da der Unterschied?«

»Ich bin kein mütterlicher Typ und glaube nicht, dass ich jemals einer sein werde. Bloß weil ich klein beigegeben habe und Mutter geworden bin, heißt das noch nicht, dass ich mich habe bekehren lassen. Aber jetzt, wo ich eine Tochter habe, liebe ich sie wie verrückt.« Ich trinke ein paar Schlucke Wasser. »Es ist schrecklich, jemanden so sehr zu lieben. Ich *hasse es,* verflixt noch mal!«

Luke lacht wieder. »Du bist eine total gute Mutter.«

»Natürlich bin ich eine gute Mutter. Ich bin sehr erfolgreich, weißt du. Ich habe einen Doktortitel, und ich habe viele Bücher veröffentlicht. Ich kann eigentlich so ziemlich alles.«

»Störrische, unmögliche Frau.«

»Vor gerade mal einer Minute hast du mir ein Kompliment gemacht«, erinnere ich ihn.

»Kann ich dich etwas fragen?«

Sein ernster Ton macht mich stutzig. »Hm. Vielleicht. Ja? Kommt drauf an, was.«

Ich höre Luke ausatmen. »Wie ist Thomas?«

Damit hatte ich nicht gerechnet. »Willst du das wirklich wissen?«

»Ja.«

Luke und ich haben vereinbart, dass ich ihm mitteilen würde, wenn ich eine neue Beziehung eingehe, wegen Addie. Aber es ist ein großer Unterschied, ob ich beiläufig erwähne, dass es einen Mann in meinem Leben gibt, oder mit meinem Ex eine ausführliche Analyse meines derzeitigen Beziehungsstatus anstelle. »Das ist die seltsamste Unterhaltung nach der Scheidung, die du und ich jemals hatten.«

»Ich find's gut«, sagt Luke.

»Ich auch«, sage ich. Und dann: »Thomas ist gut. Er ist super.«

Thomas und ich haben uns bei einer Signierstunde für mein Buch kennengelernt. Er war mit ein paar Kollegen aus meiner Fakultät da. Fast alle waren an jenem Abend in den Buchladen gekommen: mein Vater, Addie, Jill, Maria, Raya und Denise, außerdem eine große Abordnung von Eltern aus Addies Schule. Der Abend war richtig nett, aber auf eine Weise, mit der ich nicht gerechnet hatte – denn an diesem Abend lernte ich Thomas kennen.

»Hallo! Wie heißen Sie?«, sagte ich automatisch, als er an der Reihe war, sich mein Buch signieren zu lassen.

»Thomas«, antwortete er.

Ich blickte auf und stellte sofort fest, dass der Mann mit der netten Stimme, der vor mir stand, auch noch ausnehmend gut aussah.

Er lächelte, was ihn nur noch anziehender machte. »Glückwunsch zum Buch. Ich freue mich wirklich darauf, es zu lesen.

Ihre Kollegen halten große Stücke auf Sie.« Er schaute sich um, wies auf die Gruppe Professoren, die um den Wein herumstanden und plauderten. »Ich bin auch Soziologe.«

»Wirklich?«, sagte ich, ein bisschen zu begeistert. »Ich würde sehr gern mehr über Ihre Arbeit erfahren!« Ich merkte, dass der Mann hinter Thomas in der Schlange ungeduldig wurde. »Haben Sie noch ein bisschen Zeit? Ein paar von uns gehen hinterher noch was trinken, wenn das hier vorbei ist. Dann hätten wir mehr Zeit zum Reden.«

O mein Gott. Was machst du da eigentlich, Rose? Baggerst du wildfremde Männer an?

»Klar, ich komme sehr gern«, erwiderte Thomas.

Ich signierte ihm das Buch und gab es ihm zurück. »Danke, dass Sie heute Abend gekommen sind. Ich freue mich immer, jemanden aus meinem Fachgebiet kennenzulernen.« *Besonders, wenn er so gut aussieht wie du.*

»Geht mir auch so«, sagte er, wieder mit einem Lächeln, und ich sah ihm hinterher, wie er zu meinen anderen Kollegen hinüberschlenderte.

Am Ende redeten wir den ganzen Abend. Eine Woche später hatten wir unser erstes Date, dann noch eins und noch eins, bis ich eines Tages mit Thomas neben mir aufwachte und mir bewusst wurde, dass sich aus all diesen Dates allmählich eine Beziehung entwickelte. Eine Beziehung, die mich wirklich glücklich machte.

*

»Ich stehe noch am Anfang mit Thomas«, sage ich jetzt zu Luke. »Wir sind nicht einmal sechs Monate zusammen.«

»Es klingt so, als würdest du ihn mögen.«

»Ich mag ihn«, gebe ich zu. Mein Handy piepst und zeigt mir, dass ich einen anderen Anruf habe. Ich halte es mir eine Sekunde vom Ohr und schaue darauf. »O mein Gott, es ist Addie!«

»He, das ist toll! Aber immer mit der Ruhe!«, sagt Luke noch, bevor ich ihn wegdrücke, um Addies Anruf entgegenzunehmen.

»Addie! Alles in Ordnung mit dir?«

»*Mom,* mir geht's *gut!*«, sagt sie leicht genervt. Als wäre es für sie ein großes Opfer, mit ihrer Mutter zu reden.

»Addie, du hast mir einen Mordsschrecken eingejagt!«

»Mom ...«

»Komm mir bloß nicht mit Mom! Ich hab dich lieb, ich hab dich so lieb, und deshalb bin ich froh, deine Stimme zu hören und zu wissen, dass es dir gut geht, Gott sei Dank. Aber dein Vater und ich, wir haben uns furchtbare Sorgen gemacht. Ach, und noch was: Du hast Hausarrest! Hausarrest, bis du zwanzig bist. Darauf kannst du Gift nehmen!«

SIEBENUNDDREISSIG

8. MAI 2023

ROSE, LEBEN 1, 2, 7 & 8

»Addie, können wir los?«

Meine Stimme hallt durchs Haus und die Treppe hoch. Eine Tür quietscht, geht auf und zu, Schritte nähern sich auf dem Holzboden – langsam, ohne Eile, der Gang eines Teenagers. *Klack, Klack, Klack.* Addie kommt langsam die Treppe herunter, an den Füßen schwere Boots mit dicken Sohlen, laut, genau die Art von klobigem Schuhwerk, wie sie es mag, so wie sie alles mag, was klobig ist. Doch das Mädchen, das nun langsam in Sicht kommt, zuerst die Füße, dann die Schienbeine, die Knie, die in Jeans steckenden Beine, gefolgt vom Saum eines hauchdünnen, seidigen, *sexy* rosa Tanktops, für das Thomas sie umbringen würde, wenn er sehen würde, dass sie es trägt – dieses Mädchen lächelt. Irgendwie schafft es Addie, diese Ist-mir-doch-egal-ich-mach-mein-eigenes-Ding-Haltung zu zeigen und dennoch die liebenswerteste und freundlichste junge Frau zu sein, die ich jemals kennengelernt habe.

»He!« Ihre braunen Augen sind so groß, wie ihr Lächeln breit ist. Ihr Kater Max schlängelt sich um ihre Beine und geht ins andere Zimmer. »Ich finde es so megaaufregend, heute mit dir shoppen zu gehen!«

Ich lache. Addie liebt den Ausdruck *mega.* Sie benutzt ihn als Präfix zu allem Möglichen – megahungrig, megawütend, megagespannt, megaheiß. »Ich bin auch megaaufgeregt!«, erwidere ich.

Wir umarmen uns. Sie ist so dünn. Ich spüre sogar die Rippen, die sich unter ihrem Top abzeichnen. Am liebsten würde ich Addie mit extradicken Hamburgern füttern, mit Tellern, die randvoll mit Pasta und Bolognese sind, aber das würde wohl nicht so gut ankommen, sie ist seit ihrem dreizehnten Lebensjahr Vegetarierin. Über diesen Drang, Addie zu füttern, muss ich selbst die Augen rollen, weil mir bewusst ist, dass ich manchmal wie meine Mutter bin. Ein Gedanke, bei dem mir immer warm ums Herz wird, eine bittersüße Wärme und das traurig-angenehme Bewusstsein, dass meine Mutter der Person, die ich jetzt bin, ihren Stempel aufgedrückt hat. Sie würde sich freuen, wenn sie das wüsste.

»Hast du Hunger?«, frage ich Addie. »Sollen wir unsere Shoppingtour vielleicht mit einem Lunch beginnen?«

Addie legt den Kopf schief und denkt nach. Ihr gegeltes, raspelkurzes Haar steht steif ab. Der Tag, an dem sie sich von ihrer langen Mähne verabschiedet hat, war schockierend. Eine Minute vorher reichte sie ihr bis zur Taille, dann hatte sie sich alles ratzfatz abgeschnitten und bis auf einen Flaum wegrasiert, was ihren Schwanenhals vorteilhaft zur Geltung brachte. Sie bat nicht um Erlaubnis – sie machte es einfach. Ihr Vater flippte aus, aber die Frisur lässt ihre Augen noch größer wirken, als sie sind. Sie steht ihr. »Wie wär's, wenn wir zuerst in den Laden gehen und dann Mittag essen?«, verhandelt sie. »Ich hab noch keinen Hunger.«

»Aber vielleicht bekommst du Appetit, wenn du am Tisch sitzt und die Speisekarte siehst. Wir könnten in den vegetarischen Laden gehen, den du so magst! Den mit all den verrückten hausgemachten Veggie-Burgern!«

Addie greift nach einem Pullover, der über einem Stuhl im Wohnzimmer hängt. Er ist auch pink, aber in einem Ton, der eine Spur blasser ist als ihr Tanktop. Sie schnaubt. »Du versuchst mich immer abzufüttern.«

Ich lache. »Wirklich?«

»Jaaaa, *Rose*«, fügt sie hinzu. Aus ihrem Mund hat mein Name einen schweren Klang, dick und fett wie die Sohlen ihrer geliebten Doc Martens, die ihr Vater nicht ausstehen kann. Sie lächelt, als sie das sagt. Offenbar gefällt es ihr, mich mit diesem leicht tadelnden Ton anzureden, weil es ihr das Gefühl gibt, die Erwachsene von uns beiden zu sein.

Dass Addie mich mit meinem Vornamen anredet, ist neu. Und sie nutzt jede Gelegenheit, es zu tun; in letzter Zeit kommt bei ihr die Anrede *Rose* fast so oft vor wie *mega. Rose, kannst du meinem Dad sagen, dass es okay ist, wenn ich in den Club gehe und später nach Hause komme? Rose, weißt du, ob wir noch was von dem Müsli haben, das ich so gerne mag? Im Schrank kann ich es nicht finden. Rose, meinst du, wir könnten dieses Wochenende shoppen gehen? Da ist dieses Mädchen, das mir gefällt. Ich muss sie unbedingt beeindrucken.* Dass sie mich mit meinem Vornamen anspricht, ist mir wesentlich lieber als ihre anfängliche Ablehnung und die Ressentiments, die sie mir entgegenbrachte, als sie erfuhr, dass ich mich mit ihrem Vater traf. Aber damals war sie noch so jung, jung und besitzergreifend ihrem Vater gegenüber, den sie mit niemandem teilen wollte. Jetzt, mit ihren fünfzehn Jahren, hat es wirklich den Anschein, als würde sie langsam erwachsen. Ich mag sie. Sehr. Und nicht nur deshalb, weil sie die Tochter des Mannes ist, den ich liebe, des Mannes, mit dem ich plane, irgendwann zusammenzuziehen.

Wer hätte voraussagen können, dass ich am Ende doch noch eine Tochter haben würde, ohne selbst ein Kind auf die Welt zu bringen? Und noch dazu eine, die so witzig ist, so klug, so wundervoll?

Es ist viel besser, als ich gedacht habe. Ein Kompromiss, den ich mir niemals hätte vorstellen können.

Addie holt ihre Tasche. Sie ist schwarz, mit spitzen Metallstacheln. »Glaubst du, mein Dad wird mir erlauben, nächstes Wochenende bis Mitternacht auszugehen?«

Ich mustere sie. »Das musst du ihn schon selber fragen.«

»Aber fändest *du* es denn okay?«

Ich gebe ihr keine Antwort. Sie zieht die Augenbrauen hoch. Sie weiß bereits, dass ich es in Ordnung fände, aber ich werde es nicht sagen. Diese Dinge zu entscheiden, steht mir noch nicht zu.

Wann immer Thomas kurz davor ist, die Krise zu bekommen, wenn Addie mal wieder Mist in der Schule oder mit ihren Freunden gebaut hat, wenn sie mault, weil sie Hausarrest hat oder es schon wieder ein neues Mädchen gibt, für das sie schwärmt, versuche ich ihn daran zu erinnern, dass er sehr viel Glück mit Addie hat, denn die Pubertät könnte auch deutlich schlimmer sein – zumindest sagen das all meine Freunde, die Eltern sind.

»Wie wär's, wenn zuerst *ich* ihn frage«, fährt Addie fort, »und dann redest *du* mit ihm?«

»Ich überleg's mir«, sage ich.

Sie grinst, macht die Tür auf. Sie weiß, jetzt hat sie mich am Wickel. »Danke, *Rose.*«

ACHTUNDDREISSIG

18. JUNI 2022

ROSE LEBEN 3, 5 & 6

»Addie!«

Ich schreie und winke. Mein Vater auch, der neben mir sitzt. Addie dreht sich in unsere Richtung, während sie zusammen mit den anderen Achtklässlern, die heute ihren Abschluss machen, den Mittelgang entlanggeht, und wirft mir einen flehentlichen Blick zu, der sagt: *Mom, beruhige dich!* Doch ich kann nicht. Sie rollt mit den Augen. Selbst das pubertäre Getue meiner Tochter kann mir nicht die Freude daran verderben, dass ich Addie in Graduiertenhut und Talar, zusammen mit all ihren Freunden, die Bühne hochgehen sehe.

»Huhuhuuuuu!« Ich klatsche, so fest ich kann, und meine Handflächen brennen bereits.

Mein Vater beugt sich zu mir. »Rose, wenn ich das getan hätte, als du jung warst, hättest du eine ganze Woche nicht mehr mit mir geredet.«

Jill stupst mich von der anderen Seite an. »Da wirst du dir von Addie später ordentlich was anhören müssen. Vielleicht schraubst du deine mütterliche Begeisterung ein bisschen runter.«

»Ist mir doch egal«, sage ich zu beiden. »Sie wird ihre peinliche Mutter ertragen müssen.« Ich schaue mich in dem dicht besetzten Zuschauerraum um, entdecke Lukes Eltern ganz weit weg auf der anderen Seite, sorgfältig darum bemüht, dass sich unsere

Blicke nicht begegnen. Wir haben schon lange nicht mehr miteinander gesprochen. »Außerdem machen all die anderen Eltern genau das Gleiche.«

»Na ja, das stimmt«, lenkt Jill ein. Dann: »Wird Luke es denn schaffen, herzukommen?«

Ich werfe noch einen Blick über die Zuschauermenge. Der Platz neben Lukes Eltern ist immer noch leer. »Ich hoffe es.« Luke kommt gerade von einer Geschäftsreise zurück und war in Sorge wegen eventueller Verspätungen des Fliegers, der Bahn oder des hohen Verkehrsaufkommens. Seine Verpflichtungen im Job mit der Tatsache unter einen Hut zu bringen, dass er mit mir eine Tochter und zwei weitere Kinder mit Cheryl hat, fällt ihm manchmal ziemlich schwer.

»Aber Addie hat gerade ihren Middleschool-Abschluss gemacht!«

»Ich weiß. Ich *weiß*.«

»Vielleicht wird er dich noch überraschen«, sagt mein Vater, immer der Optimist.

Meine Freundschaft zu Luke ist, gelinde gesagt, nicht perfekt. Seit er und seine Frau das zweite Kind bekommen haben, ist er Addie gegenüber bei Weitem nicht mehr so aufmerksam wie früher. Aber wir wursteln uns durch, wir beide, tun unser Bestes, als Eltern für Addie da zu sein, und manchmal auch füreinander. Allerdings würde ich lügen, wenn ich behauptete, es gebe da nicht auch ein Gefühl der Freiheit, wenn er nicht da ist, weil es mir ermöglicht, Addies Mutter zu sein, so wie ich es will. Ich weiß, das ist egoistisch, ich weiß, Addie braucht ihren Vater so präsent, wie es eben möglich ist, aber es stimmt trotzdem. Manchmal bin ich erleichtert, wenn Luke nicht da ist.

Die Junior High Band stimmt noch einmal »Pomp and Circumstance« an. Kids strömen auf den unüberdachten Teil der Bühne und nehmen Platz. Mein Blick klebt an Addie, während sie sich in der zweiten Reihe hinsetzt, die Vierte von links, direkt neben ihrer besten Freundin Eve.

Mein Vater schüttelt den Kopf. »Ich kann es nicht glauben, dass mir dieser Haarschnitt gefällt, aber ich finde ihn gut.«

Addie hat sich die Haare raspelkurz schneiden lassen. Ich war eigentlich dagegen, habe sie aber machen lassen – und es steht ihr gut. Luke findet den Schnitt furchtbar.

Direktorin Gonzales fordert alle auf, sich zu setzen, und wir tun brav, als wären auch wir ihre Schüler.

Jill beugt sich zu mir. »Kannst du es glauben, dass wir bei Addies Schulabschlussfeier sind? Ich erinnere mich noch, wie sie gerade erst die kleine Gnocchi war.«

Ich nicke. Ich schaue zu meinem Vater hinüber und sehe, dass seine Augen bereits feucht sind. Ich weiß, wenn ich jetzt etwas sage, werde ich anfangen zu weinen, und dann hätte ich ein Problem mit Addie, wenn wir später diese Party für sie schmeißen. Könnte ich reden, würde ich Jill sagen, ich kann mir eine Welt ohne Addie nicht vorstellen. Wenn ich bedenke, dass ich es fast geschafft hätte, in einer solchen Welt zu leben … Jetzt läuft mir doch eine Träne über die Wange. Ich wische sie mit der Hand ab.

*

»Kommt denn Thomas zu der Party?«, fragt Jill.

Die Torte steht mitten auf dem Tisch. Es ist eine Schokoladentorte ohne Glasur – Addie mag keine Glasur –, bis auf die zarte Schrift in Zitronenzuckerguss, die lautet: *Herzlichen Glückwunsch zum Abschluss, Addie!* Ich rücke die Torte zurecht, damit sie genau in der Mitte der anderen Speisen steht – Kekse, Brownies, Cupcakes auf der einen Seite, Schüsseln mit Salaten und Pasta auf der anderen, ein großer Teller mit Addies Lieblingsfleischbällchen und einer mit der unendlich würzigen *braciola* meiner Mutter, die ich in stundenlanger Arbeit selbst zubereitet habe und die Addie auch liebt. »Nein.« Ich tausche den Spinatsalat mit der Brokkoli-Pasta. Ich weiß nicht, warum. »Addie würde sich aufregen, wenn Thomas käme.«

Jill packt mich am Arm, als ich eine weitere Schüssel verschieben will. »Ist doch jetzt gut so. Besser geht's nicht. Der Tisch sieht super aus.«

Ich ziehe meine Hand zurück.

Sie hat recht. Der Tisch sieht wirklich toll aus. Direkt daneben an der Wand steht ein hoher Schrank – schlicht und schön, mit einer riesigen rosa Schleife darum und mit einer Karte versehen. Grandpas Geschenk an Addie, jetzt, wo sie auf die Highschool kommt. Er passt zum Rest der Möbel, die die beiden gemeinsam für ihr Zimmer geschreinert haben. Addie wird begeistert sein.

Jill und ich gehen zur Kücheninsel. Sie öffnet eine der Weißweinflaschen, die ich für die Eltern gekauft habe, die zur Party kommen. Jill füllt zwei Gläser, die auf der Arbeitsfläche stehen, und reicht mir eines davon. »Ich dachte, Addie und Thomas machen Fortschritte.«

Ich nehme einen Schluck, genieße den Geschmack des kühlen, süßlich-bitteren Getränks, das mir durch die Kehle rinnt. »Haben sie ja. Das wird schon. Es ist viel besser als früher; am Anfang war es furchtbar, wie du weißt. Aber während der vergangenen Monate haben sie sich angefreundet. Ich wusste, dass das so kommen würde; er geht toll mit ihr um, und er war auch so geduldig. Mehr, als ich es an seiner Stelle wäre, wenn ich mit dem Kind eines anderen Menschen zurechtkommen müsste, das ist jedenfalls sicher.«

Jill lacht. »Das glaube ich gern.«

Ich schaue auf meinem Handy nach, ob Luke mir geschrieben hat, aber es gibt immer noch kein Zeichen von ihm. Ich seufze, wirbele den Wein in meinem Glas umher. »Es wird Addie das Herz brechen, wenn Luke es nicht zu dieser Party schafft.«

Genau in diesem Moment klingelt es an der Tür, und mein Handy summt.

»Ich gehe«, bietet Jill an.

Ich greife nach dem Telefon. »Luke!«

»Ich bin unterwegs! Bald bin ich da!«, sagt er. Und dann: »Und Addie? Hasst sie mich?«

»Natürlich nicht.« *Ein bisschen vielleicht.* »Sie wird glücklich sein, wenn sie erfährt, dass du es zu ihrer Party schaffst.«

»Und ich werde der persönliche Starfotograf all ihrer Freundinnen sein!«

Ich lächele. »Das wird ihr gefallen.« *Und das stimmt auch.*

»Glaubst du, sie wird mir jemals verzeihen?«

»Ja.« *Ja.*

»Gut.«

Ich höre, wie Luke auf die Hupe drückt. »Fahr vorsichtig!«

Wir legen auf.

Deine Tochter braucht dich, denke ich. *Sie braucht uns beide.*

Das wird sie immer, oder nicht? Auch wenn ihr das jetzt noch nicht bewusst ist, auch wenn sie in letzter Zeit meistens mit den Augen rollt, wenn es um ihre Eltern geht. Ich hoffe, Addie wird ihre Mutter immer brauchen, denn ihre Mutter liebt es so sehr, von ihr gebraucht zu werden. Vielleicht geht das allen Müttern so.

Meine Augen füllen sich mit Tränen, und ich wische sie ab.

Ich weiß, dass es bei meiner so war.

NEUNUNDDREISSIG

15. AUGUST 2006

ROSE, LEBEN 9

Luke steht neben meinem Bett. Er kommt nie auf meine Seite des Bettes. In der Hand hat er eine Flasche mit Schwangerschaftsvitaminen. Er hält sie hoch.

Ich trete einen Schritt näher. Bemühe mich zu atmen, ein und aus. »Ich habe damit aufgehört, sie zu nehmen, okay?«

Luke lässt die Schultern hängen. »Rose. Du hast es *versprochen.*«

»Luke, ich …«

Aber er ist noch nicht fertig.

»Rose, du hast es versprochen, und du hast *gelogen.*«

Ich starre ihn an, wie er dasteht, mit hängenden Schultern, das Sinnbild eines Opfers. Als hätte ich ihm etwas getan – ihn verletzt. »Ach, wirklich, Luke? Habe ich das? Nun, dann sag mir, gibt es denn auch Versprechen, die *du* gebrochen hast? Und an die du dich erinnern kannst? Irgendwelche Lügen, die du mir aufgetischt hast?«

»Rose.« Er seufzt, ein großes, tiefes Seufzen. »Sei doch nicht so …«

»Sei doch nicht so – was? Sei doch nicht so, wie ich immer war – ehrlich zu dir, was dieses Thema angeht? Praktisch von unserem allerersten Date an, Luke, habe ich dich vorgewarnt, dass ich keine Kinder will. Das habe ich dir so viele Male gesagt. Und weißt du, was du dann immer zu mir gesagt hast?«

Noch mehr Seufzen. Noch tiefer diesmal. Mein Mann wird vor

meinen Augen immer kleiner, verschwindet fast im Bett. Er lässt sich auf die Kante sinken. »Rose …«

»Diese Frage beruhte auf Gegenseitigkeit, Luke«, sage ich und spüre, wie mein Körper, mein ganzes Ich, sich ausdehnt und immer mehr Raum im Zimmer einnimmt. »Was du sagtest, und zwar jedes Mal, wenn ich dich daran erinnert habe, dass ich keine Kinder will, war, dass du auch keine wolltest. Dass du sie nie wolltest. Das hast du mir immer wieder gesagt, noch bevor wir vor diesen verdammten Scheiß-Traualtar getreten sind und geheiratet haben. Wer nennt dann also wen einen Lügner, hm?«

»Ich habe nicht *gelogen* …«

»Hör auf. Hör endlich mit diesem bescheuerten Quatsch auf, ich kann ihn nicht mehr hören. Ich habe es satt, dass du mir die Schuld daran gibst, dass ich dich und jede einzelne Person in deiner Familie enttäuscht habe. Ich habe es satt, zu denken, dass ich als Frau gescheitert bin, dass ich ein schrecklicher Mensch bin, eine egoistische, abartige Schlampe.« Ich hole kurz Luft und sehe, wie sich Schrecken auf Lukes Miene breitmacht, als hätte ich ihn mitten ins Gesicht geschlagen. »Ist dir eigentlich jemals der Gedanke gekommen, dass *du* gescheitert bist? Dass *du* der Mensch bist, der in dieser Ehe gescheitert ist?«

»Rose, das ist nicht fair.«

Mein Lachen ist bitter. Ich gehe zu meinem Mann hinüber, starre auf ihn hinab, wie er da zusammengesunken auf unserem Bett sitzt, und in genau diesem Moment *weiß ich es.* Luke schaut mich an, unsere Blicke begegnen sich. Ich sehe, wie Angst in seinen Augen aufblitzt. »Diese ganze Zeit, diese ganze quälende Zeit, in der du und deine Familie mir gesagt habt, dass ich es für den Rest meines Lebens bereuen werde, keine Mutter geworden zu sein, dass wir es bereuen werden, dass ich ein schrecklicher Mensch und eine furchtbare, egoistische Frau bin, die dein Leben ruiniert – habe ich es einfach für bare Münze genommen.

Ich habe es selbst geglaubt. Obwohl in Wirklichkeit *du* derjenige bist, der *mein* Leben ruiniert.«

»Rose?« Mein Name kommt gepresst, fast schrill aus Lukes Mund.

Ich beuge mich über ihn, lege beide Hände an Lukes Gesicht und küsse ihn auf die Stirn. Er blinzelt, ich sehe, wie sich Verwirrung in seinem Blick breitmacht. Ich lasse ihn los, richte mich auf, drehe mich um und marschiere aus dem Schlafzimmer, durch das Wohnzimmer und zu dem Schrank im Flur, in dem wir unsere Koffer aufbewahren, ein hoher Turm aus Gepäckstücken. Ich recke mich ganz nach oben, um mir den größten Koffer herunterzuholen; er ist so riesig, dass wir immer gewitzelt haben, man könnte eine ganze Leiche darin transportieren. Er stößt mit einem Rumpeln gegen die Schranktür und kracht auf den Boden.

»Rose?« Mein Name, ein zweites Mal.

Ich richte den Koffer auf, rolle ihn ins Schlafzimmer zurück, direkt vor die Kommode, in der ich meine BHs, meine Slips und die Socken aufbewahre. Ich lege den Koffer auf den Boden, klappe ihn auf und beginne, ihn mit dem Inhalt der Schubladen zu füllen. Stapel BHs und Pyjamaoberteile liegen kunterbunt durcheinander, aber das ist mir egal. Ich bin wie eine Maschine, drehe mich hierhin und dorthin, wieder und wieder, und schaufele Kleidungsstücke in den Koffer, leere den Inhalt eines ganzen Lebens und einer Ehe hinein.

Nackte Füße tapsen zu mir herüber, Lukes Füße. »Was machst du da?«

Ich ziehe den Koffer zum Schrank, öffne die Tür, beginne Kleidungsstücke von den Bügeln zu ziehen und in einem großen Haufen auf die Unterwäsche zu legen, Tanktops, Fleecehosen zum Schlafen, bunte Socken mit kleinen Hunden darauf. Pullover, T-Shirts, Kleider.

»Ich habe dich etwas gefragt.«

»Wonach sieht es denn aus, Luke?«

»Was hast du vor? Übernachtest du bei Jill?« Er klingt hoffnungsvoll.

Ich will ihm keine Hoffnungen machen, deshalb sage ich ihm die Wahrheit. »Ich bin am Ende«, sage ich. »Ich liebe dich, wirklich, das habe ich immer, aber ich lasse es nicht zu, dass du mein Leben kaputtmachst.«

»Ernsthaft?«

Ich ziehe den Reißverschluss des Koffers zu, ein überlautes Ratschen. »Ja, ernsthaft. Ich gehe. Und ich komme nicht zurück.« Ich hole tief Luft, und dann sage ich es: »Ich kann das nicht mehr. Diese Ehe.«

Erleichterung durchströmt mich, sie hebt mich empor wie auf Flügeln, alle Teile meines Körpers fühlen sich auf einmal leicht an, als würden sie schweben und sich der Schwerkraft entziehen. Meine Schultern straffen sich, mein Hals streckt sich, das Kinn reckt sich stolz nach vorne.

Diese Fragen – ob ich Mutter werden soll; und wenn, wann; und wenn nicht, was dann -, sie alle sind tief verbunden mit der Frage, wer ich als Frau bin, ob eine gute oder eine schlechte, eine erfüllte oder unerfüllte, eine egoistische oder eine selbstlose, eine glückliche oder unglückliche, und all das in Verbindung mit einer Ehe, der Arbeit, einer möglichen Scheidung ... All das hat einen riesengroßen Felsbrocken entstehen lassen. Ich habe ihn jahrelang getragen, diesen Stein, habe ihn hinter mir hergezogen oder ihn geschoben, ein wohlgeformter Sisyphus in High Heels, in Laufschuhen, in Arbeitsklamotten, im Pyjama oder in Jeans.

Jetzt stoße ich ihn an, diesen Felsbrocken, nur ganz leicht, und sehe, wie er ins Rollen kommt, den Berg hinab, und in einem Abgrund in tausend Stücke zerspringt.

Hätte ich ihn doch bloß niemals tragen müssen, diesen Felsklotz.

Ich stelle den Koffer auf, kippe ihn und rolle ihn in Richtung Wohnungstür. Luke folgt mir, und seine Schritte scheinen seinen Schock darüber widerhallen zu lassen, dass ich tatsächlich das tue, was ich tue. »Leb wohl, Luke. Ich hoffe, du findest irgendwann eine Mutter, die dich glücklich macht.«

Mit diesen Worten schließe ich die Tür auf und gehe hinaus.

VIERZIG

23. AUGUST 2024

ROSE, LEBEN 1–3, 5–9

»Bitte sag mir, dass Addie sich nicht wehtut, wenn sie von diesen Klippen herunterspringt.«

Thomas beugt sich in seinem farbenfrohen Strandstuhl vor, der am Rücken blaue, grüne und rosa Streifen hat, und legt die Hand schützend über die Augen. Seine Stimme klingt halb frotzelnd, halb ernst.

Teenager unterschiedlichen Alters, vielleicht auch ein paar Collegestudenten, haben sich auf der Spitze des größten Felsens versammelt, der am Ende des Strandes aus dem Meer ragt. Er ist fast sieben Meter hoch. Ein Mädchen mit langem rotem Haar nimmt Anlauf und springt unter lautem Jubel ins Wasser.

»Ach, mach dir keine Sorgen.« Ich streife mir den Sand von den Füßen und Händen. »Addie schafft das schon. Sie hat Spaß. Als ich in ihrem Alter war, bin ich auch von diesen Felsen runtergesprungen. Jahrelang.«

»Aber heutzutage sind Eltern viel ängstlicher und behütender«, sagt Thomas. »Mich überrascht es, dass die hiesigen Behörden das nicht schon längst verboten haben. Wir beide sollten ein Gesetz auf den Weg bringen, das dieser gefährlichen Mutprobe endlich einen Riegel vorschiebt, Rose.«

»Du machst dich lächerlich«, sage ich zu ihm und küsse ihn auf die Schulter. Addies Freund Tim ruft dem Mädchen, das gerade ins Wasser gesprungen ist, etwas zu.

»Ich meine das ernst! Schau dir doch das Ding an! Das ist ein Achttausender, aber an einem Strand in Neuengland!«

Ich stupse ihn in die Seite. »So hoch ist er auch wieder nicht. Und das Wasser rundum ist ziemlich tief.«

»Eben!«

Die Lehne meines Liegestuhls ist zu weit nach hinten geklappt, um Addie dabei zusehen zu können, wie sie die Felsen hochklettert, und ich verstelle die Höhe, um aufrechter zu sitzen. Wie Thomas und ich beobachten auch andere Leute am Strand die Kids, wie sie zu den Felsen hinausschwimmen, hochklettern und springen, wieder und wieder. Die Stimmung ist ausgelassen, was sowohl der Hitzewelle, dem Wochenende als auch der Tatsache geschuldet ist, dass es August ist und damit Ferienzeit. Die Sonnenschirme, die die Aussicht mit Farbklecksen versehen, leuchten rot, pink, orange, gelb, violett, grün, manche sind gestreift, andere gepunktet oder haben ein Blumenmuster. Die kunterbunten Strandlaken und Badeanzüge tun ihr Übriges zu diesem Strandpanorama vor grellweißem Sand und dem eisblauen Meer.

Seit ich ein Kind war, hat meine Mutter mir beigebracht, den Strand zu lieben, eine Liebe, die sich mit den Jahren noch vertieft hat. Wie alle Mütter war sie oft streng und distanziert, manchmal sogar unzugänglich, doch ebenso konnte sie inspirierend und lustig und liebevoll und großzügig sein; ein Mensch, der mich dazu ermutigte, Risiken einzugehen und stets dem Fingerzeig meines Herzens zu folgen. Ich vermisse sie, besonders jetzt, denn ihr Herz zeigte stets in Richtung Strand.

»O mein Gott, Addie. Gleich springt sie.« Thomas legt sich die Hand vor die Augen. »Ich kann wirklich nicht hinschauen.«

»Das klappt schon«, sage ich zu ihm und lasse das groß gewachsene, langbeinige Mädchen im limettengrünen Bikini, das lange, nasse Haar vor dem Gesicht, nicht aus den Augen. Lange Zeit hat Addie ihr Haar kurz getragen, doch dann hat sie beschlossen, es wachsen zu lassen, und jetzt reicht es ihr wieder bis über die Schultern. Addie späht in das tiefe, dunkle Wasser hinaus, und jetzt gerät mein Herz doch ins Flattern – wird sie es schaffen? Und wenn etwas Schreckliches passiert? Wie könnte ich denn damit leben, dass ich ihr erlaubt habe, da hoch zu gehen – und das alles, weil ich ihr diesen Floh ins Ohr gesetzt habe, indem ich ihr erzählte, ich hätte genau dasselbe getan, als ich in ihrem Alter war? »Na ja«, sage ich, »wenn Luke hier wäre, würde er mir eine Standpauke halten und sagen, man dürfe es einem Kind niemals erlauben, mit solchen Sachen sein Leben aufs Spiel zu setzen – sprich, ein Kind darf niemals Spaß an etwas haben, das mit einem gewissen Risiko verbunden ist.«

Addie nimmt die gestreckten Arme nach hinten, beugt die Knie.

»Hier wäre ich ausnahmsweise mal Lukes Meinung«, sagt Thomas, immer noch mit zugehaltenen Augen.

»Bist du nicht.«

»Doch, wirklich. Ich meine es so.«

»Da! Jetzt springt sie«, rufe ich und sehe, wie Addie sich vom Felsen löst und mit einem erstklassigen Köpfer ins Wasser eintaucht. Eine Sekunde später taucht sie wieder auf. Die anderen Kids jubeln ihr zu. »Sie hat es klasse gemacht!«

Endlich nimmt Thomas die Hand von den Augen. Er atmet tief aus. Dann sieht er mich an. »Oh. Was soll das Grinsen, Rose?«

Ich stehe von meinem Stuhl auf und greife nach einem Handtuch. »Schau einfach zu.«

»Du gehst zu ihr? Bist du verrückt?«

»Mach dir keine Gedanken! Im Springen von diesem Felsen bin ich Expertin!«

»Du meinst, von dieser *Klippe!*«

Thomas streckt die Hand nach mir aus. Ich nehme sie. »Das klappt schon. Alles wird gut!«

»Na toll! Jetzt muss ich mir also gleich um zwei Frauen Sorgen machen, die am selben Tag mit ihrem Leben spielen!«

Thomas lässt meine Hand nicht los. Ich mache mich sanft los.

»Ja, klar, geh nur da rüber zu Addie«, sagt Thomas und schüttelt den Kopf. »Mir gefällt es sowieso nicht, dass sie da drüben allein ist. Wenn etwas Schreckliches passiert, kannst du sie wenigstens retten.«

Ich stütze kokett die Hand in die Hüften. »Und was, wenn *mir* etwas Schreckliches passiert?«

Thomas lacht. »Na, dann rettet sie eben dich, klar!«

»Ich bin mir sicher, sie wird sich freuen, wenn sie mich kommen sieht«, sage ich.

»Sie wird ihr Glück kaum fassen!«

»Das werden wir gleich sehen.«

Bis zu den Klippen sind es ein paar Minuten Fußweg. Kinder spielen im Wasser, bauen Sandburgen, die Leute lachen, und das Brausen der Brandung bildet die passende Geräuschkulisse. Als ich dort ankomme, bin ich ins Schwitzen geraten. Es sind mehr als dreißig Grad.

Ein Junge, groß und muskulös, von sechzehn oder siebzehn Jahren, in blauer Badehose, macht eine Arschbombe ins Wasser, und die anderen Kids, die warten, bis sie dran sind, rufen und klatschen. Irgendwann entdecken mich einige von ihnen, wie ich am Ufer stehe und Anstalten mache, zu dem Punkt hinüberzuschwimmen, wo man am Felsen hochklettern kann. Addie ist ins Gespräch mit ihrem Freund Tim vertieft. Er sagt etwas, und sie lacht.

Ich winke wie wild. »Addie!«

Sie schaut auf. Als sie lächelt, stürze ich mich ins kühle Nass. Es ist erfrischend bei der Hitze. Ich schwimme in großen Zügen, das Gluckern und Plätschern an meinem Körper eine Musik, die ich vermisst habe. Als ich bei dem Felsvorsprung ankomme und meine nassen Hände an den feuchten Stein lege, durchfluten Erinnerungen mein Gehirn – Bilder von dem allerersten Mal, als ich mit dreizehn das hier getan habe, wie ich ganz da oben in meinem Badeanzug stand und Ray, der Junge, in den ich damals verknallt war, mich von unten anfeuerte. Das war genau der Moment gewesen, als mein Vater entdeckte, dass ich mich seiner Anweisung widersetzt hatte, am Felsen auftauchte, mich nach Hause zerrte und mir Hausarrest gab.

»Dr. Napolitano, soll ich Ihnen helfen?«, ruft Tim mir zu, und ich schaue zu diesem großen jungen Mann hoch, den Addie offenbar mag; erst kürzlich hat sie uns beim Abendessen erklärt, sie sei bi. Vielleicht ist das ja der Junge, durch den sie Gefallen am anderen Geschlecht gefunden hat, das war vorher nämlich nicht der Fall.

»Tim, ich hab dir doch gesagt, du kannst mich Rose nennen«, rufe ich ihm zu.

»Aber das geht doch nicht, Frau Professor.«

»Wie du willst«, sage ich lachend und schaue zu Addie und ihrem Freund hoch. Und stelle fest, dass ich ihre Freunde wirklich mag. Dass ich Kids mag, wenn sie in diesem Alter sind.

Am Rand des Felsens verläuft eine Art Treppe, ein paar natürliche Stufen im Gestein. Tim späht zu mir herab und wundert sich vermutlich, was eigentlich in diese alte Dame gefahren ist, dass sie bis zu diesem Felsen schwimmt, um mit ein paar Teenagern zusammen zu sein. Addie steht neben ihm. Sie wirkt nervös, als wollte sie mir mit telepathischen Kräften dabei helfen, zu den beiden hochzuklettern, die auf mich warten. Als ich fast oben bin, streckt mir Tim die Hand hin, und ich ergreife sie.

»Danke, Sir«, sage ich, und er lacht.

»Ich kann es nicht glauben, dass du hierherkommst«, ruft Addie stirnrunzelnd, aber sie scheint sich zu freuen. Vielleicht ist sie auch nur erleichtert, dass ich nicht schon beim Hochklettern abgestürzt bin. Ich hoffe nur, Thomas hat es geschafft, die Hände vor dem Gesicht wegzunehmen, und teilt ihre Erleichterung.

Ich drücke Addie kurz. »Ach, ich denke, das ist wie Fahrradfahren. Man verlernt es nicht.« Ich wende mich Tim zu. »Ich hoffe, es macht dir nichts aus, aber ich glaube, der nächste Sprung ist nur für uns Mädels.«

Tim deutet eine kleine Verbeugung in Richtung Vorsprung an. »Ist mir eine Ehre.«

»Na komm, Addie. Auf geht's.«

»Im Ernst?« Sie klingt geschockt.

»Klar, warum nicht? Was denkst du denn, warum ich mich hier hochgequält habe?«

»Okay.« Sie nickt.

Ich könnte sie umarmen, verkneife es mir jedoch.

Und dann gehen Addie mit ihren dünnen, braun gebrannten Beinen und dem limettengrünen Bikini und ich im leuchtend lila Einteiler zur Felskante hinüber. Ich spüre die Blicke der anderen Kids, höre, wie ihr Geplauder verstummt. Wir nehmen uns an den Händen.

»Bereit?«, sage ich, und dann springen wir, lachend.

EINUNDVIERZIG

23. MAI 2000

ROSE, LEBEN 1–9

Luke kniet vor mir.

Das kommt so plötzlich, dass ich zuerst verwirrt bin.

»Was machst du da, Luke?« Ich stehe da, öffne und schließe nervös die Hände.

Er schaut zu mir hoch, lächelnd, strahlend, doch er sagt nichts. Kurz gerät er ins Wanken, richtet sich wieder auf. Beginnt in der hinteren Tasche seiner Jeans zu kramen.

Oh. *Oh!*

Während Luke sich an der Tasche zu schaffen macht, beginnt mein Herz zu rasen, ich habe trotz des dicken Pullovers, den ich trage, Gänsehaut. Ich muss mich daran erinnern zu atmen. Vermutlich lächele ich. Auf diesen Moment habe ich so lange gewartet, habe mich darauf gefreut, habe gehofft, er würde bald kommen.

Jetzt hat Luke die kleine Schachtel in der Hand, klappt sie auf, nimmt einen Verlobungsring heraus. Er hält ihn hoch und beginnt zu sprechen. Der Ring schimmert und funkelt, während er die Hand bewegt. »Rose, du bist die Liebe meines Lebens, und du wirst es immer sein …«

Während er spricht, höre ich seine wundervollen Worte, aber ich höre auch etwas anderes, eine Stimme in meinem Kopf, und diese Stimme hat ihre eigene Meinung zu dem, was da gerade geschieht. Ich versuche, sie zum Schweigen zu bringen, aber es ist eine verdammt kräftige und laute Stimme, die nicht verstummen will.

Rose, sagt sie, *warum kniet Luke eigentlich vor dir? Das ist so* altmodisch. *Und du hast ihm schon eine Million Male – eine* Milliarde *Male – gesagt, dass du nicht so einen altmodischen Heiratsantrag willst, auf den dann eine ebenso altmodische Ehe folgt.* Insbesondere *hast du gesagt, du wolltest niemanden, der vor dir auf die Knie geht und dich fragt, ob du ihn heiraten willst. Du hast gewitzelt, wenn Luke das jemals tun würde, dann wäre deine Antwort ein großes und lautes NEIN.*

»Ich möchte bis an Ende meiner Tage mit dir verbringen und nur mit dir …«

Lukes Worte sind so lieb, so schön, wie können sie mir nicht gefallen? Wie kann ich denn nicht angesichts einer solchen Liebeserklärung dahinschmelzen? Klar, ich habe ihm gesagt, er soll das niemals machen, aber was soll's? Und dass ich Feministin bin – na und? Auch eine Feministin kann sich doch über eine schöne Liebeserklärung freuen, oder? Ich meine, das kann doch jeder. Es ist eine schöne Tradition. Warum kann ich es dann nicht? Ich habe das Recht darauf, das hier zu genießen. Oder etwa nicht?

Aber was, wenn das hier ein Zeichen für andere Dinge ist, die kommen werden?

»Rose Napolitano, wirst du mir die Ehre antun und meine Frau werden? Willst du mich heiraten?«

Was, wenn es noch andere Dinge gibt, bei denen Luke nicht zugehört hat?

Luke strahlt, und ein großer Teil von mir strahlt zurück.

Ein großer Teil.

Da ist eine andere Rose in mir, und die macht sich Gedanken. Ich wünschte, sie würde damit aufhören und mich das hier endlich genießen lassen.

Rose …

HALT. DIE. KLAPPE.

Luke wartet. Schwankt wieder ein bisschen auf seinem Knie.

Ich strecke die Hand aus und stütze ihn.

Die andere Rose verstummt.

Ich lächele, öffne den Mund und sage: »Ja.«

ZWEIUNDVIERZIG

12. DEZEMBER 2025

ROSE

Thomas ruft aus dem anderen Zimmer nach mir. »Rose! Dein Handy brummt. Es ist Luke!«

Ich hänge Lichterketten an den Baum. Meera, unsere neue Katze, zieht sie mit den Pfoten aus dem Karton mit der Weihnachtsdekoration. Wir vermissen Max, aber er ist an einem besseren Ort gelandet. Ich schnappe mir Meera, die miauend protestiert, während ich mit ihr ins andere Zimmer gehe.

Thomas sitzt auf dem Bett und hält mir das Handy hin. Ich nehme es, halte es mir ans Ohr. »Luke, wie geht es dir?«

»Gut. Gibt's was Neues?«

Thomas streckt die Arme nach Meera aus. Schmollend lasse ich es zu, dass er sie nimmt. »Ich hab das Stipendium!«

»Wirklich? Das ist toll! Das überrascht mich nicht.«

»Danke«, sage ich. Es berührt mich, dass Luke anruft, nur um sich nach meiner Arbeit zu erkundigen. »Was ist mit dir? Irgendwelche Preisverleihungen?«

Luke seufzt. »Ich versuche, nicht allzu viel darüber nachzudenken. Vielleicht kriege ich ja einen von den dicken, fetten, wenn ich so tue, als wäre es mir egal.«

Ich lache. »Das klappt doch immer.«

»Psst. Nicht herbeireden.«

Ich kehre ins Wohnzimmer und die Küche zurück, komme am halb geschmückten Baum vorbei und sehe, dass Addie am Küchentisch sitzt, den Kopf über ihr Handy gebeugt. »Du, hör mal, ich muss gleich auflegen. Ich habe Weihnachtplätzchen im Ofen und will sie nicht anbrennen lassen. Es gibt da eine Person, die auf sie aufpassen sollte, aber nur mit ihrem Handy beschäftigt ist.« Addie blickt nicht auf, als ich das sage – wahrscheinlich hört sie mich nicht einmal. »Und dann muss ich mit der Vorbereitung für all die anderen leckeren Weihnachtsspezereien beginnen.«

»Hör mir auf, das will ich gar nicht hören«, sagt Luke. »Diesen Teil unseres Lebens vermisse ich immer noch. Cheryl weiß nicht mal, wie man Wasser kocht.«

»Das will *ich* nicht hören! Also, schöne Weihnachten, macht's gut!« Ich lege auf, bevor Luke noch etwas sagen kann.

Der Timer am Ofen summt – Addie blickt immer noch nicht auf. Ich laufe an ihr vorbei zum Herd, sehe, dass die Plätzchen perfekt goldbraun geworden sind. Ich nehme einen Topflappen und ziehe das Blech heraus.

Sie riechen köstlich. Sie riechen …

Meine Mutter.

Einen kurzen schmerzlichen Moment lang ist sie wieder da, hier bei mir, genau jetzt. Wir sind zusammen in dieser Küche, ich bin klein, vielleicht sechs oder sieben Jahre alt, und wir backen zusammen Plätzchen – diese Plätzchen.

In letzter Zeit, nachts im Bett, auf dem Weg in die Uni oder einfach beim Bummeln durch die Stadt, habe ich öfters über das Leben meiner Mutter nachgedacht – das Leben, das sie gelebt hat, bevor ich kam. Wie es wohl war, wovon sie geträumt hat, ob sie jemals die Entscheidungen dieses Lebens angezweifelt hat, zum Beispiel die Entscheidung, mich zu bekommen. Und ich sehne mich so sehr danach, sie damals gekannt zu haben, wirklich gekannt zu haben, als Frau, bevor das Muttersein sie verändert hat, eine Sehnsucht, die in mir gewachsen ist, sich ausgebreitet hat und blüht und gedeiht. Ich wünsche es mir so sehr.

Diese Sehnsucht, dieses Bedürfnis haben mich dazu gebracht, mich für das Stipendium zu bewerben, von dem Luke gesprochen hat. Dieses Mal interviewe ich Mütter, Mütter in den späteren Jahren ihres Lebens, deren Kinder erwachsen und aus dem Haus sind. Ich möchte von ihnen wissen, wie es für sie war, Mutter zu sein, davor und danach. Ich werde ihnen all die Fragen stellen, die ich meiner Mutter gerne gestellt hätte und ihr stellen würde, wenn sie noch am Leben wäre. Ich möchte wissen, wer diese Frauen waren, bevor sich die Gezeiten ihres Lebens änderten, und ich möchte erfahren, wie sie aus der Distanz heraus, aus der Sicht der Gegenwart, diese Entscheidung sehen. Hätten sie etwas anders gemacht? Vermissen sie einen Teil ihres alten Selbst? Fragen sie sich, wer sie wären, hätten sie sich damals dagegen entschieden, Mutter zu sein? Und wünschen sie sich jemals, sie könnten jene andere Frau treffen, den Menschen, der sie wären, wenn sie sich anders entschieden hätten?

Mit dem Wender hole ich ein Plätzchen nach dem anderen vom Blech, lege die meisten zum Abkühlen auf einen Rost und ein paar auf einen Teller. Während ich das tue, frage ich mich, wie sie gewesen wären, all die anderen Leben, die ich hätte leben können, Leben, in denen ich mich vielleicht gegen ein Kind entschieden hätte, und andere, in denen ich ein Kind bekam oder versuchte, eins zu bekommen. Wie auch immer, ob ich nun die Rose bin, die »Ja« gesagt hat, oder die Rose, die »Vielleicht« sagt, die, die sagt »Kommt überhaupt nicht infrage«, oder eine Kombination aus diesen verschiedenen Roses – hier bin ich, es gibt ein Kind, ob es nun mein leibliches ist oder nicht, spielt keine Rolle, beschließe ich. Da sind Liebe und Freundschaft und Familie, und das ist genug, um uns durch härtere Zeiten zu bringen. Durch die Tage und Monate und Jahre der Trauer, den Kummer, den ein jedes Leben mit sich bringt. Darin liegt Frieden und eine gewisse

Art von Glück. Auf mehr kann man, denke ich, in einem einzigen Leben nicht hoffen.

Ich schiebe den Teller mit den Keksen, die frisch aus dem Ofen und noch heiß sind, über den Tisch auf Addie zu. Sie schaut überrascht auf. Dann lächelt sie. »Willst du einen?«, frage ich und lächele zurück.

DANKSAGUNG

Für Miriam Altshuler, meine Agentin, eine furchtlose Unterstützerin von Frauen im Allgemeinen und von dieser Frau im Besonderen. Ich kann mich glücklich schätzen, eine so wundervolle und andauernde »berufliche Ehe« eingegangen zu sein. Danke, dass du mit mir durch dick und dünn (und eher dünn als dick) gegangen bist, ohne jemals vom Glauben abzufallen.

Für Pam Dorman, die sich über Nacht in mein Buch verliebt hat und in so vieler Hinsicht meine schriftstellerischen Träume wahr werden ließ. Danke für deine klugen Einsichten als Lektorin, für dein Vertrauen in Rose und in mich, und für die Entscheidung, etwas, das ich geschrieben habe, sei deines Imprints würdig. Ich fühle mich geehrt und dankbar und habe in der Zusammenarbeit mit dir so viel gelernt. Wie du dieses Buch aus der literarischen Taufe gehoben hast, ist und bleibt einer der Höhepunkte meines Lebens als Schriftstellerin. Mein Dank geht auch an Martha Ashby bei HarperCollins, meine britische Verlegerin; danke für deinen sanften Ansporn, deine Freundlichkeit und die Begeisterung, die du schon bei der ersten Lektüre des Buches gezeigt hast und die sich in einem Schreiben von dir und deinen Kolleg*innen gezeigt hat, das ich mir immer dann anschaue, wenn meine Stimmung im Keller ist. Was für ein Glück für mich, ein so dynamisches Duo von Buchmüttern zu besitzen, die sich um mich und um Rose kümmern.

Ein herzliches Dankeschön an alle bei Viking und Penguin, die mit Rose ihr Glück versucht haben. Ich danke Jeramie Orton und Marie Michaels für ihre Geduld und Sorgfalt und ganz besonders Leigh Butler und Hal Fessenden; danke für eure außergewöhnliche Unterstützung, dafür, dass ihr dieses Buch »bekommen« habt, und für eure Pläne in Sachen Weltherrschaft – ihr beide habt mit Pam zusammen ein Dreiergespann gebildet, das diesen vergangenen Sommer zu einem der aufregendsten meines Lebens gemacht hat.

Danke an all die Verleger und Lektoren rund um die Welt, die sich ebenfalls in Rose verliebt haben. Es erfüllt mich mit Dankbarkeit und Begeisterung, dass ihr mich für diese große Reise an Bord geholt habt, und es freut mich sehr, dass ihr an diesen Roman und an mich glaubt. Es war wundervoll, so viele von euch kennenlernen zu dürfen, und ich freue mich darauf, weiterhin mit euch im Gespräch über all das zu bleiben, was durch diesen Roman seinen Anfang genommen hat.

Ich danke meinen wunderbaren Freund*innen Marie Rutkowski, Daphne Grab, Eliot Schrefer und Rene Steinke, die erste Fassungen des Buches lasen und mit mir darüber sprachen, auch Rebecca Stead, die mich in einem wichtigen Moment auf Kurs hielt und eine hervorragende Ratgeberin war. Danke auch an Kylie Sachs, die immer noch meine Freundin ist (wie ist das nach so vielen Jahren bloß möglich?), der ich alles anvertrauen konnte, was diesen Roman angeht, ob groß oder klein, ob erfreulich oder weniger erfreulich. Ich danke meinem Vater – er ist der Beste – und meinem Mann, der mich, als ich dieses Buch schrieb, jeden Abend beim Essen fragte: »Na, und was ist heute mit Rose Napolitano passiert?«

Ich danke den Frauen, die niemals Kinder wollten, denen Gesellschaft und Kultur das Gefühl gaben, zerbrochen und klein und noch weniger als klein zu sein, als wäre etwas nicht in Ordnung mit ihnen, nur weil sie keine Kinder in die Welt setzen wollten, vielleicht sogar von jungen Jahren an – euch alle hatte ich im Sinn, als ich dieses Buch geschrieben habe. *Ich sehe euch.* Ich hoffe, ich bin euren Erfahrungen gerecht geworden.

Ich danke allen Müttern in meinem Leben, Müttern der unterschiedlichsten Art – Müttern mit eigenen Kindern, schreibenden Müttern und den Frauen, die mir in den Momenten meines Lebens, als ich es brauchte, eine Mutter waren. Danke an die Mütter, denen ich in Zukunft begegnen werde, und denen, die dieses Buch lesen. Es gibt so viele Möglichkeiten, eine Mutter zu sein, und so viele, die gar nichts damit zu tun haben, dass man ein Kind gebärt, was in dieser Welt viel zu wenig Beachtung erlangt.

Und zu guter Letzt danke ich meiner eigenen Mutter: Ich möchte dieses Buch und seine Danksagung nicht abschließen, ohne ihr, der ich diesen Roman gewidmet habe, meinen Dank zu sagen, doch weil ich hier mehr Platz habe, soll er in ganzem Wortlaut an dieser Stelle stehen.

Danke, Mom, dass du mir dieses Leben geschenkt hast. Ich wünschte, ich hätte dir das sagen können, als du noch genügend bei Bewusstsein warst, um es zu hören und aufzunehmen. Ich habe es zu dir gesagt – in genau diesen Worten – an dem Tag, bevor du starbst, aber du konntest mich nicht hören. Fast sechzehn Jahre ist das nun her, und ich habe seither nicht aufgehört, daran zu denken, dass du an jenem Tag meine Worte nicht hören konntest und wie ungerecht das ist. Denn du hattest meinen Dank und meine ewige Dankbarkeit verdient. Jemandem das Leben zu schenken ist keine kleine Sache. Eine Mutter zu sein ist keine kleine Sache. Aber oft genug bekommt eine Frau keinen Dank dafür. Ich wünschte mir sehr, ich hätte mich von Angesicht zu Angesicht bei dir bedanken können, besonders für dieses Leben, mein Leben. Ich mag den Gedanken, dass du es ja vielleicht doch gehört hast oder vielleicht immer noch kannst, sogar im Tode noch. Wahrscheinlich ist das nur eine Ausgeburt meiner Fantasie, aber manchmal sind Hirngespinste alles, was wir haben, und das ist meins. Ich liebe dich. Danke.

Die Originalausgabe erschien 2021 unter dem Titel
»The Nine Lives of Rose Napolitano«
bei Pamela Doorman/Viking, New York.

MIX
Papier aus verantwortungsvollen Quellen
FSC® C014496

Penguin Random House Verlagsgruppe FSC® N001967

1. Auflage

Covergestaltung: semper smile, München
Covermotiv: © Shutterstock/mamita
Autorenfoto: © Nina Sobin
Satz: Uhl + Massopust, Aalen
Druck und Einband: GGP Media GmbH, Pößneck
Printed in Germany
ISBN 978-3-442-75962-0

www.btb-verlag.de
www.facebook.com/btbverlag